中国中篇小说排行榜

2017年

王　干　主编

百花洲文艺出版社

图书在版编目（CIP）数据

2017年中国中篇小说排行榜 / 王干主编. — 南昌：
百花洲文艺出版社, 2017.12
ISBN 978-7-5500-2557-8

Ⅰ. ①2… Ⅱ. ①王… Ⅲ. ①中篇小说 - 小说集 - 中国 - 当代
Ⅳ. ①I247.5

中国版本图书馆CIP数据核字（2017）第289532号

2017年中国中篇小说排行榜
王 干 主编

出 版 人	姚雪雪
责任编辑	胡青松
书籍设计	方 方
制　　作	何 丹
出版发行	百花洲文艺出版社
社　　址	南昌市红谷滩新区世贸路898号博能中心20楼
邮　　编	330038
经　　销	全国新华书店
印　　刷	南昌市红星印刷有限公司
开　　本	850mm × 1168mm 1/16　印张 22.5
版　　次	2018年1月第1版第1次印刷
字　　数	300千字
书　　号	ISBN 978-7-5500-2557-8
定　　价	43.00元

赣版权登字 05-2017-479

邮购联系 0791-86895108
网　址 http://www.bhzwy.com
图书若有印装错误，影响阅读，可向承印厂联系调换。

目 录

摩擦取火

陈　仓

1

凡事需要上天来证明的，那基本就是谎言。

2

整整五年了，这是陈元第一次迈出大铁门。

陈元出门后，听到身后吱咛一声再哐当一声，已经走出十米开外了，他摸了一下自己的光头猛一回头，目光碰到大铁门的时候，像碰到一块冰一样打了一个激灵。

在里边的五年时间，他无数次地想象过大铁门一开再一关的声音。他曾经想让提前出去的狱友告诉他那大铁门一开一关究竟是什么感觉。有一次，陈元跟第二天就要出去的大胡子说了自己的想法，谁料想，被大胡子给骂了个狗血喷头。大胡子把拳头顶到陈元的鼻梁上，说，你什么意思？陈元说，没什么意思啊。大胡子说，你是在咒我吗？陈元说，怎么会呢？我就是想知道大铁门一开一关的时候，会不会像刀子捅进去再拔出来的感觉。大胡子正好是因为动刀子而进来的，于是骂道，妈的，要不要我像当年一样再捅你一刀试试？这是监狱，又不是婊子房，你觉得我还会回来吗？陈元说，当然不会呀。大胡子说，我不回来，又怎么告诉你呢？陈元说，那还是别麻烦你了，我争取早点出去自己体会吧。

陈元发现这种声音并没有传说的那般刺耳。大铁门吱咛一声开了，而后又十分轻软地关上了。若真要他陈元打个比方的话，大铁门一开一关并不像白刀子进红刀子出那样的凶猛，倒像是一把手术刀在做一场手术，切开了经过麻醉的腹部，是缓慢而麻木的，甚至有点明亮的快慰。

陈元站在外边，打量着隐隐作痛的大铁门——大铁门漆黑漆黑的，虽然刚刚刷过了油漆，还是可以看出一点锈迹在努力地朝外透着。大铁门与大多数的门都是一样的，中间照样有一条缝，刀子一样的一条缝。陈元真想走近一点，从缝隙朝里看看，到底会看到什么。但是他一点儿也迈不开步子，因为里边的一切在他的脑海里已经扎根了，已经被放大了。比方说，院墙下边的一棵小草，在他的眼睛里，通过五年的时间，早已长成了一棵畸形的大树。

陈元是陕西丹凤人，来上海已经十年了，前五年是在外边度过的，后五年都是在里边度过的。在外边的时候，他刚刚过不惑之年，自己却迈进一扇大铁门，等他再迈出这扇大铁门的时候，没有想到他马上就知天命了。他在外边最后的身份是小学校长——上海市大沙镇菜场农民工子弟小学的校长，而在里边的时候，他的身份却是“那种人”。那两个字实在说不出口，他总觉得用那两个字定性的，不是他陈元而是他的孪生兄弟。

陈元想，妈的，我是那种人吗？在这个世上有谁知道我是那种人呢？又有多少人知道我不是那种人呢？恐怕绝大多数人，比如菜场小学的师生，大沙镇的居民，还有陕西老家的乡亲们，包括老婆屈爱琴、儿子陈改朝，都认定他就是“那种人”。

相对来说，明白他不是那种人的人，恐怕只有三个了。

一个是田老板，一个是仅有一面之交的不满十四岁的小丫头黄丽。第三个就是他陈元自己。自己明白自己，那相当于一百乘以零，结果还是等于零。

应该还有一个人明白他不是那种人，那就是苍天。

苍天明白自己，结果会不会也是等于零呢？

陈元想到这里，抬头看了看，此时的天空很蓝很蓝，蓝得似乎动一指头就会破碎一般。冬天的天空本来就应该这么蓝，并不是因为自己终于出来了而蓝的。他又摸了一下自己的光头，先是嘿嘿地笑了两声，而后再也笑不出来了。他清楚，在这个世界上，到处都是人，有几十亿的人，能证明他不是那种人的，可怜得仅仅只有两个，或者是三个——陈元还无法确定，那个办案的民警邢小利，是不是明白自己不是那种人。

为什么连他自己与苍天，都无力证明他的清白呢？

陈元从耳朵上取下一支烟，这是刚刚离开的时候，王管教送给他的临别的礼物。王管教扔过来一支烟，对他说，不能再干那种傻事儿了啊，不仅丢人，而且蛮亏的，以后脱裤子之前，问一下人家有没有满十四周岁吧！我再给你普及一下法律吧，为了加大对未成年人的保护，最近国家对刑法进行了修订，如果未满十四周岁，如今像你这种“未遂”的，全部都是要重判的。

陈元没有正面回答王管教。在五年之中许多狱友像王管教一样，都拿那件事儿取笑过他，他开始还会说一句，我是清白的。人家就哈哈大笑地说，你未遂嘛，当然是清白的了。后来，他发现自己的辩解很无力，一是清白的人怎么会在里边呢？二是他写过的几封申诉信都石沉大海了。万般无奈，他干脆把那种人想象成了自己的孪生兄弟，予以漠视。

陈元笑了笑说，你也快了吧？王管教说，我和无期徒刑差不多，这辈子算是耗在里边了。听上去，王管教似乎不是管教，而是罪恶更加深重的人。陈元想，王管教除了领了一份薪水之外，与他陈元不一样的地方并不明显。

陈元把烟叼在嘴上，打量着四周。有位大妈清扫完了落叶，放下手中的大扫帚，靠在马路边上的一个角落里，掏出打火机先给自己点燃了一支烟，然后远远地问陈元，你想借火吗？

陈元说，我有，不需要。

正好风刮了起来，她的打火机就熄灭了。

陈元走向了大妈。其实他走向的不是大妈，而是大妈靠着的一面墙壁。

陈元撕开棉衣的袖子。这身黑色的棉衣是新的，是出来前王管教送给他的。陈元像往常一样，从棉衣袖子里掏出一小撮棉花，放在手心搓成了一根棉花条子。他蹲下去，脱下一只鞋。这是一只布鞋，也是王管教送给他的。这么多年从来没有人给陈元送过东西，于是在出来之前，王管教就送了他一身衣服，还安慰了一句，等你回去了家里人就原谅你了。

陈元用那只布鞋，把那根棉花条子压在一面墙上，开始上上下下地摩擦着。那种动作有点像在磨刀，而且越磨越快。这是刚进去的时候，他发明的取火之法。刚进去的时候有烟，但是没有火。火保管在王管教的手中。王管教害怕他们生事，把火都给没收了。在外边的时候，陈元除了是校长之外，平时还是一名物理老师，他懂得摩擦起火的原理，就是一个物体与另一个物体紧密接触、来回移动的时候会产生一种力，它的大小与物体表面的光滑程度和重量有关。在这种力的作用下，物体的内能不断增大，温度会越来越高，最后就达到了着火点。在进去的第七天晚上，他利用这种原理，从光秃秃的墙上帮大家取到了火，从而成为神一般的人物。从此，他们撕开自己的棉衣，用一只鞋压住棉花，在墙上猛烈地摩擦。夏天不穿棉衣，那就撕开被子。棉衣和被子总是被他们撕得越来越薄。尤其是四面墙，被他们摩擦得油光发亮，像打磨出来的一面镜子。

相比之下，外边的水泥墙粗糙多了。

陈元仅仅摩擦了几分钟，棉花条子就燃烧起来了。

他从棉花条子中间轻轻地吹出了火苗，把自己的烟点着了。

大妈并没有走开，吃惊地凑过来说，你这招在哪学的？陈元说，当然是在里边了。大妈说，你从里边出来的？还以为你是过路的呢。陈元回过头，再次看了看大铁门。门缝里边的世界像一把一指宽的刀子，被磨得闪闪发亮。里边很安静，大部分事物都隐没其中，似乎偌大一个地方什么也不存在。

陈元有些窒息。他是真真切切地进去过了，而且是真真切切的五年。

五年前自己是清白的，经过日日夜夜的洗刷自己仍然还是清白的吗？

到底是谁夺走了他这五年的时光？这些时光到底都流到哪里去了？在邢小利那个民警那里，在姓田的那个超市老板那里，还是在十四岁不到的小丫头黄丽那里呢？

陈元觉得，他有必要去找找他们，看看能不能找到他白白流走的含着屈辱的时光。

3

陈元蹲在大铁门前边吸完了一支烟。

他迷茫地问大妈，大沙镇怎么走呢？

大妈说，不远，你坐地铁九号线吧，九号线全线都开通了。

陈元记得十分清楚，地铁九号线二期遗留站是自己进去的前一年开通的。开通那天陈元十分兴奋，因为在菜场小学的背后设有一个出入口。有老师问他，你高兴什么呢？上海不是你家的，地铁站也不是你家的。陈元说，它不是我家的，却是咱们菜场小学的，它是菜场小学给我这个校长配的专车！他本来是没有任何事儿的，但是那天，他对着所有的学生说，你们还没有去过徐家汇吧？走，坐我的专车，咱们去徐家汇拜一下徐光启，再逛一下清朝的那个藏书楼。于是，他把学生全部组织起来，排着队，举着小红旗，唱着《我们是共产主义接班人》，坐着地铁九号线来了一场体验之旅。

大铁门外边，是一条并不繁华的大路，大路上边建起了高架桥，显得有些凌乱和荒凉。两边的梧桐树叶子已经落光了，却还有一些没有消融的雪花。原来这座城市下雪了。自己在外边待过五年，都没有下过一次雪。在里边待过五年之后，一切就面目全非了，很少下雪的江南也开始下雪了。

前往地铁站的时候，路过一家理发店，陈元一下子钻了进去。当他坐在一面镜子前边的时候，突然发现自己不应该理发。自己的头发已经很短很短了，而且大面积地谢顶，和光头是没有什么差别的。有一个小丫头走过来说，大爷，你要剃光头吗？陈元说，我现在不是光头吗？小丫头说，你这不算光头，你还是剃光头吧，说得不好听一点儿，你这不清不白的，让人感觉很不舒服。

陈元一边退出门一边问，我怎么不清不白了？

小丫头对着他的背影说，你这个头呀，头发吧又不长，剃吧又没有剃光，有点像犯人。

陈元回过头说，你从哪里看出来我像一个犯人？

也许因为做不成生意，小丫头就恶狠狠地说，不仅是头发，还有感觉，彻头彻尾像个犯人。

小丫头似乎是一个未成年人，还带着稚嫩的腔调，让陈元忽然想起了小丫头黄丽。他在心里又骂了一声，妈的，我怎么就成犯人了呢？犯人是凭着感觉的吗？当年他们就是凭着感觉把我逮起来的吗？陈元毅然决然地离开了理发店。他希望自己的头发瞬间就长出来，长成他原来的一头披肩长发——没有进去前他留着一头长发，每次和人说话的时候都会朝后甩一下，那是多么潇洒啊。

在九号线的地下通道，陈元看到了一间小店，是卖假发的小店。他不管三七二十一，就挑了一个假发。他戴上假发，对着镜子凝视着。假发有原来那么长，也是又黑又亮，但是戴在自己头上，味道完全不一样了。或许是自己老了，脸上的皱纹多了；或许是假发就是假发，它永远不可能成为身体的一部分，像他身上曾经背负的所谓的罪名。

他还是愿意戴着假发。戴着假发起码给人的感觉不再像个犯人了。

不是他想逃避什么，是因为他根本就没有犯过什么。

陈元坐上地铁九号线，半个小时就到了大沙镇。从地铁大沙镇站二号口出来，前边就应该是菜场小学了。陈元顺着四周找了一圈，那所自己办起来的菜场小学已经不见了。院墙，几座平房，一个小操场，一根篮球架杆，一点痕迹都不见了。四周全部变成了高楼大厦，只有小操场的位置和原来一样空旷，确确实实地建起了一个菜市场。

陈元钻进了菜市场。已经过了采购的高峰期，菜市场人并不多，地面上污水横流，里边掺着血水、鱼鳞和菜叶。几个摊主懒洋洋的，有人问，大妈，你要萝卜青菜吗？冬天多吃萝卜青菜不容易感冒。有人说，大妈，割点肉回去吧，马上过元旦了，而且北方下大雪了，说不定要涨价了。

陈元扶了扶自己的假发。同样是披肩长发，年轻的时候从没有人把自己误会成女的，如今为什么人人见了他，都叫他大妈呢？

陈元低头看了看，污水中的自己确实像个大妈。

陈元想辩解一下，张了张嘴还是作罢了，是大爷还是大妈对别人对自己有什么关系呢？

陈元在一个大妈的摊位前，犹豫了一会儿站住了。他觉得这个大妈不太一样。不太一样的是大妈有点眼熟，似乎原来在大沙镇遇见过。让他眼熟的，其实也不是大妈的面孔，而是大妈眉心上的一颗黑痣。有豆子那么大的一颗黑痣。但是，他站了几分钟，大妈并没有任何反应。

大妈说，你是要西红柿吗？

陈元说，嗯，来一斤吧。

大妈挑拣了几个西红柿，陈元执意要付钱的时候，大妈说，我不收你的钱。陈元说，为什么？你认识我吗？大妈说，我不认识你，但是我看你不像个买菜的。陈元真想问，自己怎么就不像买菜的了？他不明白什么样子的人才像买菜的。是指有家的人，还是指一日三餐有着落的人呢？

陈元离开的时候，还是没有忍住，回头问大妈，这里原来好像不是菜市场吧？大妈说，你原来在这里住过？这里确实不是菜市场，最早是一个纸板厂，后来办了一所学校，农民工子弟学校，农民工子弟学校关掉后，有段时间成了屠宰厂，杀猪杀羊杀鸡，什么东西都杀，再后来发生禽流感，屠宰厂也被关掉了，把旁边盖成了居民小区，居民闹腾了好长时间，说是没有地方买菜，就建成了这么个地方，这个菜市场刚开张不久。

陈元摸出一个西红柿在袖子上擦了擦，咬了一口。

陈元一边吃一边说，为什么关掉了呢？

大妈说，你是指纸板厂还是小学？

大妈拉了一条板凳，让陈元坐下聊。大妈说，当时大沙镇有很多工厂，有制衣厂，有五金厂，有建筑公司，外来打工的都住在这里。每年夏天有好多孩子，从全国各地赶到这里看望父母，假期结束的时候，孩子们个个都哭着闹着不愿意回去，有的抱着大树，有的抱着电线杆，想留在父母身边，但是根本没有地方念书，好多孩子干脆辍学了，留在大沙镇上打工，小小年纪，有的进了理发店，有的进了商场，有的拾垃圾。其中有个陕西来的小丫头为抢一个空瓶子，被另一个孩子推到小河浜里，活活地淹死了。

陈元两口下去，连柄也没有留下，就把一个西红柿给咔嚓掉了。

他的眼睛湿润了，在他模糊的眼睛里，那一幕幕再次浮了上来。

当时，他随着一家大型建筑公司来到了上海大沙镇。他是一个中专毕业生，在学校学的是工程监理，按说学历不高，在硕士博士成群的上海，是没有他立足之地的，但是他文笔不错，而且会写一手不错的毛笔字。他到建筑公司打工之后，除了负责监工之外，还兼公司的宣传与文案，比如写写“安全就是生产力”之类的标语。有一年，他的女儿来上海度暑假，眼看着假期就要结束了，但是女儿哭哭啼啼地央求他说，爸爸，让我留下来吧。陈元说，留下来干什么呢？女儿说，留下来念书啊，关键是我回去的话，别人欺负我怎么办？陈元说，不是有妈妈和哥哥吗？女儿说，哥哥和妈妈，一个是小麻秆儿，一个是小麻雀，保护不了我呀。陈元说，那你是什么呢？女儿说，我是一片小树叶子，也保护不了自己呀。陈元说，我也想让你留在爸爸身边，这样就有人给爸爸做饭了。

女儿十二岁，只比桌子高出半个头，但是已经会下厨做饭了。女儿说，我留下来的话，天天给爸爸做好吃的。陈元说，你能做什么好吃的？女儿说，多着呢，面条、锅盔、葱油饼，我还会蒸大米饭。最后一个晚上，陈元从工地回到宿舍的时候，发现桌子上已经摆好了饭菜。一盘西红柿炒鸡蛋，一盘醋熘土豆丝，一盘腊肉炒青椒，还有一盆西红柿鸡蛋汤，两只碗里盛上了大米饭。建筑公司有食堂，陈元基本是吃食堂的，但是公司里的兄弟们，来自天南地北，大家对饭菜的要求不一样，有的喜欢吃甜食，有的喜欢吃辣椒，有的喜欢吃又甜又咸的，所以总是那么不合口味。于是他空闲的时候，还是自己亲手烧饭。

女儿说，怎么样？陈元说，米饭特别香。女儿说，这是我的绝招。陈元明白，她的绝招是从她妈那里学的，淘好米之后，在锅里放一点盐，再放一点油，蒸出来的米饭不仅粒粒不粘，而且香喷喷的。女儿说，你没有发现问题吗？陈元说，没有啊，都是我喜欢吃的。女儿委屈地说，爸爸不老实，你没有发现西红柿炒鸡蛋与西红柿鸡蛋汤重样了吗？陈元说，不呀，一个是炒的，一个是汤，怎么会一样呢？女儿说，爸爸喜欢，我以后天天给你做，我有几个拿手菜还没有亮出来呢。

陈元低下头只顾着吃饭，真不知道再说什么好了。为了女儿，白天他去过附近的几所学校，也去过大沙镇教育部门，打听下来的结果是，像他这样没有上海户口，没有居住证，四处流动的建筑工人，子女根本不可能留在这里上学。陈元吃完了饭，女儿又忙着洗碗。陈元说，爸爸对不起你，马上要开学了，你明天还得回去。

那天晚上，父女两个坐在一片荒凉的工地上。这个工程是一个居民小区，地基已经打好了，墙已经砌出了两米高。他们两人坐在墙头上，静静地看着远处的灯火和天上的星光，一直坐到了凌晨四点。

陈元说，四点了。

女儿说，那走吧。

陈元与女儿回到宿舍，收拾了一些行李，准备送女儿去汽车站。大沙镇那时还没有通地铁，陕西丹凤也没有通火车。女儿必须坐大巴到河南南阳，再转车回家。陈元带着女儿来到恒丰路汽车站，女儿在进站的那一刻突然回头说，爸爸，如果我迷路了怎么办？陈元说，你怎么会迷路呢？来的时候也是你一个人呀。女儿说，爸爸，若我被人贩子拐走了呢？陈元说，我给司机交代过了，他会帮你转车的，你听他的话就行了。

女儿检完票之后，她猛然回过头，一下子冲了出来。女儿坐在汽车站外边的广场上，紧紧地抱着一棵梧桐树不放。女儿说，我还不想走，明天走吧。陈元说，那车票就作废了。女儿说，我有钱，我挖药赚了好多钱，就为了来看爸爸的，如果作废了我还你。陈元说，爸爸不是这个意思，你要回去念书。女儿说，我不想念书，我只要爸爸。女儿说着，又哭了起来。陈元也哭了起来。无奈，陈元把女儿又带回了工地。

陈元的老婆屈爱琴打电话来催了，说是要上六年级了，学校马上就要报到了，怎么还不见女儿回家呢？陈元说，明天就回去，或者是后天就回去。女儿抢过电话说，我不回去了，我在上海念书了。屈爱琴说，上海除了楼房高，学校有什么好的？女儿说，当然好了，不但上语文数学英语，还会教我们打排球呢，我以后说不定就像郎平阿姨一样，成了铁榔头。屈爱琴说，你就吹吧，小心变成了铁疙瘩，不过你留在那里也好，可以盯着你爸爸不要让他花心。女儿说，你说什么呀？我爸爸想花心，怕也没有机会。屈爱琴说，堂堂大上海，十里南京路，怎么没有机会？你可不能跟你爸爸一起糊弄你妈妈。

女儿说，爸爸待的地方，除了砖头就是水泥，你就放心吧。

第二天一清早，陈元就出门了。他买了几条中华烟，去了附近的那所学校。他想找校长再谈一谈，希望让女儿进去。没有桌子，哪怕自己买张桌子；没有地方，哪怕在教室的拐角上站着；如果连站着都不行，那就让她坐在窗子外边。总之，他必须让女儿上学。让他最为悔恨的，就是自己书念得少。如果自己不是中专毕业，而是大学本科毕业或硕士博士毕业，那他绝对不会活成现在这个样子。起码有一点，可以在上海落户，或者办理人才引进类居住证，有了户口或居住证，自己就成了上海人，能享受上海人的待遇，女儿自然也可以留在上海上学了。

但是与过去一样，陈元刚刚靠近学校大门，还没有开口说话呢，就被保安给撵走了。保安说，你为孩子上学这事儿来的吧？别做这个梦了，除非你是居民、镇长或流氓，如今开学报到已经结束了，镇长和流氓恐怕说话也不算了。

第二天一清早，女儿也出门去了。女儿给陈元的说法是，与工地上的几个小伙伴一起出去玩玩。女儿晚上回来的时候，手中提着一把韭菜、半斤五花肉、几个土豆。女儿洗了一把黑乎乎的小手，说是要烧晚饭了，做土豆焖肉给爸爸吃。陈元说，你去哪里了？玩得那么疯？女儿从身上掏出四十块钱，神秘地塞到陈元的手中说，我可以帮爸爸赚钱了。陈元把钱狠狠地摔在地上，很生气地说，谁要你赚钱了？有本事你给我赚四万块回来！你这么大孩子，为什么不听话呢？你现在最重要的是什么？是念书！是回去念书！

第三天一清早，陈元去工地上班，想在午休的时候再去另外的学校试试。女儿照样提着一个塑料袋子出门去了。她与几个同样辍学的孩子约好了一起去拣饮料瓶子，一个饮料瓶子可以卖两毛钱，一天下来每个人可以拣几百个瓶子。

那天，陈元正在刷写标语。上边来检查安全质量前，工地上都是要刷写标语的，无非还是“欢迎领导莅临指导”等，当陈元把一条横幅刚刚写好，正在朝工地上悬挂的时候，眼睛突突地跳了几下。正好这时他接到了一个电话。电话是民警打来的，事后才知道这个民警叫邢小利。

邢小利说，你是不是有个女儿在上海？陈元说，你谁呀？邢小利说，我是派出所的。陈元说，派出所也管孩子上学吗？陈元以为自己这几天跑来跑去，终于有人被感化了，要安排女儿上学了。

邢小利说，上什么学？到哪里上学？你快点过来吧，过来就明白了。

当陈元赶到一条小河旁边的时候，那里已经被围得人山人海。大家让出一条通道来。陈元不明白为什么大家会让出一条通道，他从来没有受到过如此尊重。陈元有点茫然。当时他已经是一头披肩长发了。他从人群的夹缝中穿过的时候，不停地朝后甩着自己的长发。在小河边的草地上，躺着一个人，确切地说是一个孩子。她身上的衣服湿淋淋的，紧紧地贴着瘦小的身体。双手、大腿和脸上糊满了污泥，像一个还没有捏好的泥人儿，是看不清面目的。

没有一个人吱声。

陈元说，怎么回事？

有个民警上来说，我是邢小利，你辨认一下，这是不是你家的孩子？陈元再次细微地看了看，他看到她下巴旁边的一块红色的胎记，看到左胳膊上的一道褐色的伤疤。她手上紧紧地握着一个瓶子，瓶子里没有饮料，而是灌了半瓶子泥水。陈元说，妞妞，怎么睡在这里了？妞妞是他女儿的乳名。

他要上前摇醒她。

但是邢小利说，她已经停止呼吸了。

陈元迷茫地望了望旁边的人。有个护士说，是的，我们赶到的时候，她已经停止呼吸了；有个穿着靴子的男人说，我们把她从水中打捞起来的时候，已经停止呼吸了，掉到水里三十多分钟呢，谁有这么大的本事还活着呀。

陈元像一个聋子似的，大声地问，你们说什么？

旁边有两个工人，是工地上的工友，陈元是认识的。一个工友说，她和我们家的孩子一起，在这里拾饮料瓶子，另外一帮孩子不让，说这是他们的地盘，就把她逼到了河边，然后，然后，她就掉下去了。另一个工友说，什么掉下去了？是被推下去的！

有两个孩子在瑟瑟地发抖，他们哭着点了点头说，我们是一伙的，所以不是我们推的，是那个孩子推的。

这里不得不向各位交代一下田老板了。

田老板当年五十来岁，也不是上海本地人，但是他张口就是“阿拉”，闭口就是“伊们”，其实他只会阿拉和伊们几个词，所以没有人知道他是哪里人，都以为他是上海本地人。田老板胸口刺了一条龙，远远看上去，怎么都不像一条龙，而像半根霉烂的草绳子。有人问，这刺的是什么呀？他啪啪地拍着胸脯说，是龙呀！阿拉是龙的传人。有人说，龙头在哪里？依我们看，倒像一条蚯蚓。他赶紧把衣服敞开说，有句古话怎么说的？见头见尾不见身！我这条龙啊，是见尾见身不见头，侬就不懂了吧？说完，他会自己解释说，龙尾龙身都刺好了，一只眼睛都刺好了，仅仅剩下一个龙头了，但是那个痛呀，太他妈的难受了，所以真是太遗憾了。田老板之所以叫田老板，是因为他在大沙镇开了一家超市，规模还是比较大的，里边不仅有服装鞋帽和日用百货，还有蔬菜瓜果、食品香烟和安全套避孕药。

把陈元女儿推下水的，就是田老板的孙子。田老板的孙子不可能外出拾饮料瓶子，即使是拾饮料瓶子也不会为钱。他们当然不缺钱。可是那天，田老板的孙子在那里玩耍，看到陈元的女儿在那里拾瓶子，就上前问，你拾瓶子干吗？女儿说，拾瓶子卖钱呀。孙子说，你要钱干什么？女儿说，买东西呀，还要买菜呀，我要给我爸爸买条鱼。孙子说，买条鱼干什么？女儿说，还能干什么，当然是做晚饭了。孙子说，瓶子是你能随便拾的吗？这些都是我的，我就住在旁边，别说几个瓶子了，就是地上的毛毛虫也是我的。于是两个人追着，就跑到了小河边。

事后，在民警邢小利主持调解的时候，有人说是被田老板的孙子推下水的，有人说是陈元的女儿自己滑下水的。邢小利说，不管怎么样，人已经死了，除了赔钱还有什么办法呢？我提一个数字，就六十万元吧。田老板说，一个乡下小屁孩子，哪值这么多啊？陈元说，我给你六十万元，买你孙子一条命怎么样？田老板说，侬能拿出那么多吗？反正阿拉是拿不出来的。民警邢小利说，拿不出来也得拿，你不是还有一家超市吗？田老板说，阿拉孙子还是孩子，这个情况也得考虑进去吧？民警邢小利说，你孙子多大？若超过十四岁了，还要负刑事责任的，属于故意杀人你明白吗？邢小利又对陈元说，按照相关规定，农村人与城市人，确实是同命不同价的。

最后，田老板赔偿了三十五万元。陈元拿到三十五万元之后，却一分钱都不敢花。每花一分钱好像都是在出卖他女儿的命。所以思来想去，他就想到了那群辍学的孩子。到了第二年春天，附近一家纸板厂倒闭了，陈元就盘下了那块地方，准备办一所农民工子弟学校。申请开办小学的时候，陈元见人就哭诉自己女儿是如何如何想留在上海，是如何如何被人推到河里淹死的。也许是被感动了，也许是农民工子女不上学，在大街小巷四处晃荡，毕竟是一种社会隐患，所以就得到了当地政府的支持。

因为学校门前有一条马路叫菜场路，陈元干脆给这所迷你型的学校起了个名字叫“菜场小学”。陈元自己亲自担任校长，从外地招了几名一心想到上海发展的老师，又在旧厂房里添置了一些桌椅板凳和教学用具，还在操场上树了一根旗杆和一根篮球架杆，学校很快就开学了。

这些都是旧话，按下暂且不提。

大妈从自己摊子上，抓起一个西红柿，也啃了起来。大妈说，纸板厂倒闭之后，这里开了一家农民工子弟学校，办学校的钱说是校长的又不是校长的，其实是一个姓田的老板卖掉自己的超市赔给校长的。可惜好景不长，校长出事儿了。可能是冤家路窄吧，有一天田老板报案，说干女儿被人给那个了。那个校长姓什么来着？如今记不得了，就被抓起来了，被判了整整五年。为什么被判五年？说是干女儿未满十四岁，不管怎么样都是犯法的。

陈元浑身一阵颤抖，忽然站了起来。

大妈说，校长被判刑之后，学校自然就关门了。

陈元说，那些学生呢？大妈说，本来就没有多少学生，据说通过报纸和电视台一报道，政府怕事儿闹大了影响不好，特事特办，不管是外地的，还是哪儿的，也不讲什么条件了，统一安插到附近的公办学校念书去了。前几天听说，有些孩子明年初中毕业，照样不能在上海上高中，要想继续念高中考大学，还得回老家，老家都没有人了，这些孩子怎么回去？大家都念着那个校长，若那个校长不进去的话，他们的孩子恐怕连初中都上不完，现在毕竟是初中毕业，也不算文盲了。

陈元又掏出一个西红柿咬了起来。

在里边的五年中，他多少次猜测过农民工子弟学校的命运，什么结果都想过了，想到了关门，想到了被别人接替继续办着，唯独这个结果是自己万万没有想到的。自进去之后，这是第一次接收到让自己有点欣慰的信息。

陈元在准备离开的时候问，你相信校长是那种人吗？大妈说，我们普通人，相信不相信有什么用呢？这得听警察的吧？那个田老板，把大超市赔进去了，不排除他设计圈套，来打击报复校长。我当时在那家宾馆当服务员，虽然在眼皮子底下，也没有亲眼所见，什么都是猜测的，所以这是是非非，再怎么想也是白想。

陈元说，你做过宾馆服务员？

大妈说，是呀，在那个红星宾馆，田老板超市的隔壁，你在那里住过吗？当时我在那个宾馆当服务员，而且那天晚上还是我值班，当警察跑过来的时候，我才知道出事儿了。

陈元忽然意识到，他之所以对大妈那么眼熟，就因为当时在红星宾馆的前台，他向她打听过宾馆内部的保健按摩房在哪里。她告诉他就在宾馆二楼的时候，顺便提醒了一句“我们的按摩房是正规的”。陈元在上楼之前还拿她眉心上的那颗黑痣开过玩笑。陈元说，你是斯琴高娃吗？她说，如果我是斯琴高娃的话，我就去韩国把这颗黑痣给祛掉。陈元说，那可是一颗福痣，祛掉你就当不成明星了。

想到红星宾馆，陈元又开始窒息了。他从身上急忙摸出一支烟，从撕开的袖子里掏出一撮棉花，搓成一根棉花条子，然后脱下自己的布鞋。但是菜市场的墙似乎是塑料板或光滑的预制板，地板上到处都是水渍与垃圾，根本容不得陈元进行摩擦。

大妈从另一个摊子上借过来一个打火机。

陈元说，不需要，我有火。

大妈接着说，出了那种事儿之后，红星宾馆因为生意冷清就被拆迁了，我也下岗了。你别看在宾馆当服务员，那可是国营宾馆，食堂随便吃，空闲的房间随便住，电话也是随便打，工资不高，但是全部都落下了。我常在想，若没有发生那件事儿，宾馆会不会倒闭呢？若不倒闭的话，大沙镇现在是迪士尼板块，酒店的日子是不是更好过了？我会不会当上经理了？如今我摆的这个摊子，肯定是赚钱的，可惜它不是我的，我是给人家老板打工的。

陈元不想再说什么了。

他必须到外边去，找一堵能摩擦取火的墙。

他向大妈询问了一下大沙镇派出所的位置，知道派出所还在当初的那个地方。

正是中午休息时间，陈元坐在派出所对面的一家小饭馆里要了一碗面条，一边吃着一边看着派出所那排低矮的房子和像杂货铺一样的院子。只有这些地方，可谓铁打的衙门。菜场小学倒闭了，红星宾馆倒闭了，田老板的超市也转让了，唯有派出所还那么破旧地设在那里，不会受到任何人的命运的牵连。

4

陈元去大沙镇派出所，就想找民警邢小利。

他出的那件事儿也是邢小利一手经办的。他想看看在他进去的五年时间里，那些人最后的情况都是什么样子，其中包括那个狗日的田老板、不知轻重的小丫头黄丽，当然还有邢小利本人。只有这三个人，或者只有前边的两个人，是他那件事儿的主人公。

陈元吃完一碗面条，围着派出所转了一圈。当初为了女儿的事儿和自己那件事儿，没少来这家派出所。其实，他为女儿的事儿来派出所的次数比较多，为自己那件事儿只来过一次，就那么一次，便彻底给交代过去了。

陈元记得，派出所背后那条巷子比较深，七拐八拐地一直通往稻田，穿过稻田就到了女儿出事儿的小河浜。有一位大爷，在巷子宽大一点的拐角处，摆了个自行车修理点。大爷叼着一支烟，正在低头补胎，见陈元站在旁边不走，便问，你要补鞋吗？陈元说，你不是修自行车吗？大爷说，自行车都能修，修鞋还不是小菜一碟？陈元本来没有什么要修，还是拉过一条板凳，把鞋脱下来扔给了大爷。大爷看了看说，哪里烂了？

陈元说，没有。

大爷说，那补什么？

陈元说，你看着补吧。

大爷笑了笑说，你偏脚，鞋底子要垫一垫才好穿。

陈元说，从这里朝前走，是不是一块稻田？大爷说，是啊，原来稻田里长稻子，现在稻田里开始长房子了。陈元说，再往前是不是一条小河浜？大爷说，原来叫小河浜，如今叫景观河，不过再怎么变，流水是不变的，照样是可以淹死人的。陈元说，没有设栏杆吗？大爷说，没有栏杆的时候，是被别人推进去的，现在设了栏杆，都是主动跳进去的。陈元说，跳进去洗澡吗？大爷抬起头说，洗澡？在臭水里洗澡，岂不是越洗越脏？陈元说，那干什么？大爷说，是寻死，也就是自杀。经我的手捞起来的，有七八个了，最小的那个，是陕西的，才十二岁，是被推进去的；最大的那个是一个姓田的老板，都五十多了，是自己跳进去的。

陈元说，他那么大把年纪了，为什么要跳进去？大爷说，是活腻烦了吧。那天我去小河浜里钓鱼，听到扑通一声，以为有人落水了，我跳下去把他给拉上来了，你知道拉上来之后出什么事儿了？陈元说，死了？大爷说，哪死了？活着呢！是我救上来的唯一一个活着的，而且是唯一一个不想活的。

哎哟，妈的。大爷似乎被手中的刀片削破了，手指头在流血。

大爷说，谁知道救人还救出麻烦了。陈元说，这是做善事儿，他们理应谢谢你。大爷说，还谢呢，救了那么多人，连根烟都没有抽上过。陈元当时确实没有问过是谁把女儿捞上来的，也没有说过一句谢谢。

陈元抽出一支烟，递给了大爷说，我要谢谢你。大爷说，你是谁呀？我又没有救过你。陈元真想告诉大爷，那个陕西的孩子是自己的女儿，就是他给捞起来的，好像大爷还说过，他捞了半个小时。如果陈元说出这些，会引出自己后边的事儿。虽然后边的事儿都是莫名其妙的，因为没有人证明是莫名其妙的，所以那种羞耻依然储存在别人的眼睛里。

大爷说，田老板胸脯上刺了一条龙，当我把他拖到草地上，他竟然拍着张牙舞爪的胸脯指责我不应该救他。我说，你又不是一头畜生，我怎么能见死不救呢？他说，我就是畜生，一心想死的畜生，是你让我没有死成。我说，那你自己再跳下去吧。他说，水那么深，想跳就能跳啊？这需要勇气的！他缠住我，非让我把他给推下去。你说说，我敢把他推下去吗？他有个大超市，孙子把人家女儿推下去，赔了三十五万元，如果我把他推下去，我拿什么赔人家？恐怕只有光屁股了。

陈元说，他寻死，不会是因为赔钱吧？大爷说，有关系，但似乎又没有关系，当时大超市已经转让掉了，连第二个案子都发生了。第二个案子牵扯到的还是田老板他们两个人，所以各种各样的猜测就非常多，有人说他们上辈子就是冤家，也有人说他们都上了别人的圈套。反正田老板非得让我把他推下水去，不然就不准我离开。

大爷说，我那时还在派出所上班。

大爷朝着派出所的屋顶瞄了一眼，屋顶上有一根不高的烟囱。已经过了午饭时间，所以并没有冒烟。不冒烟，或许因为那个烟囱已经不是烟囱了。

陈元说，你在派出所干什么？大爷说，厨师，他们临时雇的。我正急着回去给派出所做午饭呢，但是田老板抱着我死活不放，我赶紧给派出所打电话，副所长邢小利赶了过来。陈元说，邢小利不是民警吗？大爷说，是刚刚升任副所长的，可能一连办了两个案子，所以立功了吧。

大爷又“哎哟”了一声，另一个手指头也被刀片削破了。

有个小伙子推着自行车来修，大爷说，我这是补鞋的，不修自行车，工具都在那里，你需要的话自己动手吧。陈元笑了笑说，你怎么又变成补鞋的了？

大爷说，生气啊。我回到派出所的时候还不到十二点，比平时开饭也就晚了半个小时，结果你猜都猜不到。当我洗完碗，刚解下围裙呢，邢小利就来通知我，让我第二天别来了。我问，别来了是什么意思？邢小利说，我们要另请厨师了。我说，不就晚了半个小时吗？又没有饿着谁，何况我是见义勇为去了，不是我的话田老板就死了。邢小利说，他死不死与你有什么关系？何况他这种人多一个少一个有什么影响吗？我说，好歹也是一条命吧？邢小利说，反正你的行为影响了本职工作，辞退你也是经过派出所研究的。我说，你跟谁研究的？我在这里做了十几年饭，你刚刚升任一个小小的副所长就把我开除了？邢小利说，开除了又怎么样？我说，你恐怕居心不良吧？邢小利说，你说说看，我怎么居心不良了？我说，感觉你希望田老板死。

大爷又抬起头，朝派出所那边的屋顶瞄了一眼，而后低着头嘿嘿地笑了。

陈元说，后来呢？他们给你说法了吗？大爷说，食堂是邢小利分管的，不就他一句话吗？他让我走，我能不走吗？当天离开派出所后，我变成了无业游民，有阵子在这里开过冷饮摊，可是从这里经过的，要么是报案的，要么是犯事儿的，都是火烧火燎的，哪有心情坐下来喝一杯呢？尤其到了冬天，一根冰棍也卖不出去，万般无奈我就摆了这个摊子，说实话这个摊子也不怎么样，原来骑自行车的人还挺多的，现在大部分换成小汽车了。

陈元又想用棉花取火了，但是大爷已经修好了鞋。大爷说，你试试吧。陈元穿上鞋试了试，果然走起路来平稳多了，不再歪歪扭扭的了。

陈元说，多少钱？

大爷说，不要钱。

陈元说，为什么？

大爷笑了笑说，我这是自行车修理点，补鞋只是义务的。

陈元看了看天，晴朗的太阳有点偏了。陈元便辞别了大爷，拐到了派出所的大门口。保安拦住陈元说，你报案吗？陈元说，我找人。保安见陈元有点迟疑，便说，最近风声紧得很，如果找人办私事儿，我劝你还是省省吧。陈元说，我想找邢小利，副所长邢小利。

保安说，你是他什么人？陈元说，什么人都不是。保安说，你在这里有案子？陈元说，也不是。保安说，那到底是什么？陈元说，我亲自和他说吧。保安说，他已经不在这里了。陈元说，我真没有什么事儿，找他就是想看他一眼。保安说，你们是朋友吗？陈元说，算是吧，所以你就没有必要骗我了。

保安说，我没有骗你，实话告诉你吧，他现在在城西监狱里。

陈元一愣，那不是自己刚刚出来的地方吗？

陈元说，他调到那里去了？保安说，调？什么叫调？他是服刑去了，他犯法了你不知道吗？人家躲他都来不及，你还主动往上贴呀？陈元说，犯什么法了？保安说，除了杀人越货，现在能犯法的，不就是贪污受贿吗？我一年前来当保安的时候，他已经进去了，据说除了受贿之外，还有侵占他人财产。陈元说，判了多少年？保安说，具体我也说不清楚，大概是五年吧。陈元说，没有带出别的什么案子吗？保安说，你是指同伙吗？同伙倒是有一个，是他手下的一个民警。

陈元心想，肯定没有牵连出自己的事儿。若自己的事儿有了转机，他应该早就被放出来了。

陈元对邢小利一下子失去了兴趣。即使邢小利没有进去，如今见到了邢小利，他又能和邢小利说什么呢？告诉他自己出来了？继续告诉他自己是被冤枉的？问一问是不是他邢小利设下的圈套？那又能怎样呢？现实是，邢小利也进去了，很有可能就是因为自己进去的，而且与自己一样判了整整五年。

保安对着陈元的背影说，你们真是朋友的话，就去菜场路七十三号看看他老婆吧。

陈元朝着菜场路走去。他不是有意要去看看邢小利的老婆。邢小利的老婆又不认识自己，而且和邢小利本人还是不一样的。陈元之所以朝菜场路走去，是因为那是地铁九号线大沙镇的那一站。

陈元在离大沙镇地铁口还有五十米的地方，一抬头不经意间就看到了七十三号。那里是一个居民小区，一楼全是临街的门面房，七十三号门面房安装着玻璃门。正是下午时分，大白天依然开着灯，是粉红色的霓虹灯。灯光下摆着一张红色沙发。沙发上坐着一个女人，看上去已经不太年轻，应该四十多岁的样子，但是一副小清新的打扮，身上穿着一条白纱裙，低胸的，半透明的，可以清晰地看到桃红色的胸罩兜着半个被挤压的乳房。裙子特别短，稍微动一下，就露出了水红色的三角内裤。

陈元从门口经过的时候，她没有把陈元误会成一个女的，或者她根本不在乎男女，一边嗑瓜子一边朝陈元勾了勾手，还撵到门口，贴着玻璃门说，进来吧，进来玩玩吧。陈元原来遇到此情此景，肯定会大大方方地摆摆手，如今莫名其妙地心虚起来，最后一慌张就钻进了隔壁。

隔壁是一家正规的理发店。陈元并不知道这是正规的理发店。当他走进去的时候，凭着那亮亮堂堂的灯光，还有服务员“欢迎光临”的口气，他觉得应该是一间正规的理发店。一位年轻的小伙子拉出一把椅子，直接告诉陈元说，我们是正规的理发店，请问你要理发吗？陈元说，不理发。小伙子说，那你要烫头吗？陈元说，也不烫头。小伙子有点迷茫地重复说，我们是正规的理发店。

陈元说，你看着办吧。

小伙子说，我看你头发挺长的。

陈元说，头发是假的。

小伙子有点意外地说，这样啊！那刮刮胡子吧？

陈元说，我这胡子能刮吗？

小伙子说，当然能刮了，你又不是女的。

小伙子把椅子调平，开始给陈元刮胡子。陈元说，你怎么发现我不是女的？小伙子说，女的也长胡子，但是没有这么硬，而且你喉结那么大，女的是没有喉结的。陈元说，你老家是哪里的？挺聪明的嘛。小伙子说，老家是河南南阳的，聪明有什么用，念书少，只能待在这种地方。

陈元说，为什么念书少？小伙子说，外地的呀！上到初中毕业，就不让考高中了，若不是有个校长，恐怕连初中都上不了。陈元说，哪个校长？小伙子说，我也不知道，我那时候年纪小，但是听我爸妈说，有个人自己出钱，建了一所农民工子弟学校，我在那里上了一段时间，后来学校关门了，就转到正规学校去了，这些天我爸妈还在念叨，说那个校长应该快出来了。

陈元心想，虽然大家忘记他姓什么叫什么，总算还有人是惦记着自己的，甚至是感激自己的。但是惦记自己、感激自己有什么用呢？是丝毫也无法证明他不是犯了那种事儿的人的。

小伙子说，你不去隔壁是对的，老实说隔壁很脏的。我给你讲个故事吧，前几天有个同性恋，泡了一个娘娘腔，带回家干完事儿之后，又有一个老男人跑过来，说那个娘娘腔是他的女朋友，逼着同性恋拿出八千块钱。同性恋没有那么多钱，只好交出银行卡和密码。趁着娘娘腔拿银行卡出去取钱的机会，老男人又把同性恋给那个了。同性恋一气之下就报案了，警察把娘娘腔和老男人都给抓起来了，在被逮捕之后，给老男人体检，发现老男人患了艾滋病！

陈元说，都是隔壁发生的？

小伙子说，当然不是了，是从电视里看到的。但是隔壁那个女人，谁知道带着什么病呢？传染上了可就毁掉了。而且你不知道，那个女人可不简单，她老公原来是派出所的副所长。据说，她当副所长老婆的时候威风得很，整天开着汽车在大街上乱窜，手上提着的包包都是上万块的，穿着的裙子人家说像只花蝴蝶，我看啊，蝴蝶的翅膀也不见得有那么漂亮。有人说副所长被抓起来，就是她和别人联手举报的，之所以要举报自己老公，是副所长在外边有花头了。为了那个花头，副所长在大沙镇盘下了一家超市。不管谁是谁非，副所长进去之后，家里人都劝她和副所长离婚，但是她死活不肯。她不离婚，也不去里边看他，就开了隔壁的理发店，理发店里就她一个人，既当老板，又当小姐。她那个理发店，与我们不是一样的，我们这个理发店是真理发，而她那个理发店什么都有，就是不理发。大家以为她为了钱，人家说不为钱，就为了报复副所长。

小伙子说，大叔，对不起啊。

陈元说，为什么对不起？

小伙子说，只顾着说话，我一失手，把你下巴刮破了。

陈元才意识到下巴在流血，有一丝火辣辣的痛。

陈元起身要结账的时候，小伙子说，我不收你的钱，因为我把你的下巴刮破了。

陈元出了理发店，本来还想在大沙镇逗留两天，比如去自己曾经打工的建筑工地看看，比如去找找田老板和他的那间超市，比如去看看红星宾馆拆迁后都建成什么样子了。但是，一切都在五年前开始拐弯了，像一条路突然拐向了让人看不见的方向。他不忍心多看一眼那间粉红色的门面房，还有那个对着路人不停招手的有些沧桑的女人。他立即转过身，钻进了地铁九号线的入口。

目前他最想的就是回家，回陕西丹凤的那个家。

如今他无法预料自己的老婆屈爱琴和儿子陈改朝会朝着什么方向拐去。

5

陈元仍然选择先到南阳，再转乘前往西安的大巴。

前往西安的大巴会经过陕西丹凤。这是自己以往回家的线路，也是女儿当初来上海度暑假时逆向而行的线路。陈元心想，五年时间，也许从上海到丹凤已经开通了直达的班车，但是他不愿意直达，他希望转车。如今转车还是不一样了，原来从上海到丹凤，有一大半路是走国道的，会遇到一个个小镇，比如叶子镇，比如太阳镇，在那些小镇上，大巴要停下来，一边上人，一边让大家吃口饭撒个尿，有时候还会在小镇上住一夜，回到家基本需要三天两夜。如今全成了高速，陈元在车上迷瞪了一下，醒过来的时候已经到了南阳。在南阳等候了两个多小时，转了车，再迷瞪了一下，中午十二点就到了丹凤县城。

陈元的家在塔尔坪村，离丹凤县城还有七十里。每天下午的时候会有一趟班车前往庾家河镇，并不经过陈元的家乡塔尔坪，所以中途下车还要步行十多里。陈元不愿意坐班车，也许是嫌班车还要等几个小时，也许是嫌班车开得太快了，也许是怕遇到一些熟人。能坐这趟班车的人基本都是镇上的，即使不是镇上的，起码也是经常到镇上走动的。虽然过去了五年，陈元变化很大，还戴着一顶假发，但是不排除有人会认出他。即使不认识他了，他身上的那件事儿，应该是人尽皆知的。

陈元决定全部步行，七十里路对他来说算不了什么。七十里路，要翻过两座大山，不出意外的话，路上会有积雪，陈元若慢慢走，回到塔尔坪的时候应该正好是天黑时分。

陈元实在太饿了，在半路上推开一户人家的门。虽然午饭时间已过，但是大妈还是给陈元烙了锅盔，下了挂面。陈元好久没有吃到锅盔和挂面了，严格意义上是五年没有吃上锅盔和挂面了，所以他像一个吸毒的人突然拿到了一堆白粉。大妈看他吃得那么香，便说，你是哪里人啊？陈元说，我去塔尔坪。大妈说，走亲戚吗？

陈元说，去看看。

大妈说，我怎么不记得有这么个地方了？陈元笑了笑。

继续往前走的时候，路上遇到了两个人，陈元装作问路的样子，问人家塔尔坪还有多远或塔尔坪怎么走。人家都摇摇头说，是寺庙吗？好像没有听说过呀。真是奇怪了，塔尔坪再小，再不出名，它毕竟是一个村子。何况村子里的一个女儿还淹死在上海，村子里的一个父亲还出过那么丢人的不清不白的事儿。是那些事儿在如烟的时光中根本不值一提，还是都被人给遗忘掉了？

正如陈元所预料的一样，他是在暮色苍茫的时候，看到了那棵熟悉的大核桃树，看到了那棵大核桃树上的一个鸟巢，有几只乌鸦站在树顶上有气无力地哇哇着。

所以，塔尔坪还是存在的。

陈元想等到天黑才进村，于是坐在那条无名的小河边。

老婆屈爱琴还是老样子吗？还剪着齐肩的短发吗？还喜欢穿着碎花的棉袄吗？脸上还涂着双生花牌雪花膏吗？还会莫名其妙地眉开眼笑吗？此时，她是否系着围裙在喂猪呢？冬天了，栏上的猪应该两百多斤了吧？到腊月是杀了吃肉呢，还是卖钱？她见了他，还会不会像过去一样，他一进屋就被她给抱住了，而后稀里哗啦地把他剥个精光？

陈元骂了自己一声“妈的”。他怎么就把儿子给忘记了呢？陈元进去之前，儿子陈改朝刚刚订婚。儿媳妇她爸在另外一个村当村长，她在另外一个村办小学当代教，模样儿十分水灵。有人问儿媳妇，家里条件那么好，为什么看上了陈改朝？儿媳妇说，因为他有一个爸爸在上海，以后到上海去旅游都不用住宾馆了。儿媳妇有一半是开玩笑的，有一半是大实话。陈元在堂堂的上海工作，在建筑公司写写画画，这是多么让人羡慕。虽然陈改朝没有考上大学，还是一个农民，但是在大家眼里，有个厉害的老爸，迟早是要被安排工作的，而且肯定是在上海。

可惜的是，在儿子订婚之前，陈元没有机会见儿媳妇。她应该和儿子陈改朝结婚了吧？应该有孩子了吧？是孙子还是孙女呢？陈元突然发现，自己忘记带礼物了，没有给老婆屈爱琴买双生花牌雪花膏，也没有给儿子买几包红双喜，给孙子或者孙女买几包大白兔奶糖。过去他回家的时候都会大包小包地带着这些东西。如今若是带着这些东西回来，会不会显得十分奇怪？自己是被放出来的，又不是光荣退休了。

陈元突然想抽烟。

他从袖子里掏出一撮棉花，可是四周没有墙。有山，山上有积雪；有树，树已经枯干；有草，都是荒草；有一条小路，没有铺水泥。陈元拾起两块石头，像古代人一样碰撞，一下两下三下四下，整个山谷都回响着敲击的声音。最后石头都被撞碎了，还是擦不出火花。

天真的黑了。

陈元感觉有点毛骨悚然。

他一回头，看到背后站着一个人，对着他嘿嘿地笑。

虽然天黑了，光线十分暗淡，陈元还是认出了这个人。他是塔尔坪有名的老光棍，长得一表人才，而且心灵手巧，会制猎枪，会修收音机，会织毛衣。

他不仅织毛衣自己穿，还织毛衣送人。曾经送过两件毛衣给陈元的老婆屈爱琴，一件是水红色的，另一件还是水红色的。不过，一件是高领的，另一件是鸡心领的；一件胸口有一朵花，另一件什么花也没有。关于老光棍为什么变成了光棍，说法比较多，有人说年轻时家里穷，有人说是挑花了眼，也有人说他一直在暗恋陈元的老婆屈爱琴。

老光棍的名字叫马青。

马青说，你躲什么呢？

陈元说，我没有躲呀。

马青说，你躲到哪里我都会找到你的。

马青对着河边的一棵杨树轻轻地踢了一脚，说你以为你躲到树里边，我就找不到你啦？从杨树上落下一片叶子，也许是最后一片叶子。马青从地上拾起叶子，朝着它吹了一口气，而后说，赶紧回家吧。

陈元感觉，马青像是在和自己说话，又不像是在和自己说话，而是在和自己背靠着的那棵杨树说话。陈元喊了一声，马青。马青说，谁叫马青？这片树叶子原来就叫马青啊？陈元说，你认识我吗？马青嘿嘿一笑说，你是谁？不可能是屈爱琴吧？屈爱琴比你漂亮多了。

陈元有种不祥的预感。

照着马青说话的语气，马青可能疯了。

在自己没有进去前，就有人说马青有点疯，不过并不彻底。

马青说，跟着马青快点回家吧。

陈元跟在马青背后，向村子里走去。路上没有一个人，整个村子也没有一点光亮。每从一户人家门口经过，马青都会上前，扣住人家的门环，把人家的门敲得哐当哐当地响。他敲敲汪家的门说，准备好了吧，要赶班车的话，应该出发了；他敲敲方家的门说，快点起床吧，天都大亮了，应该下地收苞谷了；他敲敲马家的门说，快点放炮吧，小媳妇马上就到了，要拜堂成亲了。他的话也不全是颠三倒四的，当年汪家开了一个小卖部，卖点油盐酱醋和针头线脑，经常要搭班车进城进货；方家是个懒汉，要睡到太阳晒屁股才起床，经常地里的庄稼都顾不得收；马家有一次结婚，新娘子都进门了，迎亲放炮的人竟然喝醉了。

无论他敲谁家的门，门上都挂着一把大锁。

陈元明白，大家应该进城打工去了，或者迁移到开阔的地方去了。

终于到了自己家的院子外边，院门是半开着的。马青还是一样，走上前去，敲了敲门说，屈爱琴啊屈爱琴，你梳妆打扮得怎么样了？你们家的男人从上海回来了。陈元不明白，马青是认出自己来了呢，还是随口说说的。马青不等有人来开门，就把门给推开了，而后回头对着陈元说，跟着马青快点回家吧。

陈元进了院子，马青再轻轻地把门给掩上了。

陈元一下子又要窒息了。

原来的三间大瓦房不见了，成了一块平地。

从前摆着香案和祖宗牌位的位置如今长着一棵树。

陈元认不清是一棵什么树。因为是冬天，树上没有一片叶子，枝丫显得无比的瘦，像核桃树，又像柿子树，还有点像梨树。陈元以为走错了地方，在塔尔坪总共十几户人家，大多数人家的院子是一模一样的。比如马青家的院子和陈元家的院子，无论大小进深不仅一模一样，而且还在隔壁。

陈元说，这是你家吧？

马青说，是你家。

陈元准备退出来的时候，被马青给拉住了。马青拉来一张凳子，让陈元坐下来。陈元坐下来后，再朝院子后边的山看了看，又回头朝院子前边的山看了看，他感觉自己并没有走错，这确实就是自己的家。自己的家为什么不见了呢？是自己在做梦，还是老婆屈爱琴与儿子陈改朝在别处，比如在镇上盖了新房，全家一起搬走了？

陈元说，我老婆呢？

马青说，在那里呀。

陈元说，现在呢？我说的是现在。

马青说，她躲起来了。你以为你躲到一棵树里，我就找不到你了吗？

陈元仔细地辨认了一下，长在废墟上的那棵树确实是核桃树。塔尔坪的人喜欢种核桃树，因为核桃树寿命长，而且可以结核桃，所以在房前屋后，坟头坟脑，都会见缝插针地栽种核桃树。

陈元认为马青是真的疯了。

陈元出了院子，在整个村子又转了一圈，还是没有发现一个人，大多数房屋破败了，有些房屋已经倒塌了，到处都种着核桃树，有的已经合抱粗了，有的还是小树苗，把整个村子打扮得像森林似的。马青跟在陈元的身后，每到一家，他仍然上前敲门，敲完了门，又上前去敲树。他把一棵棵核桃树敲得嘭嘭响，而后一声声叫着，你们快点开门吧。

陈元说，我得走了。

马青说，门马上就开了。

马青跟着陈元离开了塔尔坪。陈元不知道自己要去哪里。他觉得自己应该先去镇上，镇上应该是有人的，他要打听一下老婆屈爱琴与儿子的下落。当马青把陈元送到一个山顶的时候，马青塞给陈元一个纸卷，陈元以为是马青自己卷的一支烟，就接了过来，夹在自己的耳朵上。马青掏出一个打火机，要给陈元把烟点上。

陈元笑了笑说，不用，我有。

但是四周一片漆黑，根本不知道哪里才能摩擦。

陈元摸索着赶到庾家河镇的时候，已经是晚上十点多了。陈元在镇上上过两年初中，那时仅有一条一百米的石板街，弯得像个“V”字。如今石板街已经没有了，全部改造成了水泥，而且两边全是小洋楼。可惜的是，小镇毕竟是小镇，一点儿都不繁华，街上不时有人经过，也有一两对男女没边没沿地溜达着，但是店铺基本关门了，四周显得一片漆黑。

陈元在街角的一座桥头，找到了一个摊点，是做烧烤的，还亮着灯。有一个人，没有坐在摊子上，而是坐在桥上，背靠着栏杆，独自在那里喝酒。摆烧烤摊的，是二十多岁的一个姑娘，梳着马尾辫，穿着绛红色的棉袄。

姑娘说，你想吃什么？鱿鱼，鸡腿，羊肉，什么都有。陈元说，随便吧。姑娘说，你是大妈吧？陈元笑了笑说，有关系吗？姑娘说，当然有关系，大爷爱吃羊肉，大妈爱吃鱿鱼。陈元说，随便吧。姑娘说，你要几条呢？陈元说，还是随便吧。姑娘说，那就先烤两条，不够了再添。

姑娘说，你不是本地人吧？陈元说，你看我像什么地方的？姑娘说，听口音，我看像南方的，冬天来我们这小地方，怕是收药材的吧？陈元说，你哪里人？姑娘说，我是本地人，又不是本地人。

陈元说，你知道塔尔坪吗？

姑娘说，那个地方，我知道呀，听我堂姐说过。

陈元说，你堂姐是谁？她怎么知道的？姑娘说，我堂姐就是我叔叔家的女儿，她险些就嫁到塔尔坪去了。陈元说，险些是什么意思？姑娘说，快结婚了，听说我姐夫他爸是个大流氓，所以就泡汤了，当时我才十几岁，具体我也说不清楚。陈元说，大流氓是你堂姐说的吗？姑娘说，她呀，一句话没有，都是别人瞎掰掰的。陈元说，你们信吗？姑娘说，据说人被抓起来了，法院都判了，信不信又有什么意义呢？

姑娘把鱿鱼架在炉子上，一边烤着一边说，当时我堂姐在一个村办小学教书，事儿很快就传到学校了，无论老师还是学生见了她，都是指指点点的。她一站到讲台上，底下一片沉默，不提问，也不发言，都直直地盯着她。有个学生考试成绩差，两门功课不及格，我堂姐通知家长来谈谈，哪知道家长一进学校就大吵大闹，说这么流氓的老师怎么能教出好学生呢？校长说，人家一个姑娘，怎么就成流氓了？家长说，她的公公是流氓，公公的儿子肯定是流氓，她嫁给这样的流氓，不是流氓是什么？校长说，不能这么推吧？家长说，她是教数学的，这叫等量代换明白吗？我堂姐无脸再进学校，第二天就辞职了。后来，婚事就泡汤了，据我叔叔说，不是他们薄情寡义，是我姐夫主动提出取消婚约的，不取消婚约怎么办呢？他不敢上我叔叔家的门，也不敢带我堂姐出去。

姑娘叹了口气说，我堂姐多漂亮啊，眼睛像两个桃子，粉扑扑的脸蛋像红富士大苹果，苹果都没有她那么水灵。现在二十七八了，还没有嫁出去呢。

鱿鱼烤好了，陈元却一点胃口都没有。他只想取火抽烟。

姑娘说，我姐夫与我堂姐分手后就离家出走了，开始说是在外边打工，后来有人在陕西铜川煤矿遇到了他，说他在洛南县某个村里，当了上门女婿。我姐夫离开塔尔坪后，就剩他妈一个人了。据说他妈去了一次上海，在上海待了几个月，最后是一边要饭一边回到塔尔坪的。回到塔尔坪后，她就再没有出过院子。我堂姐去看望过她，但是无论怎么敲门，她都不开。村子里任何人敲门她都不开。她在院子里待了将近两个月，直到第二年春天，有个疯子翻墙跳进院子里，想强行把她拉出来，发现两间屋子已经垮掉了。可能是被那年的一场大雪给压垮的。那年的雪下得太大了，把好多大树好多电线杆都压垮了。她躺在仅剩下的一间屋子里，尸体已经发臭了，头发已经全白了。其实她从上海回来的时候，头发已经全白了。

在桥头喝酒的人醉了，把一个酒瓶子扔进了河里，发出一声破碎的声音，而后摇摇晃晃地离开了。

摊子前没有一个客人，姑娘坐到陈元的身边，拿起给陈元烤好的鱿鱼，自已吃了起来。姑娘哽咽着说，疯子恐怕是有意的或是无意的，放了一把火，把剩下的一间房子点着了，大火不仅烧光了院子，还把院子后边的几座大山都给烧掉了。火特别大，我们从几十里外赶过去，帮忙把大火给扑灭了。最后大家和疯子一起，干脆把墙推倒，把她埋在了她家的院子里。

姑娘挑了挑炉子说，后来塔尔坪就空了，只剩下了一个疯子，疯子哪儿也不去，他在她的坟头上栽上了核桃树，在整个村子的边边角角都栽上了核桃树。听说塔尔坪原来有个塔，是镇鬼的，会不会塔倒了，妖魔鬼怪都跑出来了？

陈元万万没有想到在这个小镇上，轻而易举地遇到了未过门的儿媳妇的堂妹。似乎不是姑娘在讲述，而是岁月在向他讲述，是老婆屈爱琴在向他讲述，每个人的讲述尽是悲凉，像小镇上的那个冬天的夜晚。

姑娘吃完了一条鱿鱼，擦了擦眼泪笑了笑说，你到底是大爷还是大妈？

陈元说，为什么要把我误会成大妈呢？

姑娘说，也许头发太长的原因吧。

陈元掏出五十块钱，姑娘说，你一点儿都没有吃，所以不收你的钱。

有人在向这边走来，姑娘指了指说，我堂姐来帮忙收摊子了，大爷不如去我们那里将就一晚上。陈元看着那个不断靠近的有些疲惫的身影，站起身说，算了，我该走了。姑娘说，这么晚了还能去哪里呢？陈元说，我要回塔尔坪。

从庚家河镇到塔尔坪，是几十里伸手不见五指的山路。路上还有一些积雪，沿途也没有一户人家，陈元一脚深一脚浅地往回赶，赶到了最后一个山顶的时候，看到有个黑乎乎的东西在山顶上晃动。它不像一个人，而像一根树桩。

陈元是从里边出来的，所以不怕鬼，也不怕人，更不怕树，唯一怕的，是把鬼误会成了人，把人误会成了树。还不等陈元喊叫一声，那黑乎乎的东西嘿嘿一笑，瓮声瓮气地说，你躲到哪里去我都会找到你的。

陈元听出来了，他是马青。看样子，马青把他送到山顶之后并没有下山，而是一直在山顶上守着，似乎知道陈元还会回来一样。

陈元说，走吧。马青并不跟着他下山，而是靠着一棵松树坐下了。陈元说，赶紧走吧。马青还是没有吱声，几分钟就疲惫地打起了呼噜。马青应该太累了，他一直站在山顶上，在等着什么，所以他太累了。陈元也太累了，于是他依着马青，靠着那棵松树，坐下来闭上了眼睛。

陈元迷迷糊糊之中发现自己带着女儿回到了塔尔坪。他穿着一身西服，打着领带，皮鞋擦得铮亮。两个人一起进了门，女儿在东厢房里找妈妈，他则在西厢房里叫着屈爱琴。他在西厢房里找来找去，发现屈爱琴躺在一只储存麦子的柜子里。她没有剪齐肩的短发，而是留了一头与自己一样的披肩长发；她没有穿上带着碎花的棉袄，而是穿着一身白色的袍子；她没有眉开眼笑，而是脸上蒙着一块黑布。陈元说，你以为你躲在这里，我就找不到你了？她说，我不躲到这里还能躲到哪里？她说着，一骨碌从柜子里站起来，堵在了他的面前。陈元定睛一看，站起来的不是她，也不是一只柜子，而是一副棺材。

其实也不是棺材，而是疯子马青。

天大亮了，马青醒了，陈元的梦也醒了。

从山上往下看，整个塔尔坪还如从前一样，根本看不出有什么异常。一片树林之中，一块块屋顶上，还残留着积雪。如果细细地对比，原来是有炊烟的，或者有弥漫的雾气，如今什么也没有，显得十分清冷。像一个人有了呼吸，哪怕他的身体再冷，还是温润的，一旦没有了呼吸，就失去了生气。积雪上，原来是有喜鹊的，如今尽是乌鸦。它们从屋顶跳到树枝上，又跳到另一根树枝上，百无禁忌地哇哇地叫着。

陈元与马青一起下了山。陈元进了院子，终于把一切看得清清楚楚。除了院子基本完好无损之外，里边的三间房子连残垣断壁都不存在了，唯有破碎的玻璃还一如既往地反射着光。猪圈里长满了灌木，石磨上长满了青苔，水井隐没在衰败的蒿草之中。陈元终于看到了一块木板，插在隆起的地上，上边写着“屈爱琴”几个字。估计是马青给屈爱琴立起的牌位。

陈元在牌位前蹲了下来。

他从棉袄里掏出一大撮棉花，从废墟里捞出了一块青砖，从脚上脱下了自己的布鞋，开始使劲地摩擦着。他从没有用青砖取过火，由于青砖沾上了融化的雪水，有一大半还是潮湿的，但是他没有因此而丧失耐心。他一只手拿着鞋，一只手拿着青砖，夹着一根棉花条子，快速地摩擦着。第一根棉花条子被磨碎了，他又搓出第二根棉花条子继续摩擦。青砖从干燥到发热，从发热到发烫，半个小时之后，棉花条子慢慢地变黑，终于冒出了一股青烟。

陈元吹了吹，把一把艾草和一把树叶点着了。

陈元对着燃烧起来的火苗跪下了。

马青把一个火苗捧在手心，嘿嘿地笑着说，你以为你躲到树里我就找不到你了吗？

陈元想抽支烟，但是烟盒里已经空了。他从身上摸出了昨天晚上马青给他的那根卷烟，叼在嘴上。但是似乎是实心的，里边并没有烟叶。陈元把这根卷烟展开，只要揉一些树叶包进去，照样是可以当成卷烟抽的。

当陈元展开这张纸，发现上边有字。

虽然那字迹有些模糊，但是陈元一下子认出了这是屈爱琴的字。

屈爱琴曾经给自己写过信。写得比较稀少，每年就一封两封。每次接到屈爱琴的信，陈元都特别开心，坐在工地最高的墙头上，一个字一个字地反复读。屈爱琴的信很简单，要么告诉陈元收了多少麦子，要么告诉陈元槽上的猪多少斤了。这些话在电话里说过一遍，但是经过她写出来，味道又不一样了。有一次，屈爱琴在电话里说，他爸呀，咱们改朝看上了一个丫头，丫头的爸爸是村长，丫头在小学里教书，人长得也不赖，你回来把把关吧。陈元说，我把什么关呀？儿子看上了，你看上了就行，怕就怕人家看不上我们。屈爱琴说，咱儿子又不差，何况人家看中的，是你这个老爸。陈元说，你这个当妈的，也没有正经吗？既然你们定下来了，就请媒人提亲。过了不久，陈元收到了屈爱琴的信，信中又把那些话重复了一遍，不过里边多了一张那个丫头的照片。订婚的时候，陈元的建筑公司走不开，没有办法回家，就寄了两千块钱。

屈爱琴在这张纸上写着：

妞妞：大沙镇柳沙河。

他爸：上海市雪山路1551号。

学校：大沙镇菜场路177号。

副所长邢小利：上海市大沙镇大沙浜路1号。

田老板的儿子田小龙：西安市阎良区前进东路14号××小区。

黄丽：陕西省渭南市临渭区河西乡河东村，十三岁零十个月。

改朝：陕西省洛南县灵口镇桑树洼村。

纸上还有几个大大的感叹号，几个大大的疑问号，在田老板的名字上打了一个叉。纸头上印着“大沙镇派出所”的字样，看来屈爱琴真去过上海了。

陈元分析了一下名单和地址，她在上海的两个月时间里，应该去过女儿淹死的那条小河浜，柳沙河就是那条小河浜的名字；应该去过菜场农民工子弟学校，那时学校恐怕已经关门了，学校一关门，除了桌子椅子就什么也没有了。她肯定首先去的是大沙镇派出所，见到了已经是副所长的邢小利，从邢小利那里了解到女儿的事儿，当然主要是了解自己的事儿。田老板的地址是他儿子的，在陕西而不在大沙镇，是田老板已经离开了，还是这个地址是假的？甚至她还去了位于雪山路的城西监狱。王管教从来没有提起有人去看望过他陈元。陈元在里边五年时间，从没有任何人进去看过他。但是并不代表屈爱琴没有去过城西监狱。说不定她到城西监狱大门口，从门缝朝里看了几眼，而后就离开了，因为她明白他，就算她进去见他，他也不见得答应见她。

陈元爬起身，拍了拍马青的肩膀，说了句，谢谢你。

马青说，你以为你躲到树里我就找不到你了？

陈元穿过村子的时候，马青跟在他的后边一家家地敲门。

咚咚的敲门声在空洞的村子里不时地回荡着。

陈元要离开了。老婆屈爱琴留下来的那张纸其实就是一个天意，或者说是她冥冥之中对他的指引。陈元原来的计划是先见田老板和黄丽，因为田老板与黄丽是掌握着真相的两个人。如今必须颠倒一下，接下来他第一个想见到的，是自己的儿子陈改朝。因为自己蒙受的不白之冤，让那个可怜的孩子已经流落异乡，起码改朝养育的儿子或者女儿不会再姓陈了。他不知道是不是预兆，因为在他给改朝起名字的时候，老婆屈爱琴就提醒过他。

改朝改朝，不就是要改换门庭的意思吗？

6

根据屈爱琴提供的地址，改朝家住陕西省洛南县灵口镇桑树洼村。陈元对洛南县的灵口镇并不陌生，它就在丹凤县的隔壁，是从塔尔坪通往河南灵宝县的必经之地。

他曾经跟随着马青，也就是那个疯子一起，去河南灵宝县淘过金。灵宝县有很多金矿，在陈元青春年少的时候，不仅仅是塔尔坪，方圆几百里的男女老少，唯一的营生就是去灵宝县淘金。说是淘金，其实就是偷，半夜三更钻进矿洞里，偷人家的矿石下山卖钱。那时候，偷不叫偷，叫背；金矿不叫金矿，叫山上。陈元记得十分清楚，矿石一斤两毛钱，一克金子五十块。背矿石并不容易，因为矿洞里是伸手不见五指的，身后还有人拿着棍子追赶，一不小心就掉到矿井里，被当成矿渣给铲走了。村民们农闲的时候，或者家里困难的时候，就会吆喝一帮人去山上背矿。陈元去过几次，其中一次是自己想上学，家里出不起学费；还有一次是和屈爱琴结婚，为了给屈爱琴买块手表。那一次，他和堂兄一起去的。堂兄也准备娶媳妇，想攒几桌子酒席钱。刚刚坐车到了灵口镇，就发生了车祸，堂兄推了陈元一把，把陈元推出车外，堂兄自己来不及逃，被活活地轧死了。

从塔尔坪去灵口镇，必须经过三要镇。从塔尔坪到三要镇，有六十里的大峡谷，当年不通汽车，如今应该也不通汽车。反正陈元不喜欢坐汽车，坐汽车会遇到杂七杂八的人。这条线路，完全就是上山背矿的线路，不过似乎一切都变了，山似乎矮下去了，河流似乎窄了浅了。陈元不明白是自己眼光长了，老了，还是这些山瘦了，水干了。

陈元在太阳落山的时候赶到三要镇，再转车赶到了灵口镇。陈元出了灵口车站，问一家旅舍桑树洼怎么走。老板娘说，从没有听说过，还是住下来再说吧，一晚上三十块钱，要热水有热水，要按摩有按摩。陈元又问了一个保安，保安说，是桑树洼吗？会不会是桑树岭呀？桑树岭倒是不远，往北走就三里路。

陈元赶到桑树岭，有位老人坐在村口抽烟。陈元问，大爷，村里有没有一个叫陈改朝的人？老人说，你问的是女的吗？陈元说，是男的。老人说，我们虽然叫桑树岭，却清一色地姓杨，杨树的杨，怎么会有姓陈的呢？陈元说，是上门女婿。老人说，上门女婿那倒是有一个，在村东第一家，不过人家不叫陈改朝，人家叫杨利。

陈元想，肯定是走错了，或者屈爱琴把地址给抄错了。

正想离开的时候，有一个女人背着一袋子东西，弓身从村口经过。

老人指了指说，桂花，你们家杨利是不是改过名字？桂花放下肩膀上的袋子。她原来不是被压弯了腰，而是一个罗锅子。她弓着腰说，他说原来的名字不好听，入赘我们杨家后就跟着我们杨家姓了。老人说，他原来叫什么？桂花说，叫陈改朝，改朝换代的朝。老人说，那就对了，这里有人找呢。

桂花看到了陈元，问，你哪来的客人呀？

陈元迟疑了一下说，我是他煤矿上的工友，他不在家吗？

桂花说，还在铜川煤矿上，恐怕过年才能回来吧。

儿子不在家，陈元反而踏实了。陈元说，走到这里天黑了，就是想来投个宿。陈元接过口袋，是一袋子面粉。陈元背着面粉，跟着桂花进了村。桂花走路的时候，每走一步，头几乎都要磕到地上了。天黑，陈元判断不出桂花的年纪，不清楚桂花是儿子家里什么人，凭着样子感觉不像自己的儿媳妇。

儿子家没有院子，只有三间瓦房。房子不是青砖的，而是用泥巴夯起来的。中间有一个香堂，写着“天地君亲师位”，西边是一间厨房，东边从中间隔成了两个卧室。地板没有铺砖，也没有打水泥，积着厚厚的尘土。家里陈设简陋，几乎没有几件像样的家具，只有几只漆成红色的木箱子。桂花生了一盆火，而后问，大伯还没有吃晚饭吧？

陈元笑了笑说，还没有呢。

桂花便进了厨房，忙碌着做饭去了。

东边的门帘子揭开了，是一位五十岁左右的大妈。大妈说，你是哪位亲戚，怎么一点都不认识呢？陈元说，我是路过的，这么晚了，打扰您了。陈元估计，应该是儿媳妇她妈。她若是儿媳妇她妈，正在厨房添水做饭的，难道就是自己的儿媳妇？陈元看到儿媳妇弓着身子，几乎都够不着锅灶了，心里顿时生出一丝悲凉。

大妈说，你是哪里人？陈元说，我呀，原来是丹凤县的。大妈说，我们家杨利也是丹凤县的，那个村子叫什么来着？陈元说，叫塔尔坪。大妈说，听他说，塔尔坪已经没有人了，他们都迁到哪里去了呀？

陈元说，有的迁到镇上去了，有的迁到城里去了。大妈说，你和我们杨利熟悉吧？陈元说，挺熟悉的。大妈说，他家里都有什么人？父母和兄弟姐妹呢？我们问他的时候，他只说死了，到底怎么死的，什么时候死的，从来也不告诉我们。陈元说，孩子可能伤心吧。大妈说，如果不伤心的话，怎么会入赘到我们家？陈元说，他是怎么跑到这里来的？

大妈说，按说去灵宝背矿，也不经过我们桑树岭，哪知道他是怎么绕到这里来的？有一年冬天，下了好大好大的雪，雪把四面八方的路都封住了。我们早晨起来，不仅找不到路，吃水都找不到河。我们推开门，门外坐着一个人，看上去哪像人啊，倒像一个被冻僵的雪疙瘩。这就是我们家杨利。他在我们家睡了两天两夜，醒过来后，什么也不说，也不打算离开，挑水，劈柴，干活都不用人叫。春天了，帮忙下地锄草；夏天了，帮忙下地收麦子。待了半年多，我们问他，家里有没有媳妇？他摇头；我们问他，以后有什么打算？他摇头；我们问他，愿意不愿意做上门女婿？他竟然点头了。就这样，在那年农历八月十六立了招书。

大妈说，这个女婿话少，勤快，懂事儿，对我也孝顺，每次从外边回来，都给我买衣服，你看看我身上这件羽绒服，穿着多舒服啊。我们家桂花，按说也没有什么说的，但毕竟是个罗锅子，还长杨利三岁。我们能招这么一个女婿，恐怕是上辈子积了阴德。

看大妈对儿子如此称心，刚刚升起的那股悲凉稍稍地减轻了一些。

陈元摸出一支烟。他犹豫了一下。地板是泥巴的，墙壁是泥巴的，又是半夜三更，他怕吓着了人家，所以打消了摩擦取火的念头。

房间里传来了孩子的哭声，大妈说，是我孙女杨小青。

大妈掀起帘子，进房间里哄孩子去了。

陈元对桂花说，随便吃点就行了。但是桂花摆了一张桌子，蒸了一锅大米饭，炒了一个腊肉萝卜片和一个鸡蛋土豆丝，还提出一瓶子太白酒。桂花说，冬天里没有什么菜，就请大伯将就一点吧。陈元说，够多的了。桂花说，听你刚和我妈说，你是杨利老家那边的，又都在铜川煤矿待着，第一次上我们的门，算是稀客。

桂花说，大伯你一把年纪了，怎么还要上煤矿吗？陈元说，不挖煤能干啥呀？桂花说，电视里经常说，这边煤矿塌方，那边煤矿渗水，每次都有几十个人被埋在下边，你们待的煤矿怎么样？陈元说，都一样，哪儿都一样，不安全。桂花说，有没有死过人？陈元说，听说过，不过我们还好。桂花说，我劝说杨利，在家干点别的，钱有啥多少的，他总是不听，按说铜川离家也不是太远，可是一年到头，除了收麦子和过年，他多数时候都不回家。

陈元说，煤矿也没有外边说的那么可怕，你别太担心了。桂花说，我好奇，煤都埋在什么地方？陈元说，埋在地下。桂花说，多深呢？陈元说，我们不清楚，反正挺深的，下去要半天。桂花说，上边种庄稼吗？陈元说，煤多值钱，不用种庄稼了。桂花说，你们挖煤的时候是怎么进去的？陈元犹豫了一下。

陈元想起自己去过的金矿，便说，有洞，洞口有点像我们这里的墓，也像隧道或地铁，你坐过地铁吗？桂花说，还没坐过呢。

桂花要给陈元倒酒，陈元推开了。桂花说，大伯，煤挖出来是什么样子？陈元说，挖出来是黑的，和泥疙瘩一样。桂花说，从地下一挖出来就能烧吗？

真是奇怪，我们地里的泥巴为什么不能烧，人家那里为什么就能烧？陈元真想告诉她，在地壳运动中，有一些植物被埋在地下，在不透气或空气不足的情况下，经过几亿年的高温与高压，最后就形成了煤。但是陈元觉得那样解释，文绉绉的不合适。

陈元说，泥巴和泥巴能比吗？

桂花说，我一直想去煤矿，但杨利他不带我。其实我去，不是为了挖煤，而是为了陪陪他，给他做做饭，顺便看看煤是什么样子的，煤矿到底安全不安全。

几天一直在外奔波，加上在里边五年的煎熬，陈元第一次有了家的感觉。他三下五除二地吃了一顿饱饭，倒床便呼呼地睡去了。自是一夜安宁无话，第二天，陈元一觉睡到大亮，吃完早饭便起身告辞。桂花拿了一件棉袄，一双新做的布鞋，一袋子煮熟的香肠，让陈元捎给杨利。陈元说，这些东西，哪儿买不到，用不着吧？桂花说，杨利总不给自己添衣服，恐怕还穿着原来那件破棉袄。大伯你劝劝他，让他别舍不得花钱，想喝酒就喝，想抽烟就抽。再捎句话给他，马上过元旦了，如果元旦不回来，过年就早点回来。

大妈也送出门，对着陈元耳朵边悄悄地说，关键是让他早点回来，给咱杨家抱个孙子。

有一群孩子，你追我赶地跑了回来。有个孩子冲着陈元的后背喊，爸爸，爸爸。陈元一扭头，看到一个三岁左右的孩子，扎着马尾巴，单眼皮，清秀的模样，像极了自己女儿小时候。陈元想，没有猜错的话，女儿就是这孩子的姑姑。

桂花说，杨小青，你眼睛长哪儿了？是不是想爸爸了？杨小青说，他和爸爸长得一样。桂花说，确实有点像你爸爸，昨天晚上在村口遇到的时候，我也以为是你爸爸呢。杨小青说，长得一样就应该叫爸爸对吗？桂花说，不对，这是爷爷，快点叫爷爷。

杨小青便躲在桂花的背后，弱弱地叫了一声“爷爷”。

陈元听到叫喊，他的心扑通一声，悬在胸口的两块石头一下子落地了。陈元一阵感动，忙从身上掏出五十块钱，说是给杨小青买糖吃。但是杨小青不要，桂花也死活不要。桂花不但不要钱，反而回到家里，又装了几个馒头，让陈元带着在路上充饥。

7

陈元平白无故地在里边待了五年，从四十不惑即将熬成五十知天命，但是自己处在一个与世隔绝的地方，除了王管教那些人之外，大家都是有罪的，无论是偷盗还是抢劫，无论是杀人还是放火，无论是罪有应得，还是蒙受不白之冤，犯人与犯人的交往从精神的角度看，就显得平等多了。但是老婆屈爱琴呢？儿子陈改朝呢？儿子原来的女朋友和邢小利的妻子呢？他们这些与那事儿不相干的人，是生活在正常的社会上的。他们的一点一滴都牵扯到尊严，牵扯到脸面，牵扯到羞耻。陈元想，与他们相比，自己遭受的折磨轻多了。

陈元返回灵口镇坐车，在车站一打听，去铜川煤矿要经过渭南。陈元决定顺路去看看那个当时不满十四岁的小丫头黄丽。他怎么也想不通，那么小一个娃娃蛋子，她知道什么是男女之事呢？她哪懂什么是法律呢？她为什么要与人一起陷害一个陌生的和她父亲一般大小的人呢？如今小丫头已经长大成人了，推算一下已经十九岁了，若是五年前还不明白轻重的话，五年之后是否已经明白了呢？

在五年的时光流逝中，命运又是怎么安排她的呢？

陈元根据老婆屈爱琴列出的地址，坐了一趟大巴，倒了一次火车，在渭南南站下车后，往南走了两公里，或许是三十年河东三十年河西的原因，轻易就找到了河西乡河东村。

陈元在下午三点左右进了河东村。刚进村子不远，有一条小河，临河住着一户人家，三间房子有些破败，房前的河里结了冰，冰块之间有几只鸭子在游泳。屋檐下有位老人，估计七十岁左右，耷拉着头坐在太阳底下晒太阳。

陈元说，大爷，家里有水喝吗？

大爷半睁着眼睛说，你自己进门倒吧。

陈元不好意思自己进门，便又问了一句，你们村里有没有一个姑娘叫黄丽？

大爷彻底睁开了眼睛，打量了一番陈元说，我就是她爷爷，这就是她家，你是干什么的？陈元刚刚开口，就撞到了黄丽家的门上。陈元有点意外地说，仅仅见过一面，她不在家吗？大爷拉了条凳子让陈元坐下，说你在哪里见过她？在省政府那边，还是在医院那边？你不会又是来做思想工作的吧？

陈元听说黄丽不在家，便在大爷的旁边坐下了。大爷说，前些日子，省里的，市里的，信访办的，卫生局的，民政局的，还有什么残联的，分头都来过了，让他们别再到处上访了，但是黄丽她爸那个孽障，哪里听得进去呀。他越来越起劲了，家里庄稼也不种了，什么营生也不管了，整天挂着个牌子，牵着自己的女儿，到处又是哭闹又是上访的，把我们的人都丢尽了，他们不要脸，我这张老脸还要呢，等我死了怎么好意思去见阎王爷？

陈元心想，他们究竟为什么上访呢？

陈元说，肯定是有冤屈吧？

大爷叹了口气说，我孙女命苦啊，从落地那天起，就没有受到爸妈疼过。我那儿子，也就是黄丽她爸，是一个大酒鬼，整天把自己泡在酒瓶子里。如果没有酒喝，他不仅打黄丽，还打我这把老骨头，你看看我头上这几道疤，就是他用酒瓶子打的。有一次，酒瓶子见底了，他还没有喝好，便提起一壶开水，泼在了黄丽身上，把黄丽半个肩膀的皮都烫掉了。

当初的那些镜头如雾霾一样在陈元的眼前开始扩散。

有一天晚上，在菜场小学的宿舍里，陈元接到了田老板的电话。田老板说，陈校长你是不是还在恨我？陈元说，一切都过去了，我恨你干什么？田老板说，那出来喝酒吧。如果田老板不把超市低价卖掉，就没有三十五万元的赔偿款，没有那笔赔偿款就没有菜场小学，没有菜场小学的话几十个孩子就辍学了。田老板卖掉超市后，不仅倾家荡产了，而且失去了应有的经济来源，一下子从老板变成了无业游民。陈元本来不会喝酒，一是对田老板存有愧疚之心，二是冤家宜解不宜结，所以就接受了田老板的邀请，跑到红星宾馆门前的大排档上，陪着田老板喝了几杯。

几杯酒下肚，陈元和田老板都有些醉了。田老板说，我有一个干女儿你知道不？陈元说，我和你又不熟悉。田老板说，她现在没有地方上学，能不能送到你们学校去？陈元说，孩子多大了？田老板说，差两个月十四岁。陈元说，原来念过书吗？田老板说，念过，在老家念六年级。陈元说，我这里只有六年级，念半年就毕业了。田老板说，半年就半年，上完小学再想办法。陈元说，你明天让她来报到。田老板说，你们学校是免费的吗？陈元说，这个学校有你的功劳，所以我给她全部免费。

田老板说，那太好了！她正好在楼上的按摩房里上班，我让她给你做一次按摩表示感谢吧。陈元说，我是老师，老师怎么可以去那种地方？田老板说，这种地方也有干净的，何况她不到十四岁，又是我的干女儿，纯粹就是保健按摩，你脑子不要长歪了好不好？其实人家自己不愿意上学，你是校长，要去给她做做思想工作。

陈元随着田老板，晃晃荡荡地来到了红星宾馆的二楼。

据陈元后来了解到的情况，田老板的干女儿叫黄丽，是陕西那边的老乡。她是到上海来找她妈的。据说她妈在大沙镇，也许在某家服装厂，也许在某家商场，也许在某家饭店。小丫头一家挨着一家找，在那年冬天，几乎找遍了大沙镇，也没有找到她妈，在身无分文的时候，由于几个月没有地方睡觉，几天没有吃饭，恰好晕倒在田老板的超市里。当时田老板还开着超市，还是财大气粗的田老板，便把小丫头认成了干女儿，安排在红星宾馆的按摩房里。

就在那天晚上，就在红星宾馆，就在二楼尽头的按摩房里，就是那个十四岁不到的小丫头黄丽。时间，地点，人物，情节；酒，包厢，按摩床，脱光的衣服，流血的身体；灯光的昏暗，环境的封闭，自己的好言相劝，小丫头恐惧的目光；突然消失的田老板，突然尖叫起来的黄丽，突然而至的警察邢小利。一切好像都很普通，又好像是布置好的；一切好像都是巧合，又都是上天注定的；一切好像都十分道德，也没有任何违法行为，又十分失常和扭曲；一切好像都有人证明，但是又都百口莫辩。关键是，一切都是空白的，偏偏被人描绘得有鼻子有眼。

陈元听到大爷的话，终于明白黄丽肩膀上的那一片惨白，不是花纹，而是被开水烫伤后落下的疤痕。

陈元并不愿意回忆，每当那些镜头跳上自己脑海的时候，他都用各种各样的办法，比如说摸摸自己的光头，最有效的办法就是摩擦取火，逼迫自己中断那些无中生有的回忆。他取下自己的假发，摸了摸自己的光头；他慌张地抽出一支烟，从棉袄里掏出一撮棉花，从脚上脱下一只布鞋，但是墙壁依然是泥巴的，地板依然是泥巴的，还有一些泥泞，甚至有一些结冰。

陈元拒绝大爷用打火机给他点烟。

陈元把那支烟在手心里捏碎了。

大爷说，黄丽每天一放学，就去附近捡垃圾卖钱，供她爸喝酒。有一次我病得很重，黄丽放学回来自己做饭，没有顾得上出去捡垃圾。而她爸呢，酒又喝光了，他让黄丽出去买酒。黄丽说，没有钱。他说，没有钱，不知道赊吗？黄丽说，之前欠了几百块，还没有还清。她爸听了，立刻提起一个酒瓶子，朝着黄丽扔了过去。黄丽流着血出门了，那天正好下了那年冬天的第一场雪，雪下得不大，但是外边很冷。黄丽出门后，让村子里的人捎信给我，说她去南方找她妈妈去了。

大爷抹着泪说，黄丽她妈多贤惠啊，忍受不了那个孽障，在黄丽十岁的时候，跟着一个药材贩子跑掉了，从此失去了音信。有人说跟着药材贩子回浙江结婚了，也有人说是被人骗到了上海，在一些乌七八糟的地方打工。黄丽是春节前回来的，回来后整个人都变了，死活不愿意上学了。问她都去了什么地方，她摇摇头；问她见到她妈了吗？她摇摇头；问她有没有看到东方明珠？她摇摇头。肯定在外边遇到什么事儿了，或者是没有找到她妈吧，黄丽回来不久就生病了。她说头里边有一个大石头，硬邦邦的大石头卧在里边。而且头发大把大把地脱落，十几岁的女孩子就成了秃子。她每次一发病，就口吐白沫，满地打滚，滚着滚着就晕过去了。晕过去之后满嘴胡话，说抹在床上的血，不是人家打的，是自己的鼻血；说自己的衣服是自己脱掉的，不是人家脱掉的；说告诉警察的那些话都是别人教的。别人拿着刀子威胁她，如果不照办就把她卖掉，或者扔到大海里喂鱼。

陈元说，病治好了吗？

大爷说，治好了。

陈元说，为什么上访？

大爷说，还能为什么？头痛治好了，双目却失明了，变成了一个瞎子。变成瞎子后，黄丽反倒开心了。她说自己活该，就应该是个瞎子；她说世界上不管红的白的，在瞎子的眼睛里都是黑的；她说再好的东西都不值得她看，也没有脸去看。她爸那个孽障，看到黄丽瞎了，也挺高兴的。他说在头上开刀，怎么把眼睛弄坏了？说得轻一点是手术失误，说得重一点是医生故意的，因为我们没有给医生塞红包；他说不管怎么样，那是要赔偿的。于是他用纸板子，制作了一个"状子"，用红色油漆在上边写着：我叫黄丽，现年多少多少岁，渭南市河西乡河东村一个穷苦农民，本来我的眼睛好好的，两只眼睛视力都是一点五，但是由于某某医院进行脑部手术时，发生了医疗事故，致使我双目失明，请青天大老爷主持公道，给我们申冤。她爸那个孽障把状子挂在脖子上，拉着黄丽去了那家医院。医院解释说，脑部手术致使双目失明，这是正常的，而且手术前，把风险告诉你们了，你们家属也签字确认了。她爸那个孽障发现是我签的字，要赖说，那字不是他签的，他不承认。

那个孽障每次去，都喝得醉醺醺的，甚至提着酒瓶子，医生跑到哪里，他就跟到哪里。医院饱受折磨，就报了警。见警察来了，他上前对警察说，青天大老爷啊，终于把你们等来了，你们可得为民做主啊。闹得警察也是万般无奈，总是尴尬地收兵了。医院天天解释，发现解释不通，干脆准备了好多太白酒，等那个孽障一来闹事，就提一瓶酒塞进他怀里。他抱着酒瓶子喝完了，基本就醉得不省人事了。那个孽障不但去医院，还去省政府大院，据说每次去省政府大院，对方像接待外宾似的，笑呵呵地主动和他握手，就差没有放音乐铺红地毯了，如果遇到吃饭时间，还到食堂给他买饭吃，好好招待一番后，让他回来等消息。

大爷抹着眼泪说，后来有人告诉他，你女儿是一棵摇钱树，你在这里瞎折腾干吗？你把她拉到大街上去要饭，钱会哗哗啦啦地扔过来的。那个孽障，从此拉着我可怜的孙女，白天在医院和省政府讨说法，晚上就在饭店酒店前边要饭。

陈元说，手术到底有没有失误？

大爷说，医院申请了事故鉴定，结果是没有责任的。

大爷说，不让黄丽看病吧，她受那么大折磨，现在病看好了，又变成瞎子了。其实，我们哪有钱做手术啊，硬是向老战友借了一点儿。我当年是国民党老兵，解放前投靠了八路军，你看看我这半条腿，被日本人的子弹打穿了，现在还是麻木的。因为我是老八路，有很多战友。从战友那里筹到钱，我带着黄丽去渭南检查，什么也没有查出来，再跑到西安一家医院，检查的结果是脑瘤。黄丽说，就让她死，她该死。我是硬把她逼到医院去的，在上手术台的时候，她说，爷爷，如果我死了，你帮我一件事儿吧。我问她，什么事儿呢？她说，你帮我对人家说句对不起。我说，你对不起谁呀？她想了想说，对不起好多人。

陈元迷茫地望着在冰块中间戏水的鸭子，不明白是河水还不够冷呢，还是鸭子根本不怕冷。

大爷说，你喝水吧？你刚才好像说讨口水喝的，我都忘记了。

大爷进门倒了一碗水，递给了陈元。但是陈元不想喝水，他想抽烟。

陈元递给大爷一支烟，大爷掏出打火机，又要给他点烟。陈元犹豫了一下，还是对着那小小的火苗，把烟给点燃了。

陈元发现，这样抽烟轻松多了。他深深地把烟吞进了腹部，吐出来的时候那烟清淡了许多，几乎不像烟，而像出了一口淡淡的气。

陈元离开河西乡河东村，搭上了前往西安的火车。陈元到西安的时候天已经黑了。他出了火车站，迷茫地往南走，走了两百多米，看到了五路口地铁站。变化真大啊，五年前那个春节，他从老家返回上海，走的就是西安，当时西安好像还没有地铁。陈元进了地铁站。在地铁站的通道边，摆着各种各样的小摊，有卖袜子和手套的，也有的卖一些小首饰，中间还夹杂着几个乞丐。在通道的尽头，有个乞丐是个年轻的姑娘，她与其他的乞丐不同。其他乞丐要么坐着拉二胡，要么是跪在地上的，而她懒洋洋地坐在地上，前边放着一个牌子，牌子上写着“状子”，“状子”前边放了一个碗，里边扔了许多硬币，旁边躺着一个中年男人，抱着一个酒瓶子在喝酒，似乎已经喝多了。

那个姑娘站起来，伸了几个懒腰，朝前挣脱了几步。

但是她与男人之间，有一根绳子系着。

陈元见过人与狗用绳子系着，人与人之间还是第一回。

陈元从她身边经过的时候，斜眼瞅了一下“状子”。他被吓了一跳，上边似乎有“黄丽”。他以为看走眼了，回过头再仔细一看，确是“黄丽”无疑，后边还写着“河西乡河东村”。他再去打量那个姑娘，人瘦得像根麻秆儿。他不明白她长大了，还是自己忘记了，无论从哪方面看，她都不是印象中的那个小丫头了。

陈元想，如今无论是缺胳膊还是断腿，都成了一种乞讨的资本，既然有人假冒瘸子，有人假冒哑巴，当然就会有人假冒“黄丽”。何况一个年轻的女瞎子，自然更容易博得人的同情。陈元不管她是不是假冒，凭着她身上系着一根绳子，也是值得自己施舍的，于是摸出二十块钱，放进了碗里。

或许那个姑娘真是个假的，或许她听到了细微的声音。她发现了这种施舍，于是对着陈元离开的背影说了一句“对不起”。她没有说“谢谢”，而是说了一句“对不起”。陈元不知道是她说错了，还是她惯用的感激之词就是“对不起”。

陈元不想再坐地铁了。在他即将撤出地铁口的时候，听到身后一阵吵闹，大意是为了自己留下的二十块钱，那个男人要拿钱去买酒，而那个姑娘不从。随之听到一只碗碎裂的声音，还有那个姑娘的一声惨叫。果然，那个男人摇摇晃晃地在前边狂奔着，那根绳子在后边拖着那个姑娘，朝着地铁站外边冲去。那个姑娘一会儿摔倒在地，一会儿又爬了起来，她一只手拽着那根绳子，一只手捂着额头，指缝间在汩汩地流血。

血洒在光怪陆离的夜色之中一点儿都不起眼。

8

陈元又回到了火车站。他问一个路人，有没有去阎良的火车。人家说，阎良？什么阎良？陈元说，阎王爷的阎，善良的良。人家说，这是什么地方？你还是去窗口问吧。陈元去窗口，窗口说，阎良就在西安，不值得跑火车，你出门向东走五百米，有个汽车站叫三府湾，那里有大巴。

陈元坐了四十分钟的大巴，来到西安市阎良区，东问西问，终于找到了位于前进东路十四号的某某小区。保安告诉他，田小龙家住十二楼。陈元上了十三楼，敲了敲门，门轻易就开了。开门的是个女的，留着一个爆炸头。她自称是田小龙的妻子，也就是田老板的儿媳妇，当年把女儿推进河里的那个小男孩儿的妈妈。

爆炸头不让陈元进屋，拦在门口说，田小龙还没有下班呢。陈元说，那田老板呢？爆炸头说，我们家一帮穷鬼，哪有什么田老板？你到底是谁呀？陈元说，我是从上海来的，田老板在上海的时候，我们在一起待过一阵子。

爆炸头说，不管你找他是讨债还是干啥，反正找也白找，他现在还不如一棵树，一棵树还会自己吃饭睡觉，会自己摇晃几下呢，他呀，像块木头。陈元说，他当年机灵得很。爆炸头说，再机灵有什么用？在外边待了十几年，不明白是中邪了，还是脑子坏掉了，我们什么都不清楚，前几年从上海回来刚刚半年，稀里糊涂地变成了植物人。这个植物人可把我们给坑苦了，放在家里吧，翻身呀，拉屎撒尿呀，都得有人帮忙。我们忙着上班，平时连盆花都养不活，哪有精力养一个植物人啊，所以干脆送到敬老院让他享福去了。

陈元说，他没有出事儿之前，有没有留下什么东西？爆炸头说，他在上海的时候开超市，听说都成百万富翁了，但是回来的时候已经身无分文，你说说，他把那些钱是不是送给哪个女人了？陈元说，他变成植物人之前，有没有留下什么话？

爆炸头说，话多着呢，嘴里整天咕嘟咕嘟的，都不知道他在咕嘟些什么。除了神神叨叨之外，还躲在房间里写写画画的，写了撕，撕了写，都写了几百张纸，撕了几百张纸，最后只落下了一张，像鬼画符似的，如今还压在玻璃板下边。陈元说，能不能把那张纸拿给我看看？爆炸头返回家，拿回一张纸递给了陈元。

陈元看了那张纸，上边写着三个字——忏悔录。陈元心想，他写下的肯定不是法国作家卢梭的那本书，因为还有一些词，零零散散的，别人看不懂，但是陈元能看懂，有邢小利、黄丽、陈元等人的名字，还有好人、奸人、冤枉等。

爆炸头说，他画的该不会是藏宝图吧？哪怕就是一张藏宝图，你感兴趣就送给你吧。爆炸头进门提了一个包，出来的时候把门给锁上了，而后说，为了一个月几千块护理费，这么晚了我还要去上班。我在按摩房上班，你如果要按摩就跟我走吧。陈元说，想问一下，田老板他在哪家敬老院？爆炸头说，不远，叫清福敬老院，你出门右拐，三百米就看见了。

陈元刚出小区不久，果然看到了清福敬老院的大门。除了上边闪烁着的霓虹灯，那扇大门也是铁的，也是漆黑漆黑的，也有城西监狱那么高，中间也有像刀子一样的一条缝。从刀子一样的门缝看进去也是空荡荡的。

他又想摩擦取火了。这里到处都是水泥地面，到处都是粗糙的水泥墙。他随便选了一个地方，脱下布鞋，撕开袖子，掏出一撮棉花。他把棉花条子压在一堵墙上，上上下下地摩擦了起来，两分钟，三分钟，四分钟……这一次，也许他力气太小，也许他动作太慢，也许墙面太潮了，棉花条子始终没有冒烟。

他觉得他已经没有必要再见田老板了，也没有必要再见其他人了。

他如今唯一想见的只有一个人。他把儿媳妇桂花捎给儿子的棉袄、布鞋和香肠，挂在肩膀上，转身离开了。与清福敬老院一路之隔，就是一家长途汽车站，这里有通往四面八方的班车。他要坐其中的一辆车，也是当天最后一趟车，连夜赶到他唯一可以见、也必须面对的一个人那里去，说不定那个人正在犹豫徘徊地期待着他呢。

陈元上车之前，他突然觉得有点热。再过几天就是元旦，已经属于深冬了，他仍然觉得有点热，这是十分奇怪的。他想起了自己头上的假发，一头披肩的假发。他取了下来，把它挂在汽车站里的一根树桩上。这根树桩像是一个人似的，一下子有了活着和走动的欲望。

陈元身边坐着一个小伙子。小伙子嘻嘻地笑着说，原来你是一个光头啊？

陈元摸了摸自己的光头，望着开始后退的窗外景物嘿嘿地笑了。

他掏出一支烟，主动地对小伙子说，你有打火机吗？让我借个火可以吗？

9

如果我们从人世朝上看，故事已经有了结尾。但是如果从上边朝人世看，一切应该还在继续。比如有一股风，你看似已经平息了，但是风永远不会灭的。它没有在地上吹，并不能证明它不在空中吹。树木不再摇晃了，并不能证明云不在飘。还是开头那句话，需要上天来证明的，那基本就是谎言。

原载《芒种》2017年第9期

雄鸡一唱

叶　舟

1

交接班时，也恰是他们交换情报的一刻。

几个伙伴钻进了内屋，三两下，就除掉了身上的制服，赤条条的。天太热了，太阳吐着舌头，跟狗一样。伙伴们先要把身体晾一晾，裤裆是晾不干的，只好委屈了那一块肉。昝涛打了卡，刷指纹的那种，又给对讲机充了电，调整到最佳状态。昝涛问，那辆划伤的牧马人，车主还没回来呀？哦，对了，东门十一点钟方向的那个摄像头换了吧，那可是个死角。一个伙伴先穿了便装出来，用纸巾蘸了水，擦着鞋子。伙伴说，车主没回来，定时炸弹，车子破坏得很严重，妈蛋的，不像是小孩子干的。另一个伙伴也踅了出来，头发趴着，油光可鉴，有一条大盖帽箍过的勒痕，跟说，摄像头没换，今下午还捡了几个足球，等着瞧，六中的小子们一准儿会来翻墙揭瓦的。言毕，两人不告而辞。昝涛从包里掏出饭盒，搁在了冰箱里。夜宵，满满一盒蛋炒饭，不能馊了。

悄静了片刻，昝涛呵呵一乐，说，你夹不住尿呀，裤裆那么难晾？三女子一手梳头，一手扶住门框，说，我故意磨蹭的，我的话不能第二个人听。其实，三女子不是女的，相反却人高马大，肌肉墩子，唯一的缺点是嘴上没毛，嗓音细成了一根丝，有点那个。昝涛说，我把你安插在白班，就等这句话了，我没看走眼。三女子环望一遭，外间值班室是白玻璃幕墙的，四周的街景一览无余，遂说，我可能知道谁偷了C栋一楼，那个女业主天天叫屈，丢了这，丢了那的，我还不确定，如果有我想抓个现行。昝涛揶揄说，别让那个女神经当枪使，咱们是负责安全的，又不是她家雇来的家奴，大天白日的她都窗帘紧闭，路上碰见了，下巴太高，傲得很。三女子兜头挨了一盆凉水，咧笑，牙花子猩红。昝涛摸出一张纸，三女子接了，一脸狐疑。昝涛说，偏方，专门治老寒腿的，你爹的寒腿，就要在这个三伏天治。这时，窗扇响了，昝涛打开一条缝，晚报的投递员塞进来一摞报纸。报纸都是烫的，这天气，的确是要惹祸的。

听说，下午地震了。

放你的屁，你不能乱咒呀，小心自己着祸。昝涛警告。

听说他们的一把手换了，下午宣布的。

三女子走了，昝涛接手了夜班的工作。保安公司派驻在这个小区的人手有八名，昼夜两班，按说每个班是四人。不巧的是，一个在当值时间偷喝了酒，被公司的抽检小组发现了，目前停岗待查。另一个，因为在电梯间发现了晕倒的老人，措施及时，抢救得当，公司奖励休假半月，工资足额发放。昝涛在这个班里算老人手了，年纪也长，所以说话办事有一定的威信。傍晚，天光大亮，这是一段平静期，一直过渡到天黑时，夜班才算真正落实。小区的广播响了。昝涛喜欢听央广新闻，尼斯的恐袭案，南方的暴雨和洪灾，土耳其的未遂政变，这世界真够一团乱麻的。窗外，业主们出入频繁，一人一卡，闸口起落有序，堪比城市地铁的安检。昝涛值守的是小区正门，又濒临主干道，自然是眼花缭乱，看久了绝对头晕。

事发突然，先是街上传来一声严重的刹车。接着，沙石飞溅，跟一梭子子弹似的，拍在了玻璃幕墙上。昝涛先缩脖子，再抬头看时，几扇玻璃已经花了，幸亏没裂。待昝涛出了门，冲到街上，那一辆巨无霸般的渣土车，已经横在了主干道上。行人湍急，但显得很空旷，因为刹车声已经变成了两条黑色的轮胎印，躺在地上，带走了危险和全部的惊叫。半车渣土被扔了下来，没三吨，至少也有一吨半。一个老妪杵在街上，离车不远，渣土淹了脚脖子，一直在晃。昝涛牵了她出来，知道她还软着，自己也哆嗦了一下。协警跑了过来。协警一开口就指责老妪没看红绿灯，没走斑马线，话也很糙。协警后来撕了一张罚款单，50元，说这是不遵守交通法规的代价，须当面缴清。昝涛说，手下留情吧，你看她一个乡下来的老妇人，身上这么累赘，耳朵也背了，罚了真没意思。协警刚一瞪眼睛，昝涛来了硬的，说，你看看我的窗玻璃，我还没找见下家呢，你来主持一下，赔给我？协警撤了，可能去问司机。司机瘫坐在路肩上，脸是煞白的，浑身湿透，差不多像刚从池子里捞出来的那样。

昝涛递了一杯凉白开。老妪接了，手一伸，掐了下昝涛的脸颊。值班室里冷气足，立式空调。业主们体恤保安人员，联名给集团上书，半月前才有了这个待遇。老妪抿了一口水，瘪了瘪腮，说，你属猪吧？昝涛苦笑说，姨娘，你说我属猪，我就属猪。这是老家的习惯，见了陌生年长的妇人，一般要喊姨娘的。老妪咧嘴笑，说，我儿子也属猪，属猪的人我一眼就能挑出来。昝涛问，你儿子呢，他太马虎了，放你一个人在街上走。老妪松开了表情，说，我家贵生就住在这里头，媳妇和孙子也在里头。

哦，贵生的学名叫……

王川，属猪的，我从狄道上来，找儿子来了。老妪说。

那么远，走了一天吧，姨娘你胆子太野。

昝涛拿出了花名册，指头按住，逐行搜索着号码。余光里，渣土车已经摆顺了姿势，司机挥锹铲土，扫把一过，门口慢慢干净了起来。昝涛不想追究玻璃的事，人金贵，玻璃算不得什么。找见了号码，昝涛用手机拨了过去，念叨说，姨娘，你看我咋收拾他，让自己的娘老子跑七八百公里，他却癞蛤蟆躲端午，不见来迎接的。占线。又拨了三遍，还是如故。老妪进门时的确累赘极了，左手揽包，右肩上挎着一只纸箱子。这时，门口的纸箱子里叽里咕噜的，声音从孔洞里传出来，带着一丝鸡屎的浊气。

姨娘，这是给贵生送的柴鸡？

老妪纠正说，属猪，贵生属猪。耳朵真的背了。

狄道的柴鸡最有名气，营养高，还紧俏。

他属猪，跟你一个属相，都忠厚实诚。老妪又说，碰上你这个好后生，我不吃亏呀。

昝涛嘘了一声，说，这下通了！

2

亲子教育，一期七个课时，一千六，不打折。

就这，还是翟芳托了关系，把名次提了提。这家教育机构如今火遍了全城，眼见着闹闹出了问题，王川和老婆一碰，当即决定了。今天是第四节课，名字很诱人，叫山水课，安排在了郊外的一座原始森林里。王川提前告了假，又借了朋友的一辆铃木，一赶早就来报到了。跟队老师说，游山玩水也是一门功课，听听鸟鸣，嗅嗅花草，也能在幼小的心田里如何如何。孩子们倒是放了风，蚂蚱一样，可苦了家长们。有一个家长搞丢了照相机，二个妈妈的高跟鞋掰了，摔了跤的人疼在身上，脸是绿的。整个队列里，只有闹闹是父母双陪，刚开始有一丝尴尬，后来混熟了，彼此跟姑舅姐妹似的。

夕光洒下时，剩下了最后一个节目：山羊胡子，兔尾巴。

山坡下，联系点的农户牵来了一只山羊，七八只白兔，圈在了一个栅栏里。高潮段落，娃娃们挣脱了大人，往山坡下滚去。也不怕摔倒，碧绿的青草像一块栽绒毯子。王川一家却盘腿坐着，谁也不吭气，泥偶一般。栅栏里闹翻了天，男孩追逐着山羊，拔着长胡子。女孩们抱着小白兔，在看红眼睛，在拍照。王川说，闹闹，你吃过手抓羊肉，但没见过活羊，你也一起去玩吧，拔一根胡子回来。翟芳不悦，讥讽说，有你这么烂讲话的么，他怕都来不及呢，还这么恐吓。闹闹一直僵着，面无表情，两个眼珠子始终望着虚空，但天上既无云彩，也无飞鸟。王川跟着儿子的方向看了一遭，也一无所获。王川问，他今天说了几句话？翟芳答，哼，能几句呀，统共就三个字，吃，喝，尿。王川的腿麻了，站起来走了几步，愉快地说，比前几天强，至少开口说话了，这钱没白花。

太阳落山了，倦鸟归林，寒意四布。

山顶上有一座庵子，传来了清凉的钟声。老师在喊，收队了，下课了。家长们分头找见了孩子，苦刑结束了似的，纷纷撤了。翟芳说，你听，这钟声多好，无忧无虑的，简直是世外桃源一样，真不想回去。王川调侃说，此地虽好，却不可久留。翟芳又说，真的心累了，也不知造了什么孽，我要是能出家就好了，当个女尼，青灯黄卷的，不受这份罪。王川一听，突地就怒了，掰断了一根树枝，咆哮说，翟芳，注意你的感情，你这话跟刀子一样。老婆撇过身，揩了一下眼窝，回击说，我感情咋了，我撑不住了，我快垮了。王川摸了一下儿子的脸，不为所动地说，闹闹，今晚上你的梦里肯定是一片花香，记得喊我，我也闻闻哟。翟芳叹了一下，又念了一句阿弥陀佛。

这一刻，电话响了。

电话是老彭打来的，劈头就尅了王川一顿。王川环望了一眼层叠的山峦，没信号是正常的。老彭比王川小，人却老相，不用化装，上公交车就有人让座。老彭说，小子，这等重要的会议你居然缺席，你错过了历史性的一刻。旁边，翟芳肩起了闹闹，往山坡下走去。农户拽着山羊欲走，却被翟芳拦住了。王川问，真这么干呀，集团全体干部就地免职，再竞聘上岗，这动作未免太大了吧。所以嘛，今天的这个会绝对是地震，一场八级地震，老彭回答。还是钱的面子大，翟芳塞给农户一张钞票，山羊也规矩了起来，咩咩地叫着，有一种讨好的味道。老彭说，一朝天子一朝臣，这新当家的上了台，肯定要重新洗牌，各个机构和部门重组，就是为了上市嘛。这的确是实情。集团公司酝酿了多年，一直想在上海滩敲锣上市，却只闻其声，不见其实，始终搁浅着，黄花菜都快凉了。王川回说，也对，一头狮子领着羊，羊也会变成狮子的，如果让一头羊领着一群狮子，那谁也看不起它们。山坡下，农户架住了山羊，翟芳将闹闹抱起来。儿子骑在了羊背上，脸忽地亮了。老彭说，小子，你有啥想法没？王川欣慰地说，咋的，你在试我的口风么，先讲你的。哼，我一无才学，二无靠山，我不痴心，也不妄想。翟芳催促农户，让他放开绳子，让闹闹纵羊驰骋一会儿。绳子放开了，王川的心，一下子提到了嗓眼上。儿子危如累卵地悬着，摇晃不已。这个混账女人，王川叱骂一句。老彭问，别不耐烦，下一步你咋打算的么？闹闹稳住了，拍了一下羊颈。山羊甩了一下蹄子，蓦地发足跑了起来。王川说，走一步看一步吧，僧多粥少，还轮不到我操心，我算哪根葱呀。山羊颠出去了七八米，闹闹老练极了，西部牛仔似的。王川呵呵起来。他第一次从儿子的表情上，发现了开心。老彭又说，你小子，我早知道你，你绝不是久居人下之人。终于，山羊一个刹车，将闹闹掀翻在了草地上，打了几个滚。王川说，你就别套我的话了，你做啥，王某人一定支持，挂了啊。

刚收了线，电话又追来了，是小区的保安昝涛。

这次，王川并没有训翟芳。老婆英明。老婆出其不意的一招，竟让儿子表情璀璨，趴在草地上，死活不肯起来。王川问，咋样，高兴吧？闹闹点头，说，高。翟芳笑了，也哭了，一顿粉拳，砸在了王川的胸脯上。翟芳掰着指头说，第四个字，今天说了这么多呀。王川抱起了儿子，扔在肩上，又给农户塞了一张钞票。下山时，翟芳尾在丈夫旁边，很哲学地说，我想透彻了，儿子不爱跟人说话，儿子跟人有距离，儿子跟动物亲，这就是找了好几年的病根呀。王川肩着儿子，看见明月东升。月亮长着一张俊秀的脸。月亮不错。

现在，王川踩着油门，往灯火阑珊里开去。

后排座上，翟芳搂着儿子，呼呼大睡。开心的一天，夫妻俩觉得值，闹闹破了纪录，终于从他嘴里蹦出来四个字。这话不对，不是四个字，简直是四字真言，四个金元宝，也是一连下了四天的春雨，把王川和翟芳的心都给下酥了，有一种甜。王川刚点了烟，没抽，隔窗扔了。眼窝有点湿，王川用指尖揩下来，吮在嘴里，真的不咸。他和翟芳是师大的同学，毕业后都留在了省城，一个进了中学，一个去了企业。两口子没靠山，应考却难不住，凭的就是死记硬背的功夫。结婚时，他们租住在一个筒子楼里，窗外就是铁路。一闭上眼，总感觉在出差途中，心里没踏实过。逢年过节，王川带老婆回乡探亲，母亲话里话外在试探，目光总焊在翟芳的肚皮上。王川说，先忙事业吧，等扎稳了营盘，再慢慢造人。这话很轻佻，生儿育女又不是打一捆柴、挑一担水那般简单。那以后，母亲不多嘴了，头发却花白起来。王川迈过而立之年的坎，集团公司高瞻远瞩，以经适房的名义，建了一座小区，按工龄、职称、职务打分。王川拿到了一个中套，四楼，南北通透。乔迁之日，翟芳下了一道懿旨，王川开始戒烟戒酒。那一段，王川天天去游泳，翟芳怕水，就在小区的广场上，跟大妈们跳舞。封山育林奏了效，很快，翟芳的肚皮吹了起来。翻过年，翟芳诞下了一个小子，六斤半。王川站在病房的窗口，望着满城的焰火，便说，正月十五闹元宵，干脆小名叫闹闹吧。

岂料，闹闹一点也不闹。一切都走到了愿望的反面，闹闹悄静，一尊瓷器那般悄静。

儿子长到了一岁半，坚不开口，连妈妈这样简单的音节都不会。不仅不说话，儿子的眼睛也呆滞，直尺似的，无波无澜。比如，儿子盯着墙上的一颗钉子，一盯一天。又比如，儿子爱抠墙皮，弄得墙纸七零八落的，指甲皮也快抠掉了。翟芳问了周围的妈妈们，一致的结论是，女孩一般早慧，七八个月就发声，男孩慢一点，大概在一岁左右吧。又等了一年，情况如故。这时，翟芳火力全开，对准了丈夫，责问他在造人期间，是不是破过戒，沾过脏女人，把损坏的精子播在了良田。王川也自责过，怀疑家装之后的甲醛，疑心大理石厨台带着辐射，甚至去了几趟濬源寺，磕头，烧香，奉了供养。那几年，医院也没少去，把各个科室都拜访了N遍，化验单一米高，足够写完一套四大名著了。天气好时，楼下的草坪成了乐园，娃娃们鸡零狗碎地玩着。翟芳将儿子抱下去，去了几回，闹闹都闷声坐在一边，既不参与，也不哭笑，一根木头似的。

那以后，翟芳短了精神，觉得心里结了一块疮疤，生怕被邻居们察觉。家里没雇过保姆，面积有限，起居也不方便。闹闹三岁半时，王川托了关系，将翟芳调进了一墙之隔的六中任教。课间休息时，翟芳两点一线地穿梭，开了门，眼前的景象让她喜忧参半。喜的是闹闹安全无虞，一动不动，早上搁在那，现在还在那。忧愁却是一团雾，让翟芳的身心一下子乏了，笑也是挤出来的。有一回，王川将闹闹的所有症状，一丝不苟地输入在了度娘里，当即吓了一跳。王川揣着这个秘密，恶毒的秘密，在肚子里发酵了几天。王川自己快爆炸时，才说给了老婆。翟芳听罢，二话不讲，当即给了王川一个耳光，挺脆的。

翟芳说，我儿子自闭？你敢这么咒？

嗯，这个症状，要么是天才，跟那个霍金一样，要么就……王川斟酌再三，给老婆打了一个防疫针，说，要么就得你我一辈子当牛做马，把前世里欠下的债，慢慢还掉。

等着瞧，我偏不信邪。

出乎王川的意料，翟芳咬起牙，时刻围着儿子转，大有坐穿牢底的那份慷慨。

进了收费站，减速带一提醒，王川回到了现实中。缴了费，上了外环时，翟芳的手搭在了丈夫的肩上。这是一种罕见的亲昵，自从，唉，不提也罢。翟芳摸着他的下巴，指尖上充满柔情。翟芳问，没刮胡子呀，这么硬。王川却说，下午地震了，新当家的已经上位，开始重新洗牌了，这下真有热闹看了。王川简略讲了一通。翟芳却说，咱们小老百姓，过自己的日子，你别掺和了，闹闹今天的进步，比啥都强，我没别的奢望。环线上车流少，王川轰了油门，飙了一段。王川说，白天不懂夜的黑，我敢打赌，从今天起，小区里肯定灯火通明，谁都在谋篇布局，不敢怠慢。翟芳说，今天收获了四个字，说不定明天呀，闹闹还会有大的惊喜。王川笃定地说，呵呵，我回来了，我回来以后，一切都将与过去不同。下了立交桥，驶上了主干道，翟芳悄声问，晚上可以么，今天高兴，我就想了。

什么呀？

翟芳忸怩，说，好久不做了，我怕我快锈死了，你讨厌。

不行，我妈来了。

奶奶来了，你咋不早说呀？翟芳这么喊，当然是随了儿子。

王川歉疚，说，母亲总是排在最后，这个吧，将来也是你和我的写照。

3

王川还掉了借来的铃木，打车返回时，被昝涛拦住了。

昝涛和小区的业主们都熟，一来性格爽直，二者，他天性肯帮人，脸上挂着一副持续的笑。快递到了，谁在外面拉不开栓，总会说，交给昝涛吧。谁订了鲜奶，也会说，让昝涛先搁冰箱里吧。昝涛另有一个特点，即便燠热难耐，身上的那一套制服却相当规整，绝不马虎。零点过了，气温居高不下，昝涛在小区里巡查了一圈，看见了王川。

昝涛说，姨娘她们都上去了，你呀，真的福气大，姨娘的身子骨还那么硬朗。王川对昝涛一向抱有好感，便停下脚，以示尊重。王川说，我老婆来过电话，说你的一盒蛋炒饭，让我母亲给吃了，这咋行。咋了，昝涛冷下脸，我孝敬一下不行呀，我一个没娘的娃，跟着你沾光。递了一支烟，昝涛拒绝了。王川自己点上，喷着一嘴烟龙说，是这，听说三马路的李家烤肉不错，咱们去吹几支冰啤吧？昝涛笑说，真不用，你不必变着法子谢我，进屋吧，姨娘的一个箱子落下了，你自己抱上去，不早了。

一只纸箱子，长方体，外面印着某个品牌的洗衣粉字样，两侧各挖了几个孔洞，用来透气的。王川狐疑，捂住了口鼻，说，这么臭，究竟什么呀？昝涛站在空调前，拔长脖子吹冷气，说，我刚给喂了水，怕渴死了。王川打开后，沮丧地说，哎哟，我这个娘呀，真是老古董，超市里的鸡肉那么便宜，何苦她几百公里带一只活鸡上来。昝涛冷下脸，说，王科长，你这个态度我可不同意，你过分了。王川噎了噎，说，我没别的意思，还不是心疼老娘嘛。昝涛却说，别小看了这个鸡，真的。

咋说，不就一只鸡嘛。王川道。

这叫翎子鸡。

翎子鸡？

王川热极了，巴不得上楼去冲凉，但昝涛的一番热情，又不能不对付。王川拨弄了几下箱子里的活物，不觉得是一只鸡，反倒感觉是整箱子的羽毛，手感很虚无。王川说，你别给我演封神榜，说这个鸡是落架的凤凰，得罪了玉皇大帝。昝涛不语，拿出一只强光手电筒，打开试了试。灯光若一场雪崩，忽地倾泻在了墙上，将王川压成了一张相片。王川抬臂遮住眼睛，忙喊停。昝涛呵呵笑了，说，你这叫原形毕露，你心里咋想的，我能猜出个七七八八，骗不了我的。灯光灭了，那一张相片又回归到了王川的身上，浑然一体。昝涛催促说，快回家去吧，别跟我磨牙了，你们下午地震了。

已经出了门，王川却不甘心，说，你话里有话，你不妨直说了。

哼，我又不是你家的张良。

王川不见怪，说，上次送你的那台旧笔记本，配置虽说低了些，但你女儿用没问题。听说，最近又要淘汰一批，我替你留心着。怀里是纸箱子，窸窣声不断，一股刺激的鸡屎味，冲鼻而来。昝涛怔了怔，便说：

我在狄道当过兵，我知道，这种鸡叫翎子鸡，罕见。

说说看！

昝涛说，你娘不简单，自己路也走不稳，居然捎着一只翎子鸡，晃悠着进了城，呵呵，我本来想责怪你几句，算了吧。王川挤兑说，你也不简单，大半夜的，这么神叨，你倒说说翎子鸡呀。不巧，对讲机响了，十万火急的样子，昝涛先撤了。

黑灯瞎火的，王川摸进了家。母亲和闹闹睡在了卧室。翟芳占据了儿子的房间，一张儿童床，显见没有王川的位置。王川拿了枕头，打算在沙发上将就一夜。冲完凉，鸡屎的浊气愈发激烈，夜晚的恬静被彻底颠覆了。王川有些懊恼，将纸箱子拎出了厨房，蹑手蹑脚，塞在了阳台上。这时，王川嗅见了一股潮湿的气息。几栋家属楼高可入云，切割出不规则的夜空。夜空呈粉红色，云层低垂，山雨欲来。王川怕鸡会闷死，便掀开了盒盖，敞在了夜幕之下。果然，鸡消停了下来，知道这是深夜，自己独在异乡为异客。

当初分房打分，王川排在了中下游，只能选择两头，要么顶层，要么下半截。后来图了坐北朝南，又考虑将来拉扯孩子，翟芳定夺在了四楼。小区统共三栋楼，呈三角形，便有人戏谑说在跳贴面舞，也有人说在搞三角恋。楼群中央，有一个绿化带，还建了一座微缩水景，潺潺之声总在傍晚响起。楼群外则是一条环路，左进右出，供车辆行驶。凌晨一点了，远处海关的报时钟准时敲响，声音很金属。王川抬望一遭，好家伙，每家每户都灯火通明，亮若白昼。王川猜得没错，从今天下午会议结束，谁都不肯甘为下风，谁都将粉墨一气，呛啷啷一声响板，从幕后闯进前台，生旦净末丑，各归其位。

准确讲，王川倒也不急。王川有自己的步骤。如果一群人都往一个方向上挤，那这条路，一定是有麻烦的。沙发有些硌，弹簧坏了，王川入睡前这么认为。

一下雨，昝涛便觉得事情好办多了。雨是一个借口。雨会混淆一切的。

C栋地下停车口有一个死角，前面立了一面短墙，原本是消防栓的位置，后来废弃了。墙后，五个少年抱头蹲着，浑身湿塌塌的，瑟瑟发抖。昝涛说，你回东门去吧，这里有我，东门进出车，业主们万一打喇叭，明天投诉就来了。黑暗中，一个伙伴正在踢打少年们，踢累了，慢慢收住了脚，快感十足地过来，说，这帮小太保，不给点颜色，他就不信马王爷长了三只眼睛。昝涛说，你去吧，我来治他们的病，省得他们以后故意踢高球，拿窗户当球门，让咱们背黑锅。伙伴递来一个塑料袋，昝涛接了。伙伴说，你瞧，人手一部苹果，都是坑爹妈的货。雨开始大了，树木被风压了下去，跟受刑人一样。脚步声远走，昝涛这才轻松下来，宽了皮带，取下强光手电筒，开始问话。

说吧，谁把那辆牧马人划伤的？谁说了，谁先回家。

不是我，我们来找足球的。七嘴八舌的，集体辩解。

答案早料到了，但昝涛另有一份腹稿。昝涛说，你们和中国男足一样臭，不往球门射，偏偏射人家的窗户。知道么，上次掉下来一块玻璃，刀子一样，直接插进了人家车顶上。再上次，玻璃崩碎了，把一个小丫头的脸划破，差点破了相。好吧，得寸进尺说的就是你们，半夜摸进来，共同犯罪，你们今晚的目标是？

这时，学生们一口一个叔叔，舌头是软的，狡辩是真的。

昝涛志在必得，又说，那辆牧马人值几十万，你们划伤了，光补漆就是一笔不小的数目。幸亏呀，这里不是派出所，我这人也好说话，一人一千，别跟我还价。否则的话，我立马通知警察，你们轻则被开除，走司法程序这条路，就得把课桌搬进号子里，一起难兄难弟吧。毕竟是未成年人，这下炸了群，不是哀号，便是相互攻讦。强光手电筒另带电击枪的功能，昝涛将按钮调至“电击”一档，打开了，但见蓝光放射，蛇行上下，噼啪作响。一时间，清冽的空气有些焦味，几乎将雨滴也蒸发掉了。昝涛笑说，呵呵，不是闪电，也没打雷，这是天老爷动了怒，命令你们快交代，交代罪行。果然，两个孩子起身，求告说，这就去找钱，等一下再来。昝涛说，反正我不急，苹果手机在我手里，我随时能找见你们的。等走远了，昝涛又低声喊，我在大门口等着，别去东门，天一亮就作废，我会报警的。

走了两个，又一个待不住了，哀告说，兜里有卡，立马去门口的银行取现。另一个也站起来，坦白说，姥姥家在附近，半小时之内准定回来。昝涛问，知道手机的赎金多少么？少年们嗫嚅着，等着跳楼价。昝涛恼了，扯着嗓子，断喝说，妈的，一人一千，滚蛋吧。

其实，真的无所谓，楼上听见了又咋样嘛。昝涛心说。

昝涛抬望了一眼楼上，灯火烁烨，今夜无人入眠。自打派驻这个小区第一天起，昝涛就腿快，手勤，一脸弥勒，广结人缘。业主们的嘉许是一回事，从各路得来的消息，林林总总，汇聚到他的手里，则是另一回事。昝涛知道，小区也是一个小社会，风也罢，雨也罢，总归不会安澜下来。昝涛一直想做一块暗礁，沉在底部。谚语不是说了嘛，煞后，煞后，锅底里才有肉，所以他一向耐得住。比如今天，业主们的集团人事地震了，先前人模狗样的那些家伙，统统被就地免职，上火是一定的，失眠是起码的，谁还顾及窗外的个把声音呀。况且这场雨，来得真是时候。昝涛揩了一把脸，冷不防，剩下的那个小子居然豹变，一家伙搡倒了他，拔腿跑了。

地滑，挣了几次，又跌倒了。昝涛眼里金星四射，骨折的感觉。对讲机飞了，强光手电筒的镜片也碎了，滚出去老远。万幸的是，几个手机还在。这一霎，昝涛看见环路上杀出了一个黑影，二话不讲，便将那小子收在了胳臂下，夹紧了，跨步走了过来。

三女子么?

嗯，涛哥，这咋了，被袭击了?

趁着说话，昝涛将一包手机塞在了灌木丛里，忙掩饰说，跌了一跤，不打紧。三女子也不是吃素的，扔下那小子，抽出了他的皮带，直接捆在了栏杆上。三女子从天而降，出手相救，并没惹起昝涛的感激。相反，昝涛却觉得麻烦来了。递了烟，两个人小心地点起来，对视了几眼。三女子抱怨一番。昝涛才明白，他媳妇和婆婆吵架了，吃了夹板气，索性负谴而逃，来这里躲清闲了。昝涛给了钥匙，工具间有一张床，催他赶紧去休息。岂料，三女子没接，却一脸的诡谲。三女子问，这小子干吗了，敢袭击你?昝涛思忖一番，说，他不尊重我，倒也没袭击。见三女子太黏，昝涛敷衍说，屁大的一点孩子，居然一见面，就问我要烟抽，我替他父母亲教训一下。临走前，三女子踢了那小子一脚，慨然说，我继续去蹲坑了，有事喊我吧。哦，你说啥?昝涛着急问。三女子说，雨这么大，一楼的那个女神经刚又打了物业电话，怀疑有人要偷她，我这就去蹲坑，守着那个变态出来呗。这么一讲，昝涛觉得夜更深了，麻烦是真实的，离自己不远。

到了正门，一进值班室，昝涛就给那小子除下了皮带。昝涛拿了毛巾，让他擦一擦，对方也置之不理。昝涛又打开塑料袋，让他拿上自己的手机，赶紧滚蛋。不承想，那小子索了烟，叼在嘴上，还让昝涛给喂了火。昝涛郁闷起来，说，你究竟想咋样么？小子说，等他们都来交钱时，你得当面证明一下，我宁死不屈，我没屄。昝涛虎下脸，拿出强光手电筒，但电击头没反应，没了想象中的那一声霹雳，威慑力顿时归零。昝涛说，你没屄，你走吧，我不追究你。那小子玩着手机，态度顽劣，说，我得等他们来，看着他们一个个认屄，把钱交给你。昝涛没了辙，观察了一下周围。此时，已经后半夜了，楼上的灯光陆续熄灭。雨除了是借口，还是一种催眠吧。

小杂种，你真要是我儿子，我掐死你。昝涛一个劲抽烟，脑子里开始翻脸，已经灭了那小子好几回。昝涛开始威胁，再不走的话，真要报警了。小子却称，报警也好呀，又没犯什么罪，顶多是翻墙来找足球的，还巴不得爸妈来领人，因为很久也没见爸妈了，都在外地做生意。昝涛苦楚极了，绥靖地说，各让一步吧，你给我面子，我也给你台阶下。那小子觉得可行，停下了手机游戏，等待下文。昝涛万无一失地说，是这，我给你一千，等他们都到了，你跟他们一起交完罚款，你一根毛也不损失，我也有面子不是。小子很痛快，答应了。昝涛打开钱包，数了一千整，交在了对方手里。那小子太贪玩，将钱扔在桌上，继续看手机。

来了一辆私家车，没打喇叭，闪了几下灯。

昝涛出了门，看见灯光下，地上的雨都起了泡，密密麻麻的。业主都这样，忘了带卡，一般会闪灯，喊保安来帮忙。昝涛按了遥控，放车进去，又落下了横杆。待昝涛再次进门时，妈的，却发现那小子不见了。

人不见也罢，桌上的一千元竟然也没了，还包括一袋子苹果手机。

这一刻起，昝涛真的炸了，揣上一根警棍，开始在小区的环路上兜圈子。心知无望，但肚子里的一团火不罢休，只好淋成了落汤鸡。十张红版的钞票，等于大半个月的薪水，谁的钱都不是用弹弓轻易打下来的。有天夜里，昝涛在地下车库里巡查，发现一辆车屁股上，扔着一台照相机，谁这么大意呀。昝涛也没客气，塞在胳肢窝里带走了。第二天去了旧货市场，当即变现。尼康单反，日本牌子，昝涛明白贱卖了，但也很知足。哼，揣了这么久的一笔钱，却被一个小杂种给顺走了，这让昝涛很牙疼。又踅到了C栋一楼拐角时，三女子从树背后蹿出来，抱怨说，涛哥，你这么闹腾，还让我咋蹲坑。昝涛问，你吃过哑巴亏么？三女子懵懂摇头。昝涛说，妈的，哑巴亏就是吞了一肚子黄连水，又说不出苦来。

恰在此时，一束发光的鸣叫蓦地响起，照在了小区上空。

声音是从底层爆发的。三栋高层呈掎角之势，喇叭状，将声音放大了，一波波地荡漾起来，形成了海啸，惊涛拍岸。三女子愕然，说，见鬼了，这什么天外来物呀？昝涛说，几点了？三女子答，五点，天快亮了。——举目望去，楼上的灯光一扇扇地亮了，也有人趴在窗口上，探头外望，骂骂咧咧的。叫声停顿了一下，再次嘹亮，让铺天盖地的雨声也退居其次，不那么要紧了。这个清凉的夜晚，随着紧密的鸣叫声，眼睁睁的，开始塌方。

昝涛说，半夜鸡叫，这下乱套了，天下大乱。

是鸡叫吧？

嗯，这是翎子鸡，说来话长了。昝涛道。

4

翟芳鼾声轻微，睡得很香。平时，翟芳每夜都要起来三四次，掖被子，递尿壶，经营一番儿子。有几回，翟芳后半夜推门进去，见闹闹双目圆睁，像300瓦的灯泡一样，盯着天花板，几乎吓瘫她了。翟芳盘问儿子，究竟在想什么。闹闹却只字不语，表情深沉如谜。今天可好，闹闹在奶奶的怀里，翟芳便把自己大卸八块，睡得像一块海绵似的。迷蒙中，一场星星雨，慢慢下在了翟芳的身上，不是窗外的那种。星星们像一个个精灵，张着嘴，拱着翟芳的身体，让她很甜，很痒，魇在了睡眠中。这个梦是有来历的，翟芳上过网，说自闭症的患儿，都是星星的孩子，他们孤独地活在自己的世界里，对外界充耳不闻，视而不见。此刻，面对一群上蹿下跳的小星星，翟芳为难了，眼花了，摊开双臂，盲人般的探摸着，说，哪个是闹闹？谁是我的闹闹？

这一霎，王川在旁边打了个喷嚏。翟芳一惊，星星的孩子们忽地没了影，全部失踪了。

翟芳的郁闷可想而知。王川夹着枕头，行迹鬼祟，忙关了窗，拒绝了外面的雨声和凉意。王川钻进被窝，身体像一枚大号的括弧，将妻子箍在了怀中。这些年，夫妻俩不愿正视现实，但闹闹的症状，愈来愈逼现眼前，让“自闭症”这个词浮出水面，礁石一般。翟芳喘不过气来，星星的孩子们走了，失踪了，刚刚尝到的一点甜，一丝痒，却被王川上下其手，粗鲁地驱散了。翟芳挣扎着，恼恨起来。王川说，傍晚回来时，你给我下的帖子吧，咋了，说话放屁呀。翟芳像一条离岸的鱼，越拒绝，王川却越侵犯。后来简直动了粗，磨盘一般覆压在妻子的身上。王川说，先是搞了封山育林，后来你又妊娠期，为了闹闹，这四年多来，我忘了我还是个男人，一次也没。翟芳拖泥带水的，还没从梦魇里脱身。王川沮丧极了，哀告不止，却怎么也打不开妻子的身体。这是闹闹的房间，儿童床，禁不住折腾。床架的榫卯间，可能藏着无数个嗓子，王川一用劲，它们便尖叫，吱吱呀呀的。王川是那种一根筋的人，愈挫愈奋，两只手刚将妻子锁住，听见翟芳气息奄奄，打算放弃抵抗时，却出现了意外。

那是一束发光的鸣叫，在阳台上爆炸了。

猝然，尖厉，悠长，爆炸声持续了三秒多，但密集的弹片分崩离析，射向西面八方，几乎快将小区里的每一扇玻璃震碎了。尾随其后的，则是一浪浪的冲击波，在楼群里翻滚，汇聚，一瞬间拧成了狂浪，喷薄向上，倾泻在了夜空里。

翟芳彻底醒了，伸手去开灯，却被王川扣住了。王川从翟芳身上滚下来，呼哧呼哧的，先前的激情覆水难收，又不甘心，慢慢酝酿着下一次情绪。翟芳怨恨地说，鬼哭狼嚎的，让人心里发毛，这什么呀？呵呵，江山易主，难免有一些异常的天象，我的好日子不远了。王川边答，边撩拨着妻子的浓发，煞是得意。翟芳嘀咕说，对，是天降异常，星星的孩子，这话真美，哪怕他不讲一句话，只要他来自星星，我也乐意，我陪他一辈子。王川不解其意，兀自说，我这个小科级熬了快五年了，也该出头了，我这次有八成的胜算，相信我。翟芳再次清醒了，脚尖找着拖鞋，自责说，闹闹该尿了，我得去。话未讲完，王川一把扑倒了妻子，用枕头捂住了翟芳的脸，低语说，别闹了，我妈可能起来了。翟芳不听劝，更不迎合，身体扭曲着，踢来蹬去的。王川更刺激了，血脉贲张，一下子使了强。妻子的身体怔了怔，冷若碑石。就在王川走向高峰的一刹，阳台上那一束发光的鸣叫，再次爆炸了。

声音尖细、悠长，呈螺旋状上升，缭绕不绝。

翟芳趁机挣脱了，忽然干呕起来，很恶心的样子。果然，翟芳厌倦地说，我已经锈死了，我恶心，恶心这件事，千万别再逼我了。

此时，王川也已经兴趣全无，拉开窗帘，看见天色微明，一层蛋青色的光芒渗透铅云，落在了小区上空。翟芳说，对不起，我不习惯这个了，我想吐，我可能废了。王川压抑着怒火，劝慰说，不怪你，这他妈的天光大亮了，哪来的怪物呀。翟芳没呕出来，但嗓子里冒怪声，叽里咕噜的，软弱地说，半夜鸡叫，这是公鸡在打鸣，我小时候天天能听见。闻听此话，王川一骨碌坐起来，直脱脱地说，灯下黑呀，这是咱家的鸡，简直家里进贼了。

咱家的？

对，我妈带来的狄道的翎子鸡。

哦，带什么不好，这奶奶，偏偏带一只公鸡进城。翟芳怨怼道。

天亮了，两口子睡眼迷离，草草穿戴起来，趔进了客厅。眼前的一幕，让他们骇然万分，杵在地上，一时间成了哑巴。母亲蹲在地上，一手磨着刀，一手洒水，刺刺拉拉的声音恐怖极了。母亲瞥见了他们，没吱声，样子得意。磨了片刻，母亲停下来，用指肚试了试锋芒，又开始磨另一把刀。王川哀告说，妈，这大清早的，双休日，你提刀弄棒的做啥？翟芳也求情说，好我的奶奶，进了城你就歇息一下吧，闹闹在你怀里，一夜没闹，他只恋你。母亲辛劳了一辈子，虽说上了年龄，但胳膊上仍有劲，磨起刀来有板有眼，脊梁也绷成了一张弓。王川想抢活，母亲拉下脸说，一边去，去给我烧一锅开水，天然气我害怕。翟芳进了厨房，依言烧了水。王川恳切地说，妈，你没个电话来，也不让我去车站接你，老家那边？翟芳踢了一脚丈夫的屁股，接了话头说，你警察呀，审问这，审问那，奶奶想闹闹了，闹闹也想奶奶了，这就是理由。王川从妻子的语气里，听出了一种释然，那种解放区才有的晴朗的天。事情明摆着，母亲待多长，翟芳就能轻松多久。夫妻俩对视了一眼，彼此交换了意见，一对阴谋家似的。这时，母亲方说，贵生呀，今天是啥日子？

礼拜六。王川答。

母亲停下手，扶住膝盖站起来，说，今天是你的生日，你属猪。

哦，不早过完了嘛，上个月。翟芳抢了话。

脑子不好用，我只记住了你农历的生日，狄道只过农历的，所以我就来了。母亲颤巍巍的，胳臂一伸，接住了翟芳的搀扶。母亲说，去，去把阳台上的翎子鸡拿来，我杀了，今天给你过生日，给闹闹补些营养。

腿上灌了铅，王川愣怔了许久，一直盯着母亲的白发，有点鼻酸。

这个节骨眼上，阳台上的翎子鸡又爆炸了。不同的是，这一次的鸣叫不发光，也不悠长，更像是一次抗议，一声激愤的詈骂。王川思忖，万物有灵，这话真没错，这家伙恐怕也知道大限将至了，所以才登高一呼。王川去了阳台，手在纸箱子里探摸，依旧感觉到很虚无。一箱子的羽毛，怎么也捉不住肉体。翎子鸡的咯咯声，却从乱羽丛中飘上来，挑衅味十足。后来，王川干脆将箱子倒扣在地，攥住了两条细鸡腿，倒悬着，拎进了客厅。

翟芳怕血，背过身子，贴在了墙上，不忍看。王川将鸡搁在地上，防它哗变，用脚踩住了鸡腿，两只手伸进一堆羽毛中，打算攥住鸡脖子。近些年，城里人的嘴吃刁了，来自狄道一带的柴鸡成了紧俏品，价格翻番，几乎是超市里冻鸡的三四倍。王川一家也吃过柴鸡，尤其翟芳坐月子的那一段，母亲满村子打听，谁要去省城，母亲早上宰杀下，晚上就能捎给儿子。柴鸡能催奶，翟芳在那半年，体重长了三十斤，双下颌都出来了，这才喊了停。虽说吃了那么多，但君子远庖厨，夫妻俩还没见过当场宰杀的。王川摸了一阵，捉住了羽毛从中的肉体，失望极了。怎么说呢，这只虚张声势的鸡，徒有其表的鸡，除了这一堆花里胡哨的羽毛外，身体只有握拳那么大，可怜兮兮的。王川能感觉到，这小东西在痉挛，在发烫，埋下身子，做最后的抵抗，不，是抵赖。王川撇嘴，心说，按自己的饭量，这家伙去骨剥皮，也只够打个饱嗝而已，遑论还有一家人呢。母亲则面带骄矜，一个劲地夸耀自己带来的礼物，似乎比她珍藏了多年的嫁妆，腕子上的那一只银镯子还稀罕。

原来，狄道一带毗邻岷山山脉，实施了多年的退耕还林后，山河葱郁，生态修复，一些早就绝迹了的动物失而复现，大的如棕熊、雪豹和狐狼，小的像麋鹿、麂子与岩羊，这翎子鸡就是其中的一例。母亲又介绍，前一天碰见了一个进山采药的人，他捉住了一只瘸腿的翎子鸡，求爷爷，告奶奶，这才花了大价钱，好歹购了下来。这种鸡太诡了，要不是摔坏了腿，休想拿住一个活口，它自己就会气死的。母亲神叨叨的，王川始终忍着，没喷笑出来。又介绍说，翎子鸡不仅脾气大，还太犟，宰杀之前要先哄一哄，等它高兴时冷不防下手。否则的话，它的肉就会泛酸，排出一种不太好闻的气味，所以才活着带进了城里。这一刻，王川明白了母亲的用心，腾出一只手，将母亲的一缕额发，别在了耳后。

贵生，闹闹还不肯多说？母亲低语。

嗯，金口难开。

母亲说，这个鸡嗓门大，底气足，专治这病的。母亲又压低了声音，叮嘱说，你意思一下就行了，让闹闹吃肉喝汤，吃啥补啥，记住啦。

显然，母亲是有备而来的，手心里搁着一把松子，嘴里咕咕咕地逗引。炒熟的松子，裂了口，王川嗅见了一丝清香。王川想起小时候嗑松子的情景，没来得及回味，便瞧见从羽毛丛中，探出来了一只鸡冠，充满警觉，左右啄动。冠子呈烈焰色，峨冠博带，头顶的肉瘤像分开的五根指头，上下翻卷，傲气十足。翎子鸡埋下头，啄了一枚松子，刚要吞咽时，母亲霎时出手，一把捏住了鸡脖子。

母亲拔掉了鸡脖子上的一撮毛，将其拧成了一个问号，举起刀，打算下手。王川捧着碗，对准了鸡脖子，准备盛血水。翎子鸡伸长了脖颈，无辜地就缚，既不挣扎，也不嚎叫，杏仁似的眼睛盯着王川，眨也不眨。刀刃逼住了鸡脖子，母亲刚要下刀时，却听见客厅的地板上一声爆响，一只花瓶炸成了粉末。

闹闹站在面前。一股愤怒攫取了他，脸颊憋得紫红，嘴巴大张，挥着小拳头。

王川断喝说，闹闹，干什么？

放，放，放开它！

这一瞬，客厅里的空气像被抽光了，洪荒一片。王川看着妻子，翟芳盯着婆婆，奶奶扔下刀，丢下翎子鸡，开始抹眼泪。翟芳扑通一下，跪在了儿子的面前，揽住他，嘴巴像鸭子戏水，呱唧呱唧地乱亲一气。王川瘫坐地上，点了烟，觉得天花板上鲜花盛开，站满了菩萨。翟芳央求说，乖宝贝，再给妈妈讲一遍，好么？放，放开，闹闹憋足劲，满足了她。翟芳又说，那给奶奶也讲一遍，奶奶最疼你了。闹闹顿了顿，很清晰地说，奶奶，放开。

这天早上，王川家仿佛被神灵摸了顶，赐下了福祉，降下了一场不大不小的奇迹。将近四年了，横亘在两口子心上的一种罪孽感，一件沉重的包袱，一道看似迈不过去的坎，居然。呵呵，它居然轻而易举，被一只翎子鸡，一个羽毛重重的怪物，这么破解了，化为了乌有。翟芳喜极而泣，泪水敷在脸面上，高兴得有些过度。母亲捉住了翎子鸡，蹒跚而来，塞在了孙子的怀里。称奇的是，握拳大小的翎子鸡，恰好被闹闹抱了个满怀，低眉顺首，似乎知道他就是救命的施主。闹闹也乐了，小脸贴在一团羽毛上，噘起嘴，慢慢吹气。一吹，斑斓的羽毛刷刷作响，起伏不定，弄得闹闹痒痒不止，于是越发乐了。

翟芳逗引说，宝贝，奶奶送你的礼物，谢谢一下。

嗯，他属啥？母亲问。

属鸡，闹闹恰巧属鸡，太有缘分了。

属猪？母亲真的耳背了，记忆也差，或者，她有一份故意。母亲怨怪说，闹闹刚说了那么多，歇缓一下吧，等一下再说也来得及。

这时，王川晴朗地说，呵呵，我有迷魂招不得，雄鸡一唱天下白，这诗人李贺能掐会算，还真的可以称得上我的千年知音啊。

5

今天高兴，翟芳订了座，请婆婆出去吃了一顿果木烤鸭。

雨没停，但也不大，半空中浮着一层雾，像透明的胶质。闹闹猴子般趴在翟芳的脊背上，小脚乱踢，催促快点，回家要和翎子鸡玩。刚到正门口，王川瞥见了昝涛，便把雨伞递给母亲，让她们先走。从凌晨开始，昝涛的心里就一直撂荒，郁闷，不甘，愤懑，算得上五味杂陈。见王川进门，昝涛堆起笑脸，说，这可能就是天伦之乐吧，王科长，你是个福气人呀。王川将一袋饭食搁在桌上，说，趁热，果木烤鸭，我妈惦记着你的那一顿蛋炒饭，亲手卷好的，别嫌弃。昝涛也不客气，一口吞一个，面酱挂在嘴唇上，像一抹黑胡子。昝涛说，谢谢姨娘，见了她老人家，我非磕头不可。王川呵欠一下，又说，你咋也是黑眼圈，你不是夜班么，干么还……哦，一个伙伴今早辞了职，开出租去了，我没辙，我现在24小时连轴转了。昝涛吃毕了，打着饱嗝，递来一支烟。昝涛俯身过来，边喂火，边说，等一下你一定要扛住，他们人多势大。

哦，你把话说开，别讲不打粮食的话。

昝涛把烟拿反了，点了过滤嘴，呸呸呸地吐着。又说，半夜鸡叫嘛，姨娘带来的那只翎子鸡，后半夜就开始唱歌，他们不干了，正在开会决议，冲着你来的。

王川面带轻蔑，回说，公鸡不叫，天就不亮了么，扯不到一块儿吧。

纵然辩解，但王川后来仍依了昝涛的话，冒雨去了会议室。翎子鸡半夜起事，敲锣打鼓，声震云霄地开个人演唱会，惊扰了大家的清梦，这只是问题的表象之一。按昝涛的意见，贵集团公司正在洗牌，洗牌有两重意思，一是洗掉和周围同事们的旧怨，和缓一下关系，将来在民主测评时，多在“正”字上画一笔。另一个，就是洗干净自己屁股上的屎，别留下把柄。王川很诧异。王川从这个保安员的脸上，看见了一种烂熟于心的老练，一种精明。昝涛说，你别这么看我，我瘆得慌，听姨娘说，咱俩都属猪，一个圈里的，呵呵。王川说，我想死了，也想不明白，我的仕途跟一只鸡有关系么？这时，他们站在了会议室门前，门楣上嵌着一块铜牌，上书“业主委员会”。昝涛轻推了王川一下，低语说，他们去了三趟，敲你家的门，打算抗议来着，没找见你，这才让我通知你的，我的任务完成了，回见。

王川落了座，目光逡巡了一遭，心里便天塌地陷了。

都是熟面孔，在一个办公楼里打头碰面的，也用不着什么客套。男女代表各半，年纪跨度也大，重点部门的占了大多数。以前，王川也被抽签选中过，作为业主代表之一，曾和物业公司争过权，捍卫过权益。令王川意外的是，想象中的撕扯、谩骂和刀光剑影，现在都换了频道，一张张苦瓜脸盯着王川，表情里埋着委屈、哀怨和求情。王川含胸抱拳，先压低了姿态，忙说，让大家受惊了，太抱歉了。

又讲了一遍，但大家谁也不接他的话茬，气氛冷寂，王川被看毛了。

居然——业主们公推出来的代表，居然是老彭，彭强。王川一下子心生嫌怨，娘的，一点口风不露，临阵倒戈了。彭强捏着一份决议，清了清嗓子，照本宣科地说，本小区自入住之日起，一向邻里和睦，安谧如梦中家园。岂料，昨日晚间却发生了一桩令人遗憾的事件，个别业主为满足私欲，竟然置公德于不顾，公开豢养一只野蛮的动物，半夜打鸣，四方惊魂，破坏了和平，将整个小区和广大业主们，陷于一种深深的忧虑和不安当中。

很显然，这份决议是挨家挨户走访过的，统计数据也很详备。彭强没照顾王川的情绪，继续说，本小区有70岁以上的老人28名，大多患有高血压、冠心病和糖尿病，经不起折腾。昨夜今晨，急救中心的车子，已经来过三次了。王川埋头看微信，翟芳连发了数张图片，几乎让他失笑出来。其中一张，闹闹虚骑在翎子鸡的背上，挺胸收腹，披着一条斗篷似的花床单，右臂挥动，像极了一位少年将军。另一张，翟芳和儿子将翎子鸡搁在浴盆里，一边撩动翅膀，一边打浴液。王川熟悉儿子，但这一种前所未有的喜悦表情，仍令他很震惊，也很踏实。决议又说，本小区计有上百名中小学生，目前正值期末考试阶段，如果任由这一只野蛮动物，继续疯狂咆哮下去的话，全体家长将难以答应，势必诉诸集团公司，将采取进一步的维权措施。呵呵，王川心里冷笑，这简直是一份最后通牒，跟死刑判决没什么两样，就差说一句绑赴刑场，当众宰杀了。彭强念完，业主们开始单独发言，女性居多，大多是陈述自身的体弱、焦虑和睡眠质量，语气里带有抱怨、示弱和祈请，与决议书的强悍风格截然不同。翟芳又来微信了，母亲和闹闹各拽着翎子鸡的一只翅膀，老婆拿着吹风机，正在吹干。意外的是，翎子鸡竟然很受用，冠子殷红，引颈四顾，将一路上带来的风尘和疲惫，彻底一洗了之了，出脱成了一个蓬松鲜艳的家伙。另一张更夸张，翟芳在洗衣盆里铺了一块毛毯，临时当作鸡窝。毛毯上绣了牡丹，姹紫嫣红，是当初老婆的嫁妆之一。王川心说，为了儿子，她可真是舍了血本，败家子一个哟。彭强扔过来一支烟，王川抿了笑，点着了，喷出一口烟雾。烟雾里滑出一个圈，顺着气流跑过去，不偏不倚，端正地套在了彭强的头上，像一道紧箍。彭强吐了吐舌头，好像说了一声对不起，或者没办法。此刻发言的是人事处的闵红，女，副处长，甲亢患者，鼓着两颗发黄的眼珠子说，没错，我家里也养了两只狗，一只猫，但猫和狗不一样，它们自古而今都是人类的朋友，可谁听说过拿鸡当宠物的，鸡能干什么？闵红的话，泛起了广阔的涟漪，一些养猫养狗的人士同声附和，尽量撇清二者的不同，一再将翎子鸡推到了阶级敌人的阵营。另有一位女业主，性格泼辣，干脆扯开了上衣，露出一截白肚皮，声音哽咽。翟芳最后发来了一个短视频，是翎子鸡的特写。这家伙站在客厅的茶几上，披金挂银，抖擞万分。王川讶异地发现，翎子鸡的尾羽很长，也很俏，斑斓多彩，在一阵阵清风中，上下拂动。女业主哭诉说，她不久前才做完手术，天热，刀口感染化脓了，如果再遭遇半夜鸡叫的话，她就打算把户口迁到肇事者的家里。王川冷下脸，这一句打上门来的话，一下子惹恼了他。王川斜觑一眼，那一道伤口的确很吓人，红嫩，肿胀，突出，像一条蜈蚣拱在了皮肤里，随时会剥皮抽筋。这时，彭强咳了几声，示意王川看手机。王川输了密码，打开一瞧，是彭强发来的一则微信。彭强说：

闭嘴！赶快服软吧，小不忍则乱大谋。

这期间，仍有业主不时进门，加入到了这一场声讨中。椅子不够，便有人骑坐在窗台上，或偏腿跨在桌沿上。也不知哪一位慈悲，买来了三捆矿泉水，瓶子在空中飞，王川的面前也戳着一瓶，但他没动。在一个密闭的空间，在一个小雨淅沥的早上，控诉和哈欠一样，一般会传染的，而且症状也愈来愈深。王川独木难支，终于招架不住了。王川抱拳一揖，惭愧地说，诸位，你们教教我，我该咋办？

杀掉吃了呗，还用问吗？闵红干脆。

王川说，想想也挺惨的，我妈从狄道上来，抱着一只鸡，奔波了几百公里。这鸡才歇了一宿，就惹了诸位，让你们大家急赤白脸的，跟一只鸡过意不去。

嗬，你咋说话呢，没这么骂人的。闵红拍桌子。

王川反击说，我不计较你的猫狗，你也别盯着我家里的鸡。又说，你可以拿猫狗当宠物，我当然也能把鸡当朋友，人家国外还有拿鳄鱼、臭虫、螳螂什么的。

蜈蚣女人整理完衣服，截住王川的话头，概括说，天下之大，当然能容得下一只鸡了，问题是它目中无人，半夜三更在唱歌，在开演唱会，吵死了，简直翻了天了。

抱歉，让诸位不舒服了，坦率讲，我早上也被它吓了一跳。它真该死，只图自己高兴，自己过瘾，周扒皮，鬼子进村，忘了它是一个畜生，说了不算。

王川口舌油滑，慢慢矮下了身段，期盼着寻找一种和解。王川嗫嚅说，我家闹闹，闹闹今年快四岁了。

啸，跑题了，说的鸡，别牵扯孩子。有人抗议。

在座的诸位都见过闹闹，像翟芳，挺漂亮的。王川左奔右突，琢磨着一种恰切的方式，不显山，不露水，又能一吐苦楚。遂说，其实，家家有本难念的经，像闹闹一旦喜欢上这只鸡，我可真没……

闵红揶揄说，瞧瞧，老大的人了，给孩子推卸责任。

不，我的意思是，有一种病。

什么病？

王川语塞。

哦，他，他他，还有他，在座的都是病人，谁都亚健康，只有你王川结实，铁人一个，还有鬼心思养鸡。闵红谈经夺席，指点江山，又说，我看你王川现在也得了病，病得不轻。

你咒我吧。王川苦笑。

哼，你的病就是自私，枉顾了诸位的好心。闵红火力全开。

王川蔫了，瘟鸡似的。

本来还想说一两句闹闹的症状，求得大家的认可，讨一点同情，转圜一下气氛，但路都被堵死了，说出去又将成了谈资，王川感觉失败极了。王川枯坐着，给昝涛写了一条短信，说，你能搞到一种哑药么？昝涛迅即回复了，问，哑药？你干什么用的？王川回答说，把翎子鸡的嗓子弄哑，让它活着，但不能发声，更不能半夜唱歌。停了三分钟，昝涛说，哑药以前在乡下有，都是谋财害人的，城里咋会有这种东东？紧接着，昝涛又来了一条，说，我从网上搜一下，不过得需要时间，也不保证一定能买到。王川怅然地回复，来不及了，我快被逼疯了，这么办吧，你去一趟我家里，趁着闹闹不注意，用针尖把翎子鸡的嗓子给划拉了，我让我老婆配合你。

是一只野鸡，对么？蜈蚣女人问。

嗯，翎子鸡，野生的。

那就好办了。这时，蜈蚣女人摸出了钱包，搁在桌上，说，咱们同事一场，我术后虚弱，一直恢复不过来，你开个数字，把这只野鸡卖给我，我不还价的。

王川苦笑一番。

随手，王川给翟芳去了短信，让她抓紧哄儿子去睡觉，也让母亲回避一下，并说了昝涛的使命。翟芳坚决反对，说翎子鸡是闹闹的福星，天老爷赏赐的，来了没一天，闹闹就焕发出了一种别样的神情。这是千金难买的事儿，岂能，岂能恩将仇报，挑破鸡嗓子，去讨好上下左右的邻居们。翟芳不愧是老师，引用了一句格言说，即便杀光了全天下的公鸡，天还会亮的。此刻，王川身陷重围，明白这一桩鸡叫事件的轻重，忙解释说，不是去杀掉翎子鸡，是让它哑掉，别再造次，别再多嘴。王川无奈，只好提纲挈领地说，半夜鸡叫，将小区的全部注意力吸引了过来，集中在咱家了，我现在是靶子，乱箭穿心，又正是集团大洗牌的关口，你自己掂量吧。末了，翟芳回答说，软骨头，叛徒，照你说的办吧。

咋了，还舍不得呀？

王川恳切地说，那只鸡只有拳头这么大，补不了什么，我发誓。

总比一枚鸡蛋强吧？蜈蚣女人问。

未必。

唉，我不会看错人吧。闵红接过了话头，一层回忆般的情绪罩在脸上，唏嘘说，当年你王川参加集团的统一招考，你的材料是从我手里过的，你那个口吧，当初有三个人报名，我最后挑了你，就念你是狄道农村出来的，朴实，忠厚，听话。记得……

滴答一声，来了短信。王川点了烟，打开手机。昝涛的，上面说，你赶快加我的微信，顺便把我拉进你们业主的微信群，我有用。王川问说，弄哑了？回复说，王科长你可真够残仁（忍）的，连一只鸡都保护不住，看我的吧。王川没多想，便照昝涛的话办了，将他拽进了群里。王川是业主代表，他有这个权限。烟抽到了尾巴上，王川起身熄烟时，瞥了一眼窗外，烫了一下手。

雨打在玻璃上，一种叫做黄昏的东西，慢慢降了下来。

6

在王川看来，那辆车太LOW，简直了，简直配不上大姐的身份。

车停在拐角处，一点不起眼。王川知道大姐的车位，进了地下车库，便直奔过来。像前几次一样，王川开了门，坐在后排，嗅见了旁边的香水味。足有一分钟，大姐没吱声，但鼻息很重。王川从后视镜里一瞄，大姐依旧云鬓高耸，但脸颊瘦了下来，颧骨更尖了。后来，大姐歉疚似的打开包，摸出两盒烟，搁在了王川的膝盖上。大姐说，没事儿，你抽吧，我家那位的，也不知好不好。芙蓉王，无字，白盒。王川落下窗子，点了一根，嘴巴尽量往外吐。声讨会散场后，王川又被个别的业主拦下，忍辱负重地待了半小时。会议还算圆满，达成了唯一的成果，王川负责让翎子鸡闭嘴，不能半夜扰民，而业主们将静观事态发展，保留进一步申诉的权利。在热烈的掌声中，王川势单力薄，接受了这一条款。

其实，王川的信心，基本建立在对昝涛的信任上。如果说，这一信心还有空间的话，那就是王川还留有后手。呵呵，大不了法西斯一下，给翎子鸡戴个口罩，做个头套，或者马嚼子之类的，令其钳口，禁言，剥夺一切发言权。再不济，王川深入一想，在这个节骨眼上，也就只有牺牲了它，斩立决，爆炒也行，清炖亦可，反正酒肉穿肠过，佛祖随喜。

刚走到楼下，望见了家里的灯光，王川心里一热，想到了闹闹。四年来的惊怕，以及业主们一下午的围攻，就像一个天平的两边，孰轻孰重，豁然眼前。那一刻，王川悔死了，闹闹的病症才现曙光，有了向好的苗头，难道就为了一顶乌纱帽，开铡问罪，满足业主们的非分要求嘛。一想到鸡头落地，闹闹将陷入更深的沉默，从此永无宁日，王川的脊椎骨里，涌过了一种触电般的战栗。王川在楼下徘徊良久，抽完了半包烟。这时，大姐的信息来了，让他老地方见。

大姐忽然哽咽，声音湿塌塌地说，我老做噩梦，最近更厉害了，我总觉得有个人一直在跟踪我，晚上就潜伏在我家的花园外，打算偷窃，我这是病么？王川一惊。和大姐私下里接触了几回，她从来很干脆，一二三，谈完交办的话，便抬屁股走人，今天这是咋了？其实，大姐不需要答案，她只是在抱怨，在自说自话。果然，谈完最近的噩梦后，大姐的情绪和缓过来，将一摞资料递给王川，说，还得麻烦你，你重新写一遍吧，拜托了。王川窘死了，手心里出了汗，打开袋子，随便翻看了两眼。王川说，有什么具体意见么，我知道，我能力有限，可能达不到你的要求。岂料，大姐松开了表情，说，你别紧张了，不是你的论文不好，而是，是太优秀了，这不符合我的初衷。

我，我没明白大姐你的……

王川怔忡说。

哦，尽量次一点，掐头去尾，故意弄一些自相矛盾的、有破绽的地方。大姐战略性地说，我请几个专家看了，说这都可以出书了，我不能太突出，弄个中不溜的，能过关就行了。

王川说，我刚开始就当一篇硕士论文来写的，按要求。

呵呵，我那是在职的，什么破硕士呀，我自己也没当一回事。大姐化繁就简，淡漠地说，我家那位逼我，非要让我读一个在职的，你是大才子，还是他举荐你，让你帮我的。

大才子！

这话像一道闪电，掠过了王川的心田，带来了一场酥润的春雨。一时间，王川的内心草木发芽，鹅黄浅绿，仿佛一片盛开的草原。哦，王川思忖，原先在董事长的眼中，自己被归类为大才子，又不见外，将家事相托。这一瞬，王川立马有了一种带刀侍卫的感觉，以笔为刀，全心皈依，满血效忠。王川羞赧了起来，应承说：

我尽量破坏，让它言不由衷。

大姐愕然，挤兑说，也别把我弄得那么不堪，好歹也是一硕士嘛，能混一张文凭就可以了，但不能太出色，记住了。王川将这几句话摩挲一番，刻录在了脑海里。大姐忽然伸手，说，给我一支烟。

点了烟，王川也衔了一支，恳切地说，大姐，祝贺你呀。

哦，喜从何来?

王川说，老板终于主政了，君临天下，大姐你现在贵为集团公司的第一夫人。王川谨慎措辞，又说，大家都望眼欲穿的，这下终于可以更上层楼，企业有望上市了。

你报名了么?

双休日，我也没看到文件，等周一吧。王川答。

嗯，论文不着急，你抓紧报名，只有三天的时间。大姐被烟呛了一口，落下旁边的车窗，又说，中层干部全员竞聘，你也别三心二意，会很激烈的。这两天，我家里的电话线都拔掉了，幸亏我家那位去上海考察股市了。

大姐，你像一个人。王川说。

像人?

不不不，我意思是说，大姐你特像一个影星。王川快速思索着，笃定道，就那个《琅琊榜》里演霓凰郡主的，叫、叫什么……

刘涛。

对，就是刘涛。王川附和。

点到为止，该说的话都说了。王川觉得，这就是一种默契吧，你承了我的情，下一步，你也该有所表示了。念想至此，王川越发对下午的软弱后悔不迭，软骨头，叛徒，活该翟芳这么骂他。忽然，地下车库的坡道上，传来了簌簌的脚步声，越来越近，越来越响。大姐骇然至极，猛地攥住了王川的胳臂，瑟瑟起来。大姐失声说，我害怕，是不是来跟踪我的，一定是，一定是，我怕极了。王川莫名无比，安慰说，有我在，大姐别怕，这是在咱的小区里。

坡道上出现了一条人影，耸动着，匍匐而来。后来，人影直接打在了对面墙上，像一个人被对折了起来，挂在上面。大姐惊悚地说，别下车，你陪着我，不许下去。少顷，王川清晰地看见了一顶大盖帽，一名保安员踅了过去，隐没在了柱子后。与此同时，墙上的人影也消失了，仿佛这个家伙匿在了水泥中，另有打算。大姐出汗了，埋着头，云鬓纷乱，一再问，走了么？那个坏蛋走了么？王川笑说，大姐，小区的保安，怕是在巡逻吧。大姐递来一把钥匙，恓惶地说，开车，你把我带上去，我不能再待了，快开车。

王川依言跨进了前排，坐在驾驶座上。插了钥匙，打火，王川打开了前灯。登时，两道灯光若雪崩一般，将整个车库照得亮如白昼。光亮中，一只黑乎乎的东西，倏忽闪了下翅膀，不知是鸟，还是蝙蝠，转眼消失了。王川启动了车子，拨转方向，对准了坡道尽头的出口。不巧，意外的一幕发生了。

一个人，不，准确说是闹闹，居然站在车前，举着小鸡鸡，正在撒尿。

面对驶来的车子，闹闹既不躲闪，也不畏惧。车灯刺目，闹闹眯了一下眼睛，专注地盯着裤裆里甩出的一根尿绳。哦，王川终于看明白了，闹闹正在用尿画画，一幅湿漉漉的构图，铺在儿子的脚下。王川惊住了，忙打开车门，拔脚跑到了闹闹旁边，一丝忧心却被儿子的笑脸击垮了。闹闹指着脚下，灿烂地说：

爸爸，鸡。

王川被幸福砸中了，忙蹲下来，哀求说，你再喊一声，喊一声爸爸呀。

鸡爸爸。儿子说。

很快，地上的那一只“鸡”被尿糟蹋了，乌烟瘴气的，分不清眉眼。鸡爸爸，爸爸鸡，闹闹嘴里乱语迭出，但王川丝毫不计较，替儿子系了裤子，拦腰抱起了他。王川将闹闹安顿在车里，催他喊一声阿姨，闹闹却又哑巴了。大姐平静了许多，也没发声。王川将车子开出去，停在了C栋附近。大姐拜了一声，俯身摸了一下闹闹的脸蛋，说了声，乖。

告辞后，王川沿着外环兜了一圈，将车子停在了自己楼下。不由分说，王川肩起儿子，步下生风，放弃了电梯，直接跑上了四楼。王川踢了几下门，大喊翟芳，仿佛火灾发生了一般。门开了，母亲愣怔地站着，翟芳也跑了过来，失魂一般。王川卸下儿子，忽然站在母亲的跟前，捧住了那一张沟壑密布的脸。王川惊颤地说：

妈，我亲你一下吧。

很粗暴，很不讲道理，王川在母亲的眉心里亲了，一下不算，又亲了两下。母亲木讷着，用袖口揩了揩他的口水，看见闹闹抱住了自己的腿。王川掉头，逼上前去，夸张地说，翟老师，我也亲你一口，不，三口吧。

翟芳退到了墙角，指了指婆婆，嗔怪说，吃错药了你？不许放肆啊，姓王的。

呵呵，亲爱的翟老师。王川双臂一圈，将翟芳搂过来，又捧住老婆的脸，强行将舌头塞进了她的嘴里。翟芳又掐又打，但慢慢缓了下来，羞臊无比。王川一边亲，一边讲了儿子刚才的灵光一现，灿烂笑脸。王川强调说，喊我了，喊我爸爸了，我等得都快破产了呀。这一说，翟芳的眼泪下来了，趴在丈夫胸脯上，抽了脊梁骨一般，浑身软塌塌的。

原来，按照王川的交代，昝涛来过家里。昝涛干练，简单介绍了下午业主们的围攻，说当前矛盾的焦点，只在于半夜鸡叫，惊扰了大家。他们群情激奋，欲置翎子鸡于死地而后快。婆婆和儿子都在，翟芳怕昝涛露了馅，忙拽他到厨房里讲话。翟芳拿出一枚大号的针，针尖锐利，明晃晃的。翟芳还叮嘱昝涛，说等一下我带闹闹去楼下玩，你下手要快。翟芳给丈夫坦白，她当时也糊涂了，竟然问昝涛，带没带止血药，别大出血。但昝涛的回答更妙。昝涛问，鸡的嗓子在哪儿？我在鸡的哪一块用针？闻听此话，王川再一次将舌头伸进了妻子的嘴里，很深。蜷曲的舌尖上，有一种心花怒放的感觉。王川嘟哝说，你现在也属鸡，鸡的嗓子我知道。翟芳搡开了丈夫，夸赞说，昝涛这人真不错，后来，他带闹闹和翎子鸡去了地下车库，说那里有一间休息室，完全可以收留翎子鸡，免得把嗓子给阉了，成了太监鸡。这样，王川恍然了，知道了事情的脉络。后来，王川肃立在母亲跟前，扑腾跪下了，打算磕头。

母亲悚然，呀，我没死呢，你行啥大礼？

哦，两件事，第一是谢谢妈的养育之恩，把我拉扯这么大，还惦记着我的生日。泪花敷在脸颊上，王川又说，从明年起，我只过农历的，公历的作废。王川深磕了一个头，再说，另一件事，还得谢谢妈的英明伟大，妈就是菩萨下凡，千里路上带来了一只，一只凤凰，对，不是鸡，绝对的凤凰，让闹闹拨云见日，开始说话了。话未讲完，王川看见儿子簌簌而来，跪在自己屁股后边，有样学样，也给奶奶磕了一个头。闹闹结巴说：

奶，奶奶。

翟芳哭了出来，用老师的口吻说，奶奶咋了，宝贝快说，说出来呀。

生日快乐。儿子说。

这天晚上，幸福不请自来，来王川家里做客。幸福刚到，屁股还没坐稳，彭强居然也尾随而至。见了老彭的那一张苍老嘴脸，王川登时不悦，横在门口。彭强揶揄说，你鼠肚鸡肠呀，气量没一只鸡的大，我是来拜访你家的翎子鸡的。一只蚊子缭绕，王川挥手驱赶，念咒般地说，滚开，滚开。翟芳拽开了丈夫，邀彭强进来。后者先问候了老人，摸了摸闹闹的头，发现他在奶奶的怀里睡着了。王川和缓了态度，让烟，打火，讥讽说，黄鼠狼给鸡拜年，你是来串门的，还是来监斩的？哼，实话告诉你吧，我已经……

别，别杀呀，刀下留人。彭强急了。

你这嘴脸。呸！

哎哟，翎子鸡，乃吉祥鸟，百年不遇的一只落地凤凰，我专门来沾吉的。彭强忽然像一位对方辩友，汗漫滔滔地说，你真傻瓜呀，古人还讲，鸡有五德，首带冠，文也；足搏距，武也；敌在前敢斗，勇也；见食相呼，仁也；守夜不失，信也。彭强斟酌着，又一针见血地说，你家的翎子鸡，那一身的好羽毛，可都是当年，当年大清王朝的文臣武将们一生的追求，你小子，岂能宰杀了它。

呵呵，你抽风了，在这给我演穿越剧呀？王川讥诮说，别一惊一乍的，歇着去。

顶戴花翎，那可是吉祥之物呀。

王川哑了。

哎哟，好我的兄弟呀，你家里的翎子鸡，不，那一根根顶戴花翎，今晚上都刷屏了，爆屏了，天下皆知。彭强掏出手机来，递给了王川看，怨怼地说，啧啧，粪土当年万户侯，那是气魄和境界，咱们达不到，但也不能脑残吧。这个节骨眼上，烧香磕头，也要供一根翎子鸡的羽毛，明白么？

果然，业主们的微信群里，翎子鸡俨然成了一个璀璨明星，赢得了无数点赞。

7

涛哥，这算几眼的？

双眼花翎。

这枝呢？

哦，这个算单眼的。

昝涛攥着两个乒乓球，团在手里玩，随口敷衍着对方。三女子惊讶完，过来坐在床边，样子亲昵。三女子说，见你第一面时，我就当你是我哥，亲哥，一个妈生的。昝涛靠着墙，两腿跷在乒乓球案子上，仰看着翎子鸡，不再吱声。三女子说，涛哥，照你刚才的话，那搁在清朝年间，你可就发财了，一根翎子，呀呀，起码值一块金砖吧。昝涛轻蔑一笑，将一只球抛了出去。球在空中划过一道弧线，冷不丁，被翎子鸡啄了一嘴，又原路返回，被昝涛准确地接在了手里。昝涛跟翎子鸡对打，彼此有一种默契，看得三女子眼花缭乱。三女子说，我看过电视剧，像宰相刘罗锅、铁齿铜牙纪晓岚跟和珅他们，戴的可都是孔雀翎子，有花翎和蓝翎，你不会是在诓我吧？终于，这句话惹翻了昝涛。昝涛给三女子来了一拳，申斥说，没文化真可怕，没文化的人一张嘴，一颗粮食也打不出来。

地下车库里，有一间偌大的空房，因为里面管道密集，一直废弃着。业主委员会体恤保安们的生活，便打了报告，让出了使用权。休息室很空旷，只摆了一张床，一张乒乓球案子。平时没人敢来睡，管道里常传出一些奇怪的响声，大家说像一座古墓，越说越邪。昝涛不怯，所以钥匙就挂在他身上。晚上，从王川家出来，昝涛一手拽着闹闹，一手抱着翎子鸡，进入了地下世界。闹闹觉得很新鲜，小眼睛都亮了，几乎忘了翎子鸡，抓起一盒乒乓球就乱扔，乱踩，放肆极了。翎子鸡带了伤，很乖，乐意任人摆布。昝涛将翎子鸡搁在案子上，仔细梳理了一下羽毛，又含上一口水，噗的一声，喷在上头。羽毛遇见了水，潜伏在里面的色彩一瞬间渗了出来，赤橙黄绿青蓝紫，斑斓无限，活色生香。很快，昨晚上的失手，以及由此带来的巨大的经济损失，已经被昝涛扔在了爪哇岛上。一种强烈的恶作剧的念头，像礁石似的，盘踞在了他的脑海中。

妈的，不就是一千元，不，应该是五千块嘛，老子看不起。昝涛认为。

闹闹吞了一只球，差点噎过去，幸亏发现得早。昝涛从他嘴里抠出来，见无大碍，便给他裤兜里塞了几个，说是送给闹闹的。但前提是安静，不许闹，帮叔叔一个忙。后来，闹闹很规矩，捧着一只雪亮的强光手电筒，对准了案子上的翎子鸡。

翎子鸡羽毛蓬松，气度优雅，像一位即将出席盛装舞会的王子。

灯光是一种衬托，昝涛在手机镜头里发现，每一根羽毛都纤毫毕现，细腻入微，在一种看不见的气流中，上下拂动，布满了韵律。昝涛采取了不同的角度，仰拍，俯拍，特写，全景，不停地指挥着闹闹，让他左右布光，呈现出翎子鸡这个主角最亮丽的一面。闹闹不明所以，却很兴奋，以为自己抱着一支冲锋枪，小嘴里突突突的，冲着翎子鸡扫射。先前，昝涛也从别人那里偶然风闻，说王川太不幸了，儿子今年四岁了，却不会说话，连一声爸妈都讲不出来，难怪王川一直短了精神，蔫头耷脑的。现在一瞧，昝涛知道那都是屁话，是人看人的可笑，是诋毁。昝涛边拍边问，闹闹，爽不爽？闹闹回说，方（爽）。又说，喊我一声干爹，喊干爹。闹闹愉悦地说，干，干爹。昝涛停了下来，认真盯了一番孩子，交代说，真乖，以后见了我，一定喊干爹。

也不知什么缘故，昝涛忽然仰面，哭了一声。闹闹蹒跚过来，抱住了昝涛的腿。昝涛揩了一下眼窝，收住泪水，忙关掉强光手电筒，让闹闹去玩乒乓球了。

花了半个小时，昝涛在手机里整理完照片，挑出满意的，裁剪一番，组成了一套。这还不算，昝涛又下载了一些相关资料，大多是清朝官吏的顶戴花翎，予以佐证翎子鸡身上的璀璨羽枝。将这些工作做完后，昝涛发布在了业主们的微信群里，心里涌起一股恶毒的快意。

下午时，那一帮人攻讦翎子鸡，围剿当事人王川，现在却被打了脸，一个个哑然不语。昝涛猜想，那些人正在屏幕前面羞愧不已，为草率，为莽撞，为自己跟一只鸡过不去而心生悔意。后来，昝涛又发了一段话，大意说，狄道一带产的翎子鸡的羽枝，自康熙爷开始，就是献给朝廷的贡品。因为稀罕少有，后来翎子鸡的羽枝，一般不做配饰，而是用来供奉。这种羽枝是一种传说中的吉祥物，求风得风，求雨得雨，不是宰相加身，便是元帅在手，自然是千金难购了。——这话刚发送出去，昝涛便收获了密集的点赞，鲜花和掌声，像泄洪槽中的鱼群，噼里啪啦的。昝涛互动起来，慨然问大家：

约不约？

昝涛坐在床上，忘了闹闹的存在，不停地释疑解惑，应答各方。翎子鸡站在案子上，脚下是一堆米粒，不用问，又是昝涛带来的夜宵，蛋炒饭。昝涛摸了一根烟，叼在嘴角。忽然，一根火喂了过来。昝涛抬头，见三女子站在面前。昝涛申斥说，你真像个鬼，脚上都没声音，妈的。三女子说，我在C栋那里蹲坑，腿蹲麻了，知道你在这里，便来跟哥说说话。三女子头发湿漉漉的，雨还在下。昝涛交代说，别让那个女神经给迷住，哥吃过女人的亏，女人跟你好了就好，一旦翻下脸，你身上就要着火的。三女子一笑，牙花子猩红，注意力迅速集中在了翎子鸡的身上。昝涛攥着乒乓球，团在手里玩，恼恨三女子的到来，打扰了自己，却也不愿彼此搞僵。后者问这问那，昝涛也大方，讲解了一番翎子鸡的神奇之处。昝涛挤兑说，你嘴里一颗粮食也打不出来，读书少，见识更浅，电视剧那是哄人的，真正的和珅跟刘罗锅他们，戴的就是翎子鸡的羽枝，剩下的大臣们，当然是不值钱的孔雀毛了。哦，三女子沉吟着，有些被点化的感觉，知道自己补了一课，上了一个新台阶。三女子嬉笑说，哥，难怪你上知天文，下知地理，我记得你说过，你以前在狄道一带当兵，你见过大世面呀。这句话，让昝涛蓦地警觉了起来，呵斥说，谁说我在狄道当过兵？妈的，你不能乱喷，小心我拔了你的牙。三女子不服，继续说，你忘了么，端午节那天，我刚来没多久，咱俩在一起喝酒，你说了你的过去，还有当兵什么的。

闭嘴。昝涛捏碎了一只球，掷在对方脸上，说，我那是吹牛。

嗯，怪我，我以为是真的。

昝涛和缓了语气，心里却通了电，亮起了一盏红灯。昝涛安慰说，酒是不要脸的水，男人喝上那种水，吹牛都不用打底稿，我没当过兵，我一直在打工。

三女子也说，酒真的不要脸，那天我也醉了。

哦，醉了也好，醉了什么难肠事都忘了，可以不伤心。昝涛扔出了乒乓球，跟翎子鸡对打起来。三女子发现，翎子鸡其实是一个倔强的家伙，渐渐地被撩拨了起来，头上的冠子充了血，像一块红布。昝涛又说，不过吧，男人不喝酒，真对不起裆里的半斤肉。

这句话刺激。三女子失笑说，你说过这个，那天我送你回家时。

呀，你送我回家？

三女子诚恳地点点头，说，对呀，去了你的出租屋，后半夜时。

翎子鸡又啄过来一只球，昝涛没接，三女子却抢先抓在了手里。昝涛逼到了对方跟前，犹疑着，似乎在拿什么主意。猩红的牙花子一直暴露着，很恶心。三女子笑不拢，嘴里嵌着一颗大虎牙。咎涛顿了顿，说，改天请你去家里，你嫂子茶饭好。

那天没见嫂子，你说，你说嫂子很漂亮。三女子将球递给对方，咎涛仍没接。

我吹牛，她长得及格吧，马马虎虎。咎涛的目光开始松懈，从三女子的脖颈上解开，落了下来。咎涛发现，这个声若细丝的伙伴，胳臂上的肌肉，居然像一盘粗麻绳，绞结起来，像个肉墩子似的。咎涛说，你去干活吧，小心那个女神经吃了你。

嗯，那我撤了，吃夜宵了再找你。三女子说。

恰此时，案子上的翎子鸡，突地抖擞起来，尾羽泼剌剌乱颤。仿佛一把大扇子，慢慢打开了，将一幅奇异的画卷，呈现于眼前。翎子鸡带着一种赢了球的亢奋，脖子伸张，等着挂金牌。咎涛再次惊住了，因为每一根羽枝都那么生动，那么细腻。尤其是，羽扇上绣出的那一只只翎眼，沉静，宽阔，温润如玉。咎涛瞄了一眼三女子，便心生一计，扑通跪了下去，寻找着时机。三女子狐疑时，却见咎涛念念有词，行礼如仪，咚咚咚，连磕了三记响头。后来，三女子终于听清了，咎涛也没什么新花样，舌头一直在拌蒜，念叨说：

天灵灵，地灵灵……

此刻，三女子露出了破绽，脖子伸了过来，命门大开。

咎涛伺机，嘴里却继续念，天灵灵，地……

门开了，一股冷风打过来，咎涛的屁股一紧。咎涛弓起身子，从裆下看见，原来是业主闵红率着一群人闯了进来。这些人男女参半，并非都是下午参与围攻的，更多的是新面孔，集团公司的大小头脑，部门负责人等。咎涛觑见，闵红的脸上开了花，打了鸡血似的。但咎涛并没收起屁股，而是继续匍匐下来，接着装神弄鬼。刚刚开始下的一盘棋，被无辜惊扰了，咎涛不免郁闷。闵红喊说，咎涛，你约大家，大家立马都来了，你现在吩咐就是了。一时间，人群分散，包抄了过去，对着翎子鸡乱拍一气。

案子上，翎子鸡显然受了惊吓，一把敞开的扇子，此刻渐渐合上了，拢成了一团。三女子压根儿没走。三女子发现，翎子鸡殷红的冠子褪了色，先是粉红，最终完全失血，变成了一片煞白。三女子觉得，拍翎子鸡的确没意思，但手机另有使命，所以一直掂在手里。翎子鸡将脖颈缩了回去，那一块煞白的头巾，也掩在了羽毛之中。三女子摸了摸翎子鸡，握拳那么大，剩下的都很虚幻，像摸到了一团烟雾。比如三块半一包的红兰州，昝涛平时爱抽的那种纸烟，那种喷出来的淡雾。一念至此，三女子倦怠一笑。这个笑，大抵有两个特征。其一，牙齿上带血，似乎常年不晒日光，缺乏点什么；其二，表情松弛了下来，一松弛，便带有了厌倦感。昝涛瞥见了三女子的异常，心里了然，但在这样的场合，昝涛不便发作。突然，闵红扑通跪地，膝行了几步，趴在昝涛的屁股后边。闵红催喊：

小昝，你带大家拜一拜，快呀。

这……

闵红变色说，你瞌睡装死呀，除了升官发财，人生夫复何求。

快呀，快拜呀。业主们纷纷附和。

昝涛迟疑了一下，业主们的话，既有渴求，也带着不容置疑的口气。昝涛忙磕起头来，将脑袋撞在水泥地上，咚咚咚的。闵红是个胖人，边磕，边大喘气，呼哧呼哧的，像乡下的风箱一般。刚才拍照的那些人，此刻都规矩了，生怕漏掉了这个机会，这个千载难逢的鸿运。大家首尾相衔，密密麻麻地趴了一地，随着昝涛的动作而起伏，好像一排排人浪，波过去，又荡了回来。叩拜声不绝于耳，有几个的额头磕破了，渗出血来。三女子不为所动，倚在旁边，被眼前这滑稽的一幕吸引了，失笑着，忍着。闵红提醒说，小昝，不说点啥么？应该说点，不然翎子鸡升了天，拿什么给玉皇大帝汇报？昝涛说，那当然。于是，昝涛又开始念叨天灵灵、地灵灵了。

桌案上，那一只翎子鸡埋着头，蓬松一团。像一尊瓷器那般，羞涩和安静。

王川杀来了。王川奔了进来，见到眼前的情景后，一个急刹车。彭强跟在后边，躲闪不及，撞在了一起。彭强手里的一瓶酒掉了，摔碎在地上，酒气四溢。幸亏抢救及时，另一瓶幸免，被彭强接住了。酒是茅台，王川存了多年，今晚上心情大悦，又听了彭强的一番鼓噪，便决定消灭了它。王川不愿吃独食，心里感激小区的保安昝涛，便连夜找了过来。不承想，却置身于一场闹剧中。昝涛抬看了一眼，慌忙起身。王川怒目金刚，冲上去就掀翻了乒乓球案子。翎子鸡扇了下翅膀，落在了角落里，毫发无损。王川斥道：

呵呵，妖魔当道，脑子进水了你们。

闵红和一群人簌簌起身，既没有甩打想象中的马蹄袖，也没喊“嗻”，一个个面红耳赤，尴尬极了。王川哀告说，诸位够狠的，你们变着法子，将王某人置于不义之地。又说，刚才的这一幕，如果被人爆料的话，绝对是一桩轰动性的丑闻，你，我，我们大家，碰了高压线，一定会吃不了兜着走。昝涛如芒刺在背，慢慢踅到了门口，打算负谴而逃。这一刹，昝涛却不经意地发现，三女子不见了。

这个异常，让昝涛一下子慌了神。

王川继续说，诸位，今天的这个闹剧，请大家烂在肚子里吧，泄露出去，对谁也没好处的，我保证。王川蹒跚过来，拽住了昝涛的手。王川说，昝涛都认识吧，问问他，他可以作证，这翎子鸡是我妈带来的，今天是我生日，本该下酒的，没想到成了大家伙的玩具，这么折腾你们，我真的抱歉，对不住了。昝涛从昏蒙中醒转了。王川的这个介绍，让昝涛不免骄矜。昝涛作为幕后导演，明白自己暂时脱逃了，与闹剧无涉。王川从彭强手里拿来茅台，塞给了昝涛。不用问，这分明是一种奖赏。岂料，闵红带来的一干人，依然意犹未尽，执迷于翎子鸡带来的快感中，不肯舍离。闵红说：

咄咄怪事，这么大的中国，难道容不下一只翎子鸡嘛。

王川说，不折腾了，散了吧。

彭强却嘶喊说，别杀，一定放生。

这时，闵红晴朗地说，王川呀，你也别多心。其实吧，下午大家开会，并非对着翎子鸡来的，主要目的还是为了给咱的小区，营造出一种文化，一种宽松的氛围。闵红胖人，话却简练。又说，我是女人，女人都爱翎子鸡身上的这种羽毛，再说它那么一叫，我就知道自己的魂还在，明早还能穿上了鞋子，还活在宝贵的人世间。

在下附议。彭强道。

闵红决然地说，喏，这么宽敞的房间，足够翎子鸡撒欢了，我建议。昝涛足够机灵了。昝涛跑过去，咯咯咯一叫，揽起了翎子鸡。昝涛当众说，有我在，我会把它伺候好的。昝涛居然亲了一下翎子鸡，满嘴虚无，却牙齿很硬地说，每天早上，我会让它开唱，给你们报时，降下一声声福音的。

对对对，的确是福音。闵红和大家啧啧称是。

王川逡巡了一眼偌大的空间，蓦地想起了儿子。在王川的眼中，这里将成为一座乐园，闹闹的乐园。

8

人不留客，天留客。在昝涛看来，这谚语等于一句屁话。

彭强的舌头肿了，醉眼迷离，举止也慢慢嚣张起来，全然没了先前的拘谨。昝涛知道，这小区的业主们，大多是部门的负责人，头上压着几座山，对下面又没权，过惯了谨小慎微的日子。此刻，彭强的张牙舞爪，醉话连篇，倒也在昝涛的意料之中。让他放肆一下吧，又少不了我一两肉，昝涛安慰自己。一瓶茅台，很快见了底。彭强分完了，还眯起眼，对着瓶口瞄了瞄，控出了最后一滴。彭强咂在舌头上，埋怨说，好酒不经喝，好日子不经活，人生在世，不如意事常八九啊。昝涛举杯，跟彭强碰完，顺便揉烂了手里的纸杯。

兄弟，谢了！

昝涛见对方抱拳，忙还礼，说，瞧你，又不是我的茅台，客气啦。

哦，王川那小子，不值一提，不在咱的桌面上。彭强捏起一粒花生米，丢在嘴里，慨然说，与君一席谈，我觉得好有一比呀。

心里着急，却不能逐客。昝涛耐下性子问，说说看。

你我二人，跟当年的刘备曹操，他两个夜饮一般。彭强脸上放光，又说，天下才华共三斗，咱俩各自一斗，剩下的，让王川他们窝里斗去吧，不稀罕。兄弟，你愿当谁？

昝涛的表情，灰烬似的。昝涛说，我谁也不当。

你曹操吧，我做刘备。

昝涛也有点薄醉，拍了桌子，说，曹操是奸贼，你少扣帽子。

呵呵，彭强激动起来，啜了酒，喋喋地说，想当年，刘备不过是卖草鞋的，曹操也好不到哪去，一个太监的养子，然使君与操，一向身怀鸿鹄之志。

话匣子一打开，彭强便刹不住车了。昝涛起身，瞥见翎子鸡探了探头，脖颈像一枚问号。昝涛知道，时间不早了。昝涛弄了一杯水，搁在翎子鸡跟前，想请它润润嗓子。脚步一响，翎子鸡羞涩了，将鼻脸埋在了羽毛当中，又变成了一尊安静的瓷器。昝涛微醺，哈欠四起，觉得翎子鸡比彭强稳重多了，遂坐一旁，慢慢观察。晚间，闵红带着一群人走干净了。王川待了一根烟的工夫，也拽着彭强撤了。不承想，彭强杀了个回马枪，带了一些干果和花生米，闪身进来。彭强浑身湿透了，谄笑说，长夜漫漫，独乐乐，不如咱哥俩一块儿乐。昝涛打开了茅台，知道这家伙一定另有他图。

果然，彭强讲完了三国，决意自己做曹操，让昝涛出任刘备。彭强絮叨着，喝掉了最后一滴，咂巴说，酱香型的，对酒当歌，人生几何呀。昝涛过来，扶他出门。蓦地，彭强却猿臂一舒，一揖到底，喊了声，玄德贤弟。入戏太深了，不要脸的水搞的鬼，昝涛带着轻蔑，手下使了劲。彭强的脚却扎了根，从昝涛的胳臂下，滑了出去。末了，彭强才亮出了底牌。彭强说，玄德贤弟，愚兄想求一根羽毛，翎子鸡的。瞬时，目光指向了角落。妈的，昝涛强压怒火，并无二话，直接冲了过去，拔下了一根羽枝。

彭强举在手上，嘴巴吹气，见羽枝猎猎拂动，色彩烁闪。

彭强快哭了，念叨说，双眼的，居然是双眼的顶戴花翎哟。昝涛开大了门，一股冷风吹来，表情骤紧。昝涛频频做出送客的手势，但彭强顽固，不肯罢休。僵持了一段，彭强将羽枝插在脖领子内，整理了一番。不待昝涛再次逐客，彭强突然疾步趋前，立定，啪啪啪，甩打了一下左右袖口，扑腾跪地。彭强深伏下去，叩头不止，朗声说：

臣隆科多，叩见陛下。

昝涛失笑死了，但忍着，没发作。

微臣和珅，叩见吾皇陛下。又说。

无语。

顿了顿，彭强哽咽地说，儿臣胤禛，叩见父皇陛下，恭祝父皇万岁万岁，万万岁。

昝涛回说，平身吧。昝涛快憋不住了，俯下身去，款款搀住了彭强的胳臂。昝涛送他出去，到了地下车库的坡道上，叮嘱说，雨太大了，小心别淋着。彭强弓着腰，不敢抬头，一根翎子尚在头顶上战栗，小丑一般。临别前，彭强居然泪下如雨，哀告说，父皇早些安歇吧，龙体金贵，大清的江山社稷还指靠着。

走吧，彭副主任。

昝涛催喊。

嗻，彭强最后说，皇阿玛，儿臣这就告退了。

地下车库里空空荡荡，仿若一座寂灭的古墓。坡道上的一盏灯光扑过来，煞是荒凉。昝涛看见，自己如一根细长的杆子，挂在墙上，孤单极了。这一瞬，昝涛终于爆发了。昝涛摸了摸皮带，拔出来一把改锥，冲上前去，在一辆车身上乱劈。牧马人，幽深的烤漆上，映现出了昝涛的嘴脸。昝涛痛恨自己，不想看见这张脸，因为恐惧，也缘于绝望。这么多年了，昝涛一直在逃避这张脸，但它却如影随形，像一句锁定了自己的咒语。上一次，昝涛也这么干过，但这张脸安全无虞，此刻又浮现了出来，逼视着他。现在，昝涛戳破了自己的眼睛，剜了鼻子和嘴，将整个脸颊也划破了，划花了，一塌糊涂的。愤怒过后，昝涛看见牧马人已经面目皆非。但昝涛顾不了许多了，下面的事更为紧迫。

雨水淅沥。尤其在路灯下，雨丝若一张绵密的网，让夜色下沉了几分。

时间差不多了，昝涛踅出车库，走进小区的中央水景一带时，感觉怀里的翎子鸡动了动。昝涛摘下雨帽，掏出翎子鸡，两手架住了它的翅根。这一瞬，昝涛有些伤感。它那么小，那么无足轻重的，却长了一身虚张声势的羽毛，一副让人惊魂的破嗓子。昝涛思忖，自己应该属鸡，属翎子鸡，不该在城里鬼混，山乡僻壤，才是能活命的地方。昝涛立意已决，等办完这件事后，立刻消失，越快越好。

翎子鸡簌簌一番，探出了殷红的冠子，抖擞着。两粒眼珠，仿佛刚划着的火柴。

四下阒寂，业主们沉浸在酷暑之后，一场清凉的梦境里。昝涛抬望着，一股血涌上了头顶。昝涛一时激愤，心说，你就死命地喊吧，把狗日的们都喊醒来，把全天下的玻璃喊碎，把天老爷也喊破。果真，翎子鸡伸了一下脖颈子，一口啄破了夜幕。

那一声鸣叫，立时变成了一片发光的瓦，扔上了天。

昝涛抱着翎子鸡，在小区里兜来转去，更夫一般。昝涛得意极了，觉得打鸣的不是翎子鸡，却是自己。一片瓦刚刚消失，另一片又从怀里扔出，腾跃而上，飘在了铅云之下。翎子鸡像一座砖窑，一个制瓦匠，左扔一片，右扔一片。慢慢地，天空被擦亮了，一点一点地，透出了一线曙色。昝涛望了许久，脖子也酸了。昝涛开始觉得，天空其实就是一座佛龛，用瓦片砌成的。佛龛上坐着一尊神，人做什么，天老爷都能看见。

这个想法，让昝涛暗吃一惊。

但一切都为时已晚。昝涛抱着翎子鸡，刚转悠到了C栋时，三女子从拐角里闪了出来。三女子说，涛哥，你没醉吧，我看见你抱着翎子鸡，转悠了好几圈了。昝涛沉吟一下，将翎子鸡塞在对方手里，说，你一直盯着我，没蹲坑呀？三女子接住翎子鸡，下意识地低下了头。趁此时，昝涛摸出了电击枪，打开了按钮。电击头杵在三女子身上时，劈剥一下，一道蛇形的蓝光，喷了出来。昝涛忙让出一步。三女子瘫软在地后，昝涛顺势接住了翎子鸡，用袖子揩了揩羽毛，擦净了雨水。

三女子从昏迷中睁开眼，发现自己被铐在了管道上，动弹不得。

铐子是金属的，叮当作响。好似身上的电流还在，三女子挣了几下，又跌倒了。视野中，昝涛正在收拾行李包，两双鞋，几件外套，东西并不多。翎子鸡站在地上，一脸无辜，转瞬又打了一下鸣。此刻的声音，却不像发光的瓦，更多的像是一种乞食。翎子鸡瘸着腿，跳了几跳，够不着乒乓球案子上的米粒，不免灰败。也许，恰是翎子鸡的打鸣，替三女子叫了魂，他慢悠悠地醒来了。三女子凄厉一笑，说，涛哥，我胸膛上有一个蓝印，电击枪把肉都打焦了。昝涛从床下拽出一个箱子，很沉，里头都是他的存货。三女子说，小时候，我去县城的肉店买肉，老看见猪肉上有蓝印，人们说是卫生章，骗人的话，一定跟我一样，被电击枪撂倒的。东西太琐碎，收拾起来费时间，但昝涛不怕麻烦，仍旧打开了。一套工具，显得很旧，改锥，扳手，防滑手套，另有一把匕首。三女子在絮叨，昝涛并不接话。三女子咧嘴，牙花子猩红，又说，涛哥，铐子太紧了，我疼，你邮购的肯定是劣质品，求你了。昝涛攥着一把剪子，拿出几张证件，包括一张身份证，逐一铰烂了，扔在了三女子脚下。后者说，涛哥，我一直拿你当亲哥看，你罩着我，我刚到保安公司，还是你亲自点我的将，来这个小区的。昝涛不听，出去了一下，回来时，手里举着一只瓶子。昝涛将液体洒在了三女子周围，这才消停下来。三女子骇然说：

汽油，这是汽油呀。

昝涛方说，我恶心你的嗓子，二尾子。插一根翎子鸡毛，你就是个太监。

哦，你要把我灭口？

昝涛摸出一支烟，衔在嘴角，手里捏着打火机。昝涛说，妈的，你有两件事犯了我的忌，我现在治治你的病。越挣扎，铐子越紧。三女子知道没了希望，索性强硬起来。昝涛说，蹲坑，你老对我说蹲坑，这是什么意思？昝涛彻底翻了脸。

呵呵，你终于怕了，魏虎子，你也有怕的时候？三女子昂扬起来，喷笑说，魏虎子，不是不报，时候未到，我蹲坑守着你，就等今天了。魏虎子这个名字，像一块烙铁，昝涛骤然紧张。其实，昝涛知道“蹲坑”二字，专业术语，电视剧上经常演，但它第一次从三女子的嘴里冒出时，他就警觉了。翎子鸡低头啄食，寸进而来，一团虚幻的羽毛，令昝涛有些发虚。真的，人的一生，跟这团羽毛没什么两样，到头来还是虚活一场。昝涛踢了鸡一脚，沮丧地说，给这禽兽磕头，当先人一样拜，这前半夜的一场闹剧，是我故意搅局的，我就想试探一下你。三女子回说，晚了，魏虎子，你的相片我已经发了出去，看见的人，都确信是你魏虎子，我追凶追了这些年，终于……啪的一声，打火机响了一下，没火苗。昝涛在膝盖上擦了擦齿轮，又打了一下，照旧。这样的异常，令昝涛很沮丧。昝涛说，那你说说看，你从哪一天认出我的？三女子说，喝酒的那天。咦，那天我没醉，我从来就不会醉，因为那天我出了老千，喝下去的是水。昝涛自负，又说，那天我也在试探你，我才诈醉的。翎子鸡开了窍，先是跳上了凳子，攒了攒力气，而后一挫身子，飞到了乒乓球案子上。三女子回说，我送你回出租屋，就想看看你的真相，结果不错，第一，你没老婆，也没家，你其实一直孤家寡人；第二，你每天吃的都是蛋炒饭，说是嫂子做的，那是骗人的话，你是在同一家饭馆订的。昝涛哼了一声，问，这能说明啥？三女子说，这说明你就是那个凶犯，潜逃了多年，隐姓埋名，过着暗无天日的苦光阴。案子上散落着一些米粒，翎子鸡得偿所愿，羽毛霎时松开了，开始饕餮。昝涛厌倦地说，今天吧，我真的有一种轻松，我解放了，心里的磨盘打碎了，不折磨我了。昝涛打了一下火机，忽地跳出来一根火苗，在指尖上摇曳着。昝涛说，你究竟是谁？警察，还是线人？三女子顿了顿，哽咽说：

魏虎子，我姐没死。

说啥？

我姐没死，但跟死了一个样，她瘫痪了，也毁容了。

昝涛怔了怔，火灭了。昝涛突然大吼一声，扑了过去，在三女子的嘴巴上来了一拳。血喷了出来，三女子的牙花子不见了。昝涛苦楚地说，妈的，我辛苦逃了这么久，心血快熬干了，就怕警察抓了我，让我吃枪子。原来，原来她根本就没死，还活着。

三女子说，我姐也看了你的相片，认出是你，昨晚上电话报了案。

那，那你是改琴的……

弟弟，亲的。

你也撒了谎，说你媳妇跟婆婆吵架？

咱俩半斤八两。

昝涛抱住了脸，知道自己面色煞白。昝涛说，我想起来了，当时你姐跟着我时，你还在乡里上学，难怪我没见过你，你跟你姐不像，尤其是说话。

三女子回说，我挑破了喉咙，我故意的，我怕被你听出九莲县的口音。

挑破的？

嗯，你毁了我姐，也毁了我。略带疲倦，三女子哀声说，我姐出事后，我也就没上学，放弃了高考。这几年，我一直在追凶，天老爷开眼，让我顺藤摸瓜来到这。

昝涛长叹一下，你说得对，报应吧。

魏虎子，你现在去自首，也还不迟。这一瞬，三女子瞥见了管道上的一个断口。废弃的管道，像一张纷乱的草稿。又说，你老婆还没改嫁，你儿子也长大了，明年上初一。

闭嘴。昝涛咆哮说，不许提他们，不许，你没资格提他们。

与此同时，打火机，着了。

9

论文的题目是“公共危机管理初探”。

电脑开着，半包烟没了，一摞资料翻遍后，竟毫无头绪。王川枯坐良久，仔细回忆大姐的要求，先前那种独自受宠的感觉，现在被冷寂代替了。阳台大开，一种浸入骨髓的夜凉，让王川像一根针那般清醒。从地下车库回来，家人都去睡了，王川余勇未消，便想抓紧修改完论文，早点交了差，善始善终。在这个节骨眼上，大姐的一句枕边话，胜过一切。什么竞聘报名、演讲、民主测评等等的，在王川的意念里，都抵不上这一篇文章。那么问题来了。王川最讨厌这句嚣张的话，但眼下，的确是问题来了。

修改，全面拉低智商，偶有破绽，埋下败笔，总之要往平庸里写，往“坏”里写。这是大姐的核心懿旨。王川的头都大了，肿了几圈。“坏”，也得是一种水平，不显山，不露水，万人如海一身藏。恰好，王川想起了一个朋友。朋友搞诗歌，也写小说，定期开一些乌烟瘴气的朗诵会，还时常出现在本城报纸的文化版上，人模狗样的。朋友的粉丝也多，据说全部赶过去的话，三天之内，可以拾光新疆境内的棉花。王川不耻下问，拨了电话，将眼前的困境与诉求，一股脑地说了出来。言毕，王川释然了许多，觉得立等可取。

孰料，朋友愕然，反问说，这是一个思想无能的时代，谁都在打草稿，谁也无法定稿，千万别以为你写的那些病句如何优秀，拉倒吧。王川一头雾水，觉得迎面碰见了一条癫狗，满口血腥。朋友又说，恭喜你，成了落地的小凤凰，终于知道了平庸，开始低于尘埃，他妈的尘埃。王川耐着性子，介绍了论文的概要。王川启发说，初探，初探就是允许犯错，允许粘贴复制，允许大而空吧？这时，朋友方说：

睁开狗眼吧，真实比虚构还离奇。

王川点了烟，又请教说，别那么哲学，我就是一个捉刀小吏，应付差事罢了。

唉，一个时代的坏掉，就是从文风开始的。

霎时，王川怒了。王川说，姓叶的，你能不能讲点人话，半夜三更的，你念什么咒呀？朋友姓叶，叶舟的叶。

呵呵一笑，朋友变兽为人，开始讲人话了。原来，朋友签了一部电视剧，仿《琅琊榜》的，剧组已经扎营在外景地了，却突然生变。王川蓦地有了快意，欲问其详。女一号是香港的，身价不菲，有夫之妇，却一枝红杏摸出墙，在半年前被逐出了豪门，绯闻持续发酵，占据了各大头条。这一瞬，楼下传来了翎子鸡的打鸣，不像前夜那么齐整，却显得东一榔头，西一棒槌的。朋友又介绍，开机在即，女一号却发难，将剧本扔在了朋友的脸上。绯闻让她炙手可热，红得像一只刚出笼的大虾，质问编剧说，我男朋友呢，他走了七年，七年之后又杀回来了，你得告诉我，因果何在？朋友回说，这是唐朝的戏，在大唐年间走丢了七年，难道不正常呀。王川兴奋了，一边耳食着长安城内的故事，一边捕捉着翎子鸡的动静。打鸣声零散，游走东西，既不发光，也不悦耳，仿佛一堵塌下去的墙，沉闷无比。女一号执拗，一问到底，说链条断了，没了这七年的铺垫，无论如何也演不下去的。朋友也不是吃素的，针尖对麦芒，整个剧组便撂荒了几天。朋友对王川抱怨说，什么鸡巴逻辑，狗屁，这个江湖乱道的自媒体时代，脸上写满了平庸两个字，不值得细究。那你咋办？王川劝慰。朋友哀叹说，从了，乖乖认㞞吧，否则就要换枪手来写，老子还惦记着那一笔银子呢，钱的话，谁都能听懂。王川觉得，这才是一句打粮食的话。拎着手机，王川站在了阳台上。雨丝绵密，夜凉如水。视野中，昝涛抱着翎子鸡，正在小区里兜圈子。昝涛湿塌塌的背影，让王川想起了古代卖唱的人。今夜无人入眠，一想到跟朋友一样，都要夤夜伏案，王川便不再孤单。挂线时，王川问：

正在写呀？

没。

咋了，没灵感？

便秘一样，写不出来。

后来，王川坐在马桶上出恭，一边看报，一边咂摸着朋友的这个比喻。王川退而求其次，不敢跟朋友比，但写了那么多年的材料，一点就通。没错，写作就是便秘，而没有灵感的写作，则是长期的便秘患者，痛苦自知。报纸很旧，几年前的，上面污垢斑斑，一股鸡屎的味道。装翎子鸡的纸箱子，母亲没舍得扔，搁在卫生间里。目光过处，一篇法治类的通讯，忽然吸引住了王川。这是一份地级报纸，文章描述的是九莲县，毗邻王川的老家狄道，一山之隔。让王川失望的是，这篇短文竟是连载之五，掐头去尾，不成全貌。可即便这样，王川仍读得津津有味。故事大意说：

……由于魏虎子为人热情周到，人脉广泛，自此之后他的水泥预制板场生意兴隆，财源滚滚，魏虎子也成了九莲县家喻户晓的人物，致富能手。此时，财富的累积和轻而易举获得的声望，并没有让魏虎子百尺竿头更进一步。相反的是，他忘记了家庭的温暖、妻子的贤惠和儿子的仰望，腐化堕落将他逼上了另一条不归路。面对蔡改琴这个来自乡下的第三者的无理取闹，魏虎子一时间陷入了两难，他既不想离婚，抛家毁业，做一个九莲县城里千夫所指的当代陈世美，但又始终贪恋蔡改琴青春貌美的肉体，不肯痛下决心斩断跟她的非法私情。蔡改琴的虚荣与不劳而获的念头也一步步地害了她自己，让她陷入到了更深的情感泥潭，以至于万劫不复。

终于，一个邪恶的计划像毒蘑菇一样，在魏虎子的脑海里生根发芽了。案发那天，就在蔡改琴再一次闯进魏虎子的办公室，一番打砸和哭闹之后，魏虎子约她在一处建筑工地里见面。魏虎子是搞建筑材料的，熟悉九莲县的每一处工地。傍晚时分，夕阳张着血盆大口，一切都预示着不祥，但无辜而善良的蔡改琴仍旧如约而来，跟魏虎子站在楼顶见了面，双方再次爆发了激烈的争吵。那一刻魏虎子的内心一定后悔极了，眼前浮现出了妻儿殷切的面容，如果他天良犹在止步于此，悲惨的结局将会重新改写。但是出乎所有善良人们的愿望，气急败坏的魏虎子伸出了他罪恶的黑手，将一个青春绽放的女孩，一只迷途的羔羊，一把搡下了楼顶，推向了无底的深渊。魏虎子在他开始潜逃时最后凝望了一眼这个曾经深爱过的女孩，但事与愿违的是蔡改琴已经被楼下丛生的钢筋刺透了，好像一支快要融化了的冰糖葫芦，沾满了夕阳的味道。令魏虎子万万没有想到的是这一幕恰巧被工地的值班人员目睹了，这个双手沾满了鲜血的家伙刚一离开，九莲县公安指挥中心的110电话就响起了。欲知后事如何，且听下回分解。

找到了，痛快。王川喊。

翟芳在叩门，不悦地问，神经呀，找见啥了？

坏的，平庸的，总之是一篇标准的范文。马桶响了，王川料理完卫生，感喟说，这狗日的说得对，文风一坏，什么都会变质的。

快把闹闹带出来，别凉着了。

王川头皮发麻，儿子咋了？闹闹怎么了呀？

翟芳哇的一声，栽倒在了王川的怀里。王川发现，家里的大门敞开着，闹闹的鞋子和衣服也不见了。母亲原本和孙子睡在一起，迷迷瞪瞪的醒来，问了她几遍，耳朵真背了。

这一刻，闹闹却像个玩具，懵懂着，走进地下车库，趴在房门上，看见昝涛说：

你戳到我的疼处了。

可你也轻松了，不再人不人，鬼不鬼的。

倒也是。

三女子说，魏虎子，你犯的事，归法律说了算，我管不了。但我再喊你一声哥，求你自首前，先去见我姐一面，道个歉，说个对不起。三女子慢慢哭了，又说，昨晚上确认是你后，我姐当场就昏厥了，可能也活不上几天了。

昝涛渐渐松开了手，打火机灭了。昝涛说，我去，我给改琴下跪，我谢罪。

天杀的，难以置信的一幕发生了。闹闹拐了进来，慢腾腾地站在乒乓球案子边。一片刺鼻的液体，汪在地上，环绕着孩子。三女子惊骇万分，出去，快出去呀，连喊了几声。尖细的嗓音吓着了闹闹，一委屈，眼泪都快出来了。昝涛大怒，骂说，他妈的闭嘴，别吓着了娃娃。三女子不肯，又催喊，快跑，快跑呀。边说，三女子边顺着管道上的断口，想解脱自己。不承想，昝涛蹲了下去，搂住了闹闹。

闹闹认识昝涛，咧嘴笑，结巴地说，翎，翎子，子鸡。

不对，跟我念。昝涛一手搂住孩子，一手将翎子鸡拽过来。先前还很虚幻的羽毛，此刻收束在了一起，乖得像一只宠物。昝涛整理了一下表情，笑颜说，小哑巴，你可把王川两口子害苦了。今天，干爹得让你好好说话，像个人那样说话。跟我念，翎子鸡。

翎，子子，翎子鸡鸡。

昝涛不悦，妈的，把舌头捋直了，说翎子鸡。

鸡，子鸡。

哎哟，昝涛一时灰败，抱怨说，你跟我儿子一样，你们都是先人转世来的，索要上一辈子欠你们的债。王川的小祖宗，跟我念，翎子鸡。

翎子，鸡翎子。闹闹面色畏惧。

昝涛登时发怒了，一把扼住了翎子鸡的脖颈，举在闹闹眼前。昝涛说，小东西，你连这个玩意都说不清楚，长大了，你能干啥？一团虚幻的羽毛忽地奓开了，羸弱的肉体瑟瑟不已。翎子鸡越挣扎，闹闹越怕，哇地哭出了声。哭声再次激怒了昝涛。昝涛二话不讲，猛地一把，掰断了翎子鸡的脖子，随手扔在了一边。三女子快解脱了。昝涛的举动，充满了极度的危险，让他不敢弄出动静来，因为打火机还在昝涛手上。

昝涛搂住闹闹，眼泪敷在面颊上，抽泣起来。昝涛哀求说，不喊翎子鸡了，那你喊一声，喊一声魏虎子吧。

魏虎子。闹闹说。

哎，我就是。昝涛欣喜了。昝涛又说，叫我的魂，再喊一声魏虎子。

魏虎子。

昝涛又换了花样，说，喊我一声爹。喊爹！

爹。

终于，昝涛绷不住了，双膝跪地，稀里哗啦地哭了出来。边哭，昝涛边举起了打火机，一根火苗喷了出来。昝涛说，我回不了家，我没资格，我也没脸见我的儿子，我交代不了。身后，三女子解脱了，但铐子仍扣在手腕上。三女子摸了过来，双臂一箍，猛地锁住了昝涛的脖子，将昝涛扳倒在地。意外发生了，火掉在地上，噗的一声，液体站了起来。

快跑呀，闹闹快跑。三女子催喊。

闹闹转身跑了，却又回过头来，抓起翎子鸡的尸体，消失在了门口。——迎面，王川和一群业主们冲了过来，一人带着一只灭火器。好在地下车库里，有足够的灭火器。

10

这年秋天，闹闹开始上幼儿园了，燕子班。

七点半，翟芳系完了闹闹的衣服扣子，拉住小手，准备下楼去送。王川没抬屁股，坐在沙发上眯眼笑着，一脸阴谋。翟芳催促说，王大处长，今天开学第一天，爸妈都应该去送的，你可别偷懒呀。翟芳瞥了一圈，又问，奶奶呢，奶奶也答应送的。哦，天不亮，妈就去了濬源寺，说要去供三炷香，一炷给闹闹，保佑他多多说话，另一炷给魏虎子，王川答。翟芳截住话头，替他干吗？王川却说，妈一直记得他的那一碗蛋炒饭，今天开庭审他，妈是菩萨嘛。翟芳展颜说，那第三炷呢？

王川忽地站了起来，将一只宽大的盒子，搁在了茶几上。王川神秘地说，呵呵，我送儿子一个礼物，打开看看吧。

全家人拢了过来，三两下，解开了绳带。闹闹慢慢揭开了盒盖，登时怔住了。闹闹喜悦极了，脱口说：

翎子鸡!

鲜艳，蓬松，翘首而立。几枝尾羽抽枝散叶，绽放开来，像一袭优美的晚礼服。

这第三炷嘛，我猜，一定是超度它的，王川说。闹闹用指尖碰了碰，翎子鸡既不动弹，也不给他打招呼。王川没给儿子解释什么叫标本。儿子还小，将来长大了，一定会理解的。翟芳激动起来，亲了儿子。王川笃定地说：

闹闹，你以后喊它的小名。

儿子张看着。

嗯，就叫它静静吧，安静的静。王川悄然拉开了门。

原载《人民文学》2017年第2期

大乔小乔

张悦然

1

上瑜伽课前，许妍接到乔琳的电话。听说她到北京来了，许妍有些惊讶，就约她晚上碰面。电话那边沉默了片刻，乔琳用哀求的声音说，你现在在哪里，我能过去找你吗？

她们两年没见面了。上次是姥姥去世的时候，许妍回了一趟泰安，带走了一些小时候的东西。走的时候乔琳问，你是不是不打算再回来了？许妍说，你可以到北京来看我。乔琳问，我难过的时候能给你打电话吗？当然，许妍说。乔琳总是在晚上打来电话，有时候哭很久。但她最近五个月没有打过电话。

外面的天完全黑了，她们坐进车里。照明灯的光打在乔琳的侧脸上，颧骨和嘴角有两块瘀青。许妍问她想吃什么。她转过头来，冲着许妍露出微笑，辣一点的就行，我嘴里没味儿。她坐直身体，把安全带从肚子上拉起来，说能不系吗，勒得难受。系着吧，许妍说，我刚会开，车还是借的。乔琳向前探了探身子，说开快一点吧，带我兜兜风。

那段路很堵。车子好容易才挪了几百米，停在一个路口。许妍转过头去问，爸妈什么时候走？乔琳说，明天一早。许妍问，你跟他们怎么说的？乔琳说，我说去找高中同学，他们才顾不上呢。许妍说，要是他们问起我，就说我出差了。乔琳点点头，知道，我知道。

车子开入商场的地下车库。许妍拉下手刹，告诉乔琳到了。乔琳靠在椅背上，说我都不想动弹了，这个座位还能加热，真舒服啊。她闭着眼睛，好像要睡着了。许妍摇了摇她。她抓起许妍的手，放在自己的肚子上，低声说，孩子，这是你的姨妈乔妍，来，认识一下。

在黑暗中，她的脸上露出微笑。许妍好像真的感觉到什么东西动了一下。像朵浪花，轻轻地撞在她的手心上。她把手抽了回来，对乔琳说，走吧。

许妍捂着肚子蹲在地上。明晃晃的太阳，那些人的腿在摆动，一个个翻越了横杆。跳啊，快跳啊，有人冲着她喊。她用尽全身力气站起来，横杆在眼前，越来越近，有人一把拉住了她……她觉得自己是在车里，乔琳的声音掠过头顶，师傅，开快点。她感到安心，闭上了眼睛。

许妍已经忘记自己曾经姓乔了。其实这个名字一直用了十五年。

办身份证的时候，她改成了姥姥的姓。姥姥说，也许我明年就死了，你还得回去找你爸妈，要是那样，你再改成姓乔吧。从她记事开始，姥姥就总说自己要死了，可她又活了很多年，直到许妍在北京上完大学。

许妍一出生，所有人听到她的啼哭声，都吓坏了。应该是静悄悄的才对，也不用洗，装进小坛子，埋在郊外的山上。地方她爸爸已经选好了，和祖坟隔着一段距离，因为死婴有怨气，会影响风水。

怀孕七个月，他们给她妈妈做了引产。据说是注射一种有毒的药水，穿过羊水打进胎儿的脑袋。可是医生也许打偏了，或者打少了，她生下来是活的，而且哭得特别响。整个医院的孩子加起来，也没有她一个人声大。姥姥说，自己是循着哭声找到她的。手术室没有人，她被搁在操作台上。也许他们对毒药水还抱有幻想，觉得晚一点会起作用，就省得往囟门上再打一针。

姥姥给了护士一些钱，用一张毯子把她裹走了。那是个晴朗的初夏夜晚，天上都是星星。姥姥一路小跑，冲进另一家医院，看着医生把她放进了暖箱。别哭了，你睡一会儿，我也睡一会儿，行吗，姥姥说。她在监护室门外的椅子上，度过了许妍出生后的第一个夜晚。

许妍点了鸳鸯锅，把辣的一面转到乔琳面前。乔琳只吃了一点蘑菇，她的下巴肿得更厉害了，嘴角的瘀青变紫了。

怎么就打起来了呢，许妍问。乔琳说，爸在计生办的办公楼里大吼大叫，保安赶他走，就扭在一块了，不知道谁推了我一把，撞到了门上。许妍叹了口气，你们跑到北京来到底有什么用呢？乔琳说，我只是想来看看你。许妍问，那他们呢，你为什么就不劝一下？乔琳说，来北京一趟，他俩情绪能好点，在家里成天打，爸上回差点把房子点了。而且有个汪律师，对咱们的案子感兴趣，还说帮着联系“法律聚焦”栏目组，看看能不能做个采访。许妍说，采访做得还少吗，有什么用？乔琳说，那个节目影响大，好几个像咱们家这样的案子，后来都解决了。许妍问，你也接受采访吗，挺着个大肚子，不觉得丢人吗？乔琳垂着眼睛，抓起浸在血水里的羊肉扑通扑通扔进锅里。

过了一会儿，乔琳小声问，你在电视台，能找到什么熟人帮着说句话吗？许妍说，我连我们频道的人都认不全，台里最近在裁员，没准明天我就失业了。她看着乔琳，是爸妈让你来的吧？乔琳摇了摇头，我真的只想来看看你。

许妍没说话。越过乔琳的肩膀，她又看到了过去很多年追赶着她的那个噩梦。上访，讨说法。爸爸那双昆虫标本般风干的眼睛，还有妈妈磨得越来越尖的嗓子。当然，许妍没资格嫌弃他们，因为她才是他们的噩梦。

她爸爸乔建斌本来是个中学老师，因为超生被单位开除了。他觉得很冤，老婆王亚珍是上环后意外怀孕，有风湿性心脏病，好几家医院都不敢动手术，推来推去推到七个月，才被中心医院接收。他们去找计生委，希望能恢复乔建斌的工作。计生委说，只要孩子活下来，超生的事实就成立。孩子是活了，可那不是他们让她活的啊。夫妻俩开始上访，找了各种人，送了不少礼，到头来连点抚恤金也没要到。

乔建斌的精神状况越来越糟，喝了酒就砸东西，还总是伤到自己，必须得有人看着才行。虽然他嚷着回去上班，可是谁都看得出来，他已经是个废人了。王亚珍的父母都是老中医，自己也懂一点医术，就找了个铺面开了间诊所。那是个低矮的二层楼，她在楼下看病，全家人住在楼上，这样她能随时看着乔建斌。乔琳是在那幢房子里长大的。许妍则一直跟着姥姥住。在她心里，乔琳和爸妈是一个完整的家庭，而她是多余的。乔建斌看见她，眼睛里就会有种悲凉的东西。她是他用工作换来的，不仅仅是工作，她毁了他的一切。王亚珍的脸色也不好看，总是有很多怨气，她除了养家，还要忍受奶奶的刁难。奶奶觉得要不是她有心脏病，没法顺利流产，也不会变成这样。每次她来，都会跟王亚珍吵起来。她走了以后，王亚珍又和乔建斌吵。这个家所有人都在互相怨恨。没有人怨乔琳。她是合情合理的存在，而且总在化解其他人之间的恩怨。那些年她做的最多的事，就是劝架和安抚。她在爸妈面前夸许妍聪明懂事，又在许妍这里说爸妈多么惦记她。她一直希望许妍能搬回来住。可是上初中那年，许妍和乔建斌大吵了一架，从此再也没有踏进过家门。

许妍骑着她那辆凤凰牌自行车经过诊所门前的石板路。乔琳从二楼的窗户探出头来，朝她招手。快点蹬，要迟到了，乔琳笑着说。许妍读初中，她读高中，高中离家比较近，所以她总是等看到了许妍才出发。有时候，她会在门口等她，塞给她一个洗干净的苹果。

许妍的手机响了。是沈皓明，他正和几个朋友吃饭，让她一会儿赶过去。许妍挂了电话。面前的火锅沸腾了，羊肉在红汤里翻滚，油星溅在乔琳的手背上。但她毫无知觉，专心地摆弄着碟子里的蘑菇，把它们从一边运到另一边，一片一片挨着摆好。她耐心地调整着位置，让它们不要压到彼此。然后她放下筷子，又露出那种空空的微笑，说刚才是你男朋友吗？许妍嗯了一声。乔琳说，你还没跟我说过呢。你什么都不跟我说，从小就这样。他是干什么的？许妍说，公司上班的白领。乔琳又问，对你好吗？许妍说，还行吧，你到底还吃不吃？乔琳说，有个人让你惦记着，那种感觉很好吧？

餐厅外面是个热闹的商场。卖冰淇淋的柜台前围着几个高中女生。许妍问，想吃吗？乔琳摸了摸肚子，好像在询问意见。她趴在冰柜前，逐个看着那些冰淇淋桶。覆盆子是种水果吗，她问，你说我要覆盆子的好，还是坚果的好呢？那就都要，许妍说。我不要纸杯，我想要蛋筒，乔琳笑着告诉柜台里的女孩。

那是九月的一个早晨，许妍升入高中的第一天。乔琳撑着伞，站在校门口。见到她就笑着走上来，你怎么不把雨衣的帽子戴上，头发都湿了。她伸出手，撩了一下许妍前额的头发说，真好，咱们在一个学校了，以后每天都能见到。放学以后别走，我带你去吃冰淇淋，香芋味的。

路过童装店，乔琳的脚步慢下来。许妍顺着她的目光望过去，亮晶晶的橱窗里，悬挂着一件白色连衣裙。发光的塔夫绸，胸前有很多刺绣的蓝粉色小花，镶嵌着珍珠，裙摆捏着细小的荷叶边。乔琳把脸贴在玻璃上，说小姑娘的衣服真好看啊。许妍问，你希望是男孩还是女孩？男孩吧，乔琳说，如果是男孩，说不定林涛家里能改变主意。许妍问，他后来又跟你联系过吗？乔琳摇了摇头。

汽车驶出地下车库。商业街灯火通明，橱窗里挂着红色圣诞袜和花花绿绿的礼物盒。街边的树上缠了很多冰蓝色的串灯。广告灯箱里的男明星在微笑，露出白晃晃的牙齿。乔琳指着他问，你觉得他长得像于一鸣吗？许妍问，你这次来联系他了吗？乔琳说，我没有他的手机号码了。许妍沉默了一会儿，说快到了，我给你订了个酒店，离我家不远。乔琳点点头，双手抓着肚子上的安全带。

于一鸣走过来，坐在了她和乔琳的对面。他T恤外面的衬衫敞着，兜进来很多雨的气味。空气湿漉漉的，外面的天快黑了。于一鸣抹了一把脸上的水，冲她们笑了。他的下巴上有个好看的小窝。

到了酒店门口，乔琳忽然不肯下车。她小心翼翼地蜷缩起身体，好像生怕会把车里的东西弄脏。许妍问，到底怎么了？乔琳用很小的声音说，别让我一个人睡旅馆好吗，我想跟你一起睡……她抬起发红的眼睛，说求你了，好吗？

车子开回到大路上。乔琳仍旧蜷缩着身体，不时转过头来看看许妍。她小声问，旅馆的房间还能退吗，他们会罚钱吗？许妍说，我只是觉得住旅馆挺舒服的，早上还有早餐。乔琳说，我知道，我知道，对不起。

车窗起雾了，乔琳用手抹了几下，望着外面的霓虹灯，用很小的声音念出广告牌上的字。直到车子开上高架桥，周围黑了下去。她靠在座椅上，拍了拍肚子，说小家伙，以后你到北京来找姨妈好不好？许妍没有说话，她望着前方，挡风玻璃上也起雾了，被近光灯照亮的一小段路，苍白而昏暗。

乔琳盯着于一鸣，说你的发型真难看。于一鸣说，我知道你剪得好，可我回去两个月不能不剪头啊。乔琳揽了一下许妍说，来，认识一下，这是我妹妹，亲妹妹。于一鸣对乔琳说，走吧，该回去上晚自习了。乔琳说，你先去，我跟我妹妹坐一会儿，好久没见她了。于一鸣说，咱俩也好久没见了，说好去济南找我也没有去。乔琳笑了，明年暑假吧，我跟我妹妹一起去。于一鸣走了。许妍说，别跟人说我是你妹妹行吗，非得让所有人都知道家里超生的事吗？乔琳垂下眼睛，说知道了。许妍问，你们在谈恋爱？乔琳说没有。许妍说，别骗我了。乔琳说，真的，他来泰安借读，高考完了就走了。许妍说，你也可以走啊。

乔琳笑了一下，没说话。

2

许妍找到一个空车位，停下了车。刚下来，一辆车横在她们面前，车上走下一个戴着黑框眼镜的男人。他说，又是你，你又停在我的车位上了。许妍认出他就住在自己对门，好像姓汤。有一次他的快递送到了她家，里面是一盒迷你乐高玩具。她晚上送过去，他开门的时候眼睛很红。她瞄了一眼电视，正在放《甜蜜蜜》。张曼玉坐在黎明的后车座上。

许妍说，我不知道这个车位是你的，上面没挂牌子。她要把车开走，男人摆了摆手，说算了，还是我开走吧。他钻进车里发动引擎。

乔琳笑着说，他一定看我是孕妇吧。现在我到哪里都不用排队，一上公交车就有人让座，等孩子生下来，我都不习惯了。

许妍打开公寓的门。她的确没打算把乔琳带回家。房子很大，装修也非常奢侈，就算对北京缺乏了解，恐怕也猜得出这里的租金一般人很难负担。但是乔琳没有露出惊讶，也没有发表评论。她站在客厅中间，低着头眯起眼睛，好像在适应头顶那盏水晶吊灯发出的亮光。

过了一会儿，她回过神来，问许妍，你主持的节目儿点播？许妍说，播完了，没什么可看的。乔琳问，有人在街上认出你，让你给他们签名吗？许妍说，一个做菜的节目，谁记得主持人长什么样啊。她找了一件新浴袍，领乔琳来到浴室。乔琳指着巨大的圆形浴缸问，我能试一下吗？许妍说，孕妇不能泡澡。乔琳说，好吧，真想到水里待一会儿啊。她伸起胳膊脱毛衣，露出半张脸笑着说，能把你的节目拷到光盘里，让我带回去吗？放心，不告诉爸妈，我自己偷偷看。

乔琳的毛衣里是一件深蓝色的秋衣，勒出凸起的肚子。圆得简直不可思议。她变了形的身体，那条被生命撑开的曲线，蕴藏着某种神秘的美感。许妍感觉心被什么东西蜇了一下。

电话响了。沈皓明让她快点过去。听说她要出门，乔琳的眼神中流露出恐惧。许妍向她保证一会儿就回来，然后拿起外套出了门。

许妍睁开眼睛，看到自己躺在病房里。墙是白的，桌子是白的，桌上的缸子也是白的。乔琳坐在床边，用一种忧伤的目光看着她。许妍坐起来，问乔琳，告诉我吧，我到底怎么了。乔琳垂下眼睛，说你子宫里长了个瘤子，要动手术。子宫？许妍把手放在肚子上，这个器官在哪里，她从来没有感觉到它的存在。乔琳说，你才十七岁，不该生这个病，医生说是激素的问题，可能和出生时他们给你打的毒针有关。

……医生站在床前，说手术很顺利，但瘤子可能还会长，以后可以考虑割掉子宫，等生完孩子。但你怀孕比较困难。他没说完全不可能，但是许妍知道他就是那个意思。

医生走了，病房里很安静。许妍望着窗外一棵长歪了的树，岔出去的旁枝被锯掉了。乔琳说，我知道我说什么都没用，可是我以后真的不想生孩子。不知道为什么，想想就觉得可怕。

许妍赶到餐厅的时候，沈皓明已经有点喝多了，正和两个朋友讨论该换什么车。上个月，他开着花重金改装的牧马人去北戴河，半路上轮轴断了，现在虽然修好了，可他表示再也无法信任它了。

他们有个自驾游的车队，每次都是一起出去，十几辆车，浩浩荡荡。许妍跟他们去过一次内蒙，每天晚上大家都喝得烂醉，在草地上留下一堆五颜六色的垃圾。有一天晚上，许妍和沈皓明没有喝醉，坐在山坡上说了一夜的话。他们两个就是这么认识的。许妍跟所有的人都不熟，是另外一个女孩带她去的，那个女孩跟她也不熟，邀请她或许只是因为车上多一个空座位。到了第五天，许妍坐到了沈皓明的那辆车上，他们一直讲话，后来开错路掉了队。两个人用后备厢里仅剩的烟熏火腿和几根蜡烛，在草原上度过了一个难忘的夜晚。

回北京那天，许妍有些低落，沈皓明把她送回家，她看着车子开走，觉得他不会再联系她了。她知道他是那种有钱人家的孩子，周围有很多漂亮女孩，只是因为旅途寂寞，才会和她在一起。也许是玩得太累了，第二天她发烧了。她躺在床上，觉得自己像一根就要烧断的保险丝，快把床单点着了。她感到一种强烈而不切实际的渴望。帮帮我，在黑暗中她对着天花板说。每次她特别难受的时候，就会这么说。

傍晚她收到了沈皓明的短信，问她要不要一起吃晚饭。她摇摇晃晃地从床上爬起来，化了个妆出门了。那不是一个两人晚餐，还有很多沈皓明的朋友。她烧得迷迷糊糊的，依然微笑着坐在沈皓明的旁边。聚会持续到十二点。回去的路上，她的身体一直发抖。沈皓明摸了摸她的额头，怪她怎么不早说，然后掉头开向医院。在急诊室外面的走廊里，他攥着她的手说，你让我心疼。她笑着说，大家都挺高兴的，这是个高兴的晚上，不是吗？

那个夏天，沈皓明时常带她参加派对。那些派对在郊外的大房子里举行，总有穿着短裙的女孩带着她的外籍男友。直到夏天快过完，她才确定自己成为沈皓明的女朋友。那时她已经学会了自己卷头发，并且添置了好几条短裙。到了九月末，她和几个从前要好的朋友坐在路边的烧烤摊，意识到自己以后也许不会再见他们了。来北京八年，一直在认识新朋友，进入新圈子，那种不断上升、进化的感觉，给她带来一些满足。

你想去莫斯科吗，沈皓明扭过头来看着她，春天的时候咱们开车去莫斯科吧？好啊，许妍说。她想到旷野上的星星，以及那些因为喝醉而感觉自由一点的夜晚。

饭局散了，许妍开车把沈皓明送回他爸妈家。当初租房子的时候，他是准备跟她一起住的。后来觉得上班太远，多数时候就还是住在他爸妈家。那边有好几个保姆伺候，饭菜又可心。他爸妈也不希望他搬出来，好像那样就等于认可了他和许妍的关系。

你表姐安顿好了？沈皓明忽然问，明天我妈让你来家里吃饭，喊她一起吧。许妍说，不用，她自己有安排。沈皓明说，后天律师所没事，我可以陪你带她转转，买买东西。许妍说好。

回到家已经是凌晨一点。乔琳还没睡，正靠在床上看电视。她好像在哭，抹了抹脸，对许妍笑了一下，说你看过这个节目吗，把一个城里的孩子和一个农村的孩子对调，让他俩在对方的家里住几天。结果那个农村孩子把城里的“爸妈”给她买早点的钱都攒下来，想给农村的奶奶买副新拐杖。许妍说，都是假的，节目组安排好的。乔琳说，怎么会呢，那个农村孩子哭得多伤心啊。

许妍换上睡衣，在床边坐下，说你怎么会失眠呢，孕妇不是应该贪睡吗？乔琳说，我每天睁着眼睛到天亮，看什么都是重影的，好像那些东西的魂全跑出来了。许妍问，去医院看过吗？乔琳回答，说是精神压力大，可他们不让吃安定。许妍沉默了一会儿，问你后悔吗，把孩子留下来？乔琳笑着说，怎么会呢，我把衣服都买好了啦，白色的，男女都能用。

半年前乔琳打来电话，说自己怀孕了。男的叫林涛，比乔琳小两岁。和她在同一家商场当售货员。他父母一直告诫他，不能跟乔琳谈恋爱，沾上她爸妈，一辈子都别想安生。得知乔琳怀孕，他吓坏了，休假躲了起来。乔琳厚着脸皮找到他们家，林涛的母亲给了一些钱，让她把孩子打掉。乔琳爸妈说，怎么能打掉，就去林家闹，还跑到商场去找乔琳的领导。乔琳把工作辞了，跟她爸妈说，你们要是再闹，我就死在你们面前。

那段时间，乔琳常常给许妍打电话。她在那边问，为什么我的生活里总是有那么多的纠纷呢？

十月的一个早晨，两个女生在学校门口拦住了她，说你就是乔琳的小跟班吗，最好离那个狐狸精远点，别沾得自己一身骚。许妍不算意外。她已经发现乔琳在学校里非常有名，追她的男生很多，背后说闲话的也很多。

放学后她和乔琳碰面，没有提起这件事。走到大门口，那两个女生又来了。她们低着头，哭丧着脸说，我们说错话了，对不起，你千万别放在心上。乔琳皱着眉头，一言不发。

她们又去了冷饮店。于一鸣很快也来了。乔琳瞪着他，你的眼线挺多啊。于一鸣说，怎么了？乔琳说，别装傻，你让王滨去吓唬李菁菁了？于一鸣说，太嚣张了，不给她们点颜色看看怎么行。乔琳说，你要是真拿王滨当哥们，就别让他干这种事。他身上背着两个处分，再有一回就得开除。于一鸣说，我绝不允许她们这么败坏你。乔琳笑了笑，我才不在乎呢。

许妍对乔琳说，如果我是你，大概会把孩子打掉。乔琳显得很惊恐，说怎么可能，它是个生命啊。许妍说，这个世界上有很多错误的生命，生下来只会受苦。乔琳说，别说了，我绝对不能那么做。

许妍很清楚，乔琳不能那么做是因为爸妈。他们最初是反对计划生育，后来变成连堕胎也反对。特别是王亚珍，成了这方面的斗士。她经常守在医院门口，拦截去做流产的女人，讲各种怨灵的故事，还去吓唬医生和护士，让他们放下手术刀到寺庙里超度。有那么几个女人听了她们的话，没做流产，生下孩子以后拍的满月照片，被王亚珍扩印得很大，拿在手里到处宣传。她还爱讲自己的故事：我的小女儿，当时被他们逼着流掉，又打激素又打毒针，我有心脏病，差点死在手术台上。可孩子不是照样健健康康地活下来了吗？你们现在什么困难都没有，有什么理由不要孩子？她以后一定也会把乔琳当成单亲妈妈的典范。至于乔琳该如何抚养那个孩子，她根本不去想。这几年一直都是乔琳在养家，现在她还没了工作。

她们的不幸，最终都会变成爸妈上访的资本。就像许妍子宫里生瘤，也被他们到处宣扬，无非是为了多要一笔赔偿金。许妍心里的愤怒，如同休眠的火山，这时又燃烧起来。所以或许并不完全是为了乔琳，更多的是想反抗爸妈的意志，给他们沉重一击，——她又给乔琳打了电话。乔琳有点受宠若惊，说你从没给我打过电话。许妍说，你最好再考虑一下，留下这个孩子，一生可能都完了。乔琳说，可它是活的啊，在我身体里动，真的很奇妙，那种感觉你不会懂的……许妍冷笑了一声，是啊，那种感觉我不会懂的。以后你的事我也不会再管了。

乔琳没有再打来电话。许妍偶尔想起来，会在心里算算月份，想一想孩子还有多久出生。

乔琳坐在操场的看台上，咬着一根棒冰，嘴上都是鲜艳的色素。许妍走过去，说你躲到这儿有用吗？乔琳不说话。许妍问，你是不是特别喜欢看男生为了你打架？既然你不想跟他们谈恋爱，为什么还要对他们好，让他们围着你团团转呢？乔琳说，可能害怕孤独吧，她抬起头，咧开橘色的嘴唇笑了，你是不是很讨厌我这样的女孩？

许妍在床上躺下，伸手关掉了台灯。但黑暗不够黑，窗帘的缝隙间夹着一道颤巍巍的光。她正犹豫是否要去消灭那簇光，乔琳的手穿过阻隔在中间的被子，找到了她的手。她说，你还记得吗，从前姥姥生病我把你领回家，咱俩挤在我那张小床上。许妍说，那是很小的时候，上了初中我就没再去过。

乔琳握紧了她的手，说我知道上回我说错话了，一直想给你打电话，可是真怕你再劝我把孩子打掉……许妍说，承认吧，你现在后悔了。乔琳说，没有，我想通了，不管我给这个孩子什么，给多给少，他都是奔着他自己的命去的。你小时候受了不少苦，现在不是也过得挺好吗？许妍问，你自己呢，你是奔着什么命去的，干吗非要背那么重的担子呢？乔琳在黑暗中笑了一声，我爱逞能，老觉得没我不行，其实我有什么用啊？她捏了捏许妍的手心，上访的事我早都不抱希望了，就是跟林涛呕一口气。当时他说，你家里要真是讨到了说法，再也不闹了，我就娶你。其实怎么可能啊，人家肯定早交了新女朋友。

许妍翻了个身，闭上眼睛。她感受着乔琳滞重的呼吸。如同一艘快要沉没的船。一个显而易见的却一直被她忽略的事实是，她的姐姐过得很糟，而且也许再也不会好了。她能帮她做什么吗？

她能。沈皓明自己就是律师，而且热心，爱帮朋友。他爸爸又有很多政府关系。

她不能。她根本无法开口。从一开始她就隐瞒了家里的事，说爸爸走了，妈妈死了，她是跟着姥姥长大的。这不是撒谎，她对自己说，只是出于自保。谁能接受一对不停闹事，总是被保安驱逐和扭走的父母呢？不过，既然她一直说乔琳是她的表姐——是不是可以让他们帮一帮这个表姐呢？但是也有风险，她爸妈曾在采访里提到过小女儿的名字，还说她现在在北京生活。一旦那些资料被翻出来，她的身份就掩饰不住了。

许妍勉强睡了几个小时，天快亮的时候醒了。她感觉到乔琳在耳边呼吸，嘴巴里的热气涌到她的脸上。她睁开眼睛，乔琳在曦光中望着自己。她一时想不起来从前什么时候，她也是这样望着自己，用那双圆圆的大眼睛，好像明白了什么重要的事要告诉她。但是她并没有开口。

你看我也是重影的吗？许妍问。

乔琳说，不，我看你看得很清楚。

于一鸣站在她的教室门口。他说乔琳三天没来上课了。许妍说，我爸把腿摔断了，她得照顾他。于一鸣说，我知道，快考试了，这样下去不行。你带我去找她。

外面下着雪，马路结冰了。他们推着自行车往前走。风很大，雪乱糟糟地降下来，天空像个马蜂窝。于一鸣的头发又长长了，他的脸很白，下巴上有个好看的小窝。他神情凝重地说，帮我劝劝乔琳，让她好好复习，跟我一块儿考到北京。许妍说，她不想走。于一鸣说，她在这里没有出路。许妍问，北京什么样？于一鸣说，北京的马路特别宽，到处都是商店，还有很多咖啡馆。你好好学习，两年以后也考过去。许妍问，我？于一鸣说，是啊，我们在北京等你。

许妍怔怔地看着他。他口中呼出的白气在空中上升，然后散开了。

3

第二天，许妍录节目到下午五点，然后匆匆忙忙赶去买甜点。那家蛋糕店是从巴黎开过来的，最近上了不少时尚杂志。她每次都为带什么礼物去沈皓明家而伤脑筋。

小巧的纸杯蛋糕陈列在玻璃柜里，上面镶着翻糖做的高跟鞋和花环，像是一件件奢华的珠宝。价格当然也贵得离谱，她最终决定买四个。这时乔琳打来电话，问她什么时候回来。许妍说，冰箱上不是有外卖单吗，你先叫东西吃啊。乔琳说，我不饿，你家门怎么锁，我在屋子里喘不上气，想出去走走。许妍把门锁的密码告诉她。她重复了一遍，说要是我等会儿忘了，能再给你打电话吗？

挂了电话，许妍扫视了一圈玻璃柜，目光落在一个有跳舞小人的纸杯蛋糕上。小人单脚支地，抬起双臂，好像正准备起跳，飞离地面。我要这个，她跟柜台里的女孩说。

许妍听到乔琳在身后喊自己。她追上来，把手里的布袋递给许妍，说裙子我帮你借好了，领子有点大，你别两个别针就行了。许妍说，我真的不想主持了。乔琳说，你要是不主持，我就也不跳舞了。晚会咱俩都不参加了。许妍问，干吗要费那么大力气帮我争取呢？乔琳笑了，大乔小乔要一起出风头才好。当时在学校已经有很多人知道她们是姐妹，并且叫她们大乔小乔。

保姆开了门，要帮许妍拿东西。许妍捧着蛋糕盒说，我自己拿到客厅吧。三个女人坐在客厅的沙发上喝香槟。其中一个短发女人笑盈盈地看着她，对另外两个说，皓明就喜欢这种瘦瘦高高的女孩。旁边披着披肩的女人说，现在的男孩都喜欢这种身材。

一个八九岁的男孩跑出来，是沈皓明的弟弟沈皓辰。他手里牵了一只短腿腊肠狗。那只狗穿着蓝色羽绒坎肩，背后有个帽子，跑快一点帽子就扣过来，盖住了它的脸。沈皓辰把狗拽到沙发边，向大家介绍，它叫贝利，有点感冒了。挑高细眉的女人问，你上次那条狗呢？沈皓辰说，送走了，妈妈嫌它老翻垃圾桶。短发女人说，你妈一开始可是爱它爱得不行啊。男孩耸耸肩，我妈妈是个很难捉摸的女人。三个女人笑起来。披着披肩的女人说，皓辰，过来，让阿姨抱抱。男孩勉为其难地向前走了两步，把头转向一边，阿姨，我也感冒了。披着披肩的女人摸了摸他的后脑勺，都那么大了，真是有苗不愁长啊。挑高眉毛的女人放下香槟杯说，后悔了吧，当时都劝你跟于岚一起去，还可以做个双胞胎。

谁在说我坏话呢，我可是听到了，一个矮胖的女人走进来，穿着深蓝色香云纱裙子，腰部有一朵白色荷花，是沈皓明的妈妈于岚。你儿子，短发女人说，他说你是个很难捉摸的女人。于岚笑起来，对男孩说，宝贝，你昨天不是还说我不用开口，你都知道我要说什么吗？男孩说，我知道你要说什么，但我不知道你在想什么。挑高细眉的女人说，你儿子是个哲学家。

男孩抬起头问于岚，我能让许妍姐姐陪我去玩吗？于岚说，好啊。她笑吟吟地朝许妍走过来，说我都没看到你来了。许妍微笑着说，我买了甜点，饭后可以吃。太好了，于岚说，那我就不让大李再去买了。许妍在心里飞快地算了一下，四块蛋糕，自己不吃，刚好她们四个女人一人一块。

她跟着沈皓辰来到后院。那里有几簇假山和一个凉亭，前面是一小片结冰的水塘。沈皓辰问，你说贝利能在上面滑冰吗？许妍说，不行，它会掉下去。玩点别的吧，我陪你去插乐高。沈皓辰摇摇头，我想陪着贝利，它太孤单了。许妍说，它感冒了，需要休息。沈皓辰说，都是我妈，非让它睡在花房里。许妍问，为什么不让它到屋子里去？沈皓辰说，我妈说我们还不了解它的脾气，要观察一段时间，惠惠姐姐刚来的时候，她也不让她跟我们一起吃饭，说她嘴巴臭，可能有胃病。

许妍通过这个男孩知道了他们家不少事。包括沈皓明刚和她在一起的时候，于岚还给他介绍一个银行行长的女儿。没准他们见了面，她没问过沈皓明。以后恐怕还有律师的女儿，医生的女儿，她显然不是理想的儿媳，不过他们也没公然反对。有一次沈皓辰说，我妈说哥哥带什么女孩回来都没所谓，谈谈恋爱又不是当真的。许妍相信沈皓辰不至于蠢到不知道这些话不该讲给她听，他是故意的，好让她心里难受。他也会把他妈妈讲保姆小惠的话告诉小惠，然后站在门外听小惠在房间里偷偷哭。这是一种什么爱好，许妍不知道，用沈皓明的话来说，他弟弟是个内心阴暗的小孩。

他们相差十八岁，沈皓辰叼着奶嘴的时候，沈皓明已经系着领结跟爸爸去参加慈善晚会了。他对弟弟没太多感情，一开始甚至忘了跟许妍讲。后来有一次随口讲到他，许妍惊讶地问，为什么？什么为什么，沈皓明问。许妍说，为什么能生两个孩子。沈皓明说，哦，我爸妈都入了加拿大籍。其实不入也可以，罚点钱就是了。

沈皓明推门走出来，对许妍说，我到处找你呢。他冲着沈皓辰的屁股拍了两下，别老缠着别人，你就不能自己玩会儿吗？沈皓辰哀求道，我们等会儿出去吃冰淇淋吧。沈皓明不理他，拉着许妍走了。

沈皓明的爸爸沈金松和几个男客坐在偏厅的沙发上。沈皓明带着许妍走过去，把她介绍给两个没见过的客人。他爸爸说，皓明，给你李叔叔拿支雪茄来。走出房间，沈皓明咕哝道，他怎么还有脸来。你说谁，许妍问。沈浩明说，那个戴鸭舌帽的男的，做生意把周围的朋友坑了一个遍，大家都不跟他来往了。沈皓明返回偏厅的时候，许妍拉住他，说笑一下。沈皓明皱着眉头，干什么？许妍说，你的怒气都写在脸上，让别的客人看到不好。沈皓明勉强露出一个微笑。许妍也给他一个微笑，进去吧，我去问问你妈妈那边有什么需要帮忙的。

许妍回到大客厅，发现又来了两个女客人。蛋糕不够分了，她有点不安地盯着桌子上的白盒子。开饭了，于岚对她说，我们过去坐下吧。

这种家宴是沈家的传统，每个星期都有一两回。客人彼此相熟，不会感到拘束。许妍环视四周，低声问沈皓明，高叔叔没来？沈皓明说，他开会，晚点来。披着披肩的女人问，皓辰呢？于岚说，让他跟保姆吃，那孩子絮絮叨叨的，大人都没法好好说话了。

戴鸭舌帽的男人挨着女人们坐，一直保持沉默，每当那碟花生米转到面前的时候，他都会夹起一颗。你的古董店还开着吗，旁边的女人问他。没有，他回答，停顿了几秒说，不过我正打算重新开起来。女人问，还在原来的地方吗？啊，对，他说。一个男客人笑了笑，你确定吗，那一带盖了新楼，租金涨了四五倍。所有的人都看向戴鸭舌帽的男人，屋子里一时很静。许妍觉得自己所分担的那份尴尬比其他人更多。她理解那个戴鸭舌帽的男人，他一定很渴望成功，只是运气差了点。

饭吃到一半，高叔叔来了。许妍也弄不清这个高叔叔到底在政府做什么工作，只知道他权力很大，帮人铲了不少事。戴鸭舌帽的男人忽然来了精神，一直看着高叔叔，听他跟周围的人讲话。他们笑起来的时候，他也跟着笑了。

晚饭结束后，大家移到偏厅喝茶。沈金松和高叔叔去了另外一个房间，戴着鸭舌帽的男人也跟了进去。沈皓明对许妍说，他肯定有事要让高叔叔帮忙。许妍问，他会帮吗？沈皓明说，不知道，我们去看电影吧？许妍说，早走了你妈妈会不高兴。沈皓明说，管她呢。许妍笑了一下，你可以不管，我不能不管。她拉着沈皓明来到客厅，女人们正坐在那里聊天。沈皓明听到她们都在谈论衣服和包，就说我还是去男士那边吧。

许妍在于岚旁边坐了一会儿，发现桌上的水果叉不够，就起身去拿。让佩佩把甜酒打开，于岚在她身后说。经过走廊，她看到沈金松他们还在那个房间里，好像在说什么房子的事。

她拿着叉子从厨房出来，听到旁边的房间里传来奇怪的声音。好像是干呕，伴随着细小的嘶叫声。她敲了两下，推开门。是沈皓辰，正仰面躺在地上哭。那间屋子长期闲置，空荡荡的，只有一只书柜立在墙边。她蹲下来，说你可真会挑地方。沈皓辰不理她，闭上眼睛继续哭。许妍问，就因为没陪你去吃冰淇淋？沈皓辰抹了把眼泪，说我早就习惯了。许妍问，为什么不叫你的朋友来家里玩呢？沈皓辰说，你要是整天转学，还会有什么朋友吗？他摇了摇头，说这个家里没有一个人真的关心我。许妍说，不要对别人有什么期望，你自己得变得强大起来。沈皓辰撇了一下嘴，我还是个孩子呀。许妍说，孩子怎么了？沈皓辰哀求道，你能让我自己静一会儿吗，我不想回房间，惠惠姐姐像只鹦鹉，一直说个不停。

许妍带上了房间的门。她确实没想过沈皓辰会有什么痛苦。生在这样的家庭，不是应该从梦里笑出声来吗？但是现在看起来，他或许也是一个多余的孩子。他爸妈要他不过是为了装点生活，其实已经没有耐心再陪他长大一遍了。于岚不能放弃太太们的聚会和旅行，沈金松不能放弃打高尔夫和应酬。沈皓辰总是和保姆待在一起。一任又一任保姆。他满意的他妈妈不满意，他妈妈喜欢的他不喜欢。

许妍回到客厅，她的蛋糕盒子打开了，摊在桌上，里面的蛋糕一个也没有动。有两个上面的花蹭在盒子上，变成了一坨红色烂泥，只有立着跳舞小人的那个仍旧完好。小人踮着脚尖，好像正从一堆废墟里往外爬。

戴鸭舌帽的男人出现在门口，咧开嘴冲着于岚笑了笑，说我来跟你说一声，我要走了。于岚点点头，让司机送你一下？男人说，我叫了辆车，司机好像迷路了。于岚说，坐下等一会儿吧。鸭舌帽迟疑了一下，走过来坐在沙发上。许妍把自己那杯没有动的甜酒放到他跟前，对他笑了笑。

快去把你的貂皮大衣拿来！短发女人把手搭在于岚的肩上。还有那个绝版的蜥蜴皮，挑高细眉的女人说。于岚去取了灰蓝色的貂皮大衣，还有几只包。女人们走上前，有的试穿大衣，有的摆弄着包。只有许妍和鸭舌帽坐在沙发上。鸭舌帽探身向前，目光呆滞地盯着茶几上的东西。他忽然伸出手，拿起那个有跳舞小人的纸杯蛋糕，整个塞进了嘴里。

乔琳走到舞台中央，射灯的光不偏不斜地打在她的脸上。她天生知道光在哪里。她趋着步子，荡着纤长的腿，将裙摆转得飞快。每次她双脚离开地面的时候，许妍都感觉到心里一紧。她不知道自己是在担心，还是在希望发生点什么。直到乔琳平安地弯腰谢幕，她才松了一口气，然后忽然难过起来。她想，很多年后，台下的人不会记得是谁主持了这场晚会，但他们一定记得乔琳跳舞的样子。

十点过后，客人陆续离开。许妍帮保姆收酒杯，被沈皓明堵在厨房门口。他搂了一下许妍的腰，眨眨眼睛，说不如今晚你就睡在这里吧？许妍挣脱开，一脸正色地说，跟我说说，你是从多大开始，留女生在家过夜的？沈皓明耸耸眉毛，十七？你爸妈也答应吗，许妍问。沈皓明笑着说，他们到我房间来了好几次，我估计是想看看有没有准备避孕套。你准备了吗？许妍问。沈皓明收住笑容，神情变得凝重，我想向你坦白一件事……其实我有一个……年轻时候总会犯些错误对吧……他低下头，双手捂住脸。许妍想把他的手拉开，他拼命躲闪，直到迸发出笑声，他一边笑一边摆手，我实在是憋不住了……许妍推了他一下，自己还觉得演得挺像是吧？沈皓明笑着问，要是我真从外面领回来个孩子，你帮我养吗？许妍说，那得看长得好不好看了。沈皓明说，好看，比我还好看。许妍说，养啊，为什么不养，省得自己去生了。沈皓明伸出双手兜住她，不行，你至少还得生两个。许妍望着他，笑了笑。她说，我还是回去吧，表姐一个人在家。沈皓明说，好吧，我明天陪你们，给你们当司机。许妍说，不用，她脾气怪，你在她会不自在。

许妍穿上外套，拢了一下头发，转过身来问，对了，刚才那个人找高叔叔什么事？沈皓明说，前些年他在郊区找了块地盖房子，当时和乡政府签过合约，但是不作数，现在地要被收走了……许妍问，这事难办吗？沈皓明说，嗯，不过高叔叔去想办法了。许妍说，所以还是会帮他？沈皓明说，不然呢，他住哪里呢？

回去的路上，许妍在心里掂量，是鸭舌帽拆房子的事难办，还是她爸妈的事难办。他既然连那个名声不好的人都愿意帮，是不是也意味着他可以帮她呢？不，不是她，是她的表姐乔琳。再找机会吧，她想，应该多和高叔叔见几面，让他觉得自己是沈家的一员。

许妍回到公寓，发现乔琳坐在楼下大堂的沙发上。她抬起头，抱歉地冲许妍笑了一下，我把密码忘了，你的手机关机。许妍问她坐了多久。她说没多久，我一直在院子里转悠，把开着的小商店都逛了一遍。这里真好，人都很和气，还借给我厕所用。

许妍看着她，乔琳，你能别把自己弄得那么惨兮兮的吗？

乔琳从三轮车上跳下来，笑着对她说，我把写字台给你拉来了，反正我以后再也不用学习啦。许妍打量着那张写字台，桌腿上的贴画已经斑驳，她还记得贴画刚贴上去的时候，上面那张明艳的赵雅芝的脸。她确实觊觎这张书桌很久。姥姥在窗台上搭了块木板，她一直在那上面写作业。

许妍问，成绩出来了？乔琳吐了吐舌头，连那个破烂煤炭学院也没考上。她们把写字台搬下来，乔琳拍了拍手上的灰，说我已经找到工作啦，明天就去华联商场上班，以后你买“美宝莲”都是员工价。她的手指上涂着藕粉色的指甲油，穿着低腰牛仔裤，长头发在胸前甩来甩去。她身上的美丽还在增加，但她好像并不把自己的美丽当回事。那股潇洒的劲特别令男孩着迷。

4

第二天，十点不到她们就出门了。往常的周末，许妍会和沈皓明在床上赖到十一点，然后去吃个早午餐。但是这一天，天刚亮许妍就醒了。失眠大概传染，她就没见乔琳闭过眼睛。但是乔琳坚持说自己睡了一会儿，还做了梦，梦见自己生了个罐子人。罐子人？许妍皱起眉头。对，乔琳说，就是那种马戏团里的小孩，养在罐子里，手脚都萎缩了，只有头特别大。她打了个激灵，跳下床，说我去做早饭了。

厨房里传出葱油的香味。乔琳用平底锅烙了两个葱花饼。这是小时候最熟悉的食物，许妍来北京以后就没有再吃过。要不是再闻到这股味，她已经忘记世界上还有这种食物了。

许妍想带乔琳先去景山，那附近有一段红墙她很喜欢。街上的车不多，她们静静听着广播里的歌。乔琳抿着嘴唇，似乎很悲伤。许妍说，别想了，那只是个梦。乔琳点点头，知道，我知道。没事的，我在等汪律师的电话，他说今天会打给我的。许妍觉得乔琳在把某种压力传递给自己，这令她感到很烦躁。

车子剧烈地震了一下，许妍回过神来，猛踩刹车，可是已经撞上了前面的车。乔琳拱起身体，护住了肚子。前车的女人对着许妍一通抱怨，然后给交警打了电话。交警来了，许妍把车上翻遍了，也没找到行驶证，只好给沈皓明打电话。过了几分钟，沈皓明拨过来，说在家里找到了，上次司机修车取出来，忘记放回去了。沈皓明说，我给你送过去，你在哪里？许妍沉默了几秒钟，说出了自己的位置。

她回到车里。乔琳头靠着车座，双手还放在肚子上。许妍说，我男朋友正赶过来，我跟他说你是我表姐，你不要提爸妈的事。乔琳点点头，知道，我知道。许妍还想交代几句，见她闭上了眼睛，就没有再说。

沈皓明到了，处理完事故，他坐上驾驶座，侧过头来冲乔琳笑了笑，表姐，我开车可稳了，你安心睡会儿吧。

已经过了十一点，沈皓明提议先去吃午饭。他把车开到附近的购物中心。三楼有家粤菜馆，于岚常约人在那吃早茶。沈皓明把菜单交给乔琳，让她看看想吃什么。乔琳看了一下，又把它递给许妍。许妍低头翻菜单，总觉得乔琳在看自己。一屉虾饺上百块，显然不是白领能负担的。乔琳大概早就把她识破了，借来的车，租的房子，一切都充满破绽。她抬起头来的时候，乔琳微笑着说，我吃什么都可以，辣一点就行。

我就知道许妍得撞，沈皓明说，不撞个两三回哪算真会开车？可是车上坐着你，不能有半点马虎。我早就跟她说今天我来给你们当司机……乔琳笑了笑，已经很麻烦你了。沈皓明说，她以前不也常麻烦你吗，她说上高中的时候你很照顾她，给她买雨衣，陪她打吊针……乔琳淡淡地说，那不算什么。沈皓明说，有时候表亲反倒更亲，我和我表姐的感情就比跟我弟好……乔琳问，你有个弟弟？沈皓明说，对啊，一个爱哭鬼，烦死人了。乔琳说，怎么能生第二个孩子呢？沈皓明笑了，你怎么跟许妍问得一模一样，我爸妈拿了加拿大护照。乔琳喃喃地说，哦，外国人……沈皓明说，以后我跟许妍至少生三个，你的小孩不愁没人玩。乔琳点点头，好啊。许妍埋头吃着刚上来的石斑鱼。生三个？她似乎听到乔琳在心里暗笑。

乔琳的手机响了。许妍很怕她会在沈皓明面前接起电话，但她站起来，离开了桌子。许妍对沈皓明说，下午你不用陪了，我就带她在后海逛逛。沈皓明说，我跟任国栋吃晚饭，上次他女儿百天不是没去吗，没事，五点出发就行。

乔琳回来了，脸色凝重，失神地盯着面前的盘子。她不吃，许妍也不劝。直到听到沈皓明说，那我们走吧，她站起来，驱着腿往外走。沈皓明喊住她，把落在椅背上的羽绒服交给她。

乔琳跟在他们后面，双手抓着她的羽绒服。里子朝外，破了个洞，钻出一簇棉絮。许妍简直怀疑她是故意的，想要他们给她买件新大衣。沈皓明说，我是不是应该给任国栋的女儿买点东西？买什么呢？他们绕着商场走了半圈，沈皓明忽然停住脚步，指着橱窗说，就买这个吧。小小的白色纱裙被云彩簇拥着，跟上回许妍和乔琳看到的那件一模一样。应该是连锁店铺，橱窗布置得也一模一样。沈皓明问乔琳，知道你的宝宝是男孩还是女孩吗？乔琳摇摇头。沈皓明说没事，转身进了那家商店。

乔琳立即告诉许妍，汪律师说他接不了这个案子。她咬了咬嘴唇，又说，他去开会了，我等会儿再打个电话求求他。许妍说，别这样，乔琳，你以前不这样。乔琳眼泪涌出来，说我真没用，什么事也办不成。沈皓明拎着纸袋走出来，把其中一只递给乔琳，说我买了个礼盒，里面什么都有，白色的，男女都能穿。乔琳把头扭到一边，抹着脸上的眼泪。沈皓明尴尬地拿着纸袋。过了一会儿，乔琳才回过头来，挤出一个微笑，说谢谢，真的谢谢你。

他们到后海的时候，天已经很阴。空气中零星飘着一点凉丝丝的小雪。河面结着厚实的冰，是青灰色的。沈皓明说，出来走走心情是不是好点了？乔琳点点头，说谢谢你们。许妍转过脸，朝河的方向看去。河中央有一辆鸭子形状的船，冻住了，船身倾斜，鸭头望着天空。

乔琳说，我们那里也有一条河，叫奈河，比这个还宽。沈皓明说，我以为你们那里都是山呢，我还跟许妍说什么时候去爬一次泰山。乔琳说，小时候有一回，我和许妍亲眼看到一个放风筝的小孩掉到水里，淹死了。他妈妈在岸上大哭，围了很多人。许妍说，我不记得了。乔琳说，你站在那里，我怎么拽都不肯走。一直等到人都散了，你用竹竿把那个孩子的风筝挑下来，拿着回家了。沈皓明问，那个小孩是她朋友吗？她想要那个风筝作纪念？乔琳笑了笑，她就是想要那个风筝。许妍盯着乔琳的脸。乔琳没有看她，好像还沉浸在回忆里，说那孩子的妈妈后来每天在岸边哭，抱着经过的人的腿，求他们去救她儿子。再后来岸边的树都砍了，盖起一排楼房。她沉默了一会儿，对沈皓明说，许妍想要什么是不会说的。沈皓明说，对，她什么都憋在心里不说。乔琳说，不要紧，只要你一直在那里，默默支持她就行了。

许妍看着面前的湖。午后的太阳照着水面，淬起一片金光。于一鸣放下桨，让他们的船在水上漂。乔琳忽然开口说，我看见过水怪。有个放风筝的小孩掉到河里，水面上升起一团白烟。那团白烟朝我们这边飘过来，我吓坏了，拉起许妍的手就跑。可她好像定住了似的，站在那里一动不动。我就也没跑，挽住了她的胳膊，心想要是水怪过来，就把我们一块带走吧。乔琳俯身向湖面，撩了几下水说，于一鸣，什么时候教我们游泳吧。

雪越下越大，河显得更灰了，冻住的鸭子船在身后变小，拐了个弯，看不见了。路边有间咖啡馆，他们决定进去坐一会儿。推开门，里面都是人。沈皓明说，嘿，整个后海的人全都躲到这儿来了。许妍付了钱，在等饮料的地方排队。做咖啡的男孩像是新来的，把热牛奶打翻了。沈皓明从背后戳了戳许妍，说你表姐把手机落车上了，我陪她去拿一下。许妍说，等买了咖啡一起去吧。沈皓明说，没事，很近，然后转身走了。

隔着玻璃窗，许妍看到他们朝来的方向走去，乔琳好像在说什么。她烦躁地看着那个做咖啡的男孩，把手中的收据折成小块，又摊开。

乔琳也许是故意的，汪律师不帮她，她就慌了神，觉得沈皓明没准能帮忙，就想跟他说一说。许妍气恨地用力一挣，把收据撕成了两半。

做咖啡的男孩拿过撕碎的收据，仔细辨认着上面写的是什么饮料。你们连基本的培训都没有吗，许妍气呼呼地问。她把咖啡放在桌上，拉开椅子坐下。乔琳会跟沈皓明说什么呢？事情万一败露了，她应该怎么解释呢？她脑袋一片空白，什么说辞也想不出来，只是不断去按手机，看时间的数字变化。

他们终于回来了。乔琳没坐下，她看了许妍一眼，说我再去打个电话。许妍看着沈皓明，想从他的表情里读出一点信息。但他一直在低头看手机。许妍碰碰他的胳膊，拿起桌上的咖啡递给他。他喝了一口，皱起眉头说，真难喝。乔琳回来后，脸色依然凝重，她喝了两口水，捧着杯子发愣。沈皓明看了看外面的雪，对许妍说，你就别开了，我让司机来接你们。

车来了，她们先坐上，沈皓明去取了先前在童装店给乔琳买的东西，让司机放在后备厢。他凑到车窗前对乔琳说，表姐，这两天你要是不走，到我家来玩。乔琳点点头，一直望着沈皓明走过去，钻进车里。他人真好，乔琳对许妍说。

路上她们没有说话。司机拐了个弯去加油。发动机熄灭，广播里的音乐停止了。乔琳望着窗外纷飞的雪说，我明天就回去了。许妍说好。

太阳从头顶移开，风吹着湖面，水的气味升起来。船从午睡中醒了过来，一点点动起来。许妍、乔琳和于一鸣不约而同地向后靠，蜷缩着腿躺下去，仰脸望着天空。也许是在等晚霞出现，但是渐渐地不重要了。许妍合上了眼睛。湖水像一双温暖的手臂环绕着自己。它的脉搏一起一伏，节律微小而有力。船在缓慢地动着，可他们没什么地方要去。不去对岸，也不回去。他们三个好像可以一直那么待着，谁也不会离开。

好像什么都不重要了。许妍松开了眉头。她不再计较他们到底有多么爱彼此。她只是知道她爱他们。那股强烈的感情使她觉得自己并不是多余的。她是他们当中的一员，即便是微不足道，可以被舍弃的，她也不在乎。

她睁开眼睛的时候，晚霞已经来过了。只有几块很小的云彩挂在天边。湖面一片金色，望不到尽头。但只是一瞬间，湖水转眼就开始变灰。当她转过脸去的时候，看到乔琳正望着湖面，似乎已经注视了很久很久，又好像是她的目光使湖面暗了下去。于一鸣还没有睁开眼睛，嘴角带着一丝淡淡的笑意。不要睁开眼睛，许妍在心里这样祝福着他。因为随即他会发现太阳已经落下去，船要往回开了。他们的旅行结束了。

晚饭许妍叫了外卖。乔琳没怎么吃，她说想去床上躺一会儿。许妍吃完看了会儿电视。她到卧室的时候，乔琳正坐在床上发呆。许妍走过去拉窗帘。路灯下，有个穿着羽绒服的男人在遛狗。是对门那个姓汤的邻居，他仰起头看了一会儿月亮，从地上抱起狗，夹在胳膊底下，走进了楼洞。

许妍听到乔琳在身后轻声问，沈皓明能帮上咱们吗？许妍转过身来看着乔琳，说你自己没问他吗，你们两个去拿手机的时候。乔琳摇了摇头，我什么也没跟他说，他问我想不想来北京工作，他可以安排，我说不用了。哦，许妍应了一声。乔琳说，他是律师，又认识挺多人的，没准还能托上政府的关系……许妍问，你怎么知道他是律师的？乔琳说，他自己说的，我真的什么都没问。她低下头，看着拱起的肚子，汪律师不接我的电话了，电视台那边也没回信，我实在没有办法了。这事折腾了那么多年，总得有个了结……许妍笑了一声，你为我考虑过吗？你是不是觉得我想要什么就有什么，过得很容易？你想过几天安稳日子，我不想吗？你小时候至少有个完整的家，我有什么？她的眼圈红了，这么多年了，你们就不能放过我吗？乔琳也哭了，对不起，对不起，我不该来打扰你……她仰起脸，吸了几下眼泪说，你没看到爸妈现在什么样子，爸早晨醒了就喝酒，手抖得已经拿不住筷子，妈整天守着电脑，到各种论坛发帖子求助，隔一会儿发一遍，那些人骂她是疯子，把她踢出去，她就重新注册了再发……我真的管不了了，我的身体垮了，在街上晕倒过好几回……她停住了，定定地看着前方，好像要把什么东西看清楚。

桌上的台灯照着乔琳，但她的脸是暗的，腮颊被阴影削去了。许妍望着她，她容貌的改变令她感到惊讶。那些青春时的光彩消失了，这也许是必然的，可它们好像从来没有存在过。没有人可以通过这张脸，想象出她少女时代的模样。许妍仿佛从二楼教室的窗户里看到那个总是微微扬起脸的长腿姑娘正穿过校园，她从那扇大门走出去，然后消失了。她去了哪里？

许妍走到床边，握住乔琳的手。那只手很烫，热量从指缝间汩汩流出来。乔琳的手指很长，这肯定不是许妍第一次注意到这一点，或许在漫长的青春期的某一天，她偷偷打量过这双手，暗暗惊讶于它们的美。但是现在，她第一次意识到，这双手很适合弹钢琴，要是它们能在童年的时候遇到一个钢琴老师的话，他肯定会这么说。要是那时候遇到一个舞蹈老师，可能也会说她适合跳舞。这具承载着苦难的身体，或许同时蕴藏着某种天赋。但是天赋不重要，对有些人来说，一生中没有任何一个时刻，会有人坐下来讨论一下她的天赋。许妍想起大三的时候，她得到了去电视台实习的机会，后来被留下了，那个频道的主任对她说，我并不觉得你很有当主持人的天赋，知道为什么选你吗？因为你身上有股劲，想从人堆里跳起来，够到高处的东西。

许妍握着乔琳的手，坐下来。她感觉自己在靠它取暖。但屋子里很热，地板也是热的，一点都不像十二月。她说，我答应你，我会去问问沈皓明。具体怎么说，我要想一想。我这么做不是为了爸妈，只是为了你，你明白吗？许妍攥了一下她的手说，给我一些时间好吗？乔琳点了点头。

十点过后，沈皓明打来电话。他说你猜怎么着，礼物拿错了，给你表姐的那袋才是给任国栋女儿的裙子。许妍夹着手机打开纸袋，解掉奶油色的缎带。那件缀满珍珠的小礼服折叠着，静静地躺在盒子里。要我现在送过去吗，她问。不用，沈皓明说，反正给你表姐买的礼盒任国栋女儿也能用。我打赌你表姐生女儿，他在电话那边笑起来，我买的裙子肯定能派上用场。

5

从北京回去不到一个月，乔琳就生下了一个女儿。比预产期早了一个多月，但是孩子很健康。她发过来几张照片，小小的一团，手脚却很长。沈皓明看了两眼说，跟你长得有点像。

那个月许妍很忙。台里在筹备一个新节目，过年的时候开播。每天连着录十来个小时，一段话反复说。这期间她去过沈皓明家一次，沈金松没在，只有于岚和几个太太在打麻将。许妍替了几圈，输掉六千块。临走时于岚说，咱们过年再打。许妍想这倒是个讨于岚开心的法子，于是许妍说服沈皓明过年不去苏梅岛，而是留下陪他爸妈。到时没准还能在家宴上遇到高叔叔。

许妍接到电话的时候是傍晚。还有三天就过年了，下午她和沈皓明去买了一堆烟火。回来的路上有点下雨，据说到了后半夜会转成雪，气温降十度。此前一些天北京都很暖和，让人有一种春天来了的错觉。

手机响了，跳动着一个陌生的号码，当时她正站在沈皓明家的花房里，指挥保姆把兰花搬到屋里去。沈皓辰也被喊来帮忙，许妍觉得让他干点体力活有好处，至少没那么多时间胡思乱想。他撇了撇嘴，说这些花可真丑。她双手叉腰看着他，你觉得什么花好看？假花，他回答。她让沈皓辰把面前这一盆搬到客厅，然后接起了电话。

是她妈妈。在那边大声号哭，告诉她乔琳自杀了，晚上一个人出门，跳进了城边的那条河。还在抢救吗，还在抢救吗，她连着问了好几遍。她妈妈说是昨天的事，人已经没了。许妍挂断了电话。

周围一片寂静。她搓了搓手上的泥巴，搬起一盆兰花往外走。

天气湿漉漉的，好像已经下雪了，仿佛有些凉飕飕的东西，带着爪子，紧紧地揪住了她的头皮。她伸出手，想触碰到空中的雪花。砰的一声，花盆跌落在地上。瓷片在地上打转。嗡嗡，嗡嗡。

沈皓辰走过来，看着她脚边的花盆。哈哈，他有点得意地说，假花就不会摔成稀巴烂。走开，她冲着他喊，蹲下把兰花从碎瓷片里捡起来。沈皓辰吓坏了，站在那里没有动。许妍敛起兰花磕了磕土，抱着它们走了。

她把花放在旁边的座位上，驶出了别墅区的大门。窗外是呼啸的大风，雪花如同决绝的蛾，砸在挡风玻璃上。她紧握方向盘，浑身发抖。泪水在眼眶里转悠，她蹙着眉头，盯着前面的路。为什么乔琳要这样做？她感到很愤怒，在北京的最后一个晚上，她不是答应得好好的，回去等着她的消息。她为什么就不能等一等呢？

车子冲下高速，擦着一辆卡车开过去，横冲直撞地拐了几个弯，在一片空旷的停车场停住。她狠狠地砸着方向盘，喇叭发出尖锐的鸣响，她不是说会想办法的吗，为什么不相信她呢？她靠在椅背上，大声哭起来。

手机在旁边座椅上响了好几遍，是沈皓明。她坐在黑暗里，等屏幕最终暗下去的时候，才对着它喃喃地说，我姐姐死了。

她没有回去参加追悼会。

除夕夜下着小雪。她站在院子门口，看沈皓明点着了烟花。她仰起头，望着光焰绽放，坠落。天空又黑了下去。几片雪落在她的脸上。

她给家里打了个电话。她妈妈一直在哭，不停地说，乔琳为什么那么狠心抛下我们？那边传来婴儿的啼哭，还有她爸爸的咒骂声，盆碗掉在地上，发出叮叮咣咣的响声。她妈妈问，你到底什么时候回来啊？这好像是她第一次对许妍表达需要。再过几天吧，她回答。你永远都别回来!她爸爸吼了一声，电话挂断了。

许妍一直没有回泰安。她心里有股怒气无法消退。她觉得乔琳不理解她，不相信她，甚至根本不希望她过得好。她这么做是为了让她永远感到内疚。在很长一段时间里，这股怒气有效地抑制了悲伤，使她可以正常入睡。

四月的一天，她去沈皓明家吃晚饭。那天只有他们自已家的人，吃了巴黎运回来的生蚝和新西兰鳌虾。于岚抱怨生蚝没有上次的新鲜。你下个月不就去巴黎了吗，沈金松拿着遥控器换台，屏幕上出现了一个穿白色西装的女主持人。她看了一眼手中的稿子，抬起头来：

“一九八八年，在泰安的一家医院里，患有风湿性心脏病的王亚珍生下了第二个女儿。她没有一丝做母亲的喜悦，只是感到很恐慌。在她的身旁，那个只有三斤八两的女婴睁开眼睛，好奇地打量着这个世界。那一刻她是否知道，这个世界等待她的不是温暖的祝福，而是无情的责罚呢？手术室的门外，乔建斌坐在长椅上，一夜没有合过眼。在经历了辗转于计生委和医院之间的几个月后，他已经疲倦不堪。然而他们家的厄运才刚刚开始……”

许妍盯着屏幕，一只手攥着毛衣领口，感觉自己就快要窒息。

这个“聚焦时刻”有时候还能看看，沈金松说。于岚说，有什么可看的，不是钉子户就是超生。妈妈，妈妈，沈皓辰说，你算超生吗？于岚说，宝贝，生了你加拿大政府还给我奖励呢。

“……记者来到乔建斌家。乔建斌被开除以后，全家人就以这家诊所维持生计。现在门口依然挂着‘平安’诊所的招牌，但是已经好几年没有来过一个病人了。一楼的诊断床上堆满了各种保健药。有的早已过了保质期，王亚珍就留给家里人吃。她拿起一瓶药给记者看，这个是帮助睡觉的，我大女儿老睡不着，我就让她吃……在过去二十多年里，乔建斌和王亚珍一直通过各种途径寻求帮助，希望单位能恢复乔建斌的工作……”

镜头掠过他们家。角落里的蜘蛛网，桌子上油腻的桌布，泛着黄渍的马桶，最后停在墙上的照片上。那是一张他们全家的合影，可能也是唯一一张。当时许妍大概四五岁，站在最右边，乔琳的手搭在她的肩膀上。

许妍感觉所有人的目光好像都朝这边涌过来。她几乎就要从座位上弹起来，冲出房间了。

随后，主持人讲述了这些年乔建斌家的生活，也讲到那个超生的小女儿，因为早产和用药的原因导致不孕。但她的去向并没有提及。也没有提到乔琳的女儿，只是说乔琳这些年，一直在为这件事奔波，导致恋爱失败，也失掉了工作。两个多月前，有天晚上她像往常一样，哄孩子睡了觉，然后离开家走到河边，跳了下去。

画面切回演播室。女主持人说："就在自杀的前一天，乔琳还给本节目的编导发过一条短信。在短信里，她这样说：'陈老师，我恳求您给我们做一期节目。这不是我们一家人的问题，很多家庭都有类似的遭遇。我相信节目播出以后，一定会引起很大的反响。如果还需要什么材料，您随时找我。给您拜个早年!'"主持人垂下眼睛，停顿了几秒，"我们将这期迟到的节目献给乔琳，希望她能安息。同时，我们也希望热心的律师朋友能跟乔建斌一家联系，帮助他们走出困境。感谢您的收看，我们下期再见……"

沈皓明气呼呼地说，这也太操蛋了。于岚看了他一眼，你想干吗，这种案子又不是你管的。沈皓明说，我可以去问问我同学，说不定有人愿意接。沈金松说，犯不着打官司，这种事找对了人，就是一句话的事。于岚说，有捐款电话吗，直接给他们打过去点钱就是了。

保姆端上水果。电视里已经在播连续剧，但许妍不敢去看屏幕，仿佛先前的画面下一秒就会再跳出来。她缩着肩膀，低头盯着面前的盘子，直到听到沈皓明说，我们走吧，就站了起来，跟随他走出大门。

她抱着自己的包坐进车里，身体一直在发抖。你的外套呢，沈皓明问。她才发现忘记穿了，别回去拿了，她几乎用哀求的语气说。车子停了，她走下来，发觉自己在一个空旷的院子里，周围都是深红色的砖墙。她打了个寒战，问这是哪里？沈皓明说，苏寒有个生日派对，我不是跟你说了吗？

屋子里很吵，拼起来的长桌两边坐满了人。除了苏寒，她一个都不认识。

沈皓明挨个介绍，她一直点头，却记不住任何一个名字。这是方蕾，沈皓明指着右边的女孩说，她跟我在英国一个学校，也读法律，算是我学妹。女孩笑了，你没念几天就转走了，也好意思自称是学长？沈皓明说，嘿，学校的校友录可是有我。女孩耸耸眉毛，那是为了让你捐钱好吗？沈皓明笑起来。许妍也跟着笑了一下。笑意在她的脸上一点点消失，泪水突然涌出来。

乔琳拉着她的手往山上走。许妍说，快下雨了，回去吧。乔琳说，你要去北京了，我得给你求个护身符。许妍说，可是摆摊的都回去了啊。乔琳说，再往上走走看嘛。

大雨降下，她们跑进一座庙里。两人抖着身上的雨水，乔琳长头发上的水珠溅在许妍的脸上，她咯咯笑起来。许妍说，严肃点，菩萨会生气的。乔琳收住笑，环视了一圈大殿，低声问，这个庙是求什么的啊？

许妍支起手肘，托住腮悄悄抹去眼泪。沈皓明正在问那个叫方蕾的女孩，你什么时候搬回来的？方蕾耸耸眉毛，你怎么知道我搬回来了呢，我看起来不像是回来度假吗？沈皓明摇了摇头，我才不信你在英国待得下去呢。

她们并排站在大殿中央。菩萨的脖子伸进黑暗里，看不见脸，但许妍能感觉到，有一簇白光从上面照下来。

乔琳小声问，你说那么多人来求她，她能帮得过来吗？许妍说，只帮她喜欢的人吧。乔琳笑了，说那她肯定喜欢我。当时我一直盼着妈妈能把你生下来。而且我还说，想要个妹妹。你瞧，菩萨就把你给我了。许妍说，当时你才两岁，就知道求菩萨了？乔琳说，我说不出来，但心里想的东西，菩萨一定能知道。许妍说，你要是知道后来发生的事，当初就不会那么希望了。乔琳说，我还是会那么希望的。我从来都没觉得不该有你，真的，一刹那都没有，我只是经常在心里想，要是我们能合成一个人就好了。她握住了许妍的手。她的手心很烫，仿佛有股热量流出来。

给我们拍张照片好吗？许妍听到有人在喊自己。是苏寒，她正站在方蕾和沈皓明的身后。许妍接过手机。苏寒笑着问沈皓明，还记得吗，那阵子每个周末我们三个都开车到郊外BBQ。后来过了一个暑假，回来大家都变得很忙，就没有再聚。也可能你们两个聚了，没有叫我。方蕾斜了她一眼，你说对了，我们在瞒着你谈恋爱。沈皓明点点头，后来她把我踹了，我伤心欲绝，就回国了。苏寒笑起来，小心你女朋友当真，回头跟你吵架。沈皓明说，她才不会呢。

大殿里飘过几丝凉翳的风，雨好像停了，有个人靠在门边看着她们。那人穿着一件破袄，逆光里看不到脚，还以为是坐着，后来才发现，脚被袄盖住了，他是个矮人。很老，布满皱纹的脸像一团揉搓起来的废报纸。她们往外走，他在一旁开口说，你们想知道自己的命运吗？她们对望了一眼，没停下脚步。他说，不收钱，我就当给自己解闷。

他走到她们跟前，仰起脸盯着乔琳，说你早运不顺，有一些坎，三十岁以后越来越好。乔琳问，怎么个好法？他回答，儿孙满堂，有人送终。乔琳笑起来，有人送终就算是好吗？矮人没回答，把头转向许妍，你啊，想要什么东西，都得跟别人去争。许妍问，那最后能争赢吗？他摇了摇头，说我不知道。许妍问，你也有不知道的事啊？他点点头，有一些。

苏寒用手指戳了戳沈皓明，说你可得劝劝方蕾，她现在是个愤怒少女，什么都看不惯，整天批判社会。沈皓明说，这叫回国综合征，过一段就好了。方蕾问，就像你吗，坦坦荡荡地做着你的沈家大少爷？沈皓明有点激动，说别把我想得那么麻木不仁好吗，我一直都想做点事啊……

然后他讲起出门前看的电视节目来：有对夫妻意外怀了二胎，按规定应该打掉，忘了为什么拖了好几个月，反正不是他们自己的责任，七个月才去引产，孩子生下竟然活着……苏寒感慨道，命可真大。沈皓明说，可是这算超生，男的丢了工作……讲到乔琳自杀的时候，方蕾摇头，这是我觉得最可悲的，因为上一辈的问题，子女的一生都毁了。苏寒说，这个故事有意思的地方是，合法生的姐姐死了，不合法出生的妹妹倒是活下来了。现在他们不就只有一个孩子了吗，还算超生吗？

许妍离开座位，走进洗手间，反锁上门。

乔琳不是不相信她，而是对世界不抱什么希望了。许妍记得最后一次乔琳打来电话，是一天清晨。她说，我今天出月子了。许妍问，你的奶够吃吗，现在能睡着觉了吗？乔琳没有回答，只是说，都挺好的，我就是跟你说一声，你去忙吧。她的声音淡淡的，没有高兴，也没有悲伤，只是有种解脱的感觉。她好像一直在等这一天。等孩子出生，等她过了满月……她那么迫切地希望解决爸妈的事，不是期盼能过什么新生活，只是希望有一个让自己心安一点的结果。如果没有，她也不能再等了。她已经松开了双手。

外面的人在不耐烦地敲门。许妍拧开水龙头，把脸伸到水柱底下。外面的声音消失了。好像沉入了河中，耳边只有汩汩的水声。我就是想来看看你，乔琳转过脸来笑着说。那双有点发红的眼睛在黑沉沉的水底望着她。然后熄灭了。

许妍回到座位上，跟沈皓明说自己可能着凉了，想先回去。沈皓明说，我们一起走吧。在车上，他说，方蕾听我讲了新闻里那个事，也挺来气，说她有几个从国外回来的律师朋友，没准有谁愿意接。我回头再给高叔叔打个电话，让他跟泰安那边的人说一下。这事反响很大，不解决一下，他们自己也难交代。许妍怔怔地望着他，这是乔琳拿命换来的，她想，眼泪掉下来。沈皓明很惊讶，这是怎么了？他抓住许妍的手，你不会是当真了吧，以为我和方蕾谈过恋爱？我们在开玩笑啊。许妍摇头，没有，没有，我只是有点感动，你真的心肠很好，她望着沈皓明，伸过手去，摸了摸他的脸颊。他拿下巴蹭了蹭她的手心，笑着说，我忘刮胡子了。

6

五月初，许妍回了一次泰安。学校已经给乔建斌恢复了工作，按照退休教师的待遇发工资。据说那期“聚焦时刻”惊动了北京的大人物，出面给计生委打了电话。但是乔建斌和王亚珍对结果并不满意，因为赔偿金的事没有落实。他们还在继续上访。

自从节目播出以后，他们接受了不少采访。乔建斌的口才练得越来越好，见到摄影机镜头，眼睛就放光。他有些得意地告诉许妍，那些记者都挺佩服我的，觉得这个社会就缺我这种有点轴的人。王亚珍开了个微博，在上面写这些年他们家的遭遇，被几个有名的记者和学者转发了，很多人在下面留言。王亚珍每条留言都会回复，有的谈得来的，还加了QQ。

这些外界的关注使他们一天到晚都很忙碌，暂时缓解了丧女之痛。但是一旦他们回到眼前的生活，意识到乔琳永远不在了，情绪就会再度崩溃。家里的灯坏了，没有人修。冰箱里臭烘烘的，还放着乔琳买的蛋糕和酸奶。桌上的婴儿奶粉敞着盖子，已经结成了疙瘩。一到天黑，蟑螂就变得猖狂，在桌子上到处爬。于是王亚珍又哭起来。乔建斌的情绪比较两极。有时候安静地坐在那里，对着桌上的酒瓶发呆。有时候暴跳如雷，大骂乔琳没良心，白白把她养到那么大。王亚珍哭完了，就在那台陈旧的电脑前坐下，开始写微博：

“你们不知道我的大女儿有多好，长得漂亮又懂事，性格活泼，所有的人都喜欢她。我难过的时候，她总是安慰我说，妈妈，都会过去的。这个世界上没有过不去的事……”

她写着写着又哭了起来。许妍走过去坐在她的旁边。她转过身，搂住了许妍。许妍轻轻拍着她的背，让她安静下来。电脑发出叮当一声，王亚珍从许妍的怀里坐起来，抹了一把眼泪，有人回复我了，她说，连忙握住鼠标点击了两下。

回来的最初两天，许妍住在附近的旅馆里。第三天晚上，乔琳的孩子有点发烧，她留下来照看她，睡在了乔琳的床上。枕巾没有换过，上面还有乔琳没带走的香波的气味。许妍枕着它，想起小时候的愿望，从未被她承认过的愿望，那就是她可以睡在这张床上，不，不是和乔琳一起，而是她自己。这个破烂不堪的家，对她有一种吸引力，她渴望自己能作为一个合法的女儿，住在这幢房子里。在漫长的童年和青春期，她见过不少优秀的女孩，富有的，美丽的，聪明的，可是她一点也不想成为她们。她只想成为乔琳。她想取代她，占有她所拥有的东西。即便那些东西包含痛苦和不幸，也没有关系。因为她觉得那是本来应该属于自己的东西。如果没有乔琳……她无数次这样想。小时候她和乔琳站在河边，一样的太阳照着她们，可是她感觉到乔琳在阳光里，而自己在阴影里。如果没有乔琳……她可以向右挪两步，走到阳光底下。

小时候的愿望是如此真挚和恐怖，被她一直揣在心里，缓缓向外界释放着毒素。很多年后，它实现了。乔琳不在了。现在她睡在乔琳的床上，作为爸妈唯一的女儿。许妍把脸埋在枕巾里，失声痛哭。她可以撤销那个愿望吗，这一切是否会有不同？乔琳会幸福一点吗，而她是不是能长成另外一个人？乔琳不在了，她并不能走到阳光底下。她将永远留在阴影里。

婴儿发出响亮的啼哭。许妍抱起了她。黑暗中，孩子皎洁的脸上没有泪痕，也没有难过的表情，好像先前发出的哭声只是为了把许妍从痛苦里拉上来。她静静地看着许妍。小巧的眼仁里像是蓄满宽广的海水。许妍想对着它忏悔，但更想把所有的祝福都给它的主人。如果她的祝福也像她童年的愿望一样有法力，她希望她能得到自己和乔琳永远无法得到的幸福。

许妍从于一鸣身旁醒来，时间是凌晨三点钟。旅馆的窗户关不严，寒风钻进来。立冬了，北京很冷。许妍约于一鸣吃了晚饭，然后又去喝酒。快结束的时候，乔琳忽然在他们的谈话中消失了。许妍记得于一鸣怔怔地望着自己。随后的记忆一片模糊。许妍不记得自己说了什么，于一鸣说了什么。他们有没有接吻。她好像有点疼，也可能没有，只是她觉得自己应该有点疼。

她把于一鸣叫醒了。他从床上翻下来，抓起地上的衣服。女朋友还在家里等他，喝醉之前他就强调过这一点。他一边穿衣服，一边对许妍说，我知道是因为你刚来北京，有点想家，过些日子就好了。

走到门口，许妍喊住了他，拿起背包伸进手去掏索。他问怎么了。许妍说，乔琳有个东西让我带给你。他站在那里等了一会儿，她还是没有找到。他说，我真得走了，以后再说吧，然后拉开门走了。

那支钢笔一直放在书包的隔层里，许妍前两回见于一鸣总是忘记给。也许是想有个和他再见面的理由。但是现在，她非常想把那支笔给他。她打开灯，把包里的东西倒在地上。

乔琳的孩子特别安静。在度过最初那段离开母亲的日子之后，她很快适应了新生活。每次喝完奶就睡着了，醒来只是轻轻哭几声，然后安静地等着。许妍抱起她来的时候，孩子把头贴在她的胸口，好像在听她的心跳，脸上露出一丝微笑。每次放下她，她都会嘤嘤地发出两声，许妍心里一紧，又把她抱了起来。

外面已经很暖和，她抱着孩子走到太阳底下。槐花开了，地上落了厚厚的一层花瓣，被风吹着，散了又拢到一起。她走到河边，在石阶上坐下，想让孩子睡一会儿。但是孩子不睡，和她一起注视着面前的河。你闻到你妈妈的味道了吗？她问孩子。孩子笑起来。

孩子叫乔洛琪，名字是乔琳取的，但是好像没有人记得她的名字，爸妈都管她叫孩子。乔琳的孩子。他们好像仍把她看作是乔琳的一部分。她的圆眼睛和乔琳很像。有时候望着它们，许妍会有一种想和乔琳说话的渴望。但她不知道该说什么，她想说的乔琳应该都知道。现在乔琳知道世界上所有的事。知道许妍回来了，知道她和孩子在一起，知道她很想念她。

离开的那天清晨，许妍又抱着孩子出去散步。路过火车站，她对孩子说，这里面有火车，呜呜呜，汽笛拉响，然后哐当哐当开走了。以后等你长大了，坐着它去找我，好不好？孩子没有笑，静静地看着她。她心里一紧，攥住了孩子的手。她无法想象孩子如何在那样一个破败的家里长大。

回到家，许妍把晾在门口的婴儿衣服叠起来，放在柜子里。她看到了那只纸盒，压在柜子最底下，露出一个角。打开盒子，那件白色连衣裙和她记忆里的样子不一样，塔夫绸没有那么硬，荷叶边也没有那么复杂。她给孩子穿上，把她抱到窗口。阳光照在胸前的那些小珍珠上，像雀跃的音符。你知道你很漂亮吗，她小声对孩子说。孩子软软地趴在她的肩上，用脸蛋蹭着她的脖子。

许妍坐在火车上，听到鸣笛声一阵心悸。她合上眼睛，想睡一会儿，但是耳边都是嗡嗡的噪音。她心烦意乱地拧开水，咕咚咕咚喝下去，然后盯着窗外飞快掠过的树和房屋。她一点点安静下来，并且做了个决定。回去以后，她要把所有的事都告诉沈皓明。他早晚有一天会知道的。她想跟他商量，等孩子大一些，把她接到北京住。要是有可能，她想收养她。

司机在车站等她，接她去吃晚饭。沈皓明订了一间日本餐厅。刚谈恋爱的时候，他们来过一回，从榻榻米包间的玻璃窗望出去，能看到小小的日式园林，但是现在天色太晚，覆盖着青苔的石头都变黑了。喝点酒吧，她跟沈皓明说。我正想说呢，沈皓明拿起酒单翻看。

清酒端上来，盛在圆肚子的蓝色玻璃瓶里。她和沈皓明碰了一下杯子。沈皓明问，片子什么时候播？她怔了一下。沈皓明说，这次出差拍的片子。她说，哦，下个月吧，还不知道剪出来什么样。然后她问沈皓明，你妈妈去巴黎了吗？沈皓明说，没呢，下周走，她们非要坐徐叔叔的私人飞机。许妍说，挺好，她们四个可以在飞机上打麻将。沈皓明撇了撇嘴说，无聊透了。

窗外园林的轮廓被夜色吞噬，只剩下灯光照亮的一角，石头发出幽绿的光。许妍喝了一杯酒，抬起头看着沈皓明，说你知道吗，我一直觉得你身上有很多可贵的品质……她笑了笑，说你知道我不擅长表达，可我真的觉得你特别善良，有正义感……沈皓明问，你干吗要说这个呢？她说，而且你对我很包容，我们的家庭情况不同，生活习惯也不一样，我身上肯定有很多地方让你不舒服……沈皓明打断她，别说这种话行吗？许妍又给自己倒了一杯酒，把发烫的脸贴在杯子上，说我十八岁来到北京，谁也不认识。课余时间我当家教，做导购，帮人主持婚礼，赚了钱给自己买衣服，去西餐厅吃饭。我就是想过体面一点的生活，你明白吗，我小时候家里什么都没有，连写字台也没有，要在窗台上写作业……我特别珍惜现在的生活，珍惜你，所以我一直……许妍哭了起来。沈皓明蹙着眉头望着她，她心里一凛，不知道怎么说下去。

服务员送进来甜点。两人默默吃着。沈皓明给她倒了酒，又把自己那杯添满。许妍喝了一口，鼓起勇气说，我表姐，冬天来北京的那个……沈皓明啪的一下把杯子放在桌上。许妍愣住了。他沉了沉肩膀，说我这两天，在方蕾那里过的夜，嗯，他又倒了一杯酒，说我本来想过几天再说，可是你把我说得那么好，让我很惭愧，我没打算瞒你，你知道我最讨厌骗人的。许妍茫然地点点头。她攥住酒壶，想再倒一杯酒，但始终没有把它拿起来。瓶壁上有很多细小的水滴，像一种痛苦的分泌物。她轻声问，你们俩的事是刚开始，还是已经结束了？沈皓明不说话，点了一支烟，白雾从他的指缝里升起来。许妍用手臂支撑着从榻榻米上站起来，说我先走了，等你想清楚了，告诉我你打算怎么办吧。

她拉开门向外走，沈皓明追出来，把外套披在她身上，说你又忘了穿大衣。然后他张开双臂拥抱了她。这是最后的告别吗，她一阵心悸，推开他跑到路边，拦下一辆出租车。

回到家，她发觉自己浑身滚烫，好像在发烧，就设了闹钟，吞了两片药躺下来。帮帮我，她在黑暗中说。外面天空发白的时候，她感觉乔琳来了，背坐在床边，扭过头来望着自己。她的目光并没有应许什么，却使许妍平静下来。

闹钟响了很多遍，她挣扎着坐起来，看了看另外半边床，很平整，没有坐过的痕迹。她洗澡，烤了两片面包。手机上跳出一条短信。她没有看，走过去拉开窗帘，外面下雨了。她把杏子酱涂在面包上，慢慢吃起来。吃完才拿起手机，点开短信。

沈皓明：我们还是分手吧，对不起。

她喝光杯子里的牛奶，拿起伞出门了。

请假十天，积压了很多工作，她一口气录了三期节目。中场休息的时候，编导进来跟她聊节目改版的事：活泼一点，别死气沉沉的行吗？要是收视率再这么低，节目就得停播了。许妍说，那我就去主持一档新闻节目。编导朗朗地笑起来，“聚焦时刻”那种吗？真没看出你身上还有社会责任感。

许妍换了一套衣服，坐在镜子前补妆。她问化妆师，你觉得我剪个短发怎么样？化妆师说，嗯，挺好。别再留齐刘海了，挡着额头影响运势。许妍笑了笑，说听你的。

回家的路上，许妍拐进一家美发店。从那里走出来，天已经黑了。夏天的风吹着脖子，很凉爽。她去便利店买了两个面包，然后往家走。路边有一家酒吧，或许是新开的。她朝里面张望了几下，有很温暖的灯光。她推开门走进去。

酒吧很小，只有一个男人趴在角落里的桌子上。她坐上吧台，点了一杯莫其托。角落里的那个男人走过来，要添一杯威士忌。是对面那个姓汤的邻居。他冲她点了点头，然后回到自己的座位。

店里放着喑哑的电子乐，像是有什么东西发霉了。喝完第三杯，她觉得自己应该醉一次。她从来没有试过，交过的几个男朋友都很爱喝酒，她必须保持清醒，好把他们送回家。有人在敲桌子。她抬起头来。店主面无表情地说，我要关门了，我女朋友在家等我呢。然后他走到角落里，把她的邻居叫醒，站在那里看着他把口袋里的钱摊在桌上，一张张地数着。

许妍坐在姥姥家门口。明天就要动身去北京，箱子已经装好，还有很多小时候的东西要处理。她把纸箱拖到外面，坐在门槛上慢慢挑。乔琳朝这边走过来，手里举着两个蛋筒冰淇淋，融化的奶浆往下淌。她坐在许妍的旁边，把香草的那只递给她。

乔琳说，我买了支钢笔，你帮我送给于一鸣。她们默默吃着冰淇淋。一个住在隔壁院子里的小男孩走过来。约莫十来岁的样子，站在那里看着她们。乔琳指着冰淇淋说，下回我给你买一个，好吗？男孩没说话，仍旧站在那里。地上散着从箱子里拿出来的乱七八糟的玩意儿。装风油精的瓶子，雪花膏的铁皮盒子，一块毛边的碎花布……这些不成为玩具的玩具，曾是许妍童年最心爱的东西。乔琳说，雪花膏盒子好像是我给你的。许妍说，我拿纽扣跟你换的。什么纽扣，乔琳问。许妍说，那是我最喜欢的纽扣，你竟然不记得了。她把蛋筒塞进嘴里，起身进屋洗手，忽然听到背后发出叮咣一声响。

隔壁的小男孩从地上那堆东西里拿起一只风筝，转身就跑。乔琳对她说，走，我们把它抢回来!

男孩到了胡同口，转了个弯，朝大马路跑去。她们给一辆车拦住，落下了很远。但她们还在往前跑。乔琳脚踝上的链子发出丁零零的声响。她的长头发在风里散开了，许妍闻到香波的气味。小男孩消失在马路的尽头，但她们没有停下。头顶上翻卷着乌云。许妍恍惚发现这一会儿的工夫，把小时候整天走的那些街都走了一遍。如同是快进的电影画面，一帧帧飞过，停不下来。乔琳拉了她一下，伸手指了指天空。在天空的最远端，一只绿色的风筝，正在一点点升起来。

许妍停下来，和乔琳仰头望着天上。那只风筝垂着两条长长的尾巴，像只真正的燕子。它在大风里探了个身，掠过低处的黑云，又向上飞去。

许妍和她的邻居站在酒吧的屋檐下。邻居说，好像又下雨了。她笑着说，有什么关系呢。邻居说，我希望下雨，这样土能好挖一点。许妍晃了晃她的短发，你说什么？邻居说，我的狗死了，我等会儿去埋它。它现在在哪里，许妍哈哈笑起来，你不会把它冻在冰箱里了吧？邻居的脸抽搐了一下，说我真的不想回家，我们能再喝一杯吗？许妍说，好啊，我家里有酒。邻居问，你男朋友呢？许妍说，分手啦。邻居说，遗憾。对了，什么时候能尝尝你做的饭吗，经常在走廊里闻见，特别香。许妍说，也可能是外卖。邻居说，不是，周围所有的外卖我都吃过。许妍问，你没有女朋友吗？邻居说，我喜欢的都不喜欢我。许妍说，你肯定有很多怪癖。邻居想了想，喜欢在浴缸里泡澡的时候吃橙子算吗？

雨下大了，他们跑起来。许妍踩到一个大水洼，雨水溅了一身。她笑起来。来到屋檐底下，邻居抖了抖身上的雨水，转过头来问，对了，你的表姐怎么样了？她的孩子好吗？许妍不笑了，望着他。

他说，有天晚上我下来遛狗，拿着手电乱扫，结果忽然在灌木丛边看到一个女人，躺在那里跟死了似的。我刚想喊保安，她睁开了眼睛，说没事，我只是晕倒了。我想扶她起来，但她说想再躺一会儿。我也不好意思丢下她，就坐在旁边，陪她聊了一会儿天。许妍问，她都说什么了？邻居说，忘了……哦对，她说，我肚子里的小家伙好像很喜欢北京，不想离开这儿，我就跟它说，你很快会回来的，你以后会在这里长大的……嗯，你表姐还说，让我到时候别忘了带我的狗和她玩……

许妍哭起来。乔琳从未说过要把孩子托付给她。然而她却知道孩子会来北京的，大概是笃信自己和许妍之间的感情，并且因为她了解许妍是什么样的人，也许比许妍自己更了解。那颗在掩饰和伪装中裹缠了太多层，连自己都无法看清的心。

许妍看向天空，好让眼泪慢点掉下来。她点点头说，孩子很快会来的，跟你的狗一起玩……

邻居说，狗死了啊，我今晚要去埋它……

许妍喃喃地说，你不知道那孩子有多乖，一点都不吵，你一逗她，她就咯咯笑个不停，是个女孩，很漂亮，眼睛圆圆的，穿着白裙子，像个小公主……

邻居说，哦，那我再养一条狗吧……

雨声淹没了他的话。许妍站在楼檐底下，静静听着外面的雨。她不知道能否照顾好孩子，以后会不会为了前途想要抛弃她。她对自己完全没有把握。可是此刻，她能感觉到手心里的那股热量。有些改变正在她的身上发生，她的耐心比过去多了不少。也许，她想，现在她有机会做另外一个人了。

原载《收获》2017年第2期

坠 落

周李立

一

星期三早晨，刘玉勇如常去上班，如常坐在黑色捷达车后排左侧座位上，也如常被堵在县城中心广场的十字路口。阳光刚好穿过剥落的车窗贴膜，漏进车内，在他的黑毛衣上砍下一把光刀。

他发现司机小范这天很烦躁，尽管一年多来，刘玉勇都认为小范不算那种坏脾气的司机。堵车半小时后，小范也按捺不住，先按了几轮喇叭，又下车去打探，回来告诉他，几辆对驶的车互不相让，后面的车又贴上去。车头对车头，打了个死结。

刘玉勇摇下一半车窗，望出去，路面本有余地供车辆腾挪的，只是那点儿不多的地方，已被几家新开张的名鞋超市占用了。鞋店都不叫鞋店了，全叫超市。货架溢出店堂，涌向人行道、自行车道和绿化带。几家名鞋超市看上去也没什么区别，只是各家高音喇叭传出的曲子不一样，但都是欢快喜庆、适合节庆的昂扬调子。刘玉勇上下班总要经过这里，遇上堵车，就常欣赏《步步高》《恭喜发财》和《欢乐中国年》。

他说，不急。

刘玉勇是县城建局长，局长迟到一会儿，当然没关系。县城里的班，不严格，人们九十点才陆续到单位。而且他上午没什么重要事儿，倒是下午要去列席县委常委会，决定中心广场的改造方案。

中心广场从他小时候起就是这样子了，几十年都没改动过结构——杂乱的结构，内里却蓬勃，且经年累月越发蓬勃，自然生长、野蛮蔓延，终于撑不住，要炸开般。这里每寸地面，都像反复使用的旧抹布，可看出每次使用的痕迹，旧的痕迹还在，新的印痕又添上，层层叠叠、修修补补。路面挖开又补上、补上又挖开，如积累数年的沉积岩——他的专业是地质。

中心广场的改造项目半年前由县委书记动议，县长极为关心，财政拨款充足。小半年来，刘玉勇一直紧锣密鼓地安排招标。他倾向将广场中心环岛改建成城市花园供居民休闲的方案。周边小店铺拆除、回迁，入驻高层商场。商场旁设计停车楼、影剧院。这是正常的方案，没有亮点特色，却实用、适用，是县城该有的中心广场的样子。

小范说："本来就堵，那几家卖鞋的又占了半条道，现在还修路，早该把这地方全拆了。"

小范做他的司机满一年了，当初是县长夫人介绍来的。小范和县长夫人是远亲，抑或只是浙江某地同乡，他们没明确说，这类事不好明确说。城建局是好单位，司机不是好工作——这工作介绍便很得体、讲分寸——好与不好相结合、能互补。刘玉勇不关心小范和县长夫人的关系，只确保没有程序错误即可。司机不占编制，属于外聘工人，所以刘玉勇也算不得徇私。

初见小范时，刘玉勇觉得他乡野气息重了些，简单说是粗野又善良的那种气息。开车技术还可，只是不适应城里的道路，有时会急躁，左奔右突，极不稳妥。刘玉勇说过他几次，小范也不介意，只是道歉，然后保证一定改。倏忽一年，小范身上的野气渐退，开车也不再超速。只是那种淳朴善良，似乎也消失了，大概跟局里的同事们也学来些心机。

让小范当司机是否是个错误？他想，县长是在监控自己吗？其实，他当初也这样怀疑过，只是他堂堂正正一个人，怕什么呢？这样一想，也很容易释然。

但小范一周前为什么要说那些话呢？——那些人说，他们知道你做过什么事，如果那什么，他们会捅出来。

当时，刘玉勇是不在意的。不过是泛泛的威胁，他清楚，那些人手段高明，只是用错了对象。他理直气壮地告诉小范："随他们去。"然后下车，依稀听小范在车内嘟囔着什么。他没细听，因为不需要——难道小范也以为他真有把柄吗？

那些人，是中心广场改建项目的一家竞标商。他看过他们的竞标书，改造方向竟是华北鞋城——他们要把这里做成华北地区鞋品集散中心。那几家新开张的名鞋超市，让他隐约窥见其间关联。但琢磨不透，线索还未全面浮出。这里并不产鞋，连做皮鞋的牛皮羊皮都没有。唯一有关联的是县里生产绳子——可以做鞋带吗？华北鞋城的想法古怪又突兀，他也就从没考虑那些人的方案。

那些人，倒是老早就找过小范，要往捷达后备箱放两箱东西。小范没敢要，不过小范猜那应该是两箱茅台酒。小范清楚刘玉勇从不要那些东西。以前也发生过这样的事，刘玉勇总是让小范给人家送回去。刘玉勇也担心小范会委屈，毕竟别的局长司机如何他可以想见——局长看不上眼的东西，都是司机的。小范偏生遇上他，没好处可拿。于是他常给小范塞一包妻子做的面点，不值钱，只多少算种安慰。

小范说，那些人，有东南沿海口音。

他猜应是福建或浙江，有南方人的坚韧。浙江不是生产皮鞋吗？

先送礼，再威胁，那些人肯定成功过，所以在他身上复制经验。谁没点儿不能见光的秘密呢？

二

很多年来，刘玉勇都不常想起青海的事，直到一周前小范重复说了那些话："那些人说，他们知道你做过什么，如果那什么，他们会捅出来。"

星期三这天，小范又说了一遍。说完后，小范扭头看他，两人却同时一趔趄，捷达熄火了。

"哎哟"，小范叫了声。

刘玉勇说："这老车，熄火才正常呢。"

没想到小范问："听说您父亲是老司机，您也会开车？"

他否认，只说小时候当好玩学的，并不真会，何况多年没握方向盘，技术怕早丢了。

小范又问多少年？没准还能捡回来。开车跟游泳一样，学会了一辈子也不会忘的。

刘玉勇很多年都没开过车了。在县城，几乎没人知道他其实是会开车的。有些老人当然会记得，他父亲曾是县供销社开大货车的司机，他小时候也跟父亲学过几天。个头长得快，十二岁，一米六五，腿长，能踩死大货的刹车。只是转方向盘要下死力。为此他练过一段时间双杠，主要练臂力。那时正发育，吃得多又好，每天早晚各一枚鸡蛋，无氧运动和高蛋白结合，作用出与年龄不相称的肱二、肱三头肌。再去转大货车的方向盘，轻而易举。但他没去考驾照，那时人们对这事儿并没上心。后来上大学，便忘了这回事，以为总有一天会去考的，就拖延着，直到大学毕业也没落实，和很多事一样悬置、无后话了。少年好奇，再多技能也学得来；日后则觉烦心，一心只念"多一事不如少一事"。

当局长前，刘玉勇骑自行车上下班；当局长后，就坐局长专车——捷达。县长专车是丰田越野，像县长一样高撅鼻子。刘玉勇认为，越野车虽然那么贵，真坐上去，其实跟皮卡也没区别。

皮卡是刘玉勇最后一次开过的车，那还是在青海的时候了，上世纪八十年代。

他突然意识到，小范的问话是种暗示。那些人的威胁跟青海有关吗？又突然记起，小范也是浙江人——他跟县长夫人是同村，而县长夫人是浙江人。他们和那些浙江商人，是否本就是同一伙人？

小范直接说到青海去了："我没去过青海，但在青海开车，肯定很危险。以后有机会，我要开车去西藏青海转一圈，当然我得先有辆自己的车……"

刘玉勇打断他："那些人还找过你吗？"

他的打断太突兀，小范没明白，停顿片刻才回答说："没有了，只是上次，我告诉过你了。"

他没说话，寻思刚才的问话是否不自然，泄露了心虚。

小范悄声说："我听说那些人很厉害的，他们的项目在全国扩张，怕是每座城市都有他们的'特务'。"说完又笑起来，大约认为"特务"用在这里，值得一笑。他却听小范每个字都是暗示，笑不出来。

捷达车还停在原地，小范又下车去观望，回来说，交警马上就来了。"这样子，必须得警察来才行。"

刘玉勇突然希望能一直堵在这地方，设身处地，就更容易想明白问题。而答案取决于那些人是否真知道他做过什么？又是否真有证据？

队尾的车辆在缓慢移动，先倒车，让出空间，再往前，是"欲先进、必先退"的方式，也是暗示。车窗两边，自行车迅速超过汽车的长龙。

有一瞬间，他发现世界安静极了，没有《步步高》的音乐，也没有自行车铃和汽车喇叭的声响。路对面，修路的工人、运载水泥的巨大机器，只剩下默剧般的机械动作。也是那瞬间，他感到一种宁静的幸福，真是难得。他曾以为再也不会幸福了。

这其实是重要的一天，对他而言，一点儿都不平常。

三

刘玉勇出生成长都在县城。除去四年大学在北京和在青海支教的一年外，他几乎没出过远门，这和他县城里的朋友很不一样。那些人总是挖空心思制造出远门的机会，招商引资、开会、学习、考察或交流之类，每年都能有那么几次。他从来不找，有现成的机会也不去。他偶尔去趟石家庄或北京，也是因推不开的工作需要。省城和京城分别位于县城南北，其实都不远，所以他认为那算不得出远门。他还谦让过两次出国考察的机会，一次去澳大利亚，一次去日本，都是市里组织，各县都有人参加。有人说他太刻意，猜测他是否有更大的野心。他只好更低调，毕竟没人理解他的苦衷。好在人们后来都习惯了他的做派，也没人跟他计较了。在城建局长的正科职位待满八年后，就更没人跟他计较了。

他和妻子是幼儿园同学、小学同学、中学同学。高中毕业后，他去北京上大学，学地质。她没考上大学，家里在邮局给她找了份工作。他孤身回来，分配在县政府规划办做小科员，故人重逢，不是相见欢，只是觉得久处也不厌。在县城，久处不厌的人就可以结婚了。妻子在邮局的工作不需太多技术，只是烦琐。后来邮局系统更新换代，她无论如何也学不会电脑的复杂操作，便被调去卖邮票。这地方集邮的人不多，邮票柜台兼卖电话卡和杂志，总是积压、卖不动。渐渐连寄信的人都少了，电话卡也退出历史舞台。邮票柜台被遗忘，邮局干脆关闭了邮政大厅角落的小柜台。那年正逢他初任城建局长，势头看上去总在上升中，她也就申请了病退，回家相夫教子。她认为自己辛勤工作十几年，最后结局十分悲哀，而其中原委，是这世界一直在变，而她并不想变。她追呀追，也追不上这世界，只好不追了。作为北方女人，妻子生得高大，少些灵活。性格和体型相匹配，她的人也是又冷又硬地决绝着。这样有些事就无法希望她能理解，他也就从没向她解释过，他自有的那套秘而不宣的辩证法。

在县城政界，他也不是没有再上升的可能。县里领导各方面条件放到一起，显而易见也不如他。他多年前从京城名牌大学毕业，去青海支教后分回县城。他没抱怨，因为分配这回事有太多人为因素，况且回县城的结果，其实也合他心意。京城的车水马龙，在他看来与己无关。青海倒好，终究太偏僻。县城离北京很近，一百多公里，高速直达。也许将来会是京城的七环八环呢。这里的生活，和北京迥异，像隔开了三十年时间。他喜欢这种距离感。

刚工作时，人们背地里都说他，人年轻，其他都好，就是太内向，有时候想不开。看他的眼神也像看叛徒。“不适合机关工作”，年底述职会，他得到这样的评判，“学究气，毕竟是大学生，缺少历练，应该去基层锻炼几年”。然后他才被调到城建局，油水很厚的单位。大概人们认为这对他来说正合适——他不是宣称吃素吗，那就去油锅里历练和见识吧。

县城的城建，工作不多。只是近年，小城突然打足精神成长，道路拥堵变得严重，城周边有新建楼盘，市政设施看上去也都该更新换代……他的工作才开始繁重。不过他还能应付，况且当局长后，再没同事宣称他“不合群”了。小范告诉他，他在局里的口碑，其实一直很不错。他没去分辨小范是不是在讨好自己。因为他对自己的口碑如何，好像也不太在乎。

四

刘玉勇上世纪八十年代末大学毕业的时候，知道学校有个支教项目，可以去青海一年。当时他以为那意味着诗和远方。后来他不这么看了。他明白自己报名其实是因为恐惧。怎么能不恐惧呢？清贫又稳固的工作即将开始了，想来人生就再没变动的可能了。如此就要开始一生了啊？总还是不甘心的。那么趁着年轻再干点儿什么吧，就像给自己争取一年的“缓期执行”——这话是冯媛媛讲的，“你会工作一辈子的，不着急，但是支教的机会，以后再也不会遇到了”。

刘玉勇很快就报了名，因为人生还长，他还可以做些事儿，比如去遥远的青海，人少地广，人均面积两平方公里。他查了地图，找到他们将去的地方，细小的县名孤零零标注在一个偏远的位置。还有条细线标记的道路，通往县城北边的无人区。

九月，他们五男四女就到了青海。其中八个是同校一届的毕业生。领头的冯媛媛，是另外八个人的辅导员，比其他人高三届。冯媛媛毕业后留在校团委做学生工作，长得很漂亮，两条黑辫子在头顶处绕两圈，像藏族人那样，身量也像，因为丰满。腿很长，不过也因为腿太长，所以没有腰。

高原的天空低，随时都会压下来一般。他们去的小学，只有两排平房。前排是教室、办公室，门上挂小学的门牌。后排是宿舍、食堂。宿舍很多，食堂只小小一间。一共五个班，百余名学生，都是走读的。校长老梁，此前一直一个人上课。老梁也住学校，没有家人。他那间宿舍，是最好的，因为门前有棵斜着长的树。树是这里稀罕的东西。树上挂口钟，老梁还管敲钟。老梁的衣服和抹布洗了就挂树枝上。高原干燥，衣服转眼就干透。老梁还在树底下练嗓子。秋天，老梁一嗓子喊出来，树叶就扑扑往下掉。

县政府在学校旁边，也是两排平房，中间没有围墙，只有道砂石垒的矮墙，膝盖高。学校还有根旗杆，上面总有国旗在飘。高原风大，留不住云。有点云，瞬间就散了。风也终日刮得褪色的国旗呼呼作响。

县政府前有块长方形水泥地。后来小学生开始做课间操，就去水泥地上列队。在政府上班的人，都从窗户探出半个身子，看学生做操。县政府时常派人来慰问，有新鲜蔬菜也给他们送来。两棵白菜冻得硬邦邦的，小秘书一手一棵提来。

刘玉勇喜欢运动，大学时就是学校标枪队主力，虽然标枪队一共只有三个人。青海这地方什么都缺，就是不缺空地，很适合练标枪。但这里没有标枪，这儿的小学连体育课都没有。刘玉勇就扔石头，他说，臂力不练会退化的。其实，他只是闲不住。石头从小学飞到县政府，他又跑过去扔回来。两次后，面色黑红的小秘书就制止他，“小刘，知道的说你在练标枪，不知道的以为你对政府有意见，朝我们扔石头呢。”他就再不扔石头了。

学校开了体育课，刘玉勇负责。他带学生跑步，跑了一百米，停下来，解释说自己不擅长下半身运动。这话在男生中传开，一度成为笑谈。

后来就竖起了两个双杠，县长个人捐款买的。刘玉勇发挥自己上半身力量，整日在双杠上翻筋斗，简直是赌气般，要证明自己擅长运动。冯媛媛她们四个女生喜欢在双杠上晾衣裳。刘玉勇说：“两个双杠，能不能留一个给我？”而后女生的衣服就挤着晾在一个双杠上。

十月一到，雪很着急地把一切都盖住了：老梁的树，树上的钟。双杠上白茫茫一茬茬雪，连旗杆也顶着白色的小帽子。有雪又有风的日子，来上课的学生都少了。

白天还好，夜晚却难打发。不是冷，是无聊。刘玉勇再不能在双杠上翻筋斗了，除非他想手掌冻掉一层皮。县政府送来面粉，白菜越来越罕见。好在都是年轻大学生，身远地偏，心思却仍是大的。这些心思从书本和音乐里来。书多是自己带的，衣服可以少带，书一定多带。专业书看来看去就索然无味，诗歌和小说开始流传。县邮局有《人民文学》，他们订阅的，总是晚到几个月，那也无妨。冯媛媛有时去县政府借《人民日报》，也是一星期前的报纸了。

那些晚上，他们都在老梁的宿舍，听音乐、聊天。冯媛媛说她睡觉晚，但她又总是起床最早的人。刘玉勇怀疑她是否一晚上都不用睡觉。一本杂志，她一晚就看完，第二天一早便拿给其他人看。她说时间不够，只能抓紧些。刘玉勇觉得奇怪，因为他的时间却是多得没法打发。

那一阵崔健已经唱过了《一无所有》，“我曾经问个不休，你何时跟我走？”有时他们见面，先吼一声“你何时跟我走？”天低云淡，歌声响亮流传。有一次，县政府那边不知谁拉开嗓子回了句：“可是你总是笑我一无所有……”这边的人就大笑起来。

刘玉勇当时正跟冯媛媛聊天，靠着老梁宿舍的窗户，木窗台上黑乎乎的都是积年累月的沙土。他们说到王蒙的小说《蝴蝶》。他依稀听见冯媛媛低声说：“才不是一无所有……”但她的声音沉淀下去，难以察觉。待他问她的时候，她只是否认。

如何说起去无人区考察的？应该跟《人民文学》上一篇讲青藏高原无人区的小说有关。有段时间，他们总是谈论这事，其实也没其他事可谈。冯媛媛最热心，老早就说："县政府的皮卡可以借给我们用。"

一个女生迟疑着问："我们去做什么？"

"去考察、探险，我们学这么多年科学，不就是为了探索未知吗？"冯媛媛一甩辫子，像《红灯记》里的李铁梅。

她和苏文的专业都是生物。她说，无人区的生物考察项目，多好的想法。他们的大学从没人做过，何况他们已经在无人区边上了，再走五十公里，翻过一座冰山——海拔也不高，不过四千米——就能去无人区。

"四千米？我会有高原反应的。"那女生说。他们都有过高原反应，缺氧，像喝醉般在平地上也只能走曲线。每人适应高原反应的过程不一样，那女生适应得慢。

"你可以不去。"冯媛媛别过脸。女生不再讲话，只怔怔把两手十个指头拧成一团，像朵复杂的花苞。

老梁在吸烟，一尺余长的烟袋，端在右手心，这时他突然咳了一声。他们都看他。他眯着眼睛叭完一口，才睁眼，慢吞吞问："咋了？"除了早上练嗓子的时候，他多数时间只是个沉默的老人。有次刘玉勇问他为什么练嗓子，他说："不练练，嗓子就没用了。"这地方人少，没人说话，他担心嗓子功能退化。

刘玉勇说："去看看呗，来一趟不去无人区，也可惜。"他不再练双杠后，就精力过剩，每天在指甲盖大的县城逛。后来就逛出城去了，不过城外什么都没有。也不对，还有荒原。刘玉勇和陈空竹都是地质系的，于是他们说起那种黑色的石头。

"因为含有矿物吗？"陈空竹问。

刘玉勇以为，不是矿物，而是"黑皮玉的原石"。这种玉石存量极少，且都产自高原。他已经捡了不少回来，还解释说："现在捡石头，不扔县政府了，得留着研究，而且，说不定运气好，会在无人区发现矿藏。"他想就算没有矿，弄些黑皮玉在手里，也是不错的。

冯媛媛说："反正，我们做点儿什么总比什么都不做好。"

"如果真的发现稀有矿藏，怎么证明是我们发现的？"陈空竹问。大家都认为这问题确实难办。"我想，一定要先给大学知会一声，这样万一，万一呢……是不是？"

"我给校团委打报告。"冯媛媛立刻保证。

"我可以开车，我不会走路就会开车了。"刘玉勇也拍着胸脯。

"不过，我觉得发现矿藏这种事儿，不是我们的目的，我们毕竟是有立场和想法的年轻人。"冯媛媛说。

"立场？什么立场？"

"对，立场和想法，我给你们听首歌，今天刚收到的磁带。"冯媛媛答非所问，雀跃着站起身去放磁带。磁带是她的好友从北京寄来的。老梁房里有台双卡录音机，是公物，在堆满杂物的写字桌上占了大半个桌面，显得很神圣。

"无垠的旷野之中，一片干裂大地。在夜的世界里，袭来的是阵阵的热风，黎明泛红的天空中，燃烧着九个太阳……"

冯媛媛说，唱歌的人是齐秦，一个台湾人。"为什么偏偏是九个太阳？"她说："我们九个人，不是九个太阳吗？"

磁带是翻录的，不知翻过几版，效果不好，从头到尾只有一首歌。

刘玉勇后来很怀念那晚的时光。因为他们有了一个目的，用冯媛媛的话说，有了"立场"和"想法"。目的这东西，有时就像操场上那根旗杆，看似没什么实际用处，不能晾衣服，也不能当双杠玩，但它立在那里，你就觉得不一样，因为它就是中心，你就得仰视它。

几天后，刘玉勇午睡醒来，准备出去寄信。阳光猛烈，朔风呼啸，操场上空无一人。他远远看见，旗杆下多出一丛绿色灌木，走近才发现是冯媛媛，她晕倒了，绿色棉衣十分抢眼。刘玉勇叫她也不醒，他没多想，背上她就往县医院跑。

为去无人区，她把自己累倒了。她确实忙碌了几天。没有经费，她要想办法筹措。县政府也无力支持，不过答应把皮卡借给他们用，还专门请人对车辆做了改造。皮卡后车厢原是敞开的，只是拉货用，现在要坐人，就得搭棚子，用编织布挡起来。车厢里安上木板，固定结实，当椅子。座位有限，无法再带上一名司机，好在刘玉勇会开车。这些事情想来容易，一件件做下来，也千头万绪。

县医院比小学校还小，缺医少药，白布棉门帘是发黄的，上面的红十字不太明显。医院的人不知是医生还是护士，给冯媛媛灌了白糖水，他们的诊断是她低血糖，说需要补充糖分，然后休息。喝了糖水后，她醒来，张口就问这是哪里。

刘玉勇说是医院。

她突然激动了，手舞足蹈地说要回去，“我怕医院，我不在这里。”就像撒娇的孩子。

他想了想，觉得“低血糖”确实没有待在医院的必要，就同意了，他背她回宿舍。她趴在他背上，软软的，像没有骨头。

走出医院，天色已黄昏，她突然凑近他耳朵说：“你知道吗？校团委派我来支教是有原因的，领导认为我不适合重要岗位的工作了，就是边缘化了。”

他想，她是不能被边缘化的，所以她还在争取，就说：“支教只是一年，很快就回去了。”他记得，当初她劝他来支教的时候，可不是这样讲的。

她说：“有些事儿，你不明白。我可能没有一年时间了。”

刘玉勇那时已经知道冯媛媛的一些情况。工人家庭的孩子，她是老大，家里有两个妹妹，一个上大学，一个上高中。她身上有与生俱来的狠劲，大约从小就是一路拼搏过来，凡事总要争先，都得靠自己，坚忍无畏，不会迂回，也不能迂回。她是这些人里从不抱怨高原反应的一个人，但她似乎又不是总能如意的，世界上没有人可以永远如意，刘玉勇认为她并不懂这道理。

他以为她指的是提拔的时间没有一年了，就笑着说：“这种事儿，总是很难说的。”

晚上，所有人都去看望冯媛媛。跟她一个宿舍的女生说，冯媛媛昨天就晕过一次了，她往洗脸架上挂毛巾，一仰头就倒了。

陈空竹是最后一个来的，他一进来，刘玉勇就发现陈空竹在跟所有人使眼色，暗示他们出去说话。人们陆续离开，叮嘱她放心休息。刘玉勇等冯媛媛睡着了，才走出来，看见一堆人都聚在旗杆底下，就也走过去，听陈空竹说什么。

“冯媛媛不是劳累，是癌症。当然，晕倒可能是因为劳累，但她确实得了癌症，而且是最麻烦的血癌，就是白血病，预计活下去的时间不会超过一年了。”陈空竹说。

“真的吗？”刘玉勇不信。

陈空竹补充说，他在校团委认识一些人，那些人将本该保密的消息告诉他了。陈空竹总是有各种灵通的消息的。冯媛媛在校团委办公室的人缘，显而易见并不好。那些人对她也就少了善意，尽管她是绝症患者，尽管她叮嘱他们要为她保密，但她的同事还是出卖了她，将秘密以一传十，她来支教后，她得白血病的事儿在大学已经无人不知了。

“你们可以去问！”陈空竹言之凿凿，又说：“大学里的那些人对冯媛媛的病也唏嘘啊，她毕竟年轻，但想起她争强好胜的劲儿……”他没继续说下去。“她来支教不是校领导的本意，校领导是想她回内蒙古休养，好好治疗，就把她手中的学生工作给了其他人。她怎么甘心？直接敲门去找校长，说学校把她的一切都剥夺了，然后主动要来支教。”

“为什么？”

“这还不明白吗？她一方面是赌气，另一方面，她根本就没想治病。”

"也是，白血病得花很多钱的。"

"她为什么不告诉我们？"

"难怪她那么想去无人区呢？"

"我不想跟她去送死。"

陈空竹说："不只白血病。还有呢，我听老梁讲，有时在无人区里会碰见牧民，游牧的人更可怕，那些人会抢走你所有的东西，连内衣都抢光，然后杀人、抛尸，反正也没人去管他们。这种事儿，这地儿出了好几回了。"

"是啊，生死面前，都是小事儿啊。"

"好在还没出发，还来得及。"

突然一阵大风，国旗在他们头顶呼啦啦地打了一个卷儿，随即又展开，在灰黑色的半空中，精神抖擞地招展着。

五

刘玉勇死了。

这些年他们这些人联系不多，彼此都换过几次住址和电话，早些时候换了号码的人还发短信相互通知，但也只是通知而已，苏文存下来，然后再不联系，仿佛躺在手机通讯录里的，不过是一个个死人。在苏文的世界里，很多人都是这样死去的。人还在，你也知道人家还在，但因为再也想不起来，其实就跟死了一样。苏文也愿意自己死在别人手机里。多清净！

刘玉勇这次可是真死了。苏文想，对一个人来说，另一个人大概是可以死两次的。一次是你心里认为他已经死了，对你没有意义了，一点儿都不重要了；另一次才是他真死了，这就是生理意义上的判决了。不过，也有一些人，生理意义上讲是已经死了的，但他对你依然重要，这就不免难办一些，因为会痛苦。

这些年虽然都没什么联系，可他们互相还是有邮件地址的，是早年留下的。大概五年前吧，陈空竹说聚一次，陈空竹似乎是这些人里最喜欢活动的人，所有的群体里，都会有这样一个耳报神。

五年前那次聚会在北京，簋街上一个热火朝天的川菜馆。人来得不齐，只四个，另四个没来。有的推说在国外旅行，有的说家里出了事儿，理由都是不容置疑的。十人的大圆桌没坐满，每人之间都隔着一张空椅子，空荡又阔绰，他们在包间入座，避开大堂里的火热。席面上的转盘慢悠悠转，一碟碟的凉菜就像当时的场面一样冰冻着。他们硬着头皮交谈，因为彼此的境遇都相差很大。刘玉勇和陈空竹算是混得好的，一个从政、一个经商。从政的刘玉勇话很少，为官的人都这样，轻易不说话，说话不轻易。陈空竹说得很多，主要关于他新开盘的项目，令他头疼，环保局一直在给他找麻烦。苏文和小郑的日子过得不如他们，但小郑也乐于描述自己的小家庭。他拿出自己一家人的合影，妻子和他一样长着圆滚滚的娃娃脸，儿子自然也是娃娃脸，一家三个娃娃。

苏文呢，他一直在一个研究院的实验室当器材保管员。他喜欢这工作，因为不必接触太多人。他接触的都是器材，比如烧杯和试管。在那个研究院，他的办公室很隐蔽，要穿过曲折的走廊，上两层楼梯，再下一层楼梯，才能隐约看见油漆脱落的木门上的字——器材室。开门有一小间，一张桌子上方，日夜都悬两根亮着的日光灯。灯下面坐着的，就是苏文了。苏文身后，是另一扇门，常年锁着，门钥匙在桌子的抽屉里。门后是研究院的器材。

苏文这样告诉他们，这看门人的工作，其实很不错的，像是隐姓埋名了，但隐姓埋名的，一般都是高人啊。他不负责做实验，上班期间只是在日光灯下看小说，主要是看武侠，认为最好的是古龙。如此时间越过越快，转眼，他就看了二十几年小说了。

他们在席间又留了一遍电话和地址，竟像是预备以后要频繁联系的样子。陈空竹找服务员要一张纸，服务员不耐烦地给了他们一张饭店新菜品的宣传彩页，他们把各自的信息都写在这张新菜单的背面，算是自我交代了。

临走的时候，陈空竹把那张菜单带走了。他说整理好后发给大家。苏文后来就收到了这份四个人的通讯录，仅此而已。陈空竹在邮件标题上写着：太阳小组通讯录，保存备忘。他们那时自称为太阳小组。学校还有另一支支教小组，去了安徽大别山地区，是月亮小组。那次聚会，刘玉勇是专程从县城赶来北京参加的，足够真诚。现在想来，那该是最后一次见他了。苏文不觉得遗憾。

根本不必备忘，人的记忆其实是很奇妙的，想忘记的东西，千方百计也忘不掉；想记住的东西倒也能记住。记忆的海绵永远不会饱和，倒是会变形，而且很多年以后你才会发现，它变形得有多厉害，真不可思议。比如陈空竹说刘玉勇这人，当年那么瘦。苏文却觉得不是，他记得刘玉勇是他们中最壮实的一个。五年前那次见面的时候，刘玉勇倒是显胖。白脸颊垂下两团粉团状的肉，很松动。他的胖也是松动的，轻轻一戳就会破掉的气泡一般。

现如今，通知刘玉勇去世的邮件，又是陈空竹发来的。点开邮件前，苏文迟疑了一下，他的邮件很少，毕竟，他是一个被遗忘的人，而且凡是通过邮件传递的消息，大概也没那么紧要。但陈空竹邮件里的消息却让苏文意外——刘玉勇因公坠楼身亡，追悼会和遗体告别仪式在后天，星期六上午，A县殡仪馆，请务必参加。

坠楼？苏文想，坠楼的事如今媒体上倒是常见，似乎官员特别容易脚底打滑。刘玉勇因公坠楼。“因公”这两字稀奇，不知道是不是陈空竹自己加上去的？

邮件还说，去吧，好多年没见了。

苏文想了很久，主要考虑交通方式。追悼会在后天，星期六，A县离北京不远，开车一个多小时，但苏文没车。火车只有慢车，时间反花得多。

星期五的时候，陈空竹又打电话来，说他会开车去，让苏文搭车。苏文猜想，陈空竹只是怕他不去才这么说的。

星期六早上六点半，苏文坐上了陈空竹的奔驰车，去参加刘玉勇的追悼会。出北京城的高速公路十分空旷，少有人在这样的清晨踏上行程，除非是像他们这般，赶着去和另一个生命告别。

告别，也是了结，苏文想。如果真的可以是了结的话，那也不错，他这样说服自己走一趟。

尽管有预期，但苏文还是没料到，这些人里来参加葬礼的只有他和陈空竹两个。这一次，那些人连个不容置疑的借口都没给出来。

陈空竹很不满。苏文说："来干吗呀，又不认识谁。"刘玉勇是县城里他们唯一认识的人，但现在他死了。

陈空竹说："好歹一起支过教，爬过山嘛！"

苏文说："那算什么，得一起扛过枪才算什么。你笑什么？"

陈空竹笑道："这话不全，得一起扛过枪、嫖过娼，才算兄弟。"

"他们为什么不来？难道都恨他吗？"苏文问，他记得他们当年对刘玉勇都有些怨恨的。

"不知道。你呢？"陈空竹说。

"我？我不恨。"苏文如实相告，他确实没必要去恨一个死人。

县城里的丧事，追悼会的阵势不小，因公坠楼，规模就更大了，想来是重要的部门都要出面的。乌泱泱站一地的人，他们谁都不认识。鞭炮的碎纸片铺成一大片，奔丧的人们踩上去，都软绵绵地粘在鞋底。

他们径直往里走，没人跟他们打招呼，似乎他们本来就应该出现在这里。陈空竹去看殡仪馆院落四周的花圈，都挂着长长的白色挽联，盖住一部分色彩艳丽的纸花。县委、县政府的两只花圈最大，一左一右像两扇白色大门，把进入灵堂的门挡掉大半，如此，灵堂里便光线昏暗。他们走进灵堂的时候，里面并没有人，只有刘玉勇的遗体躺在正中棺材里。棺材不是透明的那种，全盖住了，什么也看不见，大概跳楼，不，坠楼死的人，死相是很骇人的。棺材四周是颜色饱和的塑料花，棺材上方是刘玉勇的遗照。苏文不敢往前走了，便拉陈空竹出来。

"冯媛媛那时可真好看，胸下面直接长屁股。"对着灵堂中央横幅上白底的七个黑字，陈空竹没来由地说起冯媛媛。

苏文没接话，也看那字，“刘玉勇同志千古”。

从灵堂出来，在殡仪馆门口找到签到处。苏文觉得其实没有签到的必要，他可不想刘玉勇的亲属对自己的名字产生兴趣，然后追索出那些往事。

他问陈空竹，“你说刘玉勇会知道我们来了吗？”

陈空竹说：“所以我们得签个到，这样他才知道啊。”

苏文不答，他觉得这是个玩笑。死去的人都有在天之灵的，既然有在天之灵，也许是会知道人间的事情的。

陈空竹兴冲冲跑去签到处，那里只有几个粗笨的小姑娘，自称是“刘玉勇同志治丧委员会”的工作人员。陈空竹再问，她们紧张地交代说，她们都是城建局的职工。今天算加班，是有加班费的——一个不太有心计的小姑娘坦言。陈空竹笑着告诉她们，“那过会儿我们再来，是十点开始吗？”她们就一起拼命点头，像是巴不得这个说普通话的陌生男人尽快离开。

看时间，追悼会还要过半个小时才开始。院内的人越聚越多，他们都生活在这里，也许彼此间还有好几层亲属关系，可以无碍地说家常话。这都是苏文和陈空竹无法参与的。他们只好先走出殡仪馆，在县城的马路上逛。

陈空竹说他想喝咖啡了，还说自己这辈子只对咖啡上瘾，现在他发达了。“上瘾是发达的人身上才会发生的事。”苏文取笑他。陈空竹原来是他们中间最穷的人。

“喝个咖啡你那么多话，操，这破地方什么都没有。”陈空竹点了一支烟，骂道。

苏文不抽烟，也不喝酒、不喝茶、不喝咖啡。的确，他就是活得这样无趣。“你活得真没劲儿。”陈空竹总这样说他。苏文不在意，反正别人都活得挺有劲儿的。这世界上从来都不缺有劲儿的人。苏文的劲儿，在二十多年前就被放空了，像针扎了的皮球，这些年里，他一直在扑哧哧漏气。

殡仪馆的位置大概很偏僻，上午九点多，路上什么也没有。间或有些小楼，都蒙上黑乎乎一层炭灰，仿佛烟熏火燎了一百年。偶尔有条狗，悠哉地横穿过马路，绕道踱步去往路边的早点摊。早点摊上坐着几个同样常年被烟熏火燎的人，都端着硕大的碗，声音响亮地喝东西。也许是豆浆或小米粥，肯定不是咖啡。

陈空竹锲而不舍要去找咖啡。他说，六点就起床，开了两个小时车，才到这个破县城，现在什么也比不上一杯咖啡更带劲儿了。“我觉得我撑不到追悼会了，困到只想找个地方躺一会儿。”

他们走到早点摊，陈空竹竟真开口问人家有没有咖啡。

正在专心炸油条的女老板，漫不经心地看了一眼他们，又把脸一扭。

陈空竹穿一套笔挺的黑西装，装模作样打了条黑领带，是标准的中介着装。苏文想，陈空竹这个房产老板总有本事把自己弄成房产中介的样子。

女老板撂下夹油条的夹子，抬起右手指着一个模糊的方向，说：“直走左拐，有个小卖部。”

“你饿不饿？”陈空竹问苏文。苏文摇头，但陈空竹还是买了一屉小包子，边走边吃。“刘玉勇就是从这儿出去的，大学毕业又分回来，这么无聊。”陈空竹左顾右盼。

苏文问：“他怎么死的？什么是因公坠楼？”

“哦，他是去工地死的，检查工作吧？好像是。那是个什么纪念馆，然后他一脚踩空了，从楼上掉下来，直接就死了。哎，这种死法。”

“跟冯媛媛一样。”苏文小声说。

陈空竹说：“你知道从一楼跳下和从十楼跳下，有什么区别吗？”

“什么？”

“我告诉你，从一楼跳下，声音是，啪——啊啊啊；从十楼跳下，是，啊啊啊——啪。”陈空竹分别学着两种叫声，自己笑起来。

苏文也笑，虽然他们刚从殡仪馆出来，其实不该大笑的。冯媛媛当年从山上坠落，没发出一点儿声音。

“她不会叫的。冯媛媛跌落的高度，相当于十层楼？不止，我猜有三十层楼吧，她连‘啊啊啊——啪’都没有。”陈空竹说，像是还在回味自己刚讲的笑话，又不全是，因为他这次没笑。

“是的，她怎么会喊呢，她已经不能喊了。”苏文说。

陈空竹吃掉最后一个小包子，随手扔了塑料袋，说：“这事儿是不是挺神的，当年冯媛媛这么死的，现在刘玉勇也是，这两人是不是很奇怪？”

他们已经走过了拐弯的路口，左拐，果然看见一家小卖部。

苏文想去把塑料袋捡回来，他总是做这样的事情，虽然又觉得其实没用。捡回来又怎么样，扔进垃圾箱？塑料一样被掩埋，一百年都不分解；或者被焚烧，那更可怕，塑料化成有毒的气体，破坏地球的臭氧，融化南极的冰川，让海平面上升。所以，那只塑料袋是不是被扔进垃圾箱，对那些必然发生的事儿完全没有影响。

小卖部卖速溶的纸杯咖啡，可以帮忙冲泡。陈空竹边泡咖啡边跟小卖部刚睡醒的老板娘打趣。

苏文问：“你为什么不带个杯子？不要用纸杯？”

陈空竹奇怪地看他，说：“什么？你在说什么？我不明白。”

他不会明白。他这些年做了多少这样的事，用掉无数的纸杯，扔了大把的塑料袋。他还盖房子，铲掉地上的树木和庄稼，建成空旷得毫无必要的别墅区。

苏文简短地解释：“纸杯不环保。”

“啊？我有没有听错吧？你是环保主义者？哦，对了，我忘了你那个研究院就是研究这个的。环保嘛。不过，我没带杯子，我总想不起来带杯子，再说，空气这么差、环境那么差，又不是我一个人用纸杯给闹出来的。”陈空竹大概被咖啡烫了嘴，吐着舌头呼气。

“不是的，我不为环保。”苏文从没告诉过别人，他为什么拒绝使用这些东西。

“不为环保？那为什么？省钱啊？我告诉你别省钱，你光棍一个，就别成天想拯救地球了。”陈空竹很不满。

“不，不是，我不拯救地球，我是怕环境越来越差，冰川会融化，你知道冰川融化是什么后果吗？你不害怕吗？”苏文说。

陈空竹嘟囔着：“还说不是拯救地球……”然后愣了一下，小心翼翼地问：“是跟冯媛媛有关吗？”

“是的，她会被发现的，如果冰川融化，她会被什么人发现的。那地方那么冷，她掉下去会立刻被冻住，就像速冻食品一样，她不会腐败，她会一直是那个样子，哦，我不敢往下想，你肯定知道。”

“是的，她会被发现，她头上的伤也会被发现……”

“我查过的，说在那样的地方，她会一直保持死亡时的样子，速冻啊，太可怕了。如果有一天，我是说如果冯媛媛被发现，她还会是当年的样子，没有老，没有皱纹和白头发，但我们……”

咖啡杯里升腾出袅娜的水汽，但他们已经喝不下咖啡了。

“刘玉勇死了。”陈空竹仿佛想了很久，才想出来该说点什么。

“他死了。”苏文也毫无必要地重复。

他们握着发烫的杯子，往殡仪馆的方向走，似乎都有意放慢脚步。殡仪馆里挂着刘玉勇的大幅遗像，也许是仓促间找来的，反正死者的形象不是太端庄，眯着眼睛，似乎在盘算什么，但也足够提醒所有人这样的事实——现在，他死了。

“天哪，我们在这里干什么？”陈空竹突然喊起来。

“不是你非要拉我来这里的吗？”苏文说，“我们这些年又没什么联系，你为什么非要来？”

“人都死了，来看一下，为什么不来啊？你以为不来，那些事情就会忘掉吗？”

苏文说：“来了又怎么样呢？你不觉得很奇怪吗？这些人我们都不认识，我们只认识那个死人，刘玉勇那个死人。”

"我想，我们需要平静一下了。"陈空竹说，"其实，我一直觉得，是他救了我们。不是吗？我们应该来，不管怎样。"

"我总觉得，他死得很……怎么说呢？你相信吗？坠楼？"苏文说。

陈空竹说，"天哪，我们都经历了什么，坠楼或跳楼，有什么区别吗？他真有可能跳楼，别人不知道，可是你知道，我也知道，他是有可能跳楼的。"

他们回到车上，打开暖风，天气其实并不冷，比当年的青海暖和太多了。苏文说："我只是觉得多活一天，都是赚来的。"

"那你还过得这么没劲儿。"

"你过得有劲儿！"

"是啊，我有劲儿啊，因为我多活一天就是白得的，我得更有劲儿一些，要不这些年，我怎么这么拼？我现在更拼了，因为每过一天，我的时间就少一天。"

"他，我是说刘玉勇，这些年到底怎么样？"

"不是太清楚，就这样吧，在这地方待着，我看跟死了也差不多。"

"你是不是看我的日子，也跟死了差不多？"

"你？对，你也跟死了差不多。"

"都得跟你一样赚大钱才行吗？"

"你不理解我，别人不理解就罢了，你也不理解，我从冰山上捡了条命回来，就是要拼命活，拼命享受的。难道要我去跳楼吗？我可不像你，我说，你每天没事儿，都在琢磨什么？"

苏文的确每天都没事儿，只是他什么也不想琢磨。大部分时间他都在看武侠小说。

苏文问陈空竹，"你知道马月云吗？"

"谁？"

"马月云，你不知道，是古龙小说里的人，一个女的。"

"哦，我不看古龙，她怎么了？"

马月云的名字在古龙小说里只出现过三次，苏文说，她是古龙写过的最悲伤的人物。因为她一生都很平淡，有两个孩子，丈夫和蔼、木讷，小户人家的温存日子罢了，你以为她就是这样一个农妇。但有一天，她家里的地道出现了一位老者，她从来不知道自己家有个地道，后来她才明白，原来丈夫一生都只为一个使命——在地道的出口等待营救老者。丈夫也不知道这任务会出现在哪天，也许立刻，也许永远都不会。丈夫一生的沉稳和低调，不过都是伪装。

"那又怎么样呢？"陈空竹问。

"丈夫完成了使命，在地道口接应了老者。为灭口，他杀了妻子马月云和他们的两个孩子。"

"啊，然后呢？"陈空竹迟疑着。

"没有然后，这就是农妇马月云的一生。"苏文说。

"你他妈的给我讲这个故事，是几个意思啊？"陈空竹嚷起来。

苏文没回答，他想陈空竹完全明白了马月云的一生——用一辈子的时间等待一件事情的发生、一个时刻的到来。所有人生都可以简化为这样的模式。这样一想，一生就变得平常了。不是吗，无论如何用力经营，不过是在某刻走向终结。马月云的丈夫如此，马月云也如此，冯媛媛如此，刘玉勇也如此，这世界上的每个人，莫不如此。他们也许十几年前就都会死掉的，像冯媛媛一样，一起葬身冰川，成为一锅的九个速冻饺子，永远也不被发现。他们现在的命都是白得的。这样一来，很多事儿就都不重要了，至少对苏文来说是这样。他在研究院从未调动过岗位，升迁的事也永远跟他无关，他不思进取、得过且过，人们都这样看他。他无所谓，反正命都是捡来的，他已经赚了。

陈空竹又问苏文，"你知道前阵子，《九个太阳》又火了一把吗？"

"什么？"

"你不看电视吗?"

"不看。"

"有个选秀节目，比赛唱歌那种，周晓鸥，就是那个光头，又唱了一遍

《九个太阳》，那场他拿了冠军。”陈空竹说。

“哦。”苏文点头，若有所思，其实，他只是不想再谈论那首老歌了。

陈空竹说：“也就这样了吧，那歌好多年没听了，乍一听，还是挺好听的。”

“那又怎么样啊？我们都逃不掉。”苏文一直这样想。

“我看我们该进去了，既然都来了，是吧？”陈空竹说。

六

那一年十二月，青海的天气罕见地晴转过来。已经连续一星期没下雪了，艳阳高照。冯媛媛的体力明显恢复，面色也红润起来，她甚至每天都在操场上跑两个来回。只是脾气变得暴躁，她对自己的病，也不再隐瞒，反而还感到骄傲一般，因为“我都得绝症了，你们还不依着我吗？”——她的表情无时无刻不透露这样的信息。他们待她倒是很好，处处照顾她，她的开水瓶总是满的，饭盒也不等她自己洗就有人抢过去洗干净。没人再提去无人区的事情了。

快到年末，老梁准备烙饼，他们都到食堂帮忙。食堂有个水泥台子，但他们平时都很少在上面吃饭，总是打了饭回宿舍吃。

刘玉勇和苏文、陈空竹说，能不能提前放寒假，提前回老家过春节？

“你们想做逃兵？”冯媛媛说。

“我们不是逃，只是商量。”

“没商量。”冯媛媛正拿菜刀切面。刘玉勇连忙上前去，不让她动刀。白血病无法凝血。她轻轻放下菜刀，挪了两步，拿把小油刷，往捏好的面上抹油。她是个被嫌弃又嫌弃自己的小孩，抹了两下就扔了小刷子，又去缸里舀水，舀了满满一盆，不知做什么用。她大概只是不想什么事也不做。

“我们要去无人区。”她突然对一盆清水说道。水面动荡起来。

“还去？”他们异口同声地问。

“当然，校团委都知道了，怎么能不去呢？”她迅速从无所适从里恢复，从口袋里拿出一封信，“这是校团委的回信，需要我念给你们听吗？”

一张轻薄的红头公文纸，手写的回信，盖校团委的印章：对所报之事原则上给予支持，但因未提前报批，无法提供专项经费。考虑事项重大，会纳入我校科研课题计划。祝有所收获，并提请服从安排，注意安全。

“看，我们身不由己了。如果不去，就是欺骗学校，是要记过的。”她念完了信，小心翼翼装回信封。

他们没法分辨自己是否会被记过，有人说：“不至于吧？学校不会让我们去送死的。因为没去就要记过？”

冯媛媛冷笑：“怎么是送死呢？太悲观了。”

刘玉勇想起冯媛媛说自己没有一年时间了，突然明白她的急迫。他们对死的恐惧，她一直在经历。他们只是担心去无人区一件事，但她无时无刻都在更巨大、实在的恐惧里。

“你的身体，还是不要去了。”刘玉勇说。

她瞪了他一眼，他手一抖，菜刀差点儿落在手上。

“你们不要拿我当病人好不好？我就想忘掉这件事。学校是不会因为我们不去就给我们记过，不过你们的支教鉴定由我打分，当时学校交代过，这份鉴定虽然不进档案，但以后你们的单位会看见。也不是说去无人区就一定会死的。只是有风险，不过什么事情没有风险呢？有风险才有收获。”

没人说话，沉默就是默许。刘玉勇说：“去一下，就回来，也没事儿，对吧？”所有人面面相觑，如同一起在默默思考是否真的会“没事”。

“我们没事，她能行吗？”

“不行就回来。”

计划在复杂的情绪中重启。每个人都不安，但表面上反倒是沉寂下去了，仿佛巨大的光球在眼前，但因为太庞大，他们反而选择视而不见。他们都没有预知后事的能力，所有的希望只寄托于侥幸，这也是年轻人惯常会有的心理，或莫若说成是懒惰。他们就带着这样的侥幸，再次决定开始在青海探险。

陈空竹近来上火，嘴上一圈都是光亮的红泡，说话的时候，嘴就像蠕动的红色肉虫。他的父母在安徽，家境窘迫，支教所得的微薄补助刚好够他每月贴补家用，他便不再有闲钱可拿出来作为考察费用。冯媛媛的意思是要他们每个人都拿出当月的补助，攒起来作为这次考察经费。

他说：“既然我没出钱，就不好再去了，而且还上着火。”

冯媛媛低头沉思，还是看着那盆水，然后突然伸手握住了他的手。他想把手缩回，却不能，知道她暗中加了力气。“我这么个病人都去，你怕什么？我们不要你出钱。你别缩手，我又没得传染病。”

刘玉勇猜想，如果有一个病假的话，就会很快出现第二个、第三个。何况最有理由请病假的人，不是冯媛媛吗？

有些事开了口，就收不住。这样的时候，等于大军已压境。她不能松动。千里之堤，毁于蚁穴，她一个人严防死守。

陈空竹终于缩回手，叫着：“就是不去，爱怎么办就怎么办。”他不在乎。

这是要起义的意思了，三个女生看见希望，也叽叽喳喳附和，起义的队伍还有扩张的可能。她们说：“冯媛媛和陈空竹吵起来了！”“为什么？”“因为陈空竹上火。”

“除非我死了我们才不去。”冯媛媛气势汹汹。

陈空竹坐在凳子上，突然笑起来。

他一笑，她就哭了。“反正我也活不长了。”她声音又弱下去了。

有人连忙回宿舍，取了毛巾，又打热水略微浸湿，给冯媛媛送去。她不客气地接过，没有擦眼泪，却猝不及防，把湿毛巾远远扔向陈空竹，甩出的两滴水珠，在干燥的空气里瞬间蒸发隐匿。毛巾落在地上。

陈空竹从凳子上弹起来，很像是被冯媛媛扔出的那半旧的湿毛巾砸得弹起来了。在她们都还没有意识的时候，冯媛媛已经被陈空竹反拧了双手。起义军首领，生擒了女王。几只过冬的麻雀接连贴地面掠过，擦起的粉尘飞舞起来，将他们都环绕在一片迷蒙里。

她突然放松了，让自己就像那一团毛巾般，柔软地落在地上，蜷成一团。陈空竹的力量似乎因失去回应只好松弛下来。她就这样抱着两腿在地上蹲了很久，只流泪，一句话不讲。

“你干什么？”刘玉勇拉陈空竹，用眼神暗示陈空竹道歉。对男人而言，动手的行为毕竟不体面。可是陈空竹没有道歉，他甩开两臂，气呼呼去了厕所。他嘴上的火泡已经连续破掉了，还有溃烂的迹象。陈空竹留下的话是：“你行！”

一次起义就这样被平息了，起义者终被招安。陈空竹后来对此的解释是：“她挺可怜的，不如就随她，好男不跟女斗。”

三个女生失去支援，无法形成气候，也开始默默筹备，将最厚的衣服打包，交换各自私藏的维生素片，并很务实地开始讨论如何洗脸等现实问题。既然局面无法扭转，不如多做准备。只是她们对冯媛媛开始敬而远之，哪怕她有白血病，她们也不再对她有同情。女生们擅长冷战。她又开始自己洗饭盒。

冯媛媛看上去并不在乎自己被女生们冷落，她大体心情愉悦，对他们示以无微不至的关怀，叮嘱每人应带的物品，发放印有地形图的油印纸——她通过县政府的油印室弄出了这些浑黄的纸页。她不再表现自己是个病人，也不让人提起和白血病有关的任何话题。她说：“对病人，最好的就是忘掉得了病。”她还说：“什么考察，其实都不用当真，我们就当去玩儿一趟，不需要理由。”她不应该是想去“玩一趟”的人。但她的这些话，却放松了连日来的紧张气氛。想着要去玩儿一趟，虽是不那么稳妥的目的地，却也有稳妥的乐趣。都是年轻人，他们很容易想开。

七

欲速则不达——小范第一次听这话，是刘玉勇说的。他当时觉得这意思真好，刘玉勇说话很少，偶尔讲来的，都是这种让人想半天的东西。小范开快车的时候，想想“欲速则不达”，不知怎么就下意识松开油门。当然，如果在城里开车，想快些也实在很难。每条路都被挖开，时时处处都堵车。小范本是急性子，堵车多了，急躁就变味儿，像放久的馒头，窝在肚子里，散发不出，只好一咽再咽，然后满肚子都是恶气。体会到这种感觉后，小范才明白，刘玉勇也像总有些什么事儿在肚子里翻滚。小范一开始理解为，他工作多，要考虑的事儿自然比自己多，虽然小范认为自己要考虑的事情也很多。后来小范又觉得不是，工作只是烦琐，思考起来会皱眉头，却不会像刘玉勇这般，看上去既没想事情，而脑子又像塞满了东西。

初见刘玉勇时，小范还有点儿怕他。怎么说呢，这人太严肃，话少，简单吐几个字，也让人摸不着头脑。但一段时间之后，小范发现他人其实并不厉害，“不怒自威”——这话小范也是听刘玉勇讲的，他在车上接电话，小范恍惚听见，过后就问刘玉勇是什么意思，小范还是个好学的人。刘玉勇解释了。小范听明白之后就说：“局长，你就是不怒自威啊。”

刘玉勇说：“我不怒也不威吧？”

“真的，局里的人对您评价都很好的。”

刘玉勇却没回答，他们在车上的时候，小范说的话经常没着没落地被搁起来了。总是刘玉勇不接话，小范也不好再讲。

刘玉勇死后，几个“又怒又威”的人找小范做笔录。小范其实已经不打算在城建局干了，他又不是本地人，在这里的一年，他觉得把一生该经历的都经历过了，又遇上这样死人的事情，昨天，再开那辆捷达的时候，他总觉得后排座位上的人还在，他知道自己没法再干司机的活儿了，也没人需要他再干下去了。只是要去哪里，他还没想好。何况总得等追悼会后，他才能离开吧。

小范以为那几个人是公安，看上去又不太像，倒像是刘玉勇那种干部，一板一眼地问话，要小范说一下星期三那天的情景。

其实没什么特别的地方。小范说，那是普通的一天，堵车，刘玉勇在中心广场的十字路口下车，说走过去更快。

而小范自己，一直堵在那个路口，把车上那盘CD从头听到了第七首歌，肯定是第七首，因为他最喜欢那首歌，“我应该在车里，不应该在车底，看见你们有多甜蜜……”

——别唱了，继续说。

“有救护车过，但过不去，好在最前面那几辆杵一块儿的车已经腾出地方来了，我们就都能过去了，救护车要紧啊，别的车都让道，我也让道了。这时，街上有人跑着传话，说前面有人跳楼了。我还不知道是他，只想着不管谁跳楼，都是造孽啊。”

小范没能提供更多的信息给那些人。他坐公交车回住处，经过纺织纪念馆，那里的工程好像停止了。回到租住的房内，发现内裤已经全湿了，是紧张的。他想该去洗澡了，又感到全身无力，趴在床上愣神儿，想起老家，想起小玉儿的模样，圆脸上红扑扑的两团，喜庆得像是带露水的果子。他可能再也见不到她了。

如果不是为小玉儿，小范不会出来打工。村里外出打工的人虽然多，但村里的日子并不难过。是小玉儿要出来的。她既然要走，他就想，她出去打工，别把心思打大了，打大了的女人心，可就留不住了。他也就跟着出来了。他们本想去北京的，如果当初真去了北京，现在该是不一样的日子了。

可是也怪自己，一开始就不应该答应那女人。他知道她是县长的妻子，古时候该叫县太爷夫人吧。她头发很长，卷着，几乎盖到屁股了，人也丰满，眼睛斜着往眼角上长去，看上去有些凶悍。

她问他会不会开车。他说会，早就学过，他们村里已经不种地了，都种果树，来钱快，有钱的人家就买车，为运果子方便，年轻人就都去学车，想着将来总会用上的。没想到，真用上了。

她说介绍他去当司机，工资之外，每个月再多给一百块钱。

他没听明白。为什么要多给钱?

“我私人给你的，就当帮我忙。”她说，神情却是一副“你还有别的选择吗”的意思。

“帮什么忙？”他问，其实他的确没有别的选择了，如果他还想再见到小玉儿的话。

“你给一个局长开车，看看他有没有事儿？”

“什么事儿？”他觉得跟她说话很费劲，虽然她也是南方人。

“就是犯错误的事，行贿受贿、搞女人什么的，当然还有别的，比如跟什么人来往。”

“为什么？”

“你不看电视吗？”

“看啊。”

“那你不知道现在电视上都在说反腐吗？”

“跟我有什么关系？”

“你还想不想找到小玉儿了？”

“想啊，太想了，只是，我不懂。”

“你不需要懂，只要听我的就行了。”

“你会帮我找小玉儿吗？”

“小玉儿的事儿，都不是事儿，她就是跟别人跑了，我肯定帮你找到。”

“她不会跟别人跑的。”

“行了，还是个情种。我跟城里城外所有美容院老板都熟得很，连附近几个县都是，她还能做什么啊？肯定还是给人做美容啊，她只有这门手艺是不是？我可以帮你找到。”

小范也想不出别的办法，小玉儿本来在美容院打工，打着打着，竟然失踪了，小范怎么也找不到她了。美容院老板说她跟人走了，“白教她手艺了，翅膀硬了就飞了。”

小范始终不相信小玉儿会跟别人走，她在这里不认识什么人，当初他们来县城打工，只是因为在火车上遇到一个人，那人说能给他们两人都介绍好工作，他开出的工资价格实在诱人，只是到车站后他们才发现这里根本就不是北京，离北京还有一百多公里。他们都后悔了，那人却说，先学手艺，再去北京，你们这样去北京，什么都不会干，只能去工地搬砖，怕都没地方要的。

他们觉得这话有道理，就决定先干一阵儿再说。

小玉儿就在一家美容院学手艺，三个月后，人就没了。美容院的客人又都是女人，她能跟谁走呢？县长妻子是小玉儿的顾客，小玉儿似乎很喜欢她，那时总是告诉小范县长妻子多么照顾她，每次来美容都只点名要她做。小范那时当保安，看不惯小玉儿这样得意，“那你也只是给她服务。”

小玉儿失踪以后，小范每天就去美容院闹着要人，有一天就碰上了县长妻子。美容院老板急着赶小范出去，被她瞧见了。她挥手示意小范跟她走，小范就盯着她的长卷发，也不知道往哪个方向走，走着走着就到了一家兰州拉面馆。

她坐下来，点了一碗面，开口就让小范别再去闹事了，“当心人家打110，把你抓起来。”

“我打110报警找人，人家也不管啊。”

“她又不是失踪，只是不要你了，我知道，她跟我说过要去北京的。”

小范就觉得小玉儿没说错，县长夫人是好心人。可是小范不去美容院，又去哪里找小玉儿的消息呢？他已经不做保安一个月了，县城马路的每块地砖，他都恨不得挖起来，好像小玉儿会藏在里面一样。他想去北京找，又没钱。想来就哭了，拉面还没吃完呢。

县长妻子——现在她让小范叫她郑姐——就说，“没事儿，我帮忙。”

他当场就给郑姐跪下了，她倒是吓得不轻，让他赶快起来，“成什么样子？”她说。

可是，他该怎么感谢她呢？他掏空口袋，刚好够付自己没吃完的这碗面钱。她不要他付钱。

郑姐要的东西却更多。

八

十二月二十四日这天，是出发的日子，也是西方的平安夜。冯媛媛认为是好兆头。按计划，元旦后他们就回来。天气预报这段时间也是晴好为主，无大风雪。十天的考察时间，是冯媛媛仔细考虑和计算得出的，依据食物和水在皮卡车厢所占据的空间。

老梁送他们出发，叮嘱说："有什么不对就回来，我包饺子等你们。"又给男生们每人发了一支烟。老梁自己平时只抽烟袋，香烟是他的珍藏品。

出县城，道路先是笔直的砂石路，两条车道宽，两侧均可望见略呈弧形的地平线。天地交界处如此看来，似乎并不远，但这只是视觉假象，因为地球是球形，人的视线便有了终点。一望无际是一个虚假的词。

沿路几乎没有车辆。路面上，砂石潦草铺就，没经过轮胎的重复碾压与梳理。皮卡车不时重重颠簸，有个女生差点儿掉出车厢。他们换了位置。车厢里的六个人都坐到里侧，物品和帐篷挪在外侧，再用绳索固定，防止跌落。冯媛媛和陈空竹因为都是病人，得到坐进驾驶室的待遇。他们曾经针锋相对，此时，至少表面上看已无芥蒂，也不知是否刻意地对彼此热情，以便弥补曾经的莽撞失礼。

天空越来越低，也可能是他们开始走向海拔更高处。天气晴朗，寒冷只是一种虚弱的存在，还不足以侵蚀内心的热情。

汽车摩擦砂石的声音，像滚滚涛声，那涛声升起来，又散逸成风声，风声灌进车厢和耳朵，变成流动的浓稠液体般的东西，让他们再难分辨彼此的话语，只能看着别人干裂的嘴皮，或唇上暗黑的水泡遗迹——干燥让每个人都不断地经历着上火的痛苦。

出发时的兴奋过去，心跳复归平静，各人似乎都陷入沉思的心事中，安静被彼此赋予。道路却随之曲折，雪山出现，先是低矮的，随后道路开始错乱。翻过这座山，就进入无人区。这山，也是一道门，世界与非世界的门。门这边是常识，门那边是非常识。也是时间的门，进入这门后，时间就停止了，此后多年的时光，只是重复旋转的陀螺，任尔东西南北、气象万千，也不过终回到这时间之门。

一只黑色大鸟从车前飞快掠过，刘玉勇紧急刹车，结冰路面，汽车侧滑，车辆看似将冲出道路，眼前只见一尺高的冰层。但倏忽，峰回路转，皮卡回到路中央。又是一段直路，只可见远处弯道积攒到一个点，像菊花花瓣散开，再拧回一处——那就是山顶，位居高处的目标。

惊魂未定的众人很快察觉，黑鸟出现后，耳边那黏稠液体般的轰鸣逐渐沉淀甚而消退了。另一种寂静开始主导，他们进入冰山。

车速减缓，车厢里六人的身体不时向同一侧倾倒，这就是在过弯道。砂石隐退在白雪下，雪下应是冰层，也不一定。那看上去是雪的，再看一眼，又觉得其实已经凝结为冰。这一眼与下一眼之间，实实在在离开几米远的距离。冰层终年不化，因为这里不存在时间。

车厢唯一敞开的这方，是摄影机镜头、电影银幕，他们借此方形天窗，窥视世界，移步换景。只是这镜头边缘并不固定，总在有节奏地鼓动。风是鼓槌，敲打得编织布的边缘起伏波动，如裙摆上的荷叶花边。

刘玉勇的车技似并不如他形容的那般熟稔。对他而言，夸耀自己开车是“童子功”也非夸张，只是性格使然——那种总也不以为然的性格，觉得凡事皆算不得严重。日后，他以此为罪孽，因为“妄言”之罪，如出家人说不打“诳语”。

那只掠过车前窗的黑色大鸟，似乎并没远离。待皮卡车爬行上山，曲折来回后，黑鸟的踪迹竟又近在眼前，只是比上一次更贴近，也更显庞大。

黑鸟俯冲而来，似从天而降的陨石，又比陨石更具破坏力，因它还有伸直展开的双翼。冯媛媛呼叫着：“鹰！”

学动物学的小郑坐在车厢最靠近驾驶室的座位，他两手推了推眼镜腿，从容地说：“应该不是鹰，是鹫。”

那个“鹫”字还未完全吐出，这边的黑鸟已贴近车厢编织布临时搭建的顶篷。车内几名女生立刻发出尖叫，那不知是鹫还是鹰的诡怪动物，反被这齐声叫喊惊扰，翅膀猛地一扇，转换方向。眼见得一道黑色闪电灌进车厢。

女生们不约而同挥手，试图驱赶这诡怪，当然无用，车辆与鸟均在运动中，绝对运动，却是相对静止，除非某一方改变既定路线。

后车厢的骚乱，干扰到驾驶室内的平静。刘玉勇听见黑鸟扇动翅膀钻进后车厢的声音，像极了标枪扔出手之后，那长杆与风相刮擦，漫长的一声嗖，减弱，随即又是漫长的一声嗖——是穿刺空气的声音，也是速度的声音。速度终将繁衍出漫长的距离，距离代表投掷的胜利。

这一次，距离却不是胜利，而是一个突如其来的急弯。黑鸟撞击在车厢一侧，鸟爪在编织布上留下三个破洞，犀利的光线如亮剑刺入车厢。

有人反应过来，喊：“停车！”

指令的发出，已落后于事实本身，皮卡撞上冰山内侧，这是被动的停止。

众人惊心动魄，好在车辆没有转向另一侧的山崖。

这瞬间，那黑鸟反而得到解脱，它总算冲出了编织布的牢笼，直飞上天，只在他们的视线里留下一线黑色，犹如白纸撕开一道裂痕，隐约可见其下的暗色疮口。

劫后余生的叹息。他们心绪未定，又很快发现，车厢外侧的几包物品，还不知是几包，在刚刚的撞击中被甩出了车厢。

“幸好被甩出的不是人。”出发时本坐在车厢最外侧的女生满眼含泪，为自己庆幸。

刘玉勇从驾驶座下车，转到驾驶室另一边。这边的车门紧靠山崖，已经无法打开。陈空竹、冯媛媛随后也从驾驶座一方下车，后车厢众人只忙着查看损失。

总共三大包的物品失落。捆绑本经过细心检查，应当牢固，然而途中更换座位，将物品移至车厢外侧时十分匆忙，只简单系个活结。那系活结的绳索，眼下还留在车上，一头系在车厢的钢板上，另一头的结已散开。以为绳索越粗就越牢固，却忽略了越粗的绳子打成的结就越容易散开。有人推测，是那只鸟，是那鸟的爪子钩开了绳子，活结嘛，一拉就开。

那几包是什么？冯媛媛问。众人摇头，打包行李的事情由冯媛媛操办，这里没有人比她更清楚那几包东西是什么。

“不管了，先找找，没准儿就在附近。”刘玉勇说。

说话的同时，他们已经发现，那几包东西滚在雪地上的轨迹。望过去，轨迹横穿过路面，断掉了，又在另一侧的雪地里重新出现，再看，线索彻底断掉——它们滚落到山崖下。

刘玉勇走过去，崖边探身一看，倒吸一口凉气。

凭借掷标枪的对距离的直觉，刘玉勇判断那三个红蓝格子编织布的大包，应在山崖下几百米外。它们还联在一起，大约将它们维系在一起的那个结，还是个牢固的死结。

坡地在此处突然陡峭。积雪里留下它们滚落的痕迹。先是几个大坑，像巨兽的脚印，随即脚印渐密，终连成一线。不，不只是线，比线更粗，是一条沟渠。沟渠顺直而下，未遇任何障碍。这沟渠的终点，就是那几包东西，看上去只一丁点儿大，如雪地里开出一朵红蓝色的三瓣花。

“都是吃的。”冯媛媛说。“红蓝格子的包里，都是吃的。”她自言自语地重复。

刘玉勇飞快地回到车厢前，把剩余的几个包轮番拎起来，“所有的吗？我们所有的吃的？”

冯媛媛说：“是的，我记得很清楚，所有的吃的，都在红蓝格子的包里。”

“你把所有吃的都放在一个地方？”刘玉勇回身问。他在车厢里翻找时发现帐篷还在，各人的行李堆在车厢内一处，一些杂物，一把铁锹绑在座位底下，还有塑料水桶、煤油灯、煤油瓶……都不能吃。

"不是，我分在三个包里了。"冯媛媛为自己申辩。

"刚好那三个包都丢了？"刘玉勇突兀地举起右手手臂，又不明白为何，大概只是他投掷标枪的习惯动作，于是又放下。这动作透露出了沮丧。先前他还有愤怒，但愤怒无用，对冯媛媛发泄愤怒更是毫无道理。他应该愤怒的是那只鸟，鹰或鹫，而不是站在这里不知如何是好的同伴。有人指责捆绑行李的人办事马虎，却没人记得是谁打了那个活结。

有女生率先讲出要回去的话，"去不成了。""是啊，现在还来得及，天黑前还能赶回去。"像是恳求，语气却迫不及待，因为这话合情合理。

冯媛媛只轻声叹口气："啊。"

"回去吧，没吃的，去了也得马上回。"

"今天运气不好，遇上这事儿。"

"就是，我看是天意，那鸟儿，不是天意吗？"

"就是啊，走吧，走吧。"打道回府，失落自然也有一些，却不严重。去无人区的事情一波三折，眼下似乎终该有个了结。

女生们已率先坐上了后车厢，又被陈空竹叫下来，说："不行，你们先下来，我们还得先把车弄出来。"

皮卡车头右侧已冲进雪堆里，陈空竹去车厢里拿铁锹，那绑铁锹的绳子却系得死死的，他无法解开。"该绑的东西没绑，不该绑的东西弄这么紧。"他蹲在后车厢，抱怨着。

冯媛媛突然想起什么，说："不，我们没必要回去。"

"你疯了？"刘玉勇说。

她说："不是，真的不用，我听老梁讲过，翻过雪山，还有一个村，过了那个村，才是真正的无人区，我们可以在村里找到吃的。"

未等她说完，有人嚷起来："我不信，雪山那边怎么可能有村子，不信，不信。"

"如果没有村，为什么要修这条路？"冯媛媛反问。

“有路就一定有村子吗？你编个瞎话骗我们去送死？”

“是啊，那是个什么村子，里面是那些杀人抛尸的人怎么办？”

“没吃的怎么去啊？要打猎吗？我可干不过牦牛。”

冯媛媛说：“我们说好要去的，怎么是瞎话呢？我真的听老梁说过的。”

“天哪，你不能这样，这不是玩笑，这是送命的事。”女生们带着哭腔。“是啊，那地方有杀人抛尸的事情，也是老梁说的，你为什么不提？”

冯媛媛没哭，神情却是胜利在握的傲慢，像被偷袭的动物准备绝地反击。她两眼放光，光里闪耀着生死之外的凶残。她不求生，她只是想做一件事。对其他人来说，都有无数方向解脱。她不能，她只有一个出口。

“要去你自己去，我们不去。”刘玉勇甩出一句话。

陈空竹拿到铁锹，准备着手清理埋住车头的积雪。

是的，无论前进还是后退，他们都需要这辆车。分裂的集体再融合，纷纷着手清理车辆。只有刘玉勇手里抓着一块石头，刚才半路停车捡来的。书本大小的石头被他两手轮番抛起。石头跃起，只几厘米，又落入另只手心。这让他看上去像是在思考，又好像只是焦灼。他刚刚讲的话，是要将冯媛媛驱逐的意思，但他们都清楚，没有人能在这里驱逐另一个人。

苏文看准一个无人留神的时刻，悄声问冯媛媛：“为什么非要去？先回去，以后再来，还有机会。”时间有限，周围都是同伴，他只得长话短说。

她蹲在车前，红手套插进白雪里，触目惊心的艳丽。她掬出一捧雪，扬手甩出去。雪花扑簌簌，迅速落满他们的肩。

“现在的情况是，我本来可以去，却不能去。而原来的情况是，我本来就不能去。”她说，“当然是我本来可以去却不能去的情况更糟糕。”

“可是你以后可以去啊。”

“我只有这一个愿望了。”

“以后，过几天，一样的。”

“我没有以后，我最多只能活一个月了……”她说。

"但是，我们都有以后！"刘玉勇喊道，他不知何时出现在苏文和冯媛媛身后的，也许他终于想通，也准备帮忙挖雪，无意间听见了他们的对话。

"你不想活了，不要带着我们去死。"

"我怎么带你们去死了，我做这些，不都是为了你们吗？我又不是为我自己，我都要死的人了，我还计较什么？你还说什么我要去自己去？我还就自己去了，我计较什么？"她说。

"你计较太多了！"

"刘玉勇，还有你们，我告诉你们，必须走，不能回去，你们要走你们走，除非我死在这里，我才跟你们回去！"

苏文劝："别说死了死了的。"

刘玉勇又无意识举起右手，还是投掷标枪的习惯动作，冯媛媛抢先一步上前，拉住他肌肉发达的胳臂："还要打人哪，来啊！"

刘玉勇手里还握着那块石头，是黑色的，被他认为有可能是黑皮玉原石的石头，书本大小。被冯媛媛拉扯住手臂，他才感到这石头的分量，无比沉重，这意味着里面可能真的是一块黑皮玉，只是在原石被切开之前，没有人能确认。"放手，你这婆娘疯了。"冯媛媛看上去正让自己整个吊在刘玉勇的手臂上。他本来可以把手臂放下来的，但她抓住他，两种力量相平衡之后，他本能觉得她要去抢那块石头。她看起来真是疯了，举着两只手，去抓那石头，她当然是够不到的。他的意识里，也就直觉不能放下手臂让她拿到石头。

他们急忙上前去拉开他俩，却让局势更混乱。她用了死力要攫住他，就像之前抓住陈空竹的手一样。

石头从刘玉勇右手飞出，他感到一阵轻飘飘的风灌进他一直用力握紧的手心。石头砸在她后脑处，又扑地陷进雪地，它可能确实是一块价值不菲的黑皮玉。

她突然松手，刘玉勇的胳臂失去她的力量制衡，反倒又往上冲了冲。她却向后倒下。几缕红色的血从发际线缓缓漫延而出，落在雪地里，化作乌红的点点。血融化了周边一小圈一小圈的雪，雪水再混进血里去，那乌红就转淡了，竟又凝结起来，像雪地里埋下一个个粉红色果冻。

九

二十多年后，刘玉勇试图回忆冯媛媛的样貌，但能想到，只是一枚枚果冻状血块围绕的人形雪坑。红色液体逐渐填进，像钢水注进模具，再定型。这些年间刻意忽略的记忆，如不断冲泡的茶水，终于淡薄至透明。

刘玉勇从车窗看出去，所见却是与记忆完全相反的拥塞景象。拥塞中不时有密集的文字凸显出来，如活字印刷术中的字模：春华超市、扬州修脚、金泰福家常菜、德威治大药房、配钥匙配门卡、汽修五金专营、饮料电话卡、自行车补胎充气……不用再看过去，他也知道，往前，会出现五种颜色的金星幼儿园、蓝色字是电信营业厅、深红和金色的是周大福珠宝专卖、大红镂空的是红星运动鞋、白底黑字的纺织纪念馆……他在县城里几十年的生活，分摊于一个个店面招牌上，像中药铺的小抽屉，打开一个，就出现一味药，就有一种滋味。一味药解决一个问题。他此刻需要的药，在哪个抽屉？

捷达仍未通过中心广场十字路口。穿荧光背心的交警在车海中来回奔走，却收效有限。排头的车辆也想退让，只是退无可退，因为后面也有车，车后还有车。这是环环相扣的机关，如贪吃蛇游戏，牵一发而动全身。每辆车都想更快些，想尽办法再往前一些，终于没有余地，再不能回头。不能回头的时候，还来得及吗？刘玉勇感到悲观。

他曾以为天无绝人之路，凡事都不以为然，因为总可以化解，最次也还有时间，时间总可以化解任何事。这世上死去的人比活着的多，所以活着的人都是有余地的人。有余地就总有机会抽身退步的。可是想退步的时候，身后真的还有余地吗？

车窗外的景象，简直密集如盘杂烩的剩菜——陈旧的菜色和纠缠的形态。他眼前出现了星星般的光点，像汤里的油，一团团，漂浮、晃动着。太阳很刺目，时间是上午十点。冬日斜阳的角度，刚好拦截人的视线。眼花缭乱，他想，是不是就是自己现在的感觉呢？“缭”这个字，又是什么字体和颜色呢？

他不再看窗外，低头翻检手机，下意识打开通讯录。手机通讯录也是一个个小抽屉。联系人的姓名分列整齐，是数码时代的排版，自动对齐、按姓氏首字母排序，几个大姓，陈、张、王、李……各自列下长队，仿佛等待点名的士兵。那些名字，有同事、亲属，各单位认识的、不认识的、似乎认识又似乎不认识的人，还有见过一面交换电话后再没联系过的人，物业、水管疏通工、儿子的班主任、洗衣店……

光斑仍在他眼前，像电视剧特效画面——白娘子双手合十、酝酿发功，手指上闪烁光团。光团变形、拉长，又长出两只脚，化身人形，是多年前青海无人区那个人形雪坑。

他下意识抬手，想要驱赶什么。小范见他挥手，以为车内有异味，就按下车窗控制钮。车窗徐徐落下，吵闹声迅速涌入。他的耳膜也膨胀了，似乎光团钻进耳朵，又宛如黑色大鸟在耳朵里扇动翅膀。

他开车门，下车。

小范在前车窗疑惑地看他。他简单解释说：“我不等了，走过去更快。”小范无奈地瘪嘴。

刘玉勇沿上班的路，在汽车之间的夹缝里穿行，遇到后视镜，必要侧身，但仍时常被后视镜绊住，引来车主责骂。他毕竟心不在焉。

他觉得自己也随那光斑飘起来了。正左右侧身、费力穿越汽车迷宫的不过是另一个肉身。真正的他，在半空中，上不着天，下不着地，四周都软绵绵的，是雪吗？真舒服啊。

她攥住他的胳膊，用了死力，却不是往下，而是往上，这一次，她带他飘起来，她说：“还要打人吗？来啊！”又说：“还要杀人吗？”

他张口，却听不见自己的声音，都是她的声音，一声声叠加，最后只剩下两个字：杀人。

杀人——白底红色字，黑体，加粗。

他感到自己又突然落回地面了，低头看见穿了三年的黑色人造革的鞋子正踩在人民东路的街沿上，鞋面上蒙层薄灰、横向蔓延有几道裂痕。

他杀过人。

她死了。然后呢？是一片死寂，利风变得轻柔，温柔地抚弄凶手。

“快止血。”苏文最先叫出来。他脱了外套，盖在她头上。“没用的，她是白血病。”有女生说。“她会死吗？”

她的眼皮似乎还跳动了两下，睫毛上落有白雪，也像泪。泪被血液冲开，她很快成了京剧丑角的样子。苏文摇晃她，她也跟着晃，血一直在涌，整件外套都变了色。

陈空竹去探她的鼻息，又去探脉搏。

“她死了吗？”他们互相询问，谁也不知道答案。女生们开始尖叫，也不知该做什么，纷纷用手盖住张大的嘴，又去蒙眼睛，最后，她们干脆把脸也蒙住了。

风突然大起来，刮起一层雪花，好像要将所有的痕迹覆盖。这是一种提醒。在瞬息万变又永恒不变的时间之门内发生的任何事，都不过沧海一粟，终将被更磅礴的力量淹没。

“怎么办？怎么可以止血？”不知谁在问，也没人回答。

“死了，我想。”陈空竹站起来，说道。

刘玉勇觉得自己快冻成冰雕了。苏文还把外套压在她头上，却不敢去看她的脸。他抬头，轮番去看每个人，好像希望得到什么答案。

“她踩上去了，那不是冰，只是一层雪，她掉下去了。”他们反复背诵这句话，预备讲给见到的每个人听。他们一字不差地复述，从未有过差错。

“她踩上去了，那不是冰，只是一层雪，她掉下去了。”刘玉勇喃喃自语，却忽然听见一个女人的声音：“别以为我不知道，我都门儿清。”

他一惊，寻声音看去。“春娟美容美发沙龙”几个字下，卷发女人正叉腰打电话，声音很大，像吵架："我都说过了，我们这儿签了三年合同，现在突然要拆，一分钱都不退。""是啊，改造归改造，我听说还要改造成什么鞋城，我不管你改什么，但你收了房租总该退的啊。""按合同办事，他们猫儿腻多着呢，以为别人都傻，可以瞒着。""是啊，我坚决不走，我肯定是最后的钉子户，他们瞒得了一时，还瞒得过一世去，真瞒得过一世去，我就服他，奶奶的……"

他不想瞒一世，没想过。他从来想的是，重新再来，凡事不都有余地吗？他还可以弥补。回县城工作后，他资助了两名青海的学生，一开始是老梁介绍的，后来老梁也病死了，他就自己找需要资助的学生的线索，再后来，也不只是青海的学生了，只要有捐助的信息，他都捐，也不留名。他一开始还把单位每年发的年货寄给冯媛媛老家内蒙古的家人，他不敢在发件人处写真名。有一年包裹被邮局退回，说查无此人。包裹退到单位，收发室写了招领通知，他看见了，不敢去认领。他想冯媛媛的家人去了哪里？也死了吗？他希望他们好好地活着。

车流在他身旁缓慢挪动，好像濒死的大型动物迈不动沉重的腿。那次之后，他再没开过车。当局长后，他摸过一次方向盘。司机中途去加油，他坐上驾驶座，感觉就像触电，又立即退出来。他的妻子提前病退回家，他没像别人建议的那样，用城建局长的身份，为她在地产公司谋一份只领薪水不上班的工作。妻子有很多埋怨，不是因为他的做法，而是因为他从不解释。就是这样，所有好事他都不配了。他无法解释。

也有那种特别想说话的时候，他就去县城边的古庙。可后来他发现，那里的僧人都是职业化的，白天去寺庙上班，晚上开宝马车回家。他无法得到他想要的东西。他看电视，很羡慕国外那种偏远的小教堂，那些人可以把一辈子的话都说给上帝听。葛优在哪部电影里，就跟小教堂的牧师把一辈子的话都说完了。

刘玉勇不再开车，苏文开车带他们从雪山下来。那是怎样的山啊，是山，好像又不是山。苏文刚学会开车，不熟练，只穿件毛衣，两眼死死盯着风挡玻璃，红得像狼。刘玉勇坐在冯媛媛曾坐过的座位，觉得两只脚都不存在了。真冷啊，明明是正午，一天中气温最高的时刻。他哆嗦着，将那块书本大的石头抛出车窗。那肯定是块黑皮玉。石头抛出去后竟悄无声息的，仿佛它从没落地一样。

刚刚，他们把她抛下山崖的时候，她的坠落也静悄悄的，仿佛从来没有落地。那地方，难道是无底洞？两山抵牾形成的狭窄缝隙，是一道撕裂大地的黑色伤口，任何东西投进去，都迅速被吸纳，消失得无影无踪。他回忆自己在专业课上学过的东西，试图判断她的去向，却什么也想不起来，大脑与那世界同样苍白。之后，是清理雪地上的血、车上的血、每个人身上的血。一个人身上，为什么会流出那么多血？

“一条命和九条命，所以，只能这样。”陈空竹拍他的肩，他回头，看见的却全是人影，密密麻麻、重重叠叠。再望，都是死人。所有的事都有余地，只有死人的事，没有余地。

“她会害死我们的，她本来就是白血病。”陈空竹说，伴以无可奈何的叹气。他想陈空竹只是为安慰他。他刚刚也差点儿从山崖上跳下去，他们拖住他，把他按在雪地里。“想想，想想”，很多声音重复着。

处理尸体和统一说法，是他们共同的决定。冯媛媛不再能开口说话的时候，决定做得极为容易，没人有异议，异议者已不能发言。

“她踩上去了，那不是冰，只是一层雪，她掉下去了。”苏文说，并让每个人都重复一次，一字不差。

“必须镇定了，真的，你这样，我们都会完蛋的。”陈空竹也说。

二十几年后，刘玉勇依然能把这句话一字不差地复述。可是，其他七人呢？这是虚假的供词，宛如“一望无际”一样不可信任。可他们依赖着这句话，抚慰彼此。誓言成立了，他们一直背负它，无论它会不会越来越沉重。他想起五年前，那次在北京簋街的聚会，八个人只来了四个。他当然去了，他必须确认其他人是否还在坚持，但有四个人没来。为什么没来？理由可以很多，最大的可能，也许是他们不再坚持，然后终将放弃。

冯媛媛牺牲了，大学举行了隆重的追悼会，这所院校从没有过为科学考察牺牲的先例，冯媛媛是第一个。她被追认了很多荣誉，全校师生都去听冯媛媛先进事迹报告会。只是那些报告会与她无关——她在冰山下，冰冻、结晶，连同她的白血病一起。

刘玉勇已经走到纺织纪念馆门前，死盯着看牌匾上五个白底黑色的大字。县城纺织厂解体后，办公地址改建成纪念馆。工程从去年夏天开始，现在已一年半。十层的楼馆，只剩下外立面没有完工。楼上几层的绿色防护网被拆除了，露出半截灰玻璃墙面。下面七层，以后会是县城自主创业基地。纺织纪念馆其实只占上面三层。纪念，是为那些消亡的东西，新兴的生活，却被消亡的东西覆盖——这是要一直被死去的东西压住啊，他想。

他掏出手机，看小范的信息。“那些人又来电话，说今天下午最后一次常委会。我还堵车，怕耽误您，所以先发短信。”

是宋体，小五号，手机上显示成四行。他反复读。这个上午他突然陷入文字和语义的困惑里。什么意思呢？最后的通牒？怕耽误您，耽误什么呢？其实那些人不需要这样的，他想。他能决定什么呢？眼前玻璃幕墙的楼，像个古怪的玻璃瓶子高耸在四周所有建筑上方，不就是他无关紧要的证明吗？当初他确实为纺织纪念馆争取过更好的方案，可他不过是执行者，其实连执行都算不上。他只是棋子，在宏大的棋局里，连自己的落脚点都无法得知。

他并不知道那些人是否真有线索，可以寻踪到青海的事情。他很累，就像一直扣着悬崖边缘的人，用尽了所有力气，会抓住面前出现的任何一根绳子，或者干脆松手。而这些天，他其实已经得到那根绳子了。于是他才会不断告诉自己，他们就是知道。

他转进纺织纪念馆已经建好的大门，是两个并立的纺锤形状。上方有模仿纺线的设计，将两根纺锤连在一起。千丝万缕啊，他想。

手机还在他手心，几分钟后，它将和主人一起，从十层楼顶坠落，摔成一把无用的金属碎片。

坠落的感觉，其实很美妙。天空灰白，一道光斑，拉长了，直指太阳最刺目的核心。阳光铺成的路，白光闪烁，向斜上方延展，通往朦胧不可见的地方。他迈步往前，想看得更真切。松软、温暖的光芒就托起了他。他看见很多个太阳在四面八方升起。哦，是九个太阳。

他回头，只见身后道路曲折蜿蜒。其实也看不大清楚，因为很快又开始飘雪，朦胧了这天地间的真相。

十

刘玉勇死了，郑姐不认识小范了，小玉儿走了，这地方和小范再没关系了。

刘玉勇死后，小范接到过郑姐的电话，说："不管谁问，我们都不认识。别的事儿你就不用管了。"他还想问关于小玉儿的事儿，但郑姐已经挂电话了。

郑姐到底是帮他找到小玉儿了，在北京房山的一家美容院。只是小玉儿不要他了，还打来电话说："我们分手吧，不要联系了。"他想她的心思还是变大了。他说："我去找你。"小玉儿那边说："你来我还是会走的。"

他一年多前来这里，留下的全是倒霉的记忆。此时想来，给刘玉勇开车的一年，竟是最好的时候。刘玉勇生活简单，只是上下班，或者下乡，外出也只是白天，跑不出县城。小范也不用像县里其他司机一样，等领导吃饭要等到半夜，他们司机之间会交流这些事儿，就在局长们在什么地方一起开会的时候。

小范感到难过。他趴在床上，拼命想，也想不出星期三那天刘玉勇有什么跳楼的迹象。他一周前给刘玉勇讲了那些话，之后他好像并没有反常的举动，他以为那些话没用，但可能真是那些话逼得他跳楼呢？

"那我是杀人凶手吗？"小范觉得自己快要被这问题折磨得也去跳楼了。

他的确做了不好的事，可是他并不想害死刘玉勇的。刘玉勇是好人，也是个好官。小范比谁都清楚。他之前就是这样告诉郑姐的，可是郑姐不信，她让他继续观察。这一年，郑姐也没怎么找他，就一次，还是小范主动打电话给她，他先说："他没事儿，什么事儿都没有，后备厢的礼品，他还让我送回去。"然后他问郑姐，能不能帮自己劝劝小玉儿，让她回心转意。他觉得小玉儿是肯听郑姐的话的。可是郑姐说："不管用，我又不是她妈，不过，如果你发现了什么，我会考虑的。"她挂了电话，都没听他有没有答应。他想，是啊，郑姐根本不需要知道他有没有答应，因为他只能答应、必须答应。她给了他一份好工作，收入比之前当保安每个月多了一千块钱，她还帮他找到了小玉儿，而他还没有任何回报给她，他怎么还要求她更多呢？何况，虽说他有任务在身，却并不急迫，她又没有每天问他有没有发现。他有时会想，其实，忘掉这些，再忘掉小玉儿，好生做个司机，不是很好的生活吗？只是他忘不掉，尤其小玉儿。

直到两星期前，郑姐才在他当司机之后第一次主动联系他。他本来已经快忘掉郑姐安排的任务了，但电话一来，他就知道，有什么东西哗啦碎掉了。

郑姐说了个期限，他说真没事儿怎么办？他想，反腐为什么要有期限呢？郑姐在那边就笑，"他没事儿，你不会套他的话吗？"

他又问："套话也没事儿怎么办？"

郑姐说："你是猪脑子啊，这么简单的事情，你自己想。"

挂了电话，他开始想，还是想不出来。要换了其他局长，他可能早就完成任务了，小范现在已经知道别的局长后备厢里有什么东西，但偏是刘玉勇，他毫无破绽。他先是不可能受贿，因为刘玉勇身上穿的衣服，连小范都有些看不上，而小范还去过他家，也是四壁白墙，电视机是21英寸的。他儿子的床，居然是个衣柜改的。他老婆的穿戴，跟郑姐也是没法比的。他更不可能有女人了，刘玉勇看见漂亮女人，几乎都不会讲话的，这么一个人。

正想着，就看见郑姐的短信，郑姐发来了刘玉勇的简历。小范是聪明人，突然明白郑姐的用意了。她让他套话，得先知道他的经历才成啊。可是，这经历也很简单，上学、工作，父母、家人，一目了然，只有青海支教一项，让这简历显得精彩些了。

小范编了些话，“那些人知道你做过什么，会捅出来。”

那些人是谁呢？他想，如果刘玉勇问，小范就说自己也不认识。那些人，这就对了，会让刘玉勇琢磨半天的。可是刘玉勇看上去并没琢磨。小范想，这就得从他的简历开始了，于是说到了青海。刘玉勇似乎有点儿反应，但小范不确定，而且事情到现在，小范认为自己的好奇心已经被鼓舞起来了，倒不像是郑姐安排的任务，而像是小范自己的事儿了，就像打游戏，越打不过的时候，偏越想打。

郑姐却催促得紧，见小范毫无进展，郑姐就说了中心广场的项目，星期三下午最后一次常委会之前，这是小范的最后期限。小范不太明白常委会是什么级别的会。

郑姐说，你再试试这个，跟他说中心广场的项目。

小范想这样也行吗？每个人都有秘密的，他想，那种打地鼠的游戏，其实每个洞都多打几次，总会打到老鼠的。他从这任务里感觉到了乐趣的成分。刘玉勇多严肃的人，如果知道他更多的事儿，不也不错吗？

小范就给刘玉勇讲了他们村子里的事儿。有人十年前为五十块钱杀了妻子，因为妻子拿五十块钱买衣服了，他觉得妻子大手大脚，不理解他赚钱辛苦，一怒之下就杀了她，然后逃了十年，再没回过村里。他以为没事儿了，年前回家给父母上坟，十年没上过坟了，没想，在坟头前，被抓了。

小范讲的这事儿，是电视上看来的，法制频道总播这样的案子。他还从法制频道看到过心理暗示的方法，公安在审讯时总用，看似无关紧要的话，却能引起嫌疑人的不同反应，然后泄露线索。

小范又讲了些案子，都是这样的风格。刘玉勇似乎也没听进去，反正他总是在后排座位不言不语。小范那时以为，讲讲这些奇怪的事儿，也没什么害处，但会不会真的是这些事儿逼死了刘玉勇呢？

可是，如果刘玉勇一点儿事情没有，又怎么会被逼死呢？

小范头痛极了，他觉得自己确实没做错什么，但又好像哪里真的做错了。他想起床，却怎么也起不来，就像被什么梦魇住了一般。他们村里，都管这叫“鬼压身”，会不会是刘玉勇的鬼魂压住自己了啊。他费力抬手，摸自己的脑门，发烫得像煮过一样。

昏睡中，他突然产生一个念头：郑姐的目的，根本不是看刘玉勇有没有腐败，而是要威胁。

小范被这念头惊醒了，威胁？那自己也是帮凶了。

可是，郑姐为什么要威胁刘玉勇呢？县长比局长官大，不应该管着刘玉勇吗？就像乡长管着村长一样啊。

小范忍不住还是给郑姐打了电话，第一次没接，第二次响了十声，郑姐才接起来，没好气地说：“谁啊？”

是我，小范紧张地答，又不知那些乱麻样的思路该怎么说，看时间，是晚上十一点了。

“我不认识你。”郑姐说。小范就知道，她已经听出他的声音了。

“郑姐，我，我，我们是在威胁吗？”小范想。电话里太明确的东西是不能讲的，他知道公安会监控电话，法制频道也演过。他突然后悔打电话了。

“什么？现在，现在，都没事儿了，都没事儿了，人死不能复生，你不要多想，再把脑子想坏了。”郑姐挂了电话。

小范却一直想啊想，没人可以帮他想。他眼睁睁看着天色发白。他租住的一间房子，也地动山摇般在眼前晃起来。简易的布衣柜上，黑白格子的花纹，像扑克牌一般翻来覆去。

为什么郑姐说没事儿了呢？人死不能复生，他以为这话里有好多含义，法制频道那些节目又让他不得不产生更多联想。他当初看法制频道，还是在小玉儿失踪的时候，他关心那些拐卖妇女的案子，以为可以看出些门道来，却没想真把自己看坏了。

人死不能复生，这是灭口的意思吗？刘玉勇知道什么呢？如果郑姐说没事儿了，难道是刘玉勇被灭口了。不，不可能，郑姐不会做这样的事儿，如果做，也不会绕这么大弯子让他去套话了。

又是一念之间，意识倏忽一闪——不是郑姐威胁刘玉勇，而是刘玉勇知道县长的把柄。是的，要不县长为什么不能直接去管刘玉勇呢？所以郑姐才需要刘玉勇的把柄。她不是要威胁刘玉勇，也不是为了什么中心广场的项目，只是因为刘玉勇威胁到县长了。不过，那为什么还有个最后期限呢？

小范昏沉沉睡去的时候，总算疲倦地想明白一件事。无论他们谁威胁谁，都是自己害死人了。他为什么要给刘玉勇讲那些法制频道的事儿啊？现在，他再也不敢看法制频道了，因为他也会害怕了。他不知道这种害怕会持续多久。他想起那个十年后被抓获的杀人犯，又觉得这种害怕永远也不会结束，除非那最后的时刻，突然到来。

可是，即使到那时，他怕也还是不会知道，这世界的真相。

原载《芒种》2017年第1期

黑画眉

老 藤

1

谁也说不清这个世界上到底有多少种气味。作为生命与生命之间的联系，它无影无踪，却又无处不在；它能决定运势、左右食欲，却又平淡无奇，被人忽略不计。每个人都有选择气味的权利，豆花小嫚喜欢的气味与众不同，她对紫花苜蓿青储后散发出的干草味十分入迷，这气味温暖、香甜、清新，让人入静止躁。由此，她对那些以紫花苜蓿为饲料的家畜也很喜爱，比如牛、马、羊，当然，她最偏爱的还是驴，这不仅因为驴散发出的干草味比较纯，还因为她对驴有一段刻骨铭心的记忆。

小嫚上学时，每天要路过一个叫五魁驴肉馆的饭店。清早，饭店门前的木桩上总会拴着不同的驴。小嫚和同学小黑经过这里，小黑说，我讨厌这根木桩，拴在木桩上的驴就像绑在绞刑架上的人，真可怜！小嫚走过去摸摸驴的脊背，看看驴的眼睛，与牛眼的执拗、马眼的惊惧和羊眼的呆滞相比，驴眼要生动许多，透过这双眼睛，似乎能看到清澈流淌的蒲河以及河畔繁茂的紫花苜蓿。紫花苜蓿长满蒲河两岸，夏天，紫色的花海彩绸一样随风起伏，似乎要将蒲河水染碧成朱；到了秋季，勤快的农户将它收割打捆，垛在河边，像一座座迷彩碉堡。小嫚和小黑放学后常到这些草垛捉迷藏，玩耍够了，带着满头草屑回家，干草味儿浸透在她儿时的记忆里。

小嫚从来不做梦，尽管她处在一个多梦的年纪。她认为女人做梦都是闲的，不信，白天推磨磨两筲豆子，看晚上还做不做梦？但不屑于做梦的她，突然做了一个奇怪的梦，这个梦让她第一次感到，原来梦是有重量的。

小嫚说的磨豆子，是她每天都要重复的工作，这是石磨豆花最大的卖点。小嫚的石磨豆花从祖辈开始，就忌用铁器，石磨、木桶、陶缸，连舀水都用葫芦水瓢。机器磨出的豆花吃起来有股铁锈味儿，只有手工石磨磨出的豆花才是原汁原味儿。小嫚家的石磨豆花店是甜水镇名副其实的老字号。清晨，赶着上班或出工的人到石磨豆花喝碗咸豆花，吃张热油饼，如同有钱人下馆子，是一件很体面的事。大腹便便的镇长牛志也常常在清早光临石磨豆花。牛志开辆黑色切诺基，威风霸气，往店门口一横，进到店里人未落座，话先爆棚：小嫚，两碗石磨豆花、一张油饼！麻溜点，赶着下乡呢！邻桌吃豆花的人便想，甜水已经算乡下了，再下乡，就是要到村里去。牛镇长虽姓牛，却是驴脾气，顺毛摩挲怎么都成，要是戗茬顶牛，便会尥蹶子。牛志对甜水百姓的事很上心，比如说石磨豆花的老井能留下来，就是牛志的功劳。为防控地下水位下降，县水利局不允许居民私自打井，原有的水井也要封填，要求居民一律用自来水。石磨豆花不行，用了自来水这豆花就变味了。牛志来吃豆花时小嫚说了这事。牛志筷子一拍：石磨豆花老井比我牛志岁数都大，要封井先把我撤了再说！一句话，石磨豆花院子里的老井免去了被填的命运。

小嫚男人在外跑船，她和父亲经营石磨豆花店，店不大，人气却旺。父亲说，豆花是穷人的盛宴，只要甜水镇还有穷人，石磨豆花生意就不会差。父亲过世后，小嫚和丈夫商量店还开不开。男人说，算了吧，你一个女人撑不起门面，店虽小，该打理的事一样不少。小嫚说，石磨豆花若是关了，街坊邻居喝不上豆花、吃不成油饼，咱不成了罪人？男人说，我是大副，船上离不开。小嫚犹豫了一会儿说，你安心跑船吧，我留在甜水接班开店。男人很担心，说有上门找碴儿的无赖咋办？小嫚说，我养条狼狗，看谁敢来欺负我？男人也觉得石磨豆花关了可惜，就说，那就买吧。小嫚果真就养了条威风凛凛的黑贝，继续留用父亲在世时就雇的邻居全婶，还新收了个叫雷子的哑巴当帮工，石磨豆花店在众人的期待中又重新开张。教过小嫚的甜水中学高老师说，小嫚你做了件好事，石磨豆花要是关了，甜水人的记忆就没滋味了。与大城市一样，甜水的生活节奏也像上足了发条的钟表，时针、分针、秒针争先恐后往前跑，人们疲于这种刷屏般的节奏，开始怀念慢悠悠的过去。甜水人一怀旧就想吃石磨豆花，很多家爷爷吃、父亲吃，到了自己这一代还是吃，吃石磨豆花已经成了一种回味。

小嫚这个梦清晰真切，如同现实中情景再现，她甚至知道自己在做梦，却无法改变梦的走向。她梦到了镇东面那条芦花摇曳的苇河。甜水镇东临苇河，西接蒲河，北靠椅子山，全婶的老伴全叔说这是绝佳风水宝地，要是在古代，说不准就被阴阳先生选了去做皇陵圣地。甜水人都暗暗庆幸，要真的被选为皇家陵园，甜水人还能在这里居住吗？苇河东岸除了甜水中学外，还有个只有一间房的小城隍庙。庙建于何时已无从查考，小庙像甜水中学的私生子，孤零零地站在一片油菜地里。苇河西岸是店铺林立的镇中心，镇上街道不多，却干净，家家户户门前屋后栽有核桃、李子和山楂。从苇河西岸到东岸去上学，没有桥，只能踩着河底几块青石过河，好在水不深，流也不急，站在青石上可以看到水中游来游去的小鱼。有机智的学生用细绳拴住空罐头瓶，里面放一点饭团，将瓶置于水中，待贪吃小鱼儿进到瓶中，再猛地提起来，会捉住许多青脊银腹的小鱼儿。养着小鱼的罐头瓶就成排地放在教室窗台上，成为一道风景，老师也懒得管。河底的青石路东头通甜水中学，西头是甜水有名的五魁驴肉馆。小嫚的梦就出现在这样一个真切的环境里。

梦中，小黑向她求救，说马五魁要害他。马五魁是五魁驴肉馆老板，一个能把账算到骨头里的生意人。他的驴肉馆，三百六十五天一天一头驴，大年三十也不收刀。驴肉馆门前的场院成了驴的鬼门关，有驮货或拉车的驴经过这里，不用吆喝便会加快步伐，逃离这血腥之地。马五魁是临夏人，黄胡子，单眼皮，将军肚，喜欢穿无领白汗衫，二十几岁开驴肉馆，开到了四十几岁，算是甜水先富起来的一拨人。梦里，小嫚见到浑身湿漉漉的小黑被绑在木桩上，正痛苦地挣扎，见到她小黑说："小嫚你快救我。"小嫚说你已经淹死了，怎么会在这儿？小黑说我惦记这些驴，天天在河边为驴引路，怕它们掉到河里。小嫚说，你死后我为你哭过好多回，你平时在哪里呀？小黑说，河水又湿又冷，没有落脚的地方，我就在芦花里蜷着。小嫚哭着上前给小黑松绑，她闻到了一股紫花苜蓿干草味儿，这气味像一截点燃的蚊香，把她从梦境中熏醒。醒后小嫚觉得蹊跷，怎么平白无故会做这样一个梦？小黑多年前放学时，遇到椅子山跑山洪，浅浅的苇河顿时激流狂奔，柳罐斗大小的石头在河里翻滚，小黑不知怎么发现一头被洪水冲走的小驴，为了救这头小驴，小黑不幸溺水身亡，这件事让她难过了很久。小黑是她最好的朋友，两人在紫花苜蓿草垛间捉迷藏时头上沾满草屑的情景历久弥新。

小嫚有事愿意和全婶说。全婶油饼烙得好，为小嫚出主意也能拿捏好火候。小嫚说了昨夜的梦，全婶听后摇摇头，说这个梦她圆不了，得回去问老伴。全婶老伴全叔外号全大下巴，是甜水镇骡马市场上的牲口牙纪。牙纪是一个几近消亡的古老职业，说白了就是骡马交易中介，凭牙口判断牲口年龄，在交易中捅袖袖、定价码，有黑话一样的指语，什么伸七捏八勾子九，讨价还价全在袖子里搞定。全叔和牲口打了一辈子交道，对牲口说的话比人还多。骡马市场上的客户常常见全叔和一头牛、一匹马独自对话，说了些什么谁也不知道。全叔吃素，身上却带煞气，街上的恶狗都怕他，再厉害的狗见到他要么摇尾示好，要么就夹着尾巴溜掉。

全叔对小嫚梦的解析简单至极：石磨豆花要来新人了。小嫚有些不解，小黑求救和店里来新人有什么关系？再说，自己从没有想过要雇人的事。小嫚没有多问，这个梦在心里如同一笸待磨的豆子，越胀越大，越来越沉。

2

五魁驴肉馆欠了石磨豆花两年的账，每次催要，马五魁都是一副死猪不怕开水烫的无赖相。马五魁老账不还，新账还在增加，小嫚面子矮，不愿意撕破脸皮，驴肉馆来赊石磨豆花，还是照给不误。五魁驴肉馆那么大的生意，一点石磨豆花几个钱？马五魁不至于总是赖账不还吧。小嫚不知道，马五魁欠账不还有他的目的，就想让小嫚来求他。马五魁天天吃驴三件，甜水有几个跳广场舞的女人喜欢跟他搓麻，但小嫚对马五魁颇为不屑，认为马五魁有点像捞上岸的河豚，一个劲儿地膨胀。有钱又怎样？小嫚对全婶说，有了钱就咋呼的男人其实不值钱。全婶的话更狠：马五魁算什么？连驴都不如。

但是，小嫚免不了与马五魁打交道，两年欠账，对于本小利薄的石磨豆花来说不是小数。小嫚来找马五魁，叼着烟的马五魁正和三个女人搓麻将，见小嫚来了，马五魁一边搓麻将一边说，要不要打一圈儿小嫚，赢了给你输了算哥的。小嫚说，我还要忙着磨豆子，麻烦你把账结一下。马五魁说，好说好说，不就几个豆花钱吗？明儿个就结。小嫚站在那里没动，马五魁说过多少次明儿个了，也不见他结账。麻桌中有个抽烟的女人叫季子红，在石磨豆花旁开了个保健品专卖店，店面冷清，便总是忽悠一些老人搞促销活动，有上当的老人举报到镇工商所，工商所所长侯仲杰发狠话要查。让举报人失望的是，侯仲杰亲自到季子红店里查了几次，查处的事便没了下文。季子红见小嫚不走，劝小嫚："回去吧小嫚，不说明儿个结吗。"小嫚知道等下去也不会有结果，就扭头离开了。房间里满是刺鼻的烟味儿，小嫚差点被呛出眼泪来，她不理解那三个女人怎么能坐得住。

第二天再去，马五魁把小嫚领到办公室，关上门说，现在青藏铁路通了，我想去西藏旅游，带上你怎样？开销由我出。小嫚冷冷地说，我没工夫，天天两筲豆子等我磨呢。马五魁脸色有点绿，道，多少女人想跟我去我都没答应，给你面子你还不识抬举。小嫚不想和他纠缠，说，别人去我不管，我知道自己没有理由和你去旅游。马五魁办公室里挂着一张唐卡，唐卡下有转经筒、香炉，他走到转经筒前轻轻拨动了一下，经筒开始转动。他说，我们做生意的应该到西藏求个活佛保佑，听说挺准的。小嫚说，我等着结账呢马老板。马五魁说，坏了坏了，会计去县城看病了，慢性阑尾炎，今早走的，你下次再来吧。小嫚叹口气，那我明天再来。

再次来五魁驴肉馆，还没进门，小嫚看到门前木桩上拴着一头黑驴。很瘦的一头驴，皮毛暗淡，沾满尘土。她停下脚步，这么一头驴马五魁也忍心杀？她过去抚摸了一下黑驴的鬃毛，鬃毛很乱，缺少梳理。黑驴抬头看着小嫚，目光哀怜，小嫚觉得这目光好熟悉，似乎在哪里见过。黑驴除却眼圈、嘴头、前胸口、两耳内侧是白色，其他部位皆为黑色。拴驴的木桩很粗，小黑当年叫它索魂桩。木桩是槐木，嶙峋的树皮早已磨掉，露出裂开的木纹，泛着黑乎乎的油腻。小嫚转身到河边薅了一把紫花苜蓿放在驴跟前，黑驴甩甩尾巴，并不低头吃草，目光一直跟着小嫚。

马五魁已经在窗内观察了好一会儿，看到小嫚去河边薅草，便推门出来。这是一头抵账的驴子，因为太瘦，他正愁着催肥。催肥需要几麻袋豆粕，现在饲料看涨，买豆粕要花不少钱。他不明白小嫚怎么会对这头黑驴感兴趣，看了一会儿，下意识发出 声坏笑。怎么？看上这头驴了？马五魁叼着烟从饭店走出来。

这么瘦一头驴，你也杀？小嫚看着腆肚劈叉的马五魁问。马五魁脖子上挂着一个蜜蜡观音，精致庄严的观音与无领老头衫很不搭。

不杀驴，我卖什么？马五魁将燃着的烟头掷在地上，上前拍了拍黑驴的脖颈道，瘦不打紧，至少驴三件和驴板肠能卖好价。

小嫚心里一紧，再看黑驴，两只大眼睛还在望着她，眼角似乎有些湿。小嫚叹了口气，她知道自己无法救这头驴，不管什么驴，也不管胖瘦，只要往五魁驴肉馆门前索魂桩上一拴，就等于判了死刑。她对马五魁说，我是来结账的。

马五魁眼睛眨了眨，又点燃一支烟，深吸几口，吐出个慢慢放大的烟圈，又一口气将烟圈吹破，然后说："这样吧，看你可怜这头黑驴，我就做点善事，你把黑驴牵回去，顶两年豆花账，咱俩两不亏，怎样？"

小嫚心里算了一下，黑驴顶两年的豆花账，亏马五魁想得出，这是明睁眼露占便宜。马五魁见她没有回话，又跟了一句："不顶就算了，侯所长预定了明晚的驴三件，明天一早这驴就下锅了。"说完，斜眼观察小嫚，他知道自己的话标枪一样击中了小嫚的软肋。或许，黑驴能听懂马五魁的话，马五魁下锅一句刚说完，黑驴竟然伸长脖子叫了三声，叫声凄切，让人心里发颤。马五魁被吓了一跳，嘴上骂一声，朝驴尻踹了一脚。小嫚听到驴叫后忽然想起高老师说过，驴叫在古代是受人追捧的美声，古代的竹林七贤、曹丕皇帝都学过驴叫。高老师是甜水中学历史老师，教过小嫚，是石磨豆花常客，有时吃完豆花也不回学校，到隔壁找全叔对弈。高老师对驴叫的褒扬影响了小嫚，她听到黑驴的叫声不但不反感，反而觉得很是嘹亮。她说，顶账就顶账，这驴我要了。马五魁愣了一下，似有一朵花在脸上绽开，说好好好，我这就写字据。小嫚摸了摸黑驴的脊背，有一种皮包骨的手感，心中对这头驴充满怜悯。马五魁拿来字据，小嫚看了一眼，签上名字，亲自解开缰绳，牵着黑驴头也不回地走了。马五魁拿着一纸字据，斜靠着那根索魂桩，看着小嫚牵驴慢慢走远，又点上一支烟大口大口抽起来。

雷子见小嫚牵着一头黑驴回来，跑过来接了缰绳，嘴笑得合不拢。雷子没学过哑语，无法与人交流，在甜水几乎没有朋友，有了驴，雷子就有了伙伴。石磨豆花西面是蒲河，河边有草甸，草甸上是大片野生紫花苜蓿，正适合放牧。以往，雷子没活儿的时候就到河边玩耍，持一根竹竿钓鱼，现在有了驴，他就有了营生。全叔听老伴说小嫚牵了头驴回来，感到很意外，小嫚买驴不找他当参谋，这事说不过去啊，他便来看看到底是头什么驴。小嫚说，马五魁顶账给我，我就牵回来了。全叔明白了，掰开驴嘴看了看，目光泛出神采："才三岁，好驴！"小嫚疑惑地问："这么瘦，好在哪儿呀？"这是广灵驴呀！全叔兴奋地说，五白一黑，叫黑画眉，通人性，能负重，还长寿，拉磨拉车那是一等一！黑画眉？小嫚觉得这个名字好，这名字像人、像鸟，就是不像一头驴，但全叔这么叫，就等于给这头驴子命了名。她琢磨，那晚的梦是不是与这头黑驴有关？

小嫚开始留心黑画眉。雷子教它拉磨，拴好套后，黑画眉竟然不戴蒙眼就默默地围着磨道转圈。黑画眉拉磨用心，每一步都走得坚实有力，只要小嫚在看，黑画眉就兴奋，大大的眼睛如同黑玛瑙一般流光溢彩。小嫚觉得没有必要将黑画眉的眼睛蒙上，让一个人稀里糊涂干活且不好，让一头驴蒙眼拉磨就好吗？

黑画眉颇有君子之风，它的礼让完全颠覆了小嫚对驴的认识。黑画眉的石槽也是黑贝的饭碗，雷子喂食时没有偏向，同步进行，将不同的饲料各置一边，中间用一块隔板分开。黑贝吃东西时，黑画眉不会去石槽吃草料，它站在一边静静地看着。黑贝狼吞虎咽的时候，它还会甩甩尾巴，不时打个响鼻，像自己吃到了可口的饲料一样高兴。雷子不会说话，却能看出黑画眉的谦让，就比比画画想给黑贝另准备一个食盆。小嫚没有同意，在同一个石槽子吃食，像人一个锅吃饭一样，黑贝和黑画眉同属石磨豆花，为什么要分槽饲养呢？

小嫚男人休渔期回来，黑画眉在草地上撒欢跑了两圈儿，把河畔的野鸭惊得扑棱棱飞走。男人说，这驴懂得里外，就应该是咱家的牲口。小嫚说，不要用牲口这个字眼，它是黑画眉。

驴一岁等于人七年，三岁的黑画眉正处于青春期，浑身散发着活力。一次，雷子牵它去镇东粮站驮黄豆，路过五魁驴肉馆门前它忽然停下了，盯着那根曾经拴过自己的索魂桩，两只耳朵矛一样前竖。索魂桩上拴着一头灰秃秃的小母驴，低眉顺眼，眼睛盯着地面，地上有一摊似血似油的污渍。黑画眉走过去，在毛驴身上嗅了个遍，毛驴很顺从，两只耳朵向后并拢，这是表示亲昵的动作。黑画眉和毛驴头顶头靠在一起。马五魁出来了，高声说，这是小嫚那头驴吗？小嫚都喂啥喂得这么肥？说完，在驴背上拍了一巴掌。黑画眉甩甩脖颈上的鬃，用力喷了个响鼻。黑画眉不一样的响鼻表达不同的情绪，喜悦，响鼻清脆响亮，忧郁，响鼻低沉拉长，不满，则是一种喷射。黑画眉这声响鼻，很明显在表达对马五魁的不满。

3

三个月，黑画眉不催自肥。小嫚说这要归功于雷子，雷子和黑画眉兄弟般相处，一早一晚都散放黑画眉去蒲河边吃紫花苜蓿，有夜草可吃的黑画眉怎能不肥？

黑画眉来到石磨豆花后，不用戴笼头，也不用缰绳，除了拉磨上套外，其他时间都是散放。雷子只要在它脖子上拍两下，黑画眉就会跟着走，雷子在前，黑贝在中间，黑画眉殿后，在蒲河畔构成一幅优美的乡村图画。

让小嫚对黑画眉心生敬意的是黑画眉在母驴的问题上绝不苟且。东街邓皮匠家一头母驴到了发情期，邓皮匠相中了威风凛凛的黑画眉，来找小嫚求情，让黑画眉配种。小嫚懒得处理这等事，便请全叔来办。邓皮匠家的母驴是一头晋南驴，清秀细致，背腰平直，算得上是驴中佳丽。邓皮匠在它的宽额上系了一个红缨，看起来更加楚楚动人。整整三天，黑画眉不为所动，无论母驴如何表示亲昵，黑画眉总是雕塑一样，邓皮匠只得牵着母驴无功而返。

让小嫚始料不及的是，一向温驯的黑画眉竟然把杨光给踢了。杨光是谁啊？甜水街面有名的愣头青，城管中队长，他姐夫就是大名鼎鼎的牛志。一日，雷子去河边放驴，在店里忙碌的小嫚忽然听到黑贝狂叫起来，黑贝从不谎叫，叫得这般激烈，肯定是遇到了歹人。小嫚记得三伏天一个夜晚，因天热，她只穿件内衣开着窗子睡觉，半夜里黑贝忽然狂叫起来。她被惊醒后打着手电到院子查看，发现院墙根有一只皮凉鞋，黑贝的嘴角带着血渍。她知道院子进来人了，被黑贝咬了一口跳墙而逃，慌乱中落下了这只皮凉鞋。黑贝的狂吠让她想起了那天夜晚的事，雷子毕竟是个哑巴，没法与人交流，她便快步来到河边，只见杨光正捂着裤裆蹲在地上哎哟哎哟叫唤。原来，杨光是来没收黑画眉的，他手持一根柳条抽打驴肚皮想赶驴走，结果被黑画眉踢在裤裆处。雷子则抱紧黑贝，不让黑贝再冲上去撕咬。杨光个头不高，权力不小，甜水镇大小店面都拿他当盘硬菜。他到石磨豆花吃早饭从不付钱，吃完撂下一句：记我姐夫账上。其实，牛志吃豆花不欠账，每次都扔下十块钱，找零都不要。牛志有这样一个小舅子，跟着吃了不少挂落儿。杨光蹲在草地上说，镇上有规定，散放牲口一律罚没，这黑驴还敢踢我，今天不把你送到驴肉馆宰了，我他妈不姓杨！说完，又哎哟哎哟叫个不停，看来黑画眉这一蹄子蹬在了要害处。

你怎么能抽驴肚子呢？驴和马的肚子是万万抽不得的，若是马，一抽就惊，若是驴，则会尥蹶子踢人。小嫚解释说，杨队长你可要记住，打哪儿也不能打驴肚子。

小嫚不明白杨光怎么会忽然来这一手，如果不让放牧，通知一声不就完了，为什么要等到黑画眉体壮膘肥再来执法？她怀疑背后有人捣鬼。她说，黑画眉还要回去拉磨，你把它没收了，明早就没豆花吃了，到那时甜水镇都会知道是你没收了黑画眉。杨光一双小眼睛转了转，道，你说咋整？小嫚说，先让黑画眉回去拉磨，明天再去找你商量处罚的事。杨光常来吃石磨豆花，他也不希望明天没有豆花吃，此外，黑画眉没有缰绳，他想牵也无法牵，黑画眉又不会主动跟他走，便点点头同意了。杨光想站起来，弓着腰又蹲下了，气哼哼地道："我还没娶媳妇，要是被这黑驴踢废了，你要负责任。"小嫚轻轻一笑："杨队长，你还是找驴算账吧。"

午后，小嫚去镇里找牛志。牛志中午有接待，下午正歪在沙发犯困，见小嫚进来，耷拉着眼皮问："啥事？"小嫚说了杨光要没收黑画眉，请牛镇长给讲讲情，镇上禁止放牧的事也没见到告示，怎么说没收就没收？牛志性子直，听完小嫚的诉苦眼睛顿时瞪圆了，骂道："这个二百五又让人当枪使了！"抄起电话打给杨光，劈头盖脸一顿骂。原来，这主意是季子红出的，季子红为了给侯所长弄驴三件，鼓动他没收黑画眉，然后卖给驴肉馆，驴三件给侯所长，驴肉钱就留给城管队当经费，马五魁那边她去说。牛镇长在电话里骂，你再听那个骚娘们儿的馊主意，我就把你给骗了！小嫚觉得牛志真是个好人，骂小舅子就像骂三孙子，不搞官官相护。有牛志撑腰，黑画眉总算安全了。不过，她想不通季子红这么做是为什么，她明明和马五魁穿一条裤子，为什么又去傍侯所长呢？

说起季子红，全婶对这个时髦女人的评价与众不同。她也不容易，全婶说，街面上的事不是女人说了算，不能把脏水都泼到女人身上。全婶的话让小嫚憋在肚子里的气消了不少，季子红的确不容易，上次忽悠老年人高价买保健品的事虽然摆平，但侯所长水蛭一样吸住了她。侯所长小气、猥琐，害着痖气，没有哪个女人会看上他，相貌出众的季子红更不会喜欢他。有一次季子红来吃豆花，对小嫚抱怨侯所长太色，隔三岔五到店里拿玛卡胶囊吃，也不知道吃了后到哪里去寻欢作乐。侯所长喜欢肉，早晨也要到五魁驴肉馆吃驴肉包子，他说早晨不吃肉，一天没精神。他和季子红之间的关系说不清道不明。小嫚有点同情季子红，尽管黑画眉的事让她再来吃豆花有些不自然，但小嫚并不把话说破。倒是被姐夫撸了一顿的杨光缓过神儿来，酒后找上门对季子红破口大骂，说你给相好的弄驴三件，差点让驴把我给废了，你缺德不缺德！这些话被全婶听到后告诉了小嫚，小嫚说，人总有犯浑的时候，过去了就让它过去吧。

黑画眉危机解除，小嫚松了一口气，这件事也应了全叔的一句话：仁畜自有天助。

小嫚觉得黑画眉不是一头驴，而是一个不会说话的人，甚至比人更值得信任。她每次看黑画眉，它都会打一个响鼻，甩一甩尾巴，她知道这是在向主人示意。仔细观察黑画眉，越看越像小黑，小黑虎头虎脑，长得像电影《闪闪的红星》里的潘冬子。当年，小黑跳进苇河救驴的情景恍若就在昨天，河水中那头小驴浮上浮下，下游几十米就是陡坡深潭，小驴被冲下去必死无疑。小黑将书包塞给她，三两下脱下褂子跳进河里，用力将驴往河岸推，待岸上同学拉住驴时，他却脚下一滑栽进激流，被山洪冲下深潭。小黑为了一头驴结束了十五岁的生命。小黑落入深潭，第一个跳下去救人的是马五魁，那时马五魁还年轻，身体也棒，他潜水摸到了小黑，和众人一起合力将他打捞上岸。小黑的死让小嫚精神恍惚了很久，学习成绩直线下降，每次打开课本，看到的要么是小黑，要么是那头被救的小驴。小嫚就是那段时间对驴眼有了刻骨铭心的印象。小嫚没有考上高中，初中毕业就跟父亲学做石磨豆花。父亲说，一招鲜、吃遍天，学会了石磨豆花，一辈子饿不着。

我怎么看到黑画眉总想起小黑？她问全婶。

小黑是淹死的，淹死的人不能托生，全婶说，你去城隍庙烧点纸吧，老全说当年那个学生溺水后，苇河再没发过水，也就再没淹死人，死人的魂魄只能挂在芦花上摇荡。小嫚很清楚这是迷信，但为了小黑，她还是去城隍庙烧了两刀黄表纸。小黑是多好的男孩啊，好人的灵魂应该有个归宿。回来时，遇到了站在河边剔牙的马五魁，马五魁看小嫚去城隍庙烧纸感到奇怪，那地方只有给死人报庙、送盘缠才去，小嫚无缘无故去烧什么纸？他好奇地问："你去城隍庙干什么？"小嫚不愿意与他搭话，便没头没脑地回了一句："替你送盘缠。"一句话把马五魁的脸说得煞白，骂了声操，便扭头回去了。

小嫚轻松了不少，心里那一筲泡好的豆子磨成豆汁流走了。其实，她知道这么做有点愚昧，但不管用什么办法，能做到心理安慰就达到目的了。

回到石磨豆花，黑画眉正在葫芦架下站着，见到她竟迎上来，在她身上嗅了嗅，好像在寻找什么。她抬起手臂闻了闻自己的衣袖，结果闻到了紫花苜蓿浓郁的干草味。她想，这回可好了，自己和黑画眉气味相投了。

4

马五魁也有苦恼的时候，他的苦恼在季子红身上。季子红本来答应跟他去西藏，最后却跟侯所长去了，为此，马五魁大发牢骚，说有多少钱也不如有权好使。

事实并不是马五魁想的那么不堪，季子红去西藏从某种意义上讲是响应镇政府号召。镇政府召开民营企业发展工作会，牛志在大会上批评说，你们这些个体户都照镜子看看，个顶个鼠目寸光，整天守着甜水一亩三分地，能有多大出息？你们要走出去，深圳、海南、西藏，只要有路的地方都应该去，开阔视野，取回真经，把企业做强做大。侯所长领会镇长意见快，散会第二天，就给镇上的个体户发通知，要组织大家去西部考察，其中最重要的一站是西藏。季子红当然不会错过这个机会，她来动员小嫚一起去，小嫚说，我一个卖石磨豆花的，去西藏抢人家酥油茶生意吗？季子红不这么想，她有她的打算，就这样，季子红跟侯所长去了西藏。

被放了鸽子的马五魁决定不去西藏，他说老子不能步人后尘，要去，就去东北！他带着几个喜欢跳广场舞的女麻友去了东北，长白山、威虎山、大顶子山，转了一路山，打了一路麻将。跟他去的女人回来说，马五魁将整个东北骂了一圈，好像不是去旅游，而是去打架。

季子红从西藏回来，人黑了不少，与侯所长的关系近了许多，两人可以毫无顾忌地在一张小桌子上吃豆花。季子红是个爱炫耀的女人。小嫚在洗碗，季子红拉着小嫚从厨房来到餐厅，在她崭新的苹果手机上一张张翻照片。这张咋样？这可是纳木错，圣湖！不厌其烦地给小嫚分享她在雪域高原上的快乐。小嫚本不想看，但经不住季子红的一再介绍，便在围裙上擦擦手，接过手机翻看。手机里的照片全都人大景小，去西藏是为了看景色而去，你照些大头贴回来有啥用？在椅子山也能照，还用上青藏高原？但她嘴上不说，她不想扫季子红的兴。照片无所谓，倒是季子红手机皮套上的味道引起了她的好奇，这味道怪怪的，闻到后像有只无形的小虫往鼻子里钻。问季子红这是什么味儿，季子红神秘地说，费洛蒙香水儿，你不懂。

晚上，去西藏的考察队员在五魁驴肉馆聚会，侯所长高原反应没缓过来，加上马五魁不怀好意猛劝酒，侯所长酒有点高。晚上九点，季子红打电话，说小嫚你看好狗，侯所长喝多了，要喝碗豆花解解酒。店已经打烊，但季子红来电话，小嫚不得不起身应酬。她让住在厢房的雷子拴好黑贝，自己打开院门，见季子红扶着侯所长摇摇晃晃正走过来。

多了？小嫚问。多了，季子红说，侯所长和马五魁拼酒，一人一瓶，两人都萎了。

侯所长意识有些模糊，嘟哝道："我鞋呢？我不能光着脚。"

小嫚和季子红低头看，侯所长脚上是一双崭新的鳄鱼牌皮鞋。季子红说："新鞋，他担心丢在五魁驴肉馆。"

雷子将黑贝拴好之后，把黑画眉也拴在葫芦架上。拴住才安全，这是上次杨光来没收黑画眉后，雷子心里生出的想法。

小嫚热了两碗豆花端上桌，又上了一盘油饼。石磨豆花的确能解酒，这个结论是牛志得出的，牛志每次醉酒都来喝两碗石磨豆花。牛志的经验是，豆花要热，多放胡椒，这样几口喝下去，体内的酒会变成汗排出来，酒困自然解除。牛志把这一经验分享给大家，无意中为石磨豆花做了广告，让午后和晚餐之后的石磨豆花，又多了一份生意。

季子红正在减肥不愿意多吃，侯所长却胃口大开，吱溜吱溜两碗豆花不一会儿就见了底。令人奇怪的是侯所长吃豆花不出汗，而是走肾多尿，吃完两碗豆花就说要出去方便。雷子已经回厢房，两个女人又不便扶他，侯所长便自己到院子里解手。因为醉酒，视线不清的侯所长靠在了黑画眉的尻子上方便起来，大概他把黑画眉当作一堵墙，把石槽当成了小便池子，正在他解开腰带的时候，黑画眉本能地向后蹬了一腿。这一腿，便把侯所长踢趴下了。小嫚和李子红闻声出来，见状急忙扶起侯所长，好在黑画眉蹄下留情，侯所长没有受伤，只在屁股上留下一大块瘀青。被扶起的侯所长说，我还没来得及方便，就被马五魁推倒了。季子红知道他真的多了，只好扶他到院外方便，小嫚摇摇头回屋了。侯所长这泡尿时间不短，院子外草地里扑扑腾腾动静不小，过了好一会儿，外面才恢复平静。小嫚出门看，人已不见踪影，知道是走了，便关门熄灯，不再去理会。

次日一早，黑画眉已经拉完磨，小嫚和全婶正在店里忙，季子红急匆匆赶来。季子红头没梳、脸没洗、妆没化，一副憔悴的模样让小嫚很吃惊，她一向注重装扮，今天这是怎么了？

我的手机不见了，你看到我手机了吗？季子红很急切。

小嫚和全婶店里店外找了个遍，也没有找到。季子红几乎要哭了，天哪，这可如何是好？现在的网络可是能杀人呀！小嫚说你丢部手机，跟网络有什么关系？季子红的眼泪还是下来了，道："你不知道小嫚，手机里有些东西是不能给人看的。"小嫚恍然大悟，照片！季子红丢的手机里肯定有不可示人的照片！这时，雷子出来把缰绳解开，提着鱼竿领着黑画眉和黑贝去了河边。

小嫚，你再好好找找，你找到手机我给你一万块。季子红开始悬赏，看出来她要急疯了。

你还是回家好好找找吧，床底、枕下，还有卫生间，用别的电话拨一下，小嫚说。季子红说都找遍了，手机被我设了静音，能打通却没人接。季子红脸色有些灰黄，丢失的手机如同一枚无声炸弹，将她瞬间炸回了原形。

我得离开甜水了，她说，手机里的东西一旦流出来，我没法在甜水做生意了。季子红红着眼圈说，小嫚，姐以前有对不住你的地方，你别往心里去，姐打算离开甜水去县城。

小嫚和全婶不知怎么安慰她，看来丢失的手机太重要了。本来想留个撒手锏，没想到成了我的致命伤，我是自作自受！季子红喃喃地说。说这些话时她精神有些恍惚，很像昨日侯所长醉酒的状态。

要不要找全叔算算？小嫚说。

季子红摇摇头："知道的人越少越好。"

突然，草地上的黑画眉叫起来，叫声划开晨雾，在蒲河两岸久久地回响。黑画眉早晨去草地从不叫，今天这是怎么了？小嫚站在院子里向外张望，雷子是聋哑人，他在河边钓鱼，听不见黑画眉的叫声。小嫚感到奇怪，对季子红说，我们去看看黑画眉是不是踩到了水蛇。两人来到黑画眉旁，发现黑画眉面前是压倒的一片紫花苜蓿，草地上，季子红的手机赫然在目。天哪！季子红扑腾跪下去，双手抱住手机，禁不住喜极而泣。她想起来了，昨夜侯所长借着酒力，在河边的草地上与她好一顿忙活，应该是激情中将手机掉在了草丛里。或许是手机上的费洛蒙香水刺激了黑画眉，让它引吭高叫。季子红说，我要买一千斤黑豆犒劳它，黑画眉发现的不是一部手机，是我的命啊！

5

黑画眉挽救了季子红，这让季子红对黑画眉的态度发生了一百八十度转变，她真的买了一千斤黑豆送来作饲料。小嫚不收，季子红说，这是黑画眉应得的奖赏。不仅送黑豆，季子红还经常过来给黑画眉梳理皮毛，她在网上买了一个小铜铃铛挂在黑画眉脖子上，这样，黑画眉拉磨时便有了悦耳的铃声伴奏。季子红渐渐与侯所长变得疏远，也不再去五魁驴肉馆搓麻，她甚至戒掉了烟瘾，只要空闲，她要么在店里做瑜伽，要么就到石磨豆花来为黑画眉梳理鬃毛，与小嫚说说话，话题总是围绕着黑画眉展开。季子红问，小嫚，你相信人会变吗？小嫚说，当然会变，坏人能变成好人，好人也会变成坏人。季子红望着窗外的黑画眉说，它怎么能找到我的手机？季子红一直想不通，手机若是黑贝叼回来这不奇怪，黑画眉发现后叫个不停便有些不可思议。小嫚想了想，道："站在我们的角度，黑画眉是一头驴，如果站在黑画眉的角度看我们，我们又是什么呢？全叔说过，用蠢驴这个词来骂人，恰恰说明人比驴蠢。"

季子红的变化让侯所长和马五魁产生了越来越深的矛盾，他们都认为季子红因为喜欢对方而冷落自己，他们没想到自己的竞争对手原来是一头驴。

问题爆发在一张网络照片上。在当地网络论坛，有人发了一张侯所长与季子红的合影。如果说是一般合影哪怕亲密一点也不会有问题，关键是这张照片透露出的信息涉及信仰，照片上的侯所长和季子红正在一尊佛像前虔诚地上香祈祷，看上去如同一对新人在拜天地。照片被人举报到纪委，把它上升到信仰不纯的高度。上级一调查，问题就来了，你侯所长带人去考察经济，到庙里干什么？去了就去了，还拜佛上香，还拍照留念，这举动就太离谱了。上级下令，侯所长停职检查，并严厉问责了甜水镇安排的考察举动，牛志为此领了个记过处分。牛志很窝火，这事到底是谁举报的？牛志的驴脾气上来了，非要查个水落石出，要让举报人吃不了兜着走！

根据侯所长的怀疑，牛志把马五魁叫到办公室，问他是怎么回事。马五魁万分委屈地说，牛镇长啊，我整天搓麻将什么网不网的，根本就不会弄。马五魁说的是实话，他真不会上网，他办公室的电脑只会斗地主。接着马五魁发出一声坏笑，小声说，侯所长遍地撒情种，不知哪粒长出刺来了。马五魁这话说得狠，还真把牛志说服了。他知道，马五魁要想整侯所长会有一百种办法，唯独不会选择时髦的高科技。

牛志来找季子红，问她西藏拜佛的照片都发给过谁。季子红说她微信朋友圈有五百人，应该都能看到这些照片。牛志一听傻眼了，这个范围就不好调查了，就问，你猜网上照片是谁发的？季子红说你别查了镇长，这照片是我发的，要问罪你就找我吧。牛志不相信季子红的话，但他很佩服季子红的担当，便哈哈大笑说，算了，你挺爷们儿的，我过去小瞧你了。季子红说，过去的我，你小瞧不冤枉，现在的我，你高看也没错，因为我有榜样。牛志好奇地问，能给季老板当榜样肯定不赖，你是说豆花小嫂吧？季子红摇摇头，不是，是黑画眉。牛志张大了嘴，你在学一头驴？季子红点点头，没错。牛志说，你带我去看看这头驴，到底有什么好。

季子红带牛志来到磨坊，用一把梳毛刷为黑画眉梳理。黑画眉见了牛志，两只耳朵摇动了一下，便盯着牛志的裤裆看，开始，牛志并不在意，但黑画眉目不转睛地看他裤裆，把他看得有些发毛。他低头一瞅，发现裤裆开着，露出大红的裤头儿，急忙转身扣好扣子，对季子红说，这驴是挺神的。季子红说，每次看到它，我总会想起吉祥天母，那是绿度母的护法，吉祥天母坐骑是一头马骡，马骡的父亲就是黑画眉这样强健的驴，天母骑着骡子飞行在天空、地上、地下，因此有骡子天王之称。牛志听不懂什么骡子天王，他看季子红一副虔诚的模样，摇摇头说，看来你去西藏收获还真不小。

侯所长坚信照片和上访信都是马五魁干的，原因是季子红跟自己去了西藏，马五魁心头醋意一直未消。侯所长在甜水深耕十年，从专管员到所长，一路积累了不少资源，他不想栽在一个自己的管理对象手上。作为马五魁昔日的朋友，对五魁驴肉馆的猫腻他早有所知，比如用骡子肉来假冒驴肉，用五粮醇假冒五粮液，还用鸭肉抹驴油假冒驴肉串等等。尤其是骡子肉一事，要是被甜水人知道了，他马五魁就没法在甜水街面上混了，因为甜水人非常忌讳吃骡子肉，认为老年人吃了会诱发旧患，年轻人吃了不生孩子，马五魁这么干真是缺了大德。

马五魁用骡子肉充当驴肉的做法小嫚早就听说过，她和高老师、全叔议论过此事。高老师说，驴肉香，马肉臭，打死不吃骡子肉，古人既然有这个谚语，肯定是从生活实践中得出来的结论，马五魁这么干太不讲究了。全叔的话则总是带有某种神秘色彩，他说，驴也好骡子也罢，都不要吃为好，古人的餐桌上根本没有这两道菜。很多忌讳都是用命换来的，马五魁自己姓马，却肆无忌惮地杀驴宰骡，人不报天也会报。

五魁驴肉馆的厄运果然被全叔言中。县食药卫生站对五魁驴肉馆进行了突击抽检，发现了驴肉馆长期以骡子肉充当驴肉的造假问题，勒令驴肉馆停业整顿。消息一出来，人们大呼上当，驴肉馆的一些常客更是忧心忡忡，担心稀里糊涂吃下去的骡子肉不知何时会在体内兴风作浪。马五魁成了人人唾弃的害人精，连那几个跳广场舞的女人都和他划清了界线。

小嫚虽然觉得马五魁粗鄙，但五魁驴肉馆毕竟是二十多年的老店。她还记得上学时的五魁驴肉馆，门前挂着四个带飘带的大红幌子，像四个大红灯笼，喜庆红火。驴肉馆虽然欠账，但每天都从石磨豆花进货，算是老主顾。她和季子红说，侯仲杰在赌气，冤家宜解不宜结，还是化解了好。季子红说，黑画眉让我悟出了许多禅意，我不再参与马、侯之间的是是非非了。小嫚只能自己去和侯仲杰谈。

侯仲杰被停职后门庭冷落，以前天天泡在饭局上的他深感世态炎凉，跟随他去西藏的大大小小企业主都土遁了一样，连个电话也不打。一大早，他泡了一壶墨汁样浓的普洱，在家里闷头喝茶。小嫚敲门进来，他端着茶碗愣了半天，才问：“你怎么来了，有事？”小嫚说，来看看你，你现在是虎落平川，心情肯定不好。小嫚这么一说，侯仲杰便开始大骂，骂举报人，骂那些势利眼的小老板，骂上级不分青红皂白就停他的职。骂了一大通，才回头说，危难见真情，小嫚你能来看哥，哥就是被停职也认了，毕竟在甜水还有你这么个朋友。小嫚在侯仲杰大骂的时候，看到地上有一只皮凉鞋，这是一只很眼熟的皮凉鞋，她忽然想起来了，这不是那天落在自家院子里皮凉鞋的另一只吗？再看侯仲杰没穿袜子的右小腿，一道深色的伤疤十分显眼。

你和马五魁之间的梁子能解就解吧，僵下去对谁都不好。小嫚说。

侯仲杰没想到小嫚来给马五魁说情，拧着眉头问：“马五魁让你来的？不对，应该是季子红，季子红天天往你那里跑，是她让你来的吧？”

没有谁让我来。小嫚说，我是希望驴肉馆别倒，毕竟是家老店，黄了可惜，马五魁能拉直那些弯弯肠子，你就大人大量一回。

侯仲杰摇摇头：“这小子太阴，竟然写匿名信，网上发照片，我咽不下这口气。”

小嫚说，你应该知道我的黑画眉吧，那是马五魁顶账给我的，季子红当年撺掇杨光没收它，说是为了你要吃驴三件。后来这件事被牛镇长拦下了，按理说黑画眉应该痛恨害自己的人吧，但黑画眉没有这么做，那天晚上你和季子红在草地上打滚，结果季子红手机丢了，手机里的东西把季子红吓得要死，店都不想开了。你知道谁把手机找回来的？是黑画眉！黑画眉在吃草时发现了手机。这件事让季子红知道了什么叫放下，什么叫感恩，我劝你还是息事宁人为好，再说，人还不如一头驴吗？

小嫚一番话把侯仲杰说动了心。他眨眨眼，嘴唇努了努，道：“那不是便宜了马五魁，我都停职了，他却毫发未损。”

马五魁怎么能毫发未损？驴肉馆停业整顿，厨子服务员都回家了。小嫚说，你停职，他停业，你们扯平了。

侯仲杰还在犹豫，他在甜水一向威风八面，这次栽了跟头有点抬不起头来，关键是季子红不再理他，让他大有赔了女人又折兵的羞耻感。他的心态小嫚猜得一清二楚。要想从根本上解决问题，必须把季子红这枚绣球从两头狮子中间摘除，否则，马、侯不会和解。

你不要以为季子红倒向了马五魁一边，季子红现在的心思与你们二人无关，全在黑画眉身上。黑画眉是她最好的朋友，你们俩都败给了黑画眉，季子红也不是过去的季子红了，从西藏回来，她成了一个端庄贤淑的女人。

侯仲杰有些怀疑，甜水街上梨花带雨、摇曳多姿的季子红会变成一个文静淑女？而且仅仅因为一头驴子。

侯所长，有些事你该学学我，得饶人处且饶人吧，你看你这只皮凉鞋，它的另一只在哪儿你应该比我清楚，可是我没有声张。我想，给别人留面子，也就是给自己留出路。

侯仲杰的脸色突然涨红了，红得像猴腚，他喝了一口普洱，擦擦嘴角的茶汁，道："你别说了小嫚，哥给你面子，你去和马五魁说吧，这事到此为止！"

从侯仲杰家出来，小嫚直接去了五魁驴肉馆。馆内冷冷清清，厨师、服务员已经放假，昔日喧嚣的麻将室也没了动静。马五魁一个人坐在办公室里抽烟，眼皮有些浮肿，左腮像馒头一样隆起。见小嫚进来，他坐着没起身，不耐烦地说："来要账？我说小嫚，咱能不能别落井下石。"

小嫚摇摇头说："马老板，我不是来讨账的，我是为你的驴肉馆才来，你我都是做生意的，民不和官斗的道理不会不明白，你和侯所长斗，你有多大的胜算？"

马五魁站起身，哭丧着脸说，哪是我要和他斗？是他揪着我不放，县食药卫生站站长是他中专同学，他要找我麻烦还不是易如反掌，我正为这事犯愁呢。

小嫚把自己去做侯所长工作、侯所长也答应和解的事告诉了他，让他主动上门两人把话说开。马五魁有些发蒙，结结巴巴地问，小嫚小嫚，你、你怎么会帮我？我挺对不住你的啊。小嫚冷冷地说，我帮你是因为黑画眉，你没杀这头通人性的驴，是你的一份福报。

马五魁一个劲儿地点头，小嫚帮他的理由原来在这里，这让他心里很惭愧，做生意都盼着邻居倒，谁像小嫚有这种菩萨心？难怪季子红早就说，小嫚就像一碗不温不火的石磨豆花，虽说不是高大上的海参鲍鱼，但人人都喜爱。

6

马五魁和侯所长交恶全甜水镇都知道，包括牛志在内的许多人都认为两人的矛盾不可调和，龙虎相斗，必有一伤。全叔不这么看，他对高老师说，马、侯两人虽然势同水火，但有人还是能摆平的。高老师问，你是说牛志？全叔摇摇头，是小嫚，只有小嫚出面，这场龙虎斗才能化干戈为玉帛。高老师有点不信，小嫚的话就那么管用？这两个人可都是甜水镇响当当的人物。全叔说，依我对小嫚的了解，她肯定会出手。小嫚果然出手了，当全婶把小嫚出手的结果告诉全叔和高老师时，正与全叔对弈的高老师下巴仿佛坠了秤砣，张大的嘴半天没合上。

全叔说，小嫚是看了黑画眉的面子。高老师捏着一枚棋子，却不知落到哪里，他满脑子都是黑画眉。黑画眉种种异常之举通过全婶的嘴他没少听，比如黑画眉会在早晨或黄昏时低头朝老井里看，眼睛眯起来，像人一样笑。而早晨和晚上看老井，老井里的水就是一面镜子，难道黑画眉在照镜子？全叔说，驴看井不奇怪，西藏的野驴在干旱缺水的时候会在河湾用蹄子刨出一口井来，当地人叫驴井，野驴除了自己饮用外，还为其他动物提供水源。

高老师落下棋子，问全叔，我看黑画眉时总有种似曾相识的感觉，我就瞎想，黑画眉是不是被小黑附体了？

全叔盯着棋盘，没有回答。

全婶把高老师这句话告诉小嫚，小嫚扑哧一下笑了："我和小黑同桌，又亲如兄妹，小黑为何会来吓我？话又说回来，小黑的魂魄要能附体倒是好事，他游荡的灵魂也好有个安置。不过，听说附体的东西有鬼魅味儿，而黑画眉身上却是实实在在的紫花苜蓿干草味儿。"

全婶活了五十多年，从没听说什么鬼魅味儿，问全叔，全叔说，鬼魅味就是啥味儿也没有，气味发自体物，而鬼魅因为是虚化的魂魄，是灵气，所以什么味也不会有。全婶说，小嫚小小年纪怎么会懂这些呢？全叔道，玄机不玄，有些人对很多东西能无师自通。

高老师的历史课不饱和，校长让他把生物课兼起来，他欣然接受。但第一天上生物课，他就被一个学生问住了。学生的问题很简单，为什么说六畜兴旺，而不是七畜八畜或九畜？他说这个问题一两句说不清，等下堂课再讲。放学后他请全叔到石磨豆花吃饭，想请教一下六畜方面的学问。这种知识问网络靠不住，全叔作为牲口牙纪，应该有权威答案。

两碗石磨豆花，一把嫩葱，一碟豆瓣酱，几盘小菜，两人相对而坐，小酌长叙。与全叔交往多年，高老师对动物植物兴趣大增。高老师认为，全叔带给他的是一个全新的观念体系，这个体系不是把人作为万物之灵，而是作为万物中平等的一员来看待，这让高老师有了许多新看法。全叔自己带了酒，是用牛膝、杜仲等几味中药泡的药酒，他每晚喝二两，不多也不会少。高老师承认知识储备不足，一个六畜问题就把自己难住了，只能来求助全叔。店里食客已经陆续离开，高老师让小嫚也过来坐下。

所谓六畜，就是马牛羊豕犬鸡，是人早期饲养驯化的动物，后来成为家畜，马牛羊为上品，猪狗鸡为下品，此六者皆入属相，可以借物喻人，故有六畜之说。全叔开门见山，从来不云山雾罩兜圈子。

高老师点点头："看来，六畜乃家畜中的精英。"

六畜以马为首，之后的五畜可对应五味、五色、五音、五德、五行，演绎出一个超乎牲畜的世界。全叔果然学识渊博，一个六畜概念，竟能发散出这般大道理。高老师心中敬佩不已。

坐在一旁的小嫚突然插话问，驴呢？怎么评价驴？

全叔扭头朝窗外看了看，灯光下，黑画眉正安静地在石槽前吃草料，黑贝趴在一边，下颌平放在两只前爪上，几条葫芦蔓爬到石槽上方的棚架，大大小小的葫芦悬挂着，一副恬静惬意的田园景象。见全叔没有回答，小嫚接着说，我老是觉得黑画眉不是一般的驴，它能听懂我的话。

驴当然能听懂人话，古代文人雅士多喜欢骑驴，北宋的王安石官至宰相，却一直骑驴不骑马，就是因为驴通人性，懂人话。全叔说，西汉时期，朝中有四宝之说，是琥珀、珊瑚、翠玉和驴，驴被称为奇畜，在御花园中放养。很可惜，后来驴的地位江河日下，究其原因，在人不在驴，驴还是驴，人却不是古时的人了。

小嫚说，驴通人性，为什么在六畜之外？小嫚问到了核心。

谁说驴在六畜之外？全叔的下巴高高扬起来，语气不容置疑，不对，应该是六畜之上！小嫚和高老师都愣了一下，全叔可谓语出惊人，六畜之上，驴的地位将超越牛马。

全叔说，驴比牛马驯化为役畜要早很多，说明它辈分在六畜之上；驴能怀仁含义、顺天应时，说明其德行在六畜之上。驴与人气味相投，水流湿，云从龙，说明它志气在六畜之上。

小嫚问，什么叫怀仁含义、顺天应时？

天性慈悲，解人危难，顺德从善，这就是怀仁含义。全叔打着手势道，打个比方说，马会骇，牛能惊，但驴不会狂厥，不会伤人。驴在路上遇到倒卧之人，要么绕行，要么跨越，绝不会践踏。所谓顺天，就是顺从使命，人让驴拉磨，驴就无怨无悔地转圈儿，这是役畜的天职，尽天职亦是顺人道；驴在夜晚会叫，但它从不乱叫，驴叫与更次相应，叫声是替人打更，这不就是应时吗？

高老师插话，气味一说怎么讲？

全叔说，动物以气味辨亲疏，眼里不分美丑妍媸，包括发情求偶，皆以气味为信号，同声相应、同气相求就是这个道理。

驴有这么多好处，人真不该辜负驴。小嫚心生感慨。

全叔接着说，驴在六畜之上还有原因，六畜乃六牲，六牲充庖为祭可为常理，而驴在六牲之外，故不可杀之过当，这是对驴的敬畏。民间有句话常常被误读，即天上龙肉、地上驴肉，此言不是说龙肉、驴肉如何美味，而是强调龙肉驴肉吃不得。想想看，龙作为民族之图腾，皇权之象征，能吃吗？敢吃吗？同样，对怀仁含义的驴你又如何下得了刀、张得了口？

小嫚道，全叔这话应该让马五魁听听。

释家有偈语，万事皆空因果不空，马五魁总有回头的一天。全叔问小嫚，你不说当年他还下河救过小黑吗？小嫚说是的，当时马五魁第一个跳下深潭，很勇敢。

7

季子红的保健品店不开了，她加盟了一家医药公司，开连锁药店。季子红在做出这一决定前对小嫚说，当年，看到有人凭两只甲鱼就能卖三年鳖精，我觉得这是本事，便开始搞保健品。入了行我才知道，这钱赚得心慌，人一辈子还是活得踏实好，心安，才有幸福感，所以我要改行，正经卖药。

季子红让雷子帮忙做一件事，就是把她店里某些保健品装入纸箱，趁着夜幕，挖个深坑埋掉。之所以选择夜里埋，怕有人看到给起了去。

药店开业那天，来了几十个熟人，门前摆了七八个鲜花花篮，其中就有马五魁和侯所长的花篮。马五魁和侯所长握手言和后，两人各得其所，侯所长停职两个月后得以复职，马五魁的驴肉馆交了罚款后，也正常营业。两人都感谢小嫚，如果没有小嫚从中斡旋，打到今天两人也不见得有胜负。

药店开业，没有致辞，没有剪彩，季子红只请牛镇长将牌匾上一块红绸布一把扯下就算礼成。雷子帮忙放了一挂三万响的鞭，鞭很响，但雷子是聋哑人，不怕，别人都捂着耳朵，唯有他站在那里憨憨地笑。鞭炮放完，众人放下捂耳的手，却听到隔壁传来一阵嘹亮的驴叫声。驴叫好似合着短促的节拍，众人都伸直了脖子，倾听这不期而遇的驴叫。

没有人发现，季子红的眼角有泪水流出，她能听懂黑画眉为何而叫。

黑画眉停止叫声后，小嫚对季子红说，你这药店里很奇怪，没有来苏水味儿，也没有中药味儿，倒是满屋子紫花苜蓿干草味儿。季子红点点头说，不是紫花苜蓿，是黑画眉的味道。

开业仪式结束，马五魁请侯所长吃饭，不去五魁驴肉馆，而是去椅子山水库边一户农家乐吃鱼。邀请小嫚和季子红，两人婉言谢绝了。她们都希望两人真能和好，而男人和好的标志就是一顿透酒，借着酒劲揭掉最后一层窗纸。

季子红要到椅子山北面的青堆镇进一批药，如果从公路绕过去，开车得小半天，如果从椅子山下小路过去，也就十几里。小嫚说让雷子去吧，黑画眉已经配了挂胶轮车，几个钟头就把药拉回来了。季子红同意了，给雷子写了便条，让他赶车去山后的青堆镇。从甜水去青堆镇全是五尺宽的田间土路，典型的牛马道，走不了汽车。都说老马识途，其实，真正认道儿的是驴，驴车拉了货，只要绕过椅子山，不用人赶，自己就会把车拉回来。雷子去拉过几次黄豆，返回路上往麻袋上一靠，抱着鞭子就呼呼大睡，觉醒时，已在石磨豆花门前了。

雷子拉了一车药，将驴车赶过椅子山，走上那条窄窄的牛马道，道旁开着成片的山菊花，稗草已经成熟，那是牛马的最爱，黑画眉对此视而不见，它从不在路上捡东西吃。它吃东西除了院子里的石槽，再就是蒲河边的野草滩。黑画眉步伐平稳踏实，午后的阳光似乎有催眠的效果，在沉寂世界里的雷子特别爱睡觉，不知不觉已经打起鼾声。雷子是孤儿，流浪来到甜水，到石磨豆花乞讨被小嫚收留，他很感激小嫚，视小嫚为恩人，自觉担负起保护小嫚的责任。一次，一个货车司机醉酒在石磨豆花纠缠小嫚，他拎着把铡刀就过来了，把个司机吓得屁滚尿流逃走了。当然，他拎着铡刀不是来拼命，小嫚和司机发生争吵时，雷子正在给黑画眉铡草，全婶过来向他勾勾手，他没多想卸下铡刀拎着就过去了。这件事在甜水传开，街头小混混都不敢来石磨豆花滋事，一来怕那条咬人下死口的黑贝，二来怕拎着铡刀拼命的雷子。杨光曾经在外面说，和谁打也不能和哑巴打，因为哑巴听不见，到了法庭上法官也愁。杨光说过在甜水他只怕他姐夫，后来出了铡刀事件后，甜水人都知道杨光还怕雷子。

晃晃悠悠的驴车什么时候停下的没人知道，雷子睡得太沉，昨夜他垫了磨道，又新錾了磨齿，睡觉已是子夜。

小嫚和季子红估计雷子应该回来的时间却没有回来，便有些不放心，说去看看吧，别出什么意外。在通往椅子山草绳一样的小路上，两人看到熟悉的驴车停在路中间一动不动，快步走过去，两人顿时吓呆了。黑画眉前面躺着个人，仔细一看，是马五魁。马五魁喝醉了，呕吐后就伴着一堆呕吐物睡在了路中央。小路很窄，马五魁前面一横，驴车就过不去了。两人叫醒马五魁，又推醒沉睡的雷子。小嫚和季子红都感到后怕，若是黑画眉不停下，那么驴车就会碾过马五魁，这么重的驴车碾过去，马五魁肯定去城隍庙报到了。

马五魁明白了事情经过后，酒被吓醒大半。他和侯所长酒喝得很开，都觉得再闹下去对不住小嫚一片苦心，人家小嫚图啥呀？人家是真心实意帮咱们，再说咱这么对着干，让季子红也瞧不起。两人说话掏心窝，酒就下得快，结果都喝高了。侯所长在农家乐就睡了，他觉得自已还能走，便摇摇晃晃往回走，没想走到半道酒劲上来，就倒在路中央稀里糊涂睡着了。本来已经站起的马五魁，看着黑画眉好一会儿，突然扑腾一声跪在黑画眉蹄前："仁义啊，你比人还仁义啊！人遇到醉鬼都会迈过去，你一头驴子却怕伤到我，停下来保护我。"马五魁真流泪了，他知道，是黑画眉救了自已一命。

一周后，马五魁来找小嫚，还清了欠账。他说，五魁驴肉馆不开了，他上次去椅子山吃饭，发现椅子山上植被茂盛，各种野生菌类资源丰富，他准备将驴肉馆改成菌王火锅城，从此与肉类告别。马五魁信心满满，临走时说，当然，石磨豆花还是要天天进货，作为菌王火锅永远的配菜。

马五魁真的回头了，全叔的话又一次应验。

小嫚很开心，她觉得整个院子甚至整个甜水镇里都充满了紫花苜蓿的干草味儿。夜里，小嫚又做了一个梦，梦见小黑在新开的菌王火锅城门前垛草。她问，你垛什么呢？小黑说，紫花苜蓿啊，城隍庙里闹饥荒呢。小嫚说，我来帮你一起垛。她抓起一捆紫花苜蓿，闻着香甜清新的干草味儿，舍不得放手。醒来发现，自己抱着枕头睡了一夜。

原载《人民文学》2017年第10期

海盗郑一嫂

蒋胜男

大海邀请人类从事征服，从事掠夺，但同时也鼓励人类追求利润，从事商业……平凡的土地，平凡的平原流域把人类束缚在土地上，把它卷入无限的依赖里面，而大海却挟着人类超越了那些思想和行动的有限圈子。

——黑格尔《历史哲学》

一、交叉小径的花园

对于英国商人格拉斯普尔来说，在南中国海的奇遇，是他这一生中最值得纪念的事情。

第一次见到那位传说中的女海盗时，他正处于生命中最恐惧的时候。作为想到远东发一笔财的商人来说，这次远洋航行是一次冒险。当他带着货物，历经数月的海上风浪，以为可以见到马可·波罗笔下的黄金帝国时，还没有登上陆地，他就遇上了海盗，成了俘虏。他被带上了一条船，然后换了一条船，之后又换了一条又一条的船，在经历了一个个航道，被许多海盗审问过以后，他得到了一个通知："我们的大首领要见你。"

"大首领？"格拉斯普尔有些诧异，"难道我昨天见到的不是？"

事实上他每一次换船或换地点的时候，都以为自己见到的是首领。作为以海上强霸而著称的大英帝国，虽然这时候还没达到后世所称的“日不落帝国”，然而海上的实力也已经是数一数二。即便是远洋的商船，也配备了火炮枪支，具有一定的作战能力，三五条海盗船轻易动不得他们。

然而，当他遇上那十几艘大小不等、同样配备火炮枪支的战船时，却觉得仿佛遇上了一支训练有素的海军。他被带上主舰时，以为问话的那个人就是首领。主舰上的海盗训练有素、纪律严明，甚至见了金银和女人都表现出一定程度的克制，于是他在恐惧之外又升起另一种大胆的想法——要想在海盗手中活下来，就必须表现出自己有活着的价值。于是他见到主舰的船长时，第一句话就说：“我有钱，请不要杀死我，我可以写信给我的家人交赎金。”

船长懒洋洋准备挥下的手停住了。他连忙趁机说道：“我可以帮助你们买到一些珍贵的货物。相信我，我活着比死了对你们更有好处。”他便被送到了一个比这个船长地位更高的人那里，然后，又转了一条船，送到更高一级的人那儿。接着，他被送上了岸，蒙着眼睛带到一间房子里。他遇到了一个特别像首领的人。他以为这是最后一次审问了，但他被详细审问过后，又被关了起来。

这期间，他一直仔细观察着一切。很明显，这支海盗的团队比他听闻过的所有海盗团队都庞大。他还发现海盗们对规则的执行也严厉到令人难以置信。在他被俘的当天，就有一名违抗命令的海盗被处死。

而这一天，月亮刚刚升起，他再度被带了出来。海盗给了他一次沐浴的机会。他换了一身中国人的衣服，被蒙上眼睛扶坐到一个用竹椅加长杆改装成的轿子上，离开了他被囚禁了十多天的地方。虽然眼睛看不见任何东西，但高低不平的行程能够让他知道他们正走在一个山道上，然后似乎经过了一个山洞后，他听到了水声，闻到了若有若无的香气。这时候他的遮眼布被解开了。他看到前面一条小河边有船，还有船夫。他上了船，而那些押送他的人却忽然消失了。

船夫撑开了船，沿着河道向上行去，这时候香气更浓了，他看到小河两边，飘浮着一簇簇白色的花，散发着香气。白色有香气的花，常常会让人想到素雅，然而这种白色的香花，却让人感觉到艳丽，或者霸气。

当香气越来越浓的时候，船停下来了，船夫指了指岸边的小径和香花，示意格拉斯普尔自己走上去。这个人从头到尾，没有说过一句话。所有的事都显得如此神秘。于是英国商人怀着惴惴不安的心，走上了岸。越往里走，两边的香花越密集，香气也更加浓烈。这个花园到处是分叉的小径，如同迷宫。他不知道怎么选择，只是凭着本能顺着那白色香花开得最浓郁的地方走。路越走越往上，大约走了二十多分钟，他看到花园的中央有一小片空地，上面有一座中国式的凉亭，凉亭里坐着一个穿白衣服的女人。他看不到她的脸。月光反射着她的白色衣服，让人一走进这花园，第一眼看到的就是她。他不由自主地向她走过去，如同看到灯光的飞蛾，一直走到离那凉亭还有十来米的距离，一个男人的声音叫住了他："格拉斯普尔先生，请你站住。"

英国商人站住了。这时候他才发现，凉亭外站着一个穿黑衣服的男人。刚才他没有看到这个男人，然而，月光下他看到这个男人的脸时就强烈感觉到，这是一个让人无法忽视他存在的人。他年轻，非常年轻；英俊，非常英俊。然而他的眼神，却让英国商人看出，他是一个习惯发号施令的人。

英国商人看看凉亭里坐着的女人，再看看凉亭外站着的男人，谨慎地没有开口。

那个青年说："格拉斯普尔先生，你说你可以帮助我们买到一些珍贵的货物？"

"是的。"英国商人连忙说。

那个青年从身边拎起一个箱子，递给英国商人："你能帮我们买到这样的东西吗？"

英国商人接过箱子。箱子看上去不大，然而出乎意料的沉重，他没料想到手一软，箱子差点儿砸到脚上。那个青年却敏捷地接住了那个箱子，打开，送到了英国商人的面前。“抱歉。”他说，然而他的声音里没有一点儿歉意。英国商人从他的眼神中看到他的态度是傲慢的，那意思应该是——我完全没想到你如此缺乏力量。

英国商人捧起箱子中的东西，那是一个铁制的圆球：“这是一枚炮弹？”

“是的。”青年说，“你还能认出什么？”

英国商人沉默了，好一会儿才说：“这是英国最新研制的24磅炮弹，只装备了少数船只。”

“你能帮助我们买到它吗？”青年说。

英国商人惊骇地看着青年，深吸一口气后才说：“您要什么？炮，还是炮弹？”

“都要。”青年说。

英国商人抹汗：“对不起，我办……”他想说，他办不到，然而话说到一半，他就没有再说出口。这一天虽然是满月，月光下却并不能清楚地看到人的表情，但他发誓他在说到一半的时候，便感到对面青年的眼神从期待变成了扫兴。

没有愤怒，也没有杀气，但这份突如其来的危机感，比愤怒和杀气还可怕。也就是对方这懒洋洋的一眼，让他忽然意识到，这是在和一个杀人如麻的大海盗说话。

为了活命，他必须要答应下来，于是他吃力地转口：“或许，我尽量想想办法。”

“好的。”凉亭里的女人开口了，“格拉斯普尔先生，我们希望能够和您成为朋友。”

“是的，是的。”这是一个酷热的夏天，很容易出汗，英国商人掏出手帕在擦汗。

“我们并不是不讲理的人。”青年说，“我们在海上保护商船的往来，并且征收应得的费用，只有不懂规则的人，我们才施以惩罚。但是，我们在你们的船上发现了鸦片……”

气氛顿时变得紧张起来，格拉斯普尔没有带鸦片，然而那条船上，并不止他一个人的货物。所以他张了张口，想要申辩什么，然而那个青年举手制止了他的解释。

“发现鸦片船，我们是要把相关的人处死的。然而我们已经查了，这批货物不全是你的，所以我们只处决了货主以及收货上船的船长。我们不会杀了你们，但要没收你们所有的货物。如果你们交不出赎金来，就要充当苦役。我想，这是合理的。”青年淡淡地说。

“是的，是的，我完全赞同。”英国商人说。

“一切都是为了您能安全地回去。”凉亭里的女人声音很美，英国商人莫名地想起女妖塞壬来，传说中她的歌声能够诱惑过路的航海者不知不觉地想靠近她，而往往在靠近她的时候，他们的船就会触礁沉没。

英国商人深吸一口气，手紧紧攥着，手心全是汗水：“您的意思是，我能安全地回去？”

“那就要看您能让我们得到什么了。”她说。

这是格拉斯普尔和他笔下的海盗女王Ching夫人的第一次见面。

Ching这个姓氏，后来被翻译为秦夫人、清夫人，甚至是金夫人，但实际上，那只是中国南方一种方言的发音，她的正确姓氏是“郑”。

二、交叉小径的人生

他姓张，名保，小名保仔。

人生有时候选择的范围小得惊人，只能在无数的狭窄小径中迅速决定往左走还是往右走。而不管往左还是往右，每一个选择你都不知道是对是错。路径都是这么狭小，眼前都是这么黑暗。有时候需要用尽全身的力气，在一次次濒临死亡的搏杀中获得一线生机，才能挣得出人头地的微小可能。无尽的疲惫中，或许一点儿温情，一缕香气，就能让人一次又一次获得在血海杀场中搏命的勇气。

保仔在十五岁以前没有穿过完整的衣服，甚至没有过自己的鞋子，然而在此以后他的生命需要一次又一次回忆这段岁月的甜蜜，才能够支撑得下后面的苦难。

虽然是贫家子弟，但“保仔”两个字，足以证明他也曾经是父母心目中的宝贝孩子，他们希望所有过路的神祇都来保护这个孩子。在经历过无数次生死间隙的体验以后，保仔想，他能够活下来，或许这个名字起到了有效的作用吧。

当他第一次成为一艘船的指挥者，看着那面红色旗子升起来的时候，和他在一个渔村一起长大的四十三个孩子，只剩下三个了。那些人有些死于大海的风浪，有些死于劫掠时的对战，有些死于官兵的剿杀，而更多的，是他在十五岁那年目睹着他们死去。

那一天，他们渔村的船队，无意中撞入了大盗郑一和官兵的剿杀之战。那一仗，官兵输了，所有在场还活着的人都成了俘虏。他们被关在寨子里，等候发落。

一部分人在家人交上赎金后离开。而交不出赎金的人，只有两种下场，一是死，二是入伙。

饥饿和干渴如同一把火，灼烧着保仔的五脏六腑。他趴在地上，嘴唇已经干裂，感觉到所有的力气在一点点地流失，而他只余最后一丝坚持……他不愿意入伙，于是就没有得到伙食，海盗窝里不养没用的人。关在一起的人一个个地离开了，最后只剩下他一个人。

不是没有小伙伴来劝他，答应吧，出来吧，低头吧……然而他只是倔强地摇头。他想他的爷娘，他不想回到渔村后，被人指指点点说他是盗匪，这样的话，疼爱他的爷娘会无颜见人。少年的心，如此单纯，又如此倔强！然而他就是凭着这么简单到可笑的一个理由，支撑着自己的意志。

就在他的意识渐渐陷入昏迷的时候，有人扶起他，给他喂水。这水是那么甘甜，他不受控制，毫无意识地贪婪地喝着，直到被呛到，他才敢睁开眼睛。

夕阳下，她的脸有些朦胧，但她的声音很温柔："为什么不出去？"

保仔抹了抹嘴边的水，有些依依不舍地看着那水壶，依旧倔强地一扭头："我不当海盗。"

"为什么？"她问。

"当海盗要被人指着脊梁骨骂的。"他说。

"你怕回到乡里被人骂，你怕你爷娘被人骂？"她冷笑，骂道，"你怎么不想想，你连命都快没有了，还听得到骂声吗？你爷娘连儿子都没有了，还怕人骂吗？"

他抬起头来，看到她叉着腰，泼辣地指着他骂。忽然间，他不想死了，他想活。连她都能够明白的道理，他怎么就没想明白呢?

这一年，他十五岁，她二十一岁。同是被大盗郑一掠到寨子中来的肉票，同样因为没有赎金，面临着生死选择：入伙，或者死亡。

她是疍家妓，他是渔家子，都是底层贱民，都是在苦海中挣扎着要活下去的人，抓住一切机会，活下去。苍茫大海，生命如蜉蝣，朝生不知暮死，看着一个个同伴和一个个猎物及敌人搏杀，死亡并不给任何一方更多偏向，只有最机敏的人、最快的船、最好的装备和最充分的准备，才能获得更多的生存机会。

一场场战斗打下来，他渐渐站住了脚跟，从船上杂役水手，渐渐成为冲锋的主力，队长，再到执掌一条中型的船。最终，在一场海上战役以后，他被带回大本营，来到红旗帮帮主郑一面前。这是他第一次见到这位传说中的总首领。

郑一，只是人们对他的匪称，他官名叫郑文显。有一种说法是，他们这些海盗是郑成功的旧部，但自郑成功之孙郑克塽降清以后，部分旧部拒绝归降，因而不容于清廷，于是率余部横行于东海和南海；还有一种说法，说他们是郑成功的父亲郑芝龙的旧部，在郑芝龙降清的时候就已经脱离他成为海盗。他们在这个王朝建立的时候，就已经以反对派的姿势而游走于海上，力量渐渐增大。

郑一身形魁伟，为人爽朗，谈笑间片言能折服人。如果说从一开始，保仔是有过怨恨和倔强的，然而他为了生存而屈从以后，倔强便已经消失。而郑一和他在帮中的身份隔得太远，连怨恨都被时间和距离冲淡了。当和海盗们日夜共处、同生共死一段时间以后，他从身到心，都已经认同了这个团队。此刻见到郑一，他只有面对首领的紧张；面对他的询问，他害怕自己会令他失望；得到他的夸奖，他只有兴奋和荣光。

过于单纯的少年，最容易被影响，也最容易崇拜强者。能够在无数次厮杀中活下来，并且越活越好，他是机敏的，也是最擅长抓住任何细微机会勇于发动进攻的。而他抓住了这次机会，向所有海盗最敬仰的首领，适时表达了自己的崇拜，展示了自己的观察与分析能力。

“你很聪明，做我的义子吧。”郑一说。他喜欢少年，少年代表着新血，代表着持久补充的后备力量，所以他更喜欢用超常规的手段，让这些少年发挥出超常规的作用来。

保仔很兴奋。集团中有一些规则和传闻，做义子代表着一种殊荣和嘉奖，代表着更近一步接近集团核心，代表着他可能掌握不止一条船，甚至可能掌握着一个小型的攻击船队。成为义子的集团成员，到目前为止，只有二十多名，从将近三万海盗竞争者中脱颖而出的二十多人。而他，仅用了一年多的时间，就达到了目标，进入了核心决策层。

郑一这时候正在进行一项艰巨的工作。他要凭自己的实力、威望、人缘，把这片海域上的六支队伍合并到一起来，组成一支真正的无敌军团。只有联合才能垄断，只有垄断才是获取最大利益的手段。

海上并不平静，除去朝廷围剿，欧洲各国也开始了大航海的探索，包括东印度公司在内的这些商业组织背后，还有所有国提供的最先进武器和官方支持，目前势力渐向南中国海扩张。郑一的势力也吃过几次大亏。目前南海的势力，其实已经初具合并的基础。各海盗帮以红、白、黑、蓝、黄、紫六色旗而区分，互划地盘、不抢客源，遇到朝廷围剿则守望相助。然而在郑一看来，这仍是远远不够的。

首先是组成人员的差异。虽然六色旗有一半是郑家旧部，但终究已经传续数代人，原来的宗旨理念早已渐渐淡忘，后人自然也各生心思；随着时间的推移，还有帮派之中人员替换的、中途折损的、新进势力坐大的，到如今六色旗实际上是各行其是，为理念为利益的争端在所难免。而今时又不同于往朝，随着清廷坐稳江山以后，力量渐至边远海疆，更有洋人的舰队船坚炮利，如今在爪哇各岛渐成势力，对他们也形成威胁。

合则强，散则会被各个击破，这其实也是各旗的共识。然而海盗们都是桀骜不驯的，谁都知道联合的好处，可谁都不愿意臣服他人，哪怕是郑一这个于群盗中实力威望慷慨义气都毋庸置疑的首领人物。

于是，合纵连横、拉拢分化、克难定易……接下来的日子，郑一往来于各旗首领的寨子，游说征服。保仔等一干义子，随从护卫。

在往来的身影中，郑一身后，往往跟着一个女人。他看着她为郑一出谋划策，在郑一因为碍于情面不便出言，或被言语挤对，或犹豫不决时，她甚至亲自上前，巧辩强驳、娇笑斥喝，化争执为无形，化刀剑为谈笑。

保仔从第一天起，就认出她来了。那个声音曾多少回在他梦里回响，那个身影曾多少次于生死一线时闪现。她本就是个让人一见难忘的女人，更何况是在一个情窦初开的少年心中，无人可以取代。

在一年多刀头舔血的恐惧中，在无数次生与死后的空虚中，在已经知道无法归去的茫然中，他常常会想起她来。是真是幻，他无法分清。或者，她更像是他无望生涯中的海市蜃楼，苦海中的一滴蜜汁。想着她，就能够让他在绝望中多撑一刻，再多撑一刻。

他曾经潜回旧居，父母已死，故园已荒。那一刻，他茫然不知所措，甚至连死亡都显得空空荡荡。但他还是回来了，他已经无处可去。他为什么回来，他不知道，或者只是人对生的渴望，或许……

这一份未知，于再度见到她以后，变得清晰。他想，他是想还她一条命，或者还她那一杯水，或者是圆自己一个梦想吧。他就想这样跟在她的身边，只要远远地看着她，就好。他活着，她也活着，多好！就这样跟着她，保护她，一生一世，别无所求。

三、血海飘香

她姓石，小名香姑。

她是疍家妓，一双天足只能踏在船上，不能踏上陆地。

所谓疍家人，也叫蛋家人，生活如同蛋壳一样，飘浮无依，一不小心，就碎了。疍家人的历史不知道是从何时起，只知道，他们是朝廷的罪人之后，不准上岸居住，不准读书识字，不准与岸上人家通婚。甚至严格意义上，都不能算是天朝的子民，只能算是“贱民”。寻根、寻陆、寻出头之路，几乎是世世代代永远的梦想，然而，永远无望。

香姑的父亲亦是海盗。疍家为海盗者，郑、石、马、徐为其中四大姓。这个姓石的海盗，曾经风光过，然而最终还是死于非命，只剩孤女寡妇，苟延残喘于世。罪人和贱民的双重身份，使得母女生存更加艰难。母亲在这种煎熬中死了，而她，成为船妓。

然而她却没有放弃过努力。她依稀记得，小时候她的双脚是踏上过陆地的，她的身上是着过丝绸的，她的眼睛是见识过繁华的。她记不得更多具体的事，然而脑海中残留着的点滴记忆，如同蜜汁，让她能在睡梦中有一丝甜美。一场无意中卷入的劫杀，让她成了海盗的女人。

如同保仔成为郑一的义子一样，对于没有赎金的肉票，能够活下来的，顺从依附是唯一的选择，除此之外，就是进鱼虾之腹。

海盗很少有固定的伴侣，也无法拥有。女人是稀缺的，生命是无常的，一票成功便狂欢发泄，一朝身死便什么也没有。唯有部分首领，能够在某一段时间里拥有某个情人。她们通常是美丽的、聪明的，甚至是厉害的。然而，终究只是一个首领拥有的物件，没有独立的身份。

但是石香姑一开始就是不一样的。她识字，有见识，会有意识地学习，甚至很快能举一反三。郑一开始带着她，只不过是途中解闷，但他很快发现，她过目不忘、举一反三、擅长交际，甚至非常果断。

奔波数月，海上联盟终于成立，六色旗齐聚到了郑一麾下，南中国海号令从此归一。而在这一过程中立下大功的香姑，正式得到了郑一的承认，成为他的妻子，也成为盗帮的“一嫂”。这绝不仅是一个妻子名分的承诺，更是众家兄弟的认同，甚至是部分权力的分享。

作为一个在死亡边缘来回数次的亡命之徒，不得不说，郑一或许是在冥冥之中能够感应到自己的死亡，而提前作了这么一个决定。

联盟达成后，各旗的融合渐成，号令推行越来越通畅，就在郑一威望达到顶点时，也许有人预感到，这是最后一搏的机会了。

一次出海的行动中，郑一的船队遇上了风暴。一片混乱中，郑一落海，受伤而死。

“你说，他的死，真的是意外吗？”夜深了，一身素衣的女人，站在灵堂前，问保仔。

白天的喧闹已经散去。那不知真假的致哀，那杀机暗藏的探问，那号哭背后的心机，她都需一一分辨。没有人真正关心未亡人的悲痛，也没有人关心她独自站在那儿，迎着风刀霜剑时，是否已经千疮百孔。血海中活下来的没有弱者。她要面对的是生存，是自己的生存，也是她身后这一拨原来红旗帮叫她“一嫂”的所有兄弟们的生存，更要面对着整个联盟的生存。

“我已经在查了。”保仔说。

越是生死厮杀中，越能练出人的原始本能来。在危难中，她从所有的义子当中，迅速捕捉到谁对她保持了最大的善意和忠诚，其次，才是看中他的机敏。保仔成为义子们的首领，她最信任的人之一。

随着追查的深入，似乎人人都有可能，可是不管是谁，都让她无法面对。她看着灵堂，屈指一一数来：蓝旗帮乌石二与郑氏兄弟为旧交，当年曾全力扶助郑一；黑旗帮郭婆带，是盗帮中难得的书生，为郑一出谋划策；白旗帮梁保自郑一堂兄时就追随郑家兄弟，忠心耿耿；黄旗帮吴知青受过郑一救命之恩；紫旗帮郑流唐更是同族兄弟……

每个人都可能是凶手，每个人都有可能不是。追查在进行，内讧也在潜滋暗长。

乌石二要拥立郑一之侄继位，郭婆带欲假借娶她而接手红旗帮，梁保与郑流唐发生争执，吴知青拥兵袖手。最终，灵堂前血光再起，郑流唐率先出局。他被众人指为凶手，虽然在搏杀中冲出重围，然而部属被杀，他自己亦已无路可走，最终只能带着脸上的一个刀洞，率余部三百八十三人，投降了曾为世敌的大清 朝廷。

案子似乎已经告一段落，又似乎更加扑朔迷离。这是一桩不解之谜，哪怕过去了很多年，人们依旧无解。好不容易聚拢的联盟，就算大家心里各有算计，也不愿意看着它解散了。但是谁也不服谁，在这种诡异的情况下，竟然达成了一种平衡和统一。

“既然大家都无法决定，那就由一嫂来做这个大当家吧。”黑旗帮的帮主郭婆带提议说。

这是一个看上去文质彬彬的人，手不释卷，一副读书人模样，在诸海盗中，显得有些格格不入，他同样也轻视这些鲁莽粗汉。然而他手段了得，执掌黑旗帮几年时间，就把它发展成仅次于郑一红旗帮的第二大势力。

他像一只野猪群里的孤狼，众海盗不喜欢他，然而又畏他心机深沉，下手毒辣；不愿意附和他，然而又不得不为他的话语所动。

沉默良久，蓝旗帮乌石二终于也点头了。他之所以一力主张扶植郑一的侄子，也无非是为郑一一系争取权力。郑一身死，只剩孀妻弱侄，他并不看好一个女人。这是与郭婆带实力不相上下的另一股势力，最大的争斗其实是发生在他和郭婆带之间。这俩人决定了以后，余者就没有再跳出来挑头说不同意见的了。

于是，事情就这么决定了。郑一死后，诸旗在郑一灵前，拥立郑一嫂石氏为新首领。

刚开始，谁也没有真正重视过她。在他们眼中，她虽然看上去较寻常妇人更有胆色、更聪明，然而，终究只是一个女人罢了。

乌石二视她为过渡人物，更用心在郑一之侄的培养拉拢上，欲联合红旗帮这一支势力而称尊；郭婆带殷勤讨好，处处附和相助，不过是想以情诱之，借她的手来控制红旗帮。

然而，世事未必如人所料。

她没有想到，她会成为海盗们的首领，可是既然命运已经推着她一步步走到这个位置，她就不能再跌下来。因为跌下来，就是粉身碎骨。

她学习驾船、射击、搏杀……学习走到无数杀人如麻的海盗面前，威慑住他们，征服他们，让他们听她的号令。第一次发号施令时，她每一步迈向台上，都比迈向刑场更恐惧，看着台下黑压压的人头，无数双血红的眼睛，她几近失语；第一次临战的时候，她的耳朵里只塞满了枪声炮声喊杀声，根本无法判断情势……

做海盗不难，做一个优秀的海盗首领，却不容易。她要懂得看洋流、看天气、看海图，甚至是风向的变化、火炮的射程、火枪的种类、船只的航速，才能够在两船相遇的时候，迅速规划如何进攻，判断何时开火、何时接舷……

而这一些，只是初步的能力。然而只有她自己做得了这一切，并且做得比别人都好，才能够让众人心服口服。

慢慢地，义子们臣服了她，红旗帮众拥戴了她，渐渐连其他五色旗中人，也无法再将她视为一个傀儡。她对部属约法三章：私逃上岸者杀，私窃公物者杀，强奸女票者杀。

海盗纵然在海上，然而根在陆地上，一衣一食，无不取之于陆地。她再下令，劫掠以官船、洋船为主，对于商船则以收“保护费”为主。只要取得六色帮旗号，航行海上不但无忧，还可得到海盗们的保护和帮助。于平民百姓，则市恩众人赢取民心，凡于百姓处购买东西，便加倍付钱；如有强取百姓东西者，立即处死……

红旗帮日渐扩张，她择数海岛为根据地。最终，大屿山成为她的最佳选择。于是她立起营寨，附近百姓亦依附前来交易。这里不仅曾有数万人定居交易，更有她为了整个六旗联盟而建立的船厂、药弹厂等基础设施。她与澳门的葡萄牙人交易，与广州的英国人交易，与爪哇的西班牙人交易……

西方的药品、武器甚至造船方法，没有什么是无法买到的。随着红旗帮的力量不断增大，当人马和装备超过其他五旗联合时，六旗联盟的总首领，从有名无实，终至名副其实。

诸旗首领，重聚大屿山上的营寨中。看到他们臣服之后复杂的眼神，她笑了。人群散去，保仔轻轻走入，给她披上外衣：“夜深，防凉！”

她回头看他。这些年来，他从少年长为青年，一直默默地站在她的身后，护卫着她，为她出谋划策，为她身先士卒，甚至为她装神弄鬼，为她脏了双手。“保仔，你要什么？”她问。

只要他说得出来，她就给得起。

他什么也没有说，只是拉着她的手，缓缓走过山径，走到水边。营寨依水而建，一条小船就能够通到大海，这是沿海而入的那条江的一个分支。水边有一丛白色香花，散发着袭人的香气。她循香走到花前，有些惊喜。

她的名字中有一个“香”字，她一直喜欢所有带香气的植物，然而她从来没见过这种花。她见过的花，都没有它香得这么嚣张。这花，开得这么艳丽，而且旺盛，怒放夺目。

“这是什么花，从哪里来的？”她小心翼翼地捧着花，下面带着新土，显然是刚种下的。

“我也不知道是什么花。船经过婆罗洲的时候，偶然看到这种花，我觉得你会喜欢，于是把它带上船，种在这里。”保仔偷偷看着她，那灿烂的笑，连手中的花也相形失色。

“是的，我很喜欢。”她说。

这是一种生命力很强的花。到第二年的时候，这花就长遍了水边。花季时，花瓣落在水面，顺着水流入江，漂入海，郁郁香气，经久不散。

人们说，这条江是香的，就叫香江吧。

四、风起云涌

公元十九世纪初，南中国海。

英国东印度公司的舰队，再一次遭遇海盗的袭击。这一次，他们损失了数百箱鸦片，价值数十万两白银，这是他们今年第七次遭遇海盗的袭击了。公司高层震怒，今年报表上的庞大利润将因为这些海盗化为泡影。如果没有足够的白银运回国内，他们将会面临被召回，甚至会失去许多特权。而这些特权，比鸦片更令人迷醉。

英国东印度公司并不是普通的贸易公司，他们有皇家特许状，可以拥有军队、火器和海军舰队。他们来到远东，殖民侵占、掠夺财富、发动战争、杀死国王、洗劫国库甚至灭亡国家……

这个远东的国家，有着丝绸和茶叶，还有瓷器，每一项运回欧洲都是暴利。然而这个国度自给自足，并不需要多少物品进口，所以当从美洲运回的白银又流入这个国度时，东印度公司是无法满意的，直到他们发现鸦片足以令人上瘾的功能。于是这种原本在医学上用来麻醉的植物，变成了可怕的毒品。黑色的鸦片流入中国，雪白的银两流入东印度公司，报表上的数字，才会令人满意。但这两年，南中国海的海盗频频劫掠，令他们损失惨重。

商行的威尔逊先生想到董事会的警告，有些心寒。他召来了雇佣军的亨利少校，问他：“你有什么办法解决这些海盗？”

亨利少校摇摇头："先生，海盗是无法被剿灭的，您知道。"

是的，威尔逊比谁都知道，英国人就是从海盗发家的。当年的英国内忧外患，伊丽莎白一世为了取得海上的霸权，不惜折节给海盗投资，为他们提供武器和后勤保障，甚至封爵授勋。著名海盗德雷克，就因为多次伏击西班牙商船，甚至同法国海盗合伙抢掠，不但大发其财，而且深得皇家钟爱。据说某次他沿着美洲东海岸，绕麦哲伦海峡横渡太平洋作了一次环球抢劫，女王在收到其分红以后，欣喜若狂甚至亲临其座舰，当场封其为爵士。在整个伊丽莎白女王朝代，海盗们带回的"分红"高达一千二百万英镑。官员们不胜自豪地记录着："英国的财政，从来没有像1580—1581年冬季那样繁荣过。政府有力量去还清债务，去改善国外的信贷情况，同时也能执行比较强硬的外交政策了。"

到了一定时期，海盗摇身一变成了大英帝国的海军，甚至打败了当时被称之为"无敌舰队"的西班牙海军。海盗挟英王名义在世界海域抢劫金银、贩卖奴隶、参加海战、镇压叛乱，英国自此逐步称霸海上，开启了"日不落帝国"的序幕。甚至从某种意义上来说，东印度公司，也是在继承当年海盗的衣钵。所以，他们格外不能忍受，大英帝国居然会在别的海盗手中吃亏。

"是的，海盗是无法被完全剿灭的，但是我们至少可以想到办法把这股海盗剿灭。"就在威尔逊跟他的其他合伙人商议这一点时，另一个东印度公司的资深职员潘义理说。

潘义理英文名叫查理，有犹太血统。他早年在印度和牙买加从事商贸，后受东印度公司委派长驻广州，负责与十三行贸易接洽，属于地道的"中国通"。他甚至像中国人一样，穿起长袍戴起瓜皮帽，还给自己取了一个中国名字叫潘义理。威尔逊知道潘义理在中国官场有许多朋友，听了他的话，不禁问他："查理，你有什么办法？"

潘义理说出了他的办法："我们可以让中国的官府替我们去消灭这些海盗。"

"这怎么可能？"威尔逊摇头，"中国的官府如果认识到海盗的价值，我们将不能再在远东待下去了。”

“可他们永远也不会认识到这一点，他们和我们不一样。只有岛国才最渴望征服海洋，而中国的陆地面积太大，大到他们认为自己不需要海洋。”潘义理说。

中国的官员只会认为那些海盗是不肯驯服的庶民。两广的海上贸易如此活跃，很少有官员没有在这些海上贸易中占有股份的，但是海盗的存在让这些官员们的私下收入受到了很大的损失，令他们深恨海盗。他们或许可以出动小股的军队去保护他们的相关贸易，但海盗进化到康采恩的级别以后，官员们的私下交易就不是海盗的对手了。所以潘义理认为他可以游说这些官员，用官方的力量去打击海盗。

“我不认为那些官员能够剿灭海盗。”亨利少校首先摇头，他是个苏格兰人，早年加入皇家海军，后来在东印度公司服役。他从军事角度否决了这个建议。他怀疑地看着潘义理，觉得对方像是个准备假借此名义从中套取巨额游说资金的骗子。

但熟悉中国官场规则的潘义理告诉威尔逊，中国的官员对付他的子民比西洋人更有办法——“我们就算有最好的船和火器，也无法捕捉到这些海盗，而且我们军队的人数比不上他们。但是中国的官员可以弥补我们的不足。我的建议是，我们可以和葡萄牙人一起，帮助他们共同组建联合舰队，这样就可以彻底剿灭这些海盗。”

亨利却不肯相信：“我倒是认为，这些官员会投资这些海盗，就像我们曾经做过的一样。他们的战斗力很强。我觉得我们在远东的投资应该收缩，印度才是我们的殖民地。”他耸了耸肩，“这个国家并不是印度，我觉得我们会失败。”

威尔逊在心里是认同亨利的，然而他觉得他必须向董事会表明他对远东市场已经尽了所有的努力了，所以虽然他对潘义理的设想并不感兴趣，但还是给了潘义理游说经费，作为他在远东努力的备案。但他万万没有想到，这份投资，居然获得了重大转机。

潘义理和他的中国代理人开始行动了。先是官府接到多处上报，说是海盗袭击了村镇，然后广东水师开始对这些海盗进行围剿，但不幸的是，在对海盗的阻击中，官兵们并没有占到便宜。当事情越演越烈，最终摆到两广总督案前的奏报上时，便已经成了一件大事，好像这拨海盗不得不剿，否则将会影响清廷统治。尤其是这拨海盗属于郑氏余部，就更为大清官员围剿海盗之事增加了政治正确性。

很多时候，官和贼其实是保持着一种微妙均衡的关系，成为既敌对又利益共同的群体。而这种关系，是瞒上不瞒下的。一旦上面的官员想要对贼采取行动的时候，这种行动往往在执行过程中会被消解掉，让上面的官员既无奈又愤怒。当有更大的压力下来的时候，这种均衡又会被打破，然后就会有一拨人在政治风暴卷入后被消除。再过一段时间，会有新一拨人上来，再继续保持这种微妙均衡。而现在，显然这种微妙的均衡，被在海上频频受打劫的洋人和买办们打破了。当发现了可操作空间的时候，威尔逊和他的伙伴们大喜过望，迅速追加了游说方面的投资。

得到好处的官员们开始整顿军纪，他们不能容忍这些下属为了自己捞的一点儿好处，而让他们的福利落空。

红旗帮遭受了前所未有的围剿。在官兵们派出的军队越来越多，层级越来越高后，最终，张保仔的一次受伤，使冲突彻底走向极端。

张保仔在一次救援友军的行动中受到埋伏，被炮弹击中。尽管他的运气已经算是很好，避开了要害，但仍然身受重伤，体内数十枚碎弹片，需要手术取出。

“这需要西医。”帮里的大夫对一嫂说。

而西医只有广州城和澳门有，不是和英国人有关系，就是和葡萄牙人有关系。

一嫂沉默良久，击案：“那就动手吧。”她看着张保仔苍白的脸，握着他的手，说了一句，“保仔，我会让他们付出代价的。”

此时英国人势力渐长，而葡萄牙人势力渐弱。葡萄牙人据有澳门，令英国人十分羡慕。然而此时英国人虽难以有机会重演葡萄牙人当初借用澳门的渠道，但仍然不断为此而进行努力，并为此制造出一些事件作为揳入的机会。于是英国兵船一方面驰入广州湾炫耀兵威，另一方面又有英国兵船十三艘泊香山鸡颈洋，率兵三百擅入澳门，占据炮台。

这一日，本来只在远洋活动的红旗帮海盗忽然出现在广州湾，攻击了英国船队，并俘获一艘英舰，斩杀数十名英国士兵，令英军震怒。驰入澳门的英舰转向广州，夹击海盗。

而此时，红旗帮的潜伏人员，已经在澳门悄悄将著名西医周飞鸿劫到船上，送至大屿山。周医生在张保仔身上取出数十枚炮弹碎片以后，最终将他的生命挽救了回来。

张保仔被救回以后，红旗帮对清廷的报复也展开了。海面上官兵炮战，火光冲天，两边的冲突日益强烈，甚至势力延伸到福建、浙江一带。

海盗竟然如此猖狂，这事最终无法控制在两广，传进了北京城。皇宫内，嘉庆皇帝大怒，数番严责两广总督必须尽快剿灭海盗。

误判形势的部分两广官员们骑虎难下了。一开始他们只是收了厚礼，认为可以将这些海盗轻易消灭，然而他们没有想到海盗的强悍出乎他们的意料，而海盗的报复心更出乎他们的意料。如果只是海面上发生的冲突，他们大可以将这些事情掩盖掉，然而海盗似乎发现他们最害怕的是什么。海盗上岸劫掠，甚至骚扰邻近省份，使得邻省的地方官员、士绅们对他们怨气冲天，纷纷上书，把官员们想要遮掩的事情给捅上去了。

事情闹大以后，两广总督那彦成也在后悔。他不应该因为顺从部分官员的贪婪，而打破了原有的平衡之势。然而此时悔之已晚，他只能不惜一切调集大军，对海盗进行围剿，企图在皇帝发怒之前，挽回自己的政治失分。

然而现实比他想象的更为冷峻，红旗帮在马洲洋大败清军，擒杀虎门总兵林国良；随后，又在阿娘滩大败清军参军林发；紧接着，于广东桅夹门大败清军总兵许廷桂，逼得许廷桂自刎而死；再于浙江打死水师提督徐廷雄……

终于，事情再也掩盖不住了。清廷震怒，嘉庆皇帝连罢两任两广总督那彦成、吴熊光，仍然不能挽救颓势，再调云贵巡抚永保为新任两广总督。不想永保忧急之下，还未到任，就死在路上了。嘉庆皇帝无奈，只得起用颇有争议的山东巡抚张百龄为两广总督。

五、两广总督

在路上走了一个多月，这位在三月份已经任命的两广总督终于在五月份到任。

此时的广州，已经酷热如蒸笼了。

张百龄坐在客厅中，虽然旁边的茶几上放着冰山，但并没有减弱暑气。这时节就是穿单衣也难以承受，何况他已经是六十多岁的老人，但他却还端端正正穿着里外两层的官服，头上戴着大官帽，蒸腾得汗珠不断往下流。

然而他已经顾不得暑热。眼前的海患，让他没有办法安坐，更没有时间回后院去解开衣服放松乘凉。他想到临行前，去宫中觐见皇帝时的情景。

嘉庆皇帝也五十多岁了。这位看上去比他实际年龄苍老得多的皇帝，曾经是帝国最擅长忍耐的皇子，他的父亲就是著名的乾隆皇帝。这位长寿的皇帝熬死了他的许多儿子和孙子，终于在过完八十五岁生日以后宣布退位，把皇位让给他的第十五个儿子永琰，年号嘉庆。

嘉庆皇帝的前半生都在等待皇位，在他终于熬过排行在前的兄弟们，等到了皇位后，却发现自己只不过是个傀儡而已。作为皇帝的他，日子甚至比当皇子时更难熬。所谓皇帝，一切只不过是称呼上的改变，实质上什么也没有变化。他依旧是那个在长寿而多疑的太上皇父亲面前战战兢兢的儿子，一切仍然掌控在乾隆的手中。甚至他的皇后死了，他也不能对外宣布和表示哀伤，因为他年迈的父亲忌讳听到疾病和死亡。

然而那样可怕的父亲，也毕竟死了，他终于熬成了真正的皇帝。可是还来不及欢喜，他就发现面对一个庞大的帝国，竟是一种如此可怕的局面。

京畿有天理教，南方有白莲教，东南沿海有蔡牵之乱，运输上有河漕危机，俄国人在伊犁有异动，英国人在偷运鸦片……外加官员的贪腐、八旗军的溃烂、皇帝的政令推行不力，这内忧外患重重，一刻不能缓。皇帝想解决这一切，却又束手无策。皇帝并不像去世的太上皇那样，有着强大的威望和令人恐惧的手段。从本质上来说，他比他父亲善良而辛劳。然而这一切并没有换得比他父亲更好的名声和更多的尊重。但他对臣下十分温和，而且推心置腹。这一次他排除众议，在帝国面临危机时没有任用满洲亲贵，而将帝国的门户交给汉臣，这是一种信任。

而且，张百龄当年是被赶出广州的——

对于广州，张百龄比朝上诸臣更熟悉。三年前他曾是广东巡抚，因为清查南海、番禺两县蠹吏残害无辜，罢两县知县，结果反被诬告“使用非刑毙命、逼勒供应”，被两广总督那彦成弹劾，又有同僚吴熊光等一齐落井下石，他险些被贬流放。是嘉庆皇帝最终按下此事，再曲折重授六品，辗转福建、湖南、江苏、京中、山东等处，仅三年时间，又重新得回二品顶戴。

君恩如此深重，为臣子岂能不感激涕零、肝脑涂地、百死无悔？主忧臣劳，主辱臣死。看到皇帝为了两广海患，已经数日不能安睡，憔悴至此，张百龄心中，固然是恨极了海盗，更恨的是两广贪官蠹吏造成大祸，贻害百姓，辜负君王。

临行前，皇帝对他说，海盗可剿灭则剿，可招安则招，无论如何，要尽快解决，不要让海患再蔓延下去。帝国烽烟处处，能扑灭一处是一处，河清海晏，方是国之幸事。

皇帝的话，一直如巨石压在张百龄心里，一路辛苦到了广州以后，他发现情势比自己原先想象的更加严峻。

张百龄重回两广，他曾经的强敌已经倒下，附尾之辈，惴惴不安。他拉拢一批，打压一批，整顿吏治，治理军队，更派出所有眼线，打听红旗帮内幕，渐渐摸清了所有的事情。

“郑一的起家，本是由郑七而来，郑七，原名郑连煌……”总督府的灯火，彻夜不熄，张百龄察看着所有的汇总情况。郑氏海盗帮，起于郑芝龙、郑成功父子旧部，多年来在东海、南海之域，但真正兴起，却与越南的西山政权有关。

越南当时分为南北两国，南部为阮氏执政，北部为郑氏执政。因阮氏末期朝政腐败，民不聊生，于是小贩阮文岳、阮文吕、阮文惠三兄弟率众起义，建立政权，因据西山寨而被称为西山军。西山军初起之时，因为势力薄弱，大量招引外援，部分越南的中国侨民因多年来深受阮氏王朝歧视而投入西山军，这些人又引了海盗帮派加入。西山军得到外援，接连击败阮氏王朝和越南北方的郑氏，一统越南，结束越南几百年的割据局面。于是西山王朝便酬诸海盗为官封爵，如莫官扶为东海王、郑连煌为总兵大司马等。后来的蓝旗帮首领乌石二、白旗帮首领梁保、紫旗帮首领郑流唐等亦在这几人麾下，各自得封为将军、总兵、都督等职。

只是好景不长，西山王朝一统越南不久，阮文岳兄弟便因争位而自相残杀，海盗帮亦因此各拥其主，相争不下。外逃的阮氏王朝嘉隆王阮福映趁机向法国乞援，得法国相助，又引暹罗军队入境，终于剿灭西山政权，将莫官扶等人献于清廷问斩，郑七等率余部逃走，然亦死于战乱。郑七死后，其主要势力由其堂弟郑一执掌，而部分手下则各拥旗号，最终由郑一收拢，结成联盟。郑一死后，其部由遗孀石氏掌控，麾下有张保仔、香山二、郑国华、萧步鳌等诸义子相助，数年来，已经真正成为南海诸盗之首。若要剿灭海盗，则应当先剿灭郑石氏掌控的红旗帮。红旗帮一灭，南海之海患便不复存在。

然而，此事说来容易，做来，却是极难的。

如今的红旗帮，已经跟之前所有的海盗都不一样了。若说海盗只懂得劫掠烧杀，全无纪律，但郑氏一开始就是郑成功余部，懂得行军作战，集团管理。

兼之郑七曾率部加入西山政权正式统军为官，虽然西山政权已经覆灭，但海盗已经借此熟悉了军事化的训练和管理，不再如一盘散沙。加上西山军为巩固政权曾向西洋大量购买火器，海盗因此学会了最先进的火器技术和西洋人的海上知识。更兼整个越南的统治无力，使得数处避风良港成了海盗与清廷交战中进可攻、退可守的地方。郑石氏主持大局之后，法度森严，甚至深得百姓拥戴。这桩桩件件，都构成红旗帮不同于普通海盗之处，因此横行海上这么多年，竟是肆无忌惮。

如今光红旗帮郑石氏手中，就有将近七万部众，数百条大船，一千多火炮，其余火器更是不计其数。这股势力，已经远非普通海盗能比。

就在前三任两广总督贬的贬，死的死，新的还未到任的这两三个月权力空窗期，海盗就已经骚扰了数个县城，甚至狂妄到冒充官兵上岸劫掠，以至于真的官兵赶来时，百姓竟不能分辨真假，见之即逃。如今两广沿岸当真是官不官、贼不贼，一片混乱。

张百龄思索着。他面临的局面，比他原来预计的更为艰难。

六、谁才是这片海域的主人

小院中，小径分叉，凉亭依旧。

一嫂坐在凉亭中，轻摇扇子："周医生亲至，他是替谁来游说来了？"

这个周医生就是曾经救过张保仔一命的澳门医生周飞鸿。前日，他通过红旗帮预留内线传递消息，亲自来到大屿山，转交给张保仔一封两广总督府的招降信。

保仔把信递给她看，她看完，长叹一声，放下信说："这个新总督，可真不是以前的草包昏官啊。"

自从新任总督到任以来，一反之前水师不断围剿的局面，反而是布下了一张密网，一步步缩紧红旗帮的活动范围。先是对沿海进行海禁。海盗在海上再威风，也不可能不上岸找个栖居地，一衣一食，无不依赖岸上。如今各种海岸线封锁，他们不得上岸。就算劫掠到再多的金银，也是不能吃不能喝的，又有什么用？

之后，他们在岸上的联系人一个个被清除。原来他们可以利用官兵的贪腐与争权斗利，找到各个击破的方式。可是自从这个新总督到任以后，在他大力整肃下，原来曾被买通的官兵不是被调防就是被处置，竟无着手之处了。

随着生存空间步步缩小，海盗不得已只能上岸劫掠，就算一嫂能够控制得住红旗帮大部分人，也控制不住其他各旗。而其他各旗遇险，又迫使红旗帮不得不前去救援，甚至要带头沿海袭击，以宣示首领的地位。如此，原来红旗帮赖以支撑的民心，也渐渐失去优势。

“我听说，乌石二、郭婆带他们也收到了总督府的劝降信。”保仔说。

“这是自然，给了我们，又岂会不给他们。”一嫂说到“我们”的时候，保仔的心，忽然一跳。

自从那次受重伤之后，两人的关系，似乎有了一丝微妙的变化。原来，他只是在一边远远地看着她，保卫着她，愿意为她冲锋陷阵、为她而死，却从来不敢想，他在她心中能够占据什么样的位置。然而那一次，他看到了，她为他受伤而恐惧、愤怒、冲动，甚至铤而走险掀起风波，对官府发动报复袭击。在此之前，她会打劫官船，也会打击水师，但这样有目的地发动一次次袭击，从掀起这次事件的几个水师官员，到他们幕后支持的顶级大官，甚至兴风作浪的英国人……她的报复深密周详，一步步有针对性地发出，既疯狂，又准确。

刚开始他听说她要除去的人时，他认为她太疯狂，又认为她做不到，又怕她将自己陷于险地，可是她做到了。他又觉得，她是为了他而做的，心里既是欢喜，又是悲哀。

有些事，以为永远不可能的时候，是最无所谓的。可是一旦觉得有可能，但又达不到的时候，人的心是最患得患失，也是最忐忑不安的；既不甘心，又无能为力；想去争取，又怕适得其反甚至是绝望。

他的心，就这么既甜蜜，又酸楚着。

“你说，我们就这么下去，将来会怎么样呢？”一嫂问。

“将来……”保仔迷惘地说。做了海盗，还会有将来吗？当他跟随海盗出海的第一天起，他就知道，自己是没有将来的。活着的每一天，都是偷来的。下一天，都不知道能不能活着回来。

“是啊，将来……”一嫂轻叹。她也曾经以为她是没有将来的，为了活着，她努力地学习，努力地搏杀，努力地变强。可是，要变强到哪一步，才是安全的呢？

她想到那个英国人说的故事了。他说，他们的国家也曾经有许多海盗，后来他们的女王收编了这些海盗，并且封以爵位，传之子孙。而那些没有被朝廷收编的海盗，在海上再如何叱咤风云，短则一两年，长则三五八年，最终还是会被围剿，处死。

她知道郑一的堂兄郑七等人，亦是在越南的西山政权中被授以爵位，成为王家正式的水师。

她不是没想过这样的收梢。跟随她的兄弟越来越多，这些年来同生共死结下的友谊，让她不能眼睁睁地看着他们继续祖祖辈辈的命运。受苦、造反、死亡，下一代再继续受苦、造反、死亡。

她想上岸，想让他们这些疍家贱民能够双脚踏上岸去，像普通人那样娶妻生子不受歧视，甚至为官为宦，恩荫子孙。

这样的梦，她原来是不曾想过的。可是一次次的仗打下去，她有了信心。知道得越多，心里的念想就渐渐被引发。既然英吉利的女王可以，越南的阮王可以，为什么她不能够在清廷为自己和众家兄弟们争取？

“你知道吗，我以前最讨厌宋江。水泊梁山的众家兄弟举起义旗，过得好好的，他为什么总想着招安，简直丢了水泊梁山的脸！”良久，一嫂幽幽地说。

保仔苦笑一声：“我也是。可是，我现在却有些明白了！官贼不相容，再厉害的贼，也没办法和朝廷斗。”他敲了敲桌子，“人家天下都打下来了，对付我们，岂能没有办法。只不过以前事情没闹大，没把我们放到眼里。如今事情闹大了，天下之大，又有什么人能够对抗一个国家？”

“你的意思呢？要不要同他们谈谈？”一嫂问。

保仔：“我听你的。”

一嫂却摇了摇头，扬了扬手上的纸张：“不，现在不能谈。”

这位张总督站得太高，高到对所有的人都是俯视的。他提出的条件，是红旗帮完全无法接受的。信中提出的条件是，要六旗全部无条件归降，为首者可以不论罪，但其他海盗有杀官者俱要问罪，余者收编或就地解散。

“那是把我们当成砧板上的肉了，想怎么剁就怎么剁！”一嫂冷笑，“我们还没有败呢，总督大人未免想得太美了。”

招安的命令，被海盗否决了，两广总督张百龄并不诧异，因为他会让这些海盗，再回过头来向他请降的。

曾经与东印度公司有过合作的水师提督孙全谋，虽然曾在新总督上任之后，被追究其过，但在新总督对海盗的围剿和谈判都陷入僵局以后，他重新看到了机会。

此时的情况，对于海盗来说，固然是步履维艰，但对于张总督来说，更是度日如年。

想起临行时皇帝殷切的嘱咐，张总督心情沉重，想起初来时满满的信心，可就在这段时间里已经泄了大半。他本以为，大清立国已经一百多年，偏远边境的几个小盗贼，如何能挡大军。只不过是官员贪腐，水师糜烂，所以才让海盗有机可乘。只要整顿吏治和军纪，海盗自然不剿自灭，望风而降。

可他没想到，这些海盗比他想象得更难缠。他们不但有严明的军纪，还有先进的火器，更有诡诈多变的手段。从年初到现在，海盗不但没有被剿灭掉，而且因为负隅顽抗，对地方的骚扰还更严重了。

他知道不能再这样继续下去了，如果到了年底，他还没有一个解决的方案，那他很可能就是下一个被换掉的两广总督。

这时候，香山知县彭昭麟匆忙来报。原来他接到线报，发现海盗的一个秘密巢穴，这个地方，就在广州府新安县最南端的一个港湾，叫作大屿山，居然有数百条海盗船都停泊在那里。

张百龄大喜，立刻下令水师提督孙全谋率水师前去围剿，孙全谋却面露难色。在张百龄的逼问之下，他才说出海盗火器厉害、擅于海战，最好请擅长火器与海战的葡萄牙人和英国人加入海战，才能够有更大的把握。

张百龄眼也不眨地答应了，不管是孙全谋畏战，还是水师糜烂，或者是手下与洋人勾结，这些事他都不在乎，就算要追究，也要等到把这拨海盗剿灭以后。

十一月，朔风起，在香港赤沥角大屿山，红旗帮忽然被广东水师与葡萄牙及英国一起组成的联合舰队团团围困。清兵炮火日夜不停，欲有将此孤屿整个炸沉之势。

夕阳下，一嫂负手立于大屿山，看着远方。天色渐暗，然而远处火光冲天，炮声震耳欲聋。

保仔站在她的身后，也在看着夕阳。

炮声渐渐停息，天暗了下来，黑暗掩盖住了所有袭击目标。

“两广总督这是把家底都拿出来了……”一嫂忽然笑了，“他们以为我们死定了！”

保仔也笑了：“是啊，他们以为有足够的人数和火器就能够消灭我们！”他微微昂起了头，神情傲然，“这一次，我们会让他们知道，这一片海域，我们才是真正的主人。”

“The sea invites men to engage in conquest and plunder.”一嫂轻吟。

这句话，是那个洋人肉票格拉斯普尔告诉一嫂的，据说是洋人中的一位贤人说的，译成中国话就是：“大海邀请男人从事征服和掠夺。”然而那个洋人才吐出“男人”这个词，就看了眼一嫂，立刻改成：“大海邀请人类从事征服和掠夺。”

一嫂是听得懂英语的，她也觉得正确的翻译，应该是后一句。

保仔没有说话，只是微笑。

万籁俱静，过了一会儿，簌簌响起了树叶被微风吹动的细微声音。如果不仔细听，是听不到的。

“风起了！”一嫂说。

保仔拱手：“一嫂，我去了。”

他转身，一步步走下台阶，扭头看去。一嫂独立在山巅，只余夕阳剪影。

或许这一去，他可能再也见不到她了，这一刻的剪影，会是他心底最后的念想。

山下，江边，一条楼船灯火辉煌，上上下下数名道士着盛装，执法器，列于两边，恭迎诸位头领进入神楼船内。这是帮中决策大事的一处地方。海盗群体文化低，因海上岁月而显得更加迷信。自张保仔主事以后，每逢大事，通常都会在神楼船里召开部众会议，如遇决策不下，就会请道士卜吉问神，然后再执行。数年来，都没出过大的差错，部众也对此更加信服。

张保仔决定今夜突围，而何时突围，突围能否成功，就成了关键。

道士扶乩，得出八字：“今夜子时，西北风起。”

子时未至，果然西北风起。在三国联兵还未有所准备之时，张保仔率部众突然来袭，上千门大炮同时向着三国联军舰队开火。与此同时，蓝旗帮乌石二也在珠江口外的万山群岛向清兵水军发起进攻。官兵猝不及防，首尾不能相顾，被张保仔冲出重围而去。

孙全谋率水师追击，双方在海面继续交战，此时却传来红旗帮忽袭广州的紧急军情，孙全谋只得撤兵回师，却又在中途中伏。

最终，清兵在此战中损失战船三十艘、火炮三百门、数千兵丁，广东水师提督孙全谋被擒。

消息传至广州，张百龄当场一口鲜血喷出，病倒在榻。

七、破局

世事如同一个迷宫般的花园，你不知道这一次的岔道，会走入什么样的峰回路转。

张百龄这边刚刚被联军水师大败的消息所击倒，另一边，却又传来了一个喜讯：黑旗帮首领郭婆带有意归降。

张百龄大喜，立刻封其为把总，并将其队伍收编，给予郭婆带相当优厚的待遇。

郭婆带，官名郭显学，禺番县人。他本是一破落的书香门第，自幼好学，立志从科举出身。可是命运却阴差阳错，让他意外遇上海盗帮被掠，被迫成为一名海盗。

他本来就比别人聪明得多，又读过书，更增一层厉害。他先是做了前任黑旗帮首领的军师，令黑旗帮的势力不断扩大，成为仅次于红旗帮的一支力量。前任帮主死后，他顺理成章地继任了黑旗帮首领之位。

与绝大部分从不读书、行事粗鲁的海盗相比，他可算得是个异类。很多时候，他像个书痴，每日手不释卷，不管走到哪里，他的船中都会有一整间书房，他的营寨中更有无数的书籍。

虽然沦落为海盗，但他内心却是异常孤傲的。他看不上那些粗鲁的海盗。他一直觉得，他与他们是不一样的人。在自己的营盘里，他总是一袭长衫，手握书卷，翩翩然若世外高人。

郑一要各旗结盟，他内心是不服的。在他自己的地盘，他是说一不二的，如何肯向郑一那种粗鄙汉子低头。然而大势之下，他不得不虚与委蛇。但是他没有想到，那一次的宴席上，他见到了那个让他心动的女人。

他并非没有女人，甚至有些女人还颇有姿色。然而，这些女人如同他陷身的帮派一样，看似是成功的勋章，却让他心里总有一种说不出的勉为其难和降格以求。

唯有在那次宴席上见到的那个女人，如同海之妖，清丽脱俗，又有一种异样的魅惑之气。这样的女人，怎么会属于郑一这样的莽夫？不应该，太不应该了！

郑一死了，他的确没这个福分，没当这个总盟主的福分，也没享有这个女人的福分。

灵堂上，她一身缟素，弱不胜衣，惹人怜惜。为了争那个总盟主的位置，他与乌石二相争不下，最终，乌石二转拥郑一之侄，而他转拥石氏。

她名唤香姑，真是人如其名。他是爱洁的。在大船上，不管是船上还是营寨里，总有一股挥之不去的鱼腥味。但一走近她的居处，他总会闻到一股若有若无的香气。她喜欢在住的屋子周围遍植香花，从栀子到茉莉到米兰，可到最后，到处种的都是张保仔从南洋移过来的那种白色香花。

他恨那个不知死活的小子。刚开始的时候，他并没有把那小子放在眼中。那只不过是个乳臭未干的小孩子，他根本不认为她会看得上那个孩子。郑一初亡，她刚接手红旗帮时，他经常过去找她，吟风弄月，怜香惜玉。而当她用那种微笑带着鼓励的眼神看着他时，更让他升起知己之感。渐渐地他会讲更多她想听的东西，比如他是如何从一介书生成为一旗首领，海盗是如何粗鄙无文的，他是如何挑起事端又平息事端，从而掌握人心的；什么叫兵法，什么叫军纪，如何与洋人交易，如何与官兵周旋……

他以为自己一日日在接近目标，却不知道，自己离目标一天比一天远。他知道其他诸旗中，抱有与他一样心思的人并非一二，于是他使出全部的精力来打压他们，帮助她稳固位置。

她的心思一直游移着，他的心思就一直不安着。就在这游移与不安中，他完全没有感觉到，事情已经不受他控制了。等到她的羽翼渐丰，等到她的发号施令不可违拗时，他才恍然大悟。她的心思从来就没有游移过，她也并非是在几个首领中选择不下。她的心思早定，她早就有了选择——她要自己当首领。

悔之已晚！

然而他是不甘心的。如果她就一直这样完全不属于任何人，他或许也就死了这条心。可是随着时间的推移，那个他曾经看不上的小子越来越多地停留在她身边，成了她最信任最倚重的人，甚至在某些时候可以代她发号施令。他愤怒而不甘，最终某一刻，嫉妒如蛇，咬噬了他的内心。

兵困大屿山，他本应与乌石二联兵，帮助红旗帮脱困。然而他在那一刻，却做出了相反的举动，就在张保仔的舰队要冲出大屿山的时候，他不但没有拖住清兵，反而故意纵放了清兵，甚至在张保仔最危险的时刻，他想将张保仔一举消灭。

他没有得逞。张保仔不但逃走了，而且还给了清兵反戈一击。清兵因此大败，短时间不会再有元气进攻。一旦红旗帮恢复元气，那第一个要算账的，就是他。

或许那一刻的举动是嫉妒，也或许是绝望，更或许是被张百龄的游说所动。身为海盗，本非他所愿，难道就真的这样一生流浪于海上，甚至朝生暮死？家乡多年未返，父母坟丘未葬故园，他何曾不想叶落归根，他更想自己一身所学显于人前，而不是沦落于盗巢。

就在清兵攻击大屿山战败后不足一月，黑旗帮首领郭婆带，率部众向朝廷归降。

郭婆带的黑旗帮在六旗联盟中势力仅次于红旗帮，他的归降，引起六旗联盟的震动。

从郑流唐到郭婆带，此时六旗联盟已经有两旗归降朝廷，而其他的四旗，又还能撑多久呢？

“黑白旗向来交好，郭婆带降了，我看梁保的白旗帮只怕也是不保。”张保仔沉声说。

一嫂没有说话，她沉思着。

“一嫂，你拿个话出来吧。”保仔说。

“现在，我们可以同他们谈招安了。”一嫂笑了。

保仔诧异：“既然你同意招安，当日为何拒绝他们？”

“现在不是我们接受张总督的条件，而是张总督要照我们的条件来办，我要保住你我的身家性命，也要保住众家兄弟的性命前程。”一嫂冷笑。

保仔皱眉：“就怕官家不肯，如今他们得了郭婆带归降，只怕更是嚣张了，能同意我们的条件吗？”

“只要他还想让皇帝满意，就必须和我们谈。”一嫂说。

“只怕我们拖不起。”张保仔想到这一场大战下来，虽然官兵损失惨重，红旗帮仅折损四十余人，但是环境却更险恶了，官兵如疯了一般地追剿着他们。

“我们是拖不起，但是官家更拖不起。我们不是走投无路任由宰割，而是我们拿出了实力打疼了他们，他们就不得不和我们谈。如果事情再拖延下去，这个总督就要走人。”一嫂判断。

“这么说我们可以拖延到张总督走人，等他走了，这一切还是属于我们。”保仔眼睛一亮，转而黯淡，“不，不管换多少总督，只怕都要围剿我们。”

“是。就算下一任总督来，他依然还要围剿我们。而且新官上任，会更急于求成。我们能打多少次必胜之战？我们总有一天会被朝廷逼到无路可走。”一嫂说，“但是，张总督气势已衰，如果我们能够给他一个机会，在他任期内完成招安，那他必须得答应我们的条件。”

张保仔站了起来：“我去。”

一嫂阻止：“不，这次我去。来而不往非礼也，既然总督兵马临我营寨，我岂能不往？”

得到郭婆带归降的清军喜出望外。这远胜于郑流唐归降。郑流唐归降时太早，对郑石氏执事时期的事几乎没有了解的机会。但郭婆带不同，他的黑旗帮势力既大，又对红旗帮了解甚多，甚至多次共同作战。于是，一次次围剿都是既准又狠。

张百龄也加紧了对红旗帮的招降。就在人员刚刚出发不久，忽然讯息传来，郑石氏与张保仔率兵数万，数百兵舰，泊临虎门，要总督亲至虎门面议。

原话是：“总督大人要我们率部招安，我们来了，请总督大人自己来与我们谈判吧！”

满衙文武官员，呆若木鸡。

张百龄心腹朱尔赓额见状只得上前劝道：“想来海寇自知有罪，此是作垂死挣扎。标下以为，大人不如撤兵马，亲临海上，诣以恩威，必能令其归降。”

张百龄亦有几分胆子，慨然答应，就要前行，吓得众人连忙阻挡，于是另行派官员前去，不久，就带回了招安的条件，与之前所提，天差地别。

总督府官员连夜商议，最终答应了大部分条件，但有几条却是无论如何也不肯答应。一个是郑石氏要留下一个船队作为私兵自卫，另一个是赦免杀官的海盗，还有一个是不能跪拜受降。

海盗招安，还要留下私兵；这几次剿匪死了一大批重要官员，若是不惩治凶手，那些官员亲属故旧如何肯甘心，张百龄岂能无端为自己树敌；尤其是下跪受降，更是重中之重，海盗目无王法，若是招降不跪，朝廷颜面何在？

在这几条上，朝廷不能答应，而红旗帮又不肯让步。最终虎门炮声连连，不管是两广总督，还是红旗帮，都陷入骑虎难下的两难境地。

张百龄一夜未睡，眼窝凹陷，心力交瘁。一场大战在即，而他的前程、性命亦是一片黯淡。

他深恨这些海盗不给他退路。能答应的，他俱已答应，而海盗的这三个要求，他根本无法儿答应。就算他答应了，朝廷也不会答应，只会问罪于他；而不答应就是战，不管胜败，在虎门交战，损失难计，问起罪来，他的下场恐怕连贬去伊犁的前两任总督都不如。

他已经再度派人前去与海盗沟通，这几个条件，他是万万不能答应的。只要这几个关键条件能够退让，他宁可把给几个海盗头子的官职再提升几级，赏赐再厚几分。

就在此时，听得外面有人递上拜帖，张百龄接过拜贴，一怔，只见上面端端正正写着："民妇郑石氏拜上。"

"她们来了多少人？带了多少武器？有多少条船？"张百龄问。

"连郑石氏一共十八人，皆为妇孺，听说只划了一条小船过来。"门房答。

张百龄一口气堵在胸口，好一会儿才转匀了，目中寒光一凌："这妇人，好胆色！"

总督府外，人声鼎沸。传闻中的海盗总瓢把子不带护卫，十八妇孺独闯总督衙门，这就算是话本中的孤胆英豪。广州城的百姓只闻其名，未见其人，听到这样的消息，自然是围了个里三层外三层。

但见总督府一个青衣少妇，身后跟着十余名或老或少的妇人，老的将有五十，小的才不过七八岁，就这么站在贴着重金悬赏她人头的布告前，对着众人负手而立。

总督府的官兵满头大汗，围成一个大圈，将这十八名妇孺围在当中，如临大敌。耳中传来爱听说书的百姓们好奇的议论声："好胆色！这是黄天霸独闯连环套吧？"

"呸，黄天霸是男的，我看啊，这是扈三娘大闹祝家庄。"

"嘿，只听过关二爷单刀赴会，没见过关二娘独闯江东啊！"

"唉，你说总督大人会不会把她给杀了？"

"哼，两国交兵不斩来使，总督大人也不能不讲道上规矩吧，否则岂不惹江湖中人耻笑！"

"啐，总督大人又不是江湖中人……"

而此时，她已经走在总督府的回廊中了。

她来，张保仔是不同意的："太冒险了，若是他们扣留你怎么办？若是他们下杀手怎么办？”

她笑了：“我不过是一介妇人，张总督的性命前程比我金贵，他是不会冒这个险的。”见保仔还想劝说，她摆手阻止，站了起来，走到保仔身边，按住他的肩头轻轻地说，“上一次我留守，你出击；这一次，我出击，你留守。若是情况有变，便如前约。活着的人，带着众家兄弟，闹个鱼死网破，快意恩仇！”

这一局，朝廷不肯退，他们不能退，变成了死局。而她，就要做这个破局之人。

八、传说

总督府书房。

铜鼎香烟袅袅，两人捧茶对坐。

茶端在手中，谁也没有喝，只是作为一种缓冲表情的道具罢了。

“郑石氏，你好大的胆子，孤身前来，不怕死吗？”张总督笑吟吟地说。

“我为和谈而来，总督大人杀我，不怕谈判破裂吗？”一嫂亦笑。

两人皆是掌过数十万兵马的人，生死早若等闲，真正的威慑，不在声色俱厉，而在温言笑语中。

“擒贼先擒王，你是群盗之首，拿下了你，海盗自然溃如散沙。”张百龄收了笑容。

“我一介妇人罢了，如今谁不知道帮中事务都听张保仔号令，我纵死亦无伤大局。但张总督这一刀下去，只怕南海失控，后果堪虞。”一嫂依旧在笑。

“老夫出京，受圣上之命平定海患，可不是一句空话。”张百龄说。

“我等本平民百姓，官府压迫，铤而走险，咎在何人？”一嫂说。

“粤人苦于海患，百姓不宁，朝廷不容。”张百龄说。

“我并不扰民，只劫富济贫，是你们苦苦相逼……”

唇枪舌剑一番，最终图穷匕见。

“总督大人上任一年多，若不能收拾残局，只怕朝廷问罪。”

“老夫便是问罪，尔等海寇又能逍遥几时？覆灭亦是可期。”

“大人为官一生，难道不想有个收梢？”

“非是老夫不肯让步，实是你等冥顽不化。”

于是，那些在表面上不能答应的条件，一条条细细地掰开看可操作空间。

“留一船队，只为食盐经营，非为私兵，大人，此点，可行？”一嫂顿了顿继续说道，“既然杀官之盗不可赦免，那几个人，不招安，不受封，不会再出现在大清境内，所以他们已经死于海战，可否？只要这些人不出现，就当他们已经死了，你也好交代。”

张百龄忍了又忍，问：“难道他们还想再为海寇？”

一嫂微笑，只说了两个字：“澳门。”

澳门已经租借给葡萄牙人了，洋人自行筑起城防，有枪有炮，谁也查不进那里去。

张百龄暗捶扶手。

“蓝旗帮郭婆带是把总，不知红旗帮率其他诸旗归降，是何职？”

“自然是要高于郭婆带。”张百龄微笑。

“延平郡王、施靖海自有先例，张总督未免小气。”一嫂亦笑。

张百龄差点儿被噎倒。延平郡王是指郑成功之孙郑克塽，归降后是一品公爵。施靖海即台湾降将施琅，归降后是一品大将军。这妇人胃口未免太大。

“只可惜你一介妇人，要此品级何用？”张总督忍不住讥讽。

一嫂肃然而立，拱手：“民妇自然知道，朝中是没有女官的，此为红旗帮如今首领张保仔所请。”

张百龄惊得站起：“如此，你置自己于何地？”

一嫂微笑：“我孀居多年，与张保仔情投意合，正有婚姻之约。可否请总督大人上报朝廷，为我二人赐婚。再则，还请总督大人为我二人主婚，可否？”

“为何？”张百龄对这惊人的转折，已经不能反应了。

“一则，有朝廷正名，将来无人敢诘。二则，招安之日，便是成婚之日，还请总督大人于两军阵前为我二人主婚，我与夫君当大礼拜谢！”一嫂看着张百龄，在“大礼拜谢”四字上用力说出。

张百龄顿悟，好一个妇人，此一招以退为进，表面上是委身嫁于张保仔，然既解决了受降跪拜问题，又解决了她以妇人之身不能列入朝廷官秩的麻烦，一举数得，进退自如。竟是叫人既咬牙切齿，又不得不服。

她只解决这几项最重大的事情。之后诸事，张百龄再百般设计游说，她只端着茶，微闭着眼睛，表情漠然，一言不发。

最终，双方终于达成协议。张总督答应了海盗的所有条件，不能答应的也以在表面能糊弄过去的方式折中完成。

一嫂与保仔一起登舟，于万众瞩目中，在两军阵前，完成了皇帝赐婚、总督主婚的海上婚礼。

两广总督上报朝廷。嘉庆十五年四月，巨寇张保畏王师之威，携船二百七十多艘，大炮一千二百门，刀、矛等兵器七千多件，部众一万六千多人归降。

自此，南海的海盗之患平定。

蓝旗帮乌石二不肯归降，被张保率部剿灭，其余两旗远遁南洋。张保积功升至副将，从二品，妻石氏为诰命夫人，生一子一女，子张玉麟荫封千总。

十二年后，张保死于澎湖任上，妻石氏率子女及旧部隐于澳门。

红旗帮招安以后，南中国海势力成真空地带，南洋、印尼、越南等亦逐渐为西洋各国势力所据，洋人商船往来无忌，鸦片倾售数量不断增大。

1840年，鸦片战争爆发。

1842年，《中英南京条约》签订，大清国割地赔款，自此而始。而英国人只要了一块在清廷眼中微不足道的角落，叫香港。

负责谈判的官员告诉皇帝，这只是一个“小渔村”而已。他们自然不知道，这里曾有数万人在此安营，曾有过兵工厂，造船厂，有过宝藏，更有过传说。

只有英国人知道，这里有个女人曾经让他们吃过大亏。所以，香港对于他们来说，很重要。

他们在她曾经藏兵的地方重修港湾，用另一个女人的名字命名，叫维多利亚港，这是英国女王的名字。

1844年，当英国兵船在修建一新的维多利亚港鸣响汽笛时，石香姑在澳门寿终正寝，终年七十岁。

传奇湮灭。

多年以后曾经有人认为，如果当时清政府没有去剿灭这些海盗的话，也许鸦片的贸易额不至于大到可怕。就是这可怕的利润，在英国为是否要触发与这老大帝国的战争而犹豫不决时，加了最重的一块砝码。当这老大帝国的第一块肉被撕下以后，这血腥味才引来了群狼撕咬。甚至他们还认为，如果清政府像英国的伊丽莎白一世一样，以海盗为海军，那么中国的这页历史将会不一样。

而这一切，或许就像那个小径分岔的花园一样，在无数分岔的时间点上，有无尽的可能。

原载《啄木鸟》2017年第5期

母亲

曹寇

1

星期三的晚上，我接到一个陌生电话，当时我正在北京一个酒局上喝得昏天黑地。这个电话虽然没有像影视桥段中夸张的那样让我立即从酒精中清醒过来，但确实叫我吃惊不小。为此我还暂且从酒局中脱身，找了一个所谓僻静的地方。而这个僻静之所无疑止是饭馆厕所里的蹲坑隔间。也就是说，对方不仅能在话筒中听到我的声音，也许也能听到如厕人士的说话声、呕吐声、排泄声，以及抽水箱那一声声巨吼。不过，诚如厕所蹲坑隔间发明者的初衷那样，这确实是一个私密空间，使我们看上去每个人都有点隐私。

电话那头是一个嗲声嗲气的女人的声音。这不表明她是一个年轻女人，恰恰相反（如果我没有记错的话），这个自我介绍为“刘女士”的人，她应该五十多岁了。嗲声嗲气只是她的音色和说话方式，这在十年前就是这样。十年前，刘女士四十多岁，当时即已离异多年，但女儿蒋婷跟着她，当时蒋婷已经二十出头了，正在南京读大学。蒋婷和我巧遇于某张酒桌，然后我和她成了男女朋友。因为单亲家庭，蒋婷像很多同类女孩那样并不留恋自己的家庭和户口所在城市。据她自己说，我对她不错，她希望留在南京，毕业后找一份工作，也可以应我的要求与我结婚。要知道当年我正在婚龄的黄金阶段，无论从世俗舆论、个人愿望还是情感浓度上看，我都没有不想和蒋婷结婚的道理。因此，出于某种谈婚论嫁的秩序或规则，我和蒋婷去拜望过她的妈妈，也就是这位刘女士。当年年底，刘女士还曾应邀到南京我的家中和我们一起过了年，受到了我的亲友们的热烈欢迎。但是，过完年刘女士离开南京不久之后，我就和蒋婷分了手。从此再无任何联系。一晃十年过去了。

至于她现在为什么自称“刘女士”，我也不懂。

刘女士说，她现在正在南京出差，待两天，希望能和我见一次，聊聊。我只好在说话声、呕吐声、排泄声，以及抽水箱那一声声巨吼的间歇中告诉她，我现在在北京，要到后天才能回去。这不算谎言，虽然我还没预定好后天返回南京的高铁票，虽然我在北京并没有非得要挨到后天非做不可的重要事情，但她既然说待两天，我选择后天回去，正好她也走了。我确实想不出和她有什么非见不可的理由。我甚至想不出她的模样了，是那个穿着正式、烫着头的中年女人？包括她的女儿，我也陡然感到面目模糊了起来。真是遗憾，十年过去，我已经很少会想起这对母女了。

她显然没有想到这一点，在电话中，刘女士有点为难的样子。不过，她很快做出了一个决定，就是在南京多待一天。“我马上就去酒店前台办一下，加一天。好吗？”她这话让我有点过意不去。尤其是我还想到了她之前说如何打探到我的手机号码的事。我们不可能会互相保留十年前的手机号码。这十年正是手机及号码不断更新换代的时代，就算保留，号码很容易失效不说，在技术上也很困难。把一个号码用到十年以上的人并不多。不过，这里我倒可以卖个乖，我的号码就用了十年以上。这说明，她的手机中早已没有了我的号码，相信她的女儿也是。

她是这样找到我的手机号码的：虽然她十年前来过我家，但后来我搬家了，所以没有直接上门。不过，十年前我在城北郊区一所地理位置很特别的中学教书，便于记忆，所以她赶往了那里。最近几年，那一带刚刚开发，到处都是工地，治安混乱，尘土飞扬。她铿亮的尖头小皮鞋一定踩着了当地的污水，她那身行头和打扮很容易被聚集在小卖部门口打牌下棋的老头意淫一番。飘扬在空中的塑料袋还可能一个俯冲盖住了她勤于修刮的略显蜡黄的脸，让她非常愤怒地用两根指尖将它掀起、甩开。她很容易地就找到了我工作过的那所学校，但因为我早已离开（八年前），教职员工花名册上不再有我的姓名和联系方式，也没有曾经的同事与我还保持联络，最要命的是看门大爷已非当年那位（当年的说不定已经死了呢），后者并不愿意让这样一个操持着北方口音的中老年女人擅闯大门。另外，我不知道她是如何向我的前同事们介绍我和她的关系的。朋友？前女友的妈妈？亲戚？无论是哪一种，我都觉得足够幽默。神奇之处在于，正好我一个初中同学经过了校门。这位同学初中毕业就到社会上混了，结婚很早，他的孩子已经在这所学校就读了，幸运的是我已经离开了这所学校，否则我的初中同学很可能会成为我的学生家长之一。按理说，初中毕业后我也不可能和这位初中同学会有什么来往。巧合在于，不久前曾有过同学聚会，也是我参加过的唯一一次。我记得我的出现曾在同学聚会上造成了一个小小的涟漪，大家纷纷指责我“忘本”，居然那么多次聚会都没有出现过。但既然来了，就好。很快，这个涟漪就被波涛汹涌的敬酒和拼酒活动替代了。大概正是在觥筹交错之中，我们彼此礼节性地留下了对方的号码。然后像命中注定的那样落到了刘女士的手中。她不虚此行。她回到酒店，迅速换下被城北地段漫天灰尘污染的脏衣服，洗了个澡，还给自己贴了个面膜，这才在台灯橘黄色光线的照耀下拨通了我的电话。

所以，我从厕所返回酒桌之后，就和身边一位朋友说，明天我就回南京。怎么了？他很吃惊地问。我说，家里有事。然后重新投入酒席。我对当天的记忆到此为止。如果说还有什么的话，我记得和刘女士通完电话后我曾习惯性地拉了一下抽水箱的绳子，这可能与我当时蹲在坑上打电话有关。但我就是蹲着，并没有露出屁股。另外，我说“家里有事”这句话的准确性也让我十分怀疑和懊悔。我喝多了，第二天起来非常难受。但我还是咬着牙爬上了返回南京的高铁。

2

时间太久了，我似乎已经不太记得和蒋婷在一起的日子，但也没如我想象的那样全忘。我们是在酒桌上相遇的，结束后，我提议要不要再喝点？她没有像女大学生习惯性地那样申述次日还有课什么的，和我走了。我们在一家烧烤摊喝。一人要了一瓶小二。聊什么了，完全不记得。但可以肯定的是，我们都很高兴，因为我们后来又一人要了一瓶小二。次日醒来，她就躺在我身边，我们连衣服都没有脱，也没有盖被子，而是并排躺在被子上，在我的家里。头发遮盖了她大半个脸，我用手拨开那些头发，吻了她一下，她醒了，没有吃惊，更无尖叫，而是对我无声地一笑，露出了她并不整齐也不雪白的牙。

她的父母在她八岁的时候就离婚了。她跟妈妈。但她妈妈长年在外，北京、石家庄、济南什么的，当过幼儿园阿姨，保险推销员，公司文职人员，等等。蒋婷被放在山东聊城乡下，在姥姥家。姥姥对她最大的希望就是外孙女长大了不要像她的女儿那样跟人结婚又离婚。姥姥不仅觉得这是一件丢人的事，关键是孩子太可怜了，没有爹，也几乎没有妈。她一说这些，就会眼眶发红，抹泪不止。姥姥给蒋婷做吃的，做各种好吃的。蒋婷总是强调它们的好吃程度。这是一种记忆使然，并不真实，这是蒋婷自己说的，她知道这一点。舅舅们不喜欢她，蒋婷也不喜欢舅舅们。在蒋婷十五岁的时候，姥姥死了。蒋婷的妈妈将她接到了济南。蒋婷也见过几次爸爸。爸爸在广东，一个干瘦男人。爸爸在那里又娶了老婆生了孩子。她在爸爸家生活过一个暑假，她不喜欢广东湿热的天气，她也不喜欢穿裙子。但她喜欢爸爸，爸爸不爱说话，甚至有什么事，也不说话，只拿眼睛看看她。她的爸爸会打骂训斥他和后妻生的孩子。她知道他并不把她当自己的孩子那样对待，爸爸只是一个有血缘关系的陌生人而已。但她还是喜欢爸爸，听爸爸的话。考南京的大学就是爸爸的意愿。他年轻时候考过，但没考上。

蒋婷也不是不喜欢妈妈，只是始终没有找到跟妈妈怎么相处的办法。妈妈严厉起来让她惧怕，各种要求特别多，比如蒋婷对裙子的厌恶就和妈妈有关。后者总是爱买一些时髦而又廉价的裙子让她穿。穿出去倒也没什么，没听到有什么人笑话她。但因为源自妈妈的强迫，她确实觉得那些裙子穿在自己身上很别扭很丑。高中的时候，蒋婷叛逆了两年。跟男同学谈恋爱，学会了抽烟喝酒，和老师和妈妈吵架。有一天妈妈动手打了她，她居然反击了。她第一次发现妈妈原来比自己矮小，也没自己力气大。她吓坏了，但她不可能向妈妈道歉，而是在自己房间哭了很长时间，她很伤心。

妈妈在那些年也频繁地谈过几次恋爱，有过另一段短暂的婚姻，嫁给了一个姓王的叔叔。这段婚姻让蒋婷和妈妈的关系蒙上了一层阴影，那就是王叔叔有个十八九岁的儿子，他试图强奸蒋婷。虽然此事以妈妈与王叔叔果断离婚而结束。但对蒋婷造成的伤害，已经无从弥合。这种伤害不在于强奸企图和强奸本身，蒋婷说，就算王叔叔的儿子强奸成功了也没什么。问题是，妈妈这种动荡不安的生活突然让女儿的感觉很糟。她进而想到，一切的不幸似乎都是妈妈带来的。同学们的讥笑，舅舅们的冷酷，在蒋婷看来，甚至姥姥的死也与妈妈脱不了干系。据说正是因为妈妈跟一个有妇之夫谈恋爱，对方妻子没有找到妈妈，但找到了姥姥。姥姥羞愤难当，以中风抗议自己不堪的晚年，不久就死了。

认识不超过半个月吧，蒋婷就从学校宿舍直接搬到了我家。她的东西比我想象得要多，我不得不将两门橱换成四门橱。她还让我知道洗发水沐浴露牙膏什么的，除了超市货架上那些，还有别的。她将我的家布置一新，桌子开始习惯了台布，窗台也享受了绿植。更关键的是，当我步履沉重地下班回来，老远就能看到自家的炊烟（假设烟囱以虚线方式存在于我们的单元房外）。她已有的生活经历当然决定了她不会做饭，但这对她来说并不困难，网络和烹调图书很快就使她成为一名巧妇。并非贫困的经验（虽然蒋婷家庭破碎，但她自幼并不缺钱），而是考虑到我的收入有限，蒋婷在购物方面也做到了货比三家、价廉物美。随着学校里的课越来越少，她也懒得出门，偶尔跟同学聚会还会将我拉上。收拾屋子洗衣做饭，一切停当，蒋婷会坐在阳台一角玩电脑或看书。

我的亲友显然被蒋婷感动了。他们一方面觉得这是我的福气替我高兴，另一方面他们甚至妒忌这一点。这小子凭什么这么好的运气？在他们的眼中，之前那些年我恋爱、相亲，没有一次成功的劣迹已经宣告我是朋友圈和这个家中的一个老大难问题。蒋婷的飘然而至，彻底粉碎了他们的自以为是。这甚至让他们在谈房价和股票的间歇还谈到了一些事关缘分和命运的话题。唯一让他们感到忧虑的是，蒋婷还是个学生，年龄比我小将近十岁。毕业工作后的蒋婷是否会有变化？谁也拿不准。而我唯一和必须做的，就是降低这一变化的系数，而降低变化系数的最有效的行动就是结婚。婚姻虽然是滋生婚外情、绿帽子、红杏出墙等坏事的肥沃土壤，但道德和法律的制高点势必将是烛照这些黑暗行径的道义明灯。现在迫切的问题是，我必须得到蒋婷妈妈的认可，同时尽快促成双方长辈的见面。

3

也就是说，我比电话中跟刘女士说的提前一天回到了南京。这点她并不知道。但李芫知道，李芫是我的老婆。后者在电话里问我，你打算怎么办？我说这不存在怎么办的问题吧，刘女士跑来找我，想见一见，就见一见呗。她说，你之前不是说你要在北京多待几天的吗？我说是，但现在我改主意了行吗？她说，哦，我懂的。

这是在高铁上我们彼此发的短信。刚下高铁，她如我所料地打来了电话。我理解为这是一种妻子的本能。本能包括她首先希望我在她的“视线”之内，其次，我们是一家人，理应勤俭持家，为了节省漫游费，在我一脚踏入南京本地后才打电话，可谓恰到好处。

李芫：怎么讲？

我：什么怎么讲？

李芫：你现在去见她？

我：我疯了吗？我先回家。

李芫：那晚上呢？

我：晚上我也在家啊。

李芫：不跟她见？

我：明天吧。

李芫：哦，好，我知道了。

这样的交谈过于吃力，让人感到不舒服。我想挂掉电话，但我还是控制住自己的情绪，补了一句：你什么时候下班到家？

她反问：你说呢？挂掉了电话。

李芫的反问当然也是一种情绪。我既可以理解为她是在指责我明知故问（她下班了当然要回家），也宣示着某种不确定因素。也就是她可能一气之下不回了。她是一个喜欢回娘家的老婆，这在以前时有发生。当然，这也和我们的孩子壮壮长期在外婆家有关。李芫的工作较忙，而我因为在家工作，不要说带壮壮，家里有人走动都会扰乱我的思路。恰巧李芫的妈妈刚刚退休，无所事事，而且喜欢自己的外孙，心甘情愿地带。不过，她要求外孙不叫她外婆，而是叫奶奶。壮壮也便有了两个奶奶，两个奶奶便有了竞争关系。如果壮壮被另一个奶奶（我的母亲）接走了，这个奶奶就会心神不宁，担心壮壮与另一个奶奶的关系超过她的。关于这一点，也正是我母亲对我失望的地方。她何尝不想多和自己的亲孙子多相处相处，而李芫显然是站在自己母亲一边的。婆媳之间与生俱来的不和因此加剧了。我作为夹在这对婆媳之间的儿子或丈夫，完全无能为力。我的位置一旦倾斜于某方，就会遭受反方向的眼泪、咒骂和负气而走。不过，现在这事还不至于让李芫到那一步。另外，以我对她的了解，她晚上肯定会回来，认真与我翻来覆去地谈论此事，并还会面授种种。

回到家，如我所料的那样，地板上已经蒙了一层灰尘，冰箱里空空如也。

唯一让我感到意外的是，因为有段时间没人居住，进屋之后我居然能闻到家具和墙壁向我散发的气味。但这不重要。放下行李后，我就忙活开了。因为不用上班，结婚以来，家务都归我。我出门，李芫就回娘家。这并非是我对李芫的抱怨，我毫无怨言。她的履历没有让她有过操持家务的必要，她繁忙的工作也限制了她一度有志于此的尝试努力。这既算是我们之间的约定俗成，也算是合情合理的家庭分工。

我记得蒋婷从我家搬走后，我一度还很不适应。阳台上的绿植因无人照料，渐渐枯萎。最后只剩下了一盆仙人球。但搬家的时候（已和李芫恋爱），我蓄意地放弃了它。还有墙上的几块污渍，那是蒋婷在和我发生争执时顺手操起茶杯砸的，如果我没记错的话，她当时喝的是速溶咖啡。此外，蒋婷刚刚搬走那段时间，我经常迟迟不能入睡，我总是会不自觉地听楼道里的脚步声。蒋婷的脚步声我能听出来。然后是她开门进来，在换鞋垫上，她会站一会儿，叹一口气，这才换上拖鞋进卧室。如果发现我睡了，她会蹲在床边看我一会儿，在我的唇上吻一下，然后我就醒了，回吻她。但我真的再也没有听到过她的脚步声。这不仅早已过去，而且我早已搬了家。在收拾屋子、做饭的整个过程中，我并没有过多地想到刘女士和蒋婷。她们和我婚前的那个房子有点关系，但在这个房子里没有她们的任何痕迹。

李芫并没有一到家就跟我开始谈论蒋婷和刘女士。在我们共同生活的这些年里，她对我的过往已经很了解了。她知道蒋婷是谁。如果她想知道刘女士为什么要来找我跟我聊一聊的话，我也无可奉告，这不还没见还没聊嘛。这或许说明李芫还是理智的，也有其应有的聪明。她问了问我这段时间在北京的情况，我以实相告。我则不得不表示关心一下我们的儿子，她说有奶奶（外婆）难道我还用得着操心？说的也是。我确实从来没有操心过自己的儿子。总之，气氛有点僵。上床做爱后，这种僵硬才缓和了下来。

李芫：明天，你跟她怎么见？

我：她说想来我家。

李芫：你答应了？

我：如果你不同意，我就叫她别来。

李芫：我干吗不同意，我还想看看她什么人呢。

我：另外，她还提到想看看我妈。

李芫：就是说你妈也来？

我：要不你把你妈也喊来？

李芫：去你的。

然后李芫想了想，说，那明天把壮壮接回来。

4

既然女儿反复说明不喜欢自己的妈妈，出于某种势利，和蒋婷前往济南看望刘女士那次，说成不当回事显得过了，也不符合我的性格，但确实准备得不够充分。见面礼只是百货商店买的几样南京特产，牛皮糖和桃酥之类的。后来据说，我的穿着也很让刘女士失望。总之，我的态度确实与在火车站等候多时的刘女士的热情难以匹配。

当时已是深秋，济南的深秋比南京要冷得多。穿着缀有花朵的高跟鞋、玫红色呢子大衣、头发刚刚烫过高高耸起的刘女士被车站附近的冷风吹得不断擤鼻涕。我们出站看到她时，她就正在用手帕擦鼻子。即便是十年前，使用手帕的人已经不多了。所以无论是穿着和做派，刘女士给我的第一印象确实是一个过时的女人。她将脑袋向后偏去，用一种身高比我高一个头的眼神打量我（事实上她没有我高），也让我对自己的判断力感到自信。简言之，她很县城，很土。她唯一让我欣赏的是她沙哑的嗓音，不过事后证明，这只是当时她在风口被吹感冒了的缘故。她的嗓音比女儿娇气，比女儿嗲。老实说，刘女士只比我大十来岁。我不免想起自己中学时暗恋过的与刘女士年龄相等的英语女教师。那是一个性感的女老师，尤其当你答对她的问题时她报以微笑和Yes的一连串神情和动作。毕业多年，我实在难以想象我的英语老师会成为刘女士这样。

我们在她的家里安顿了下来，两室一厅一厨一卫的单元房。虽然我能明确地感受到屋子刚刚整理打扫过，但仍然可见脏乱的实质。比如茶几上还残留着抹布草率抹过而留下的一个弧形灰尘形状。比如角落里一些类似瓜皮果屑的东西。比如原本可能胡乱摆放在沙发上的脏衣服，此时无非在她卧室里的衣橱中摆放着，因为她只是将它们攒成了一个硕大的不规则布球，那些衣服始终想滚出来，所以，衣橱门费力地虚掩着，倒像里面藏有一个偷窥者或奸夫。她家中真正让人觉得清爽的是厨房，虽然里面堆了不少纸箱、杂物，虽然灶台上落满了灰尘，但绝无各种瓶瓶罐罐，乃至在煤气灶和抽油烟机上，连烟熏火燎的痕迹都没有，与一个装修多年无人入住的房间相似。我们坐下不久，就出去找馆子吃饭了。其后几天，饭食都是如此解决。

可能与风俗有关，在济南的三天里，我都是睡在小房间的单人床上，母女二人则睡在大房间的双人床上。这是有意思的。也就是说，刘女士平时一个人也睡双人床，那是“她的床”，她岂会拱手让出？第二，虽然她明知自己的女儿早已和我同居，但她不愿意亲眼目睹女儿和我睡在一起。另外，如此安排也算合情合理，双人床两个人睡单人床一个人睡，自古以来就是真理。难不成让蒋婷睡单人床我和刘女士睡双人床？只是每天睡前，蒋婷会在我的单人床上坐会，但开着门。刘女士不时会探头进来问女儿什么时候洗澡什么时候睡觉。如果刘女士在洗澡或干别的，我也对她的女儿做过爱抚和亲吻之类的动作，但因为时间有限，无法深入。这倒让我感觉不错。确实有一天下午，应该是第三天下午，刘女士出门要办点什么事，我和蒋婷做了一次。刚开始是在我的折叠单人床上，但场地不够，噪音太大，后来蒋婷才勉强同意移到刘女士的席梦思双人床上。我们的速度很快。它既是整个过程的耗时长度，也包括强度和获得高潮的短促。这让我们非常惊讶，也感到害羞。我们甚至没有看一眼对方，了事之后就迅速穿戴整齐，将双人床恢复原状，然后一本正经地双双坐在客厅沙发上看电视。此时，刘女士也适时返回。她的速度也快。

除了这些，就是我在这对母女的带领下游逛济南城，以便刘女士尽一尽地主之谊。刘女士热衷于比较。比如在大明湖，她会问南京有没有这样的湖？我报之以南京有玄武湖和莫愁湖，名气也不小。那么有像千佛山这样的地方吗？我说没有，不过南京有个栖霞寺，寺庙后面有几块绝壁，上面雕凿了不少大大小小的佛像。芙蓉街这样的老街区，南京当然也有，比如夫子庙嘛，都是卖低劣工艺品和假古董的地方呗。至于著名的趵突泉，南京确实没有，不过南京确实也有个旅游景点也叫珍珠泉。汤山也有温泉，虽然没有趵突泉这么有文化，但据说蒋介石和宋美龄夫妇当年还是经常去泡澡的。刘女士显然对我的说话方式不太满意。她不得不向自己的女儿求证：是这样吗？蒋婷毫无兴致，说她不知道。蒋婷到底知道不知道南京这些名胜古迹？我也不知道。我们没有一起去游玩过这些地方，其因在于我们都不喜欢去这种地方，我们愿意待在家里，侍弄绿植，洗衣做饭。

游逛了两天，虽然我什么也没说，蒋婷已经率先受不了了。也可能与此事无关，母女二人在第二个晚上发生了争吵。我在小房间里听到了隔壁沉闷而剧烈的说话声，但能听出她们是在控制自己，蓄意避免引起我的注意。我曾试图打听她们争吵的内容，蒋婷说与我无关，我便永远不得而知了。第三天，我们没有再游逛，就是待在屋子里看电视，聊天。也无非是她问我答。下午，刘女士速去速回了一趟，前文已述。没想到当晚，母女二人再次发生了更为剧烈的争吵。正在我关在小房间里手足无措之际，刘女士不经邀请推门而入，满脸泪痕地一屁股坐在我的单人床上。接着，她的女儿蒋婷也准时站在了门口。女儿看着母亲，母亲则将脸埋在两个青筋暴露的手掌和那条手帕中。她们都不说话。问也无济于事。不说话让我不知从何解劝。所以我只好作壁上观。

小林，刘女士终于擦干了眼泪，抬起一张因为啼哭和擦拭而红光满面的浮肿的脸对我说，今晚，我睡这，你去大床跟她睡。

这……我不得不吞吞吐吐起来，这样不好吧，你们母女……

不碍你的事，你别管，蒋婷打断我的话，甚至还用一只手稳住我，好像担心我听凭其母的安排马上就爬到隔壁那张大床上去似的，她说，我们收拾东西，马上走。说着她又掉转身去了隔壁，听得出来，她在收拾东西。

刘女士这才站起来，然后在门口回过头跟我说话：小林，对不住了，让你不舒服了。她从小就不听话。唉。

当然没有走。不过，蒋婷没有再和她妈妈睡一张床，而是和我挤在小床上凑合了一夜。因为拥挤，睡不好，次日起来，我俩都一脸菜色。

5

本来我们预计还要一起去蒋婷的乡下老家，她不止一次地说过，她那个村子与河北省仅一河之隔。那是一种北方的河，与南方很不一样。两岸没有很多植物，都是农田，河中也没有船只和渔夫。它就是一条河，单纯地由河床和河水组成，默默无闻，不舍昼夜，此外似乎没有其他任何意义。在这条河上，有一座水泥大桥可以将她送到她嫁到对岸河北的表姐家。舅舅们对她谈不上好，但表姐自幼带着她玩，一直对她不错。除了那些一望无际的玉米地，姥姥的坟头和表姐大概才能给她带来所谓老家的亲切感。不过，这些终归经不起推敲。它们过于戏剧，过于电影，并非生活的真相。真相是她连续两晚都和许久没见的妈妈仍然彼此憎恨（起码是表象上）发生了争吵。蒋婷决定直接返回南京。

说好了刘女士不用再送，但她还是跟到了车站。不是站台，而是候车大厅，她不能进来，如果进来，她需要买一张站台票。她就这么隔着候车大厅的玻璃墙跟着我们安检、验票，我们始终在她的视线之中。如果我们回头看她，她则满脸堆笑，并指手画脚，夸张地翻动嘴唇，似乎同时在向我们说唇语和哑语。她仍然穿着三天前接站时的行头。只是高高烫起的发型有所垮塌。我们（其实主要是我）不停地用手背向她的方向挥舞，示意她赶紧回去。但从另一个角度看，与撵她也无异。我注意到蒋婷终于掉了两滴泪。

我现在能确定的是，我并不了解蒋婷，或者没有彼此入心。比如时至今日我其实也不知道这对母女的矛盾具体是什么。蒋婷不爱谈论这些。她是一个沉默寡言的姑娘。我们之间的男女关系得以维系，我想这和我自己也是一个沉默寡言的人有关。在这个世界上，迄今为止，蒋婷是我唯一整天不需要讲话也不会觉得压抑窒息的人，反而觉得踏实和安全。我们各干各的，互不干涉，但又彼此认同，如胶似漆。这么说可能有点夸张。这么说吧，我们是十年前这个世界上一对相当安静的情侣。最后我们分手，或许也与安静被打破有关。

一大早我就给刘女士打了电话。我代表自己的全家邀请她来吃晚饭。她欣然答应了，出乎我意料的是，她并没有问到“全家”是个什么概念。她倒是喋喋不休地向我汇报，这几天她把南京很多名胜古迹都跑了。十年前到我家过年时去过的，有些地方她还重游了一遭。没去过的，比如总统府、中山陵什么的，她都觉得很好。她说南京真不愧是六朝古都啊，“确实不比济南差到哪儿”（原话）。那么，既然现在还是上午，而我约的是晚饭，她则需要马上去一趟栖霞寺。“就这么定？OK？”她说。我也只好喔凯。也就是说，这通电话看起来并不像她要来找我，更不像是为了见我特意多待了一天，而是，她很忙，忙着游山逛水，忙着举起自拍神器在某个景点大门门前搜寻自己一个最适合最美的表情。晚饭到我家来，也看上去并非她的情愿和主动，而是受邀而已。我只是给她百忙的生活增添了另一忙。这一个忙对她来说谈不上重要，也谈不上拒绝。反正她透露出来的信息大致如此。

这倒也非我第一次领教。十年前，也就是我和蒋婷从济南回南京当年的年底，蒋婷不断接到刘女士的电话。蒋婷一如平常地刚开始并不愿意告诉我这些电话的内容，后来实在经不住其母的骚扰，才如实相告。鉴于蒋婷一般过年都不回家，刘女士敏锐地认识到女儿今年肯定会在我家过年，作为一名好些年没有和女儿一起过年的妈妈，刘女士想到我家来和我们一起过年。闻听此言，我没有立即表态。我一直不太擅长和别人相处，尤其在屋子里在家里与人相处。我和自己的母亲相处得也不算母慈子孝，大学毕业工作不久，我就搬出来自己过了。在蒋婷之前，当然也有过前女友曾在我家短暂地住过，大概正是因为同居，才让我难以忍受所谓的“二人世界”导致了不可避免的分手。而蒋婷，她之所以能跟我和平相处，前文已述。我毫无恶意地把自己的想法告诉了蒋婷。

蒋婷表示理解，沉默良久。但刘女士的电话再次响了。蒋婷掐断不接。电话再次响起，然后任其歌唱。应该是一首流行歌曲吧，十年前蒋婷手机的铃声。这首掐头去尾的流行歌曲在我们之间反复唱响，始终不曾将全曲唱完，让我们非常难受。最后，我不得不像一个男人那样站起来，告诉蒋婷：接吧，告诉你妈，来吧。

然后就是和十年后一样的风格。刘女士迟迟不告知启程日期，还在春运期间声称不急着买票（当时网络订票还不太容易）。蒋婷的意思，让她没来成也不错。但出于礼节（尤其是我家人获知这一情况后），我不得不亲自致电邀请再三。三请四邀后，刘女士姗姗来迟，在除夕下午来到了南京。当然，我和蒋婷前往车站迎接，我的母亲和姐姐姐夫则在家里大烹大炒，准备着热情款待远客。在我母亲看来，善待准亲家母才是给我娶媳妇的标志和首要程序，她老人家看上去为此已经整整准备了一生。

如何和我母亲说刘女士十年之后再次造访这件事确实还挺费了我一顿脑筋。在她那里，刘女士母女早已是明日黄花，毫无记挂于心的必要。她现在耿耿于怀的是真正的亲家母（李芫的妈妈）夺走或削弱了本属于她的“奶奶权”，在此问题上和亲家母的明争暗斗才是生活中的核心事件，或许也是乐趣。让她深恶痛绝的是她的儿子还不能帮助她在斗争中占据上风。她形单影只，孤身作战，其悲壮在舞蹈结束后的广场上怎么说也说不完。这么一想，我认为曾经的准亲家母突然到来，或许她也未必不见。这样的听众要比广场上那些老大妈有效多了。这起码能让她在幻想中进行一番对比：如果远在济南的刘女士是她孙子的外婆该多好啊。

我显然低估了我妈的觉悟。她好不容易弄明白这件事后，突然在电话那头紧张了起来，首先质问我到底想干什么，你是真傻还是假傻？你已经结婚了，也有了小孩，她说，日子过得挺正常的，这么个女人跑来想干什么？你根本就不应该见这个女人，更不应该搞到自己家里去。李芫呢？她知道？她知道归知道，但你不能这么做，你这是对你的家庭不负责任的表现你知道吗？此外，我这么做不仅对不起已有的家庭，而且“你又给你老婆给你丈母娘抓了个把柄你知道吗？你又让我在她们面前理亏了一次你知道吗？儿子哎，你真是疯了。”

6

我的母亲对我的不满，还包括父亲死得早，所谓既当妈又当爹。也就是说她对我（包括我姐姐）付出的要比一般的母亲多。姐姐终归是别人家的人，这一逻辑也存在于母亲从来不认为自己是陈家人（娘家姓陈），而是林家人。不过，我的姐姐嫁出去后之所以能够获得她的好评，却又背离了这一逻辑，那就是姐姐勤于回娘家，给母亲和我带来了很多照顾和帮助。如果姐姐像她一样自绝于娘家，恐怕母亲的广场演说会更丰富磅礴。

母亲的愤恨集中在我的婚前和婚后。婚前，我始终没有结婚，这让她很焦灼。比如蒋婷这件事，一度让她血压升高卧床不起。她完全无法理解，一个姑娘已经到一个男人家住了，双方的家长也见了，怎么这事就黄了？这件事让她必须在床卧病一段时间，猛然置身广场，叫她如何和自己的老伙伴们解释呢？然后就是婚后，她不能和李芫和平相处，尤其是祖母权被亲家母悍然分割和夺取，特别让她失望。她号称“懒得”和李芫母女理论，但和亲生儿子我，她有必要声讨我的不孝，一把鼻涕一把泪地陈述自己的委屈，一如当年一把屎一把尿地把我抚养长大。

从另一角度来看，我的母亲毫无必要如此。诚如她的老伙伴安慰她的那样，乐得清闲。儿子不跟她住在一起，她独居三室一厅的大房子，每个月从国家那领取不算丢人的退休金。据说她在当知青的时候曾经是生产大队文艺骨干，除了唱歌跳舞，还会弹琴吹笛。早年，她还希望我姐姐能够延续她的兴趣爱好，斥巨资买了一架钢琴。可惜姐姐并非这块料，我显然也不是。换言之，如果她需要时间的话，那么她有大把的时间干自己喜欢干的事，她可以掀开蒙在钢琴上的布罩子，擦掉上面的灰尘，用满是皱纹的手在黑白琴键上敲出她喜欢的音符，我相信，这时候她的脑子里会像放电影一样再现她少女时代的70年代的列车、农田、灌溉渠、大队书记、树杈上的灰蓝色的高音喇叭、乡村夜晚的狗叫声……但她没有动过那台钢琴。当然，据说广场歌舞也有上述功效，而且是以集体的方式，她们过惯了集体生活。她们不擅长独自面对自己。她们对劳动的理解仍然与农业生产有关，就是要动，要出汗，要累得够呛，在抱怨中获得成就感。具体到她现在的年纪和身份，带孙子是实现这一成就感最合法最合乎天性的方式。可惜李芫的妈妈，我的岳母和她履历相似，所见略同。她们的矛盾实质，或许就是只有一个孙子或外孙。

在这一点上，如果刘女士是壮壮的外婆的话，确实可能不会与我的母亲形成上述对立。她还年轻，现在也不过五十来岁。十年前，她仍然还是一个待嫁的离异妇女。我母亲第一次见到刘女士的那天，也就是十年前的除夕之夜，前者大吃一惊。时年已六十岁的她完全无法想象一个四十几岁的女人可以和自己在饭桌的首席上并驾齐驱，加之刘女士的求偶愿望还健在，花哨的北方县城穿衣风格也让她身边的老太太显得更加灰暗。刘女士只比我姐姐大几岁，和我的姐夫相当于同龄人。我的姐夫居然恬不知耻地阿姨阿姨地招呼她吃菜喝酒。而坐在蒋婷身边的我的外甥，当年正处于青春期变嗓时期，虽然他并不愿意和我们多说什么话，但就我的经验看来，二十出头的蒋婷也未尝不可以成为他性幻想的对象之一。

那是一顿非常诡异的年夜饭。吃完饭后，遵照某种传统，刘女士率先拿出钱包给了我外甥压岁钱，然后滑稽地不得不接受我外甥在我姐夫教导下的一句“谢谢奶奶”的谢词。我妈不甘示弱，当即也给了蒋婷一个大红包。本来平辈之间不应有压岁钱一说，我那好心的姐姐思前想后觉得没必要占刘女士的便宜，所以她又给蒋婷来了一个红包。这期间的拉扯、谦让和感激，让人眼花缭乱烦躁不已。大家还一起坐下看了会儿春晚，等待赵本山出场，既而像往年一样哈哈大笑后才各自散去。之后几天也没闲着，不是我姐姐姐夫邀请，就是我舅舅舅妈邀请，团团圆圆一大桌人，老的老小的小，节目相似，总之，我和蒋婷疲惫不堪。

我不是说此类场景在我和李芫婚前婚后不再发生，相反，她就是南京本地人，遍布亲友，场面更为壮观。我只是想说明，在当年，我和蒋婷还很不适应这些。它们吓到了我们，让我们面面相觑而又看不清对方。我们试图就这些聊一聊，但我们很快发现，我们怎么聊似乎都不在正题上，让我们开始怀疑自己的理解力以及在某种程度上开始怀疑对方。生活比我们预想的要喧嚣得多。若干年后，当我和李芫遇到相同的场景时，我却没有了这些感受。李芫和所有的亲友都能应付，她的应付不是虚情假意，而是真情实感。在这方面，她不仅得体，而且勤奋，她的存在使我也坦然了起来，认为这些都是人之常情，堪称活在世上的证据。然后最终认识到，这一切没有什么不对，很好。

与去济南不同，我和蒋婷睡大房间双人床，刘女士则睡小房间单人床。南京没有暖气，我们给刘女士添置了电暖器她仍然觉得冷。睡觉并不费劲，但起床颇费踌躇，她每天都在空调热风的吹拂下和电暖器的烘烤下起床，因此她的房间门打开时，一股热烘烘的女人体味会涌入寒冷的客厅，让我的镜片为之一湿。那些饭局消停后，我和刘女士在济南的所作所为相似，也带着她畅游起了南京。她喜欢这些，每到一处都要拍照留念。这些照片的特点是，她要求自己位居大门入口处，必须要把某个公园景点的门楣题字涵盖在内，这样一来，在那些巨大的牌楼和雕刻之间，她在照片中显得很娇小。也有近景和特写之类的，比如她单手扶住一根梅枝，在花团锦簇中露出她那张攒满了笑容略显宽阔（腮帮子大）的脸。就像她跟老天说好了那样，年后没几天，天气转暖，果然春回大地万物复苏的景象。她还在山水之间脱掉了呢子大衣，穿着一件紧身的高领毛衣上蹿下跳。见此，我由衷地发出感慨，告诉蒋婷：你妈妈不仅年轻，长得也不丑。

7

我妈当然还是来了，而且来得很早。进屋第一件事是站在换鞋垫上谨慎地扫视一眼，这才午后，李芫当然还没下班，然后她才大口喘气，喊饿死了饿死了。她连午饭都没有吃，就去菜场买了一大堆菜。进了厨房。她没有先做那些菜，见我中午没有剩饭剩菜，她假装生气地找到半筒挂面给自己下了碗，并越来越生气地指责我（其实是妄想性地针对李芫）把厨房弄得这么脏，然后在面条煮熟之前利索地收拾一新。每次来儿子家，她除了当一回清洁工，也不忘自掏腰包买很多菜。虽然她声称是买给孙子吃的，但谁都知道，她其实是在讨好李芫。李芫父母健在，退休金更高，对我们的补贴也更多，这让她多少有点愧疚和不服气。这也算李芫轻婆家重娘家的原因之一吧。

吃完面。择菜洗菜的时候，我妈开始埋怨刘女士。

这个女人真是，大老远跑来干吗呀，又不算亲戚，都这么多年了。不会有什么事吧?

我不知道，我说，她在电话里什么都没讲。

就是嘛，要不我还不来呢。我不喜欢这个女人。我只是不放心。

你有什么不放心的?

不知道，我妈认真看了我一眼，你比我还老糊涂？你吃过这对母女的亏你忘了?

我没搭这句。如果说恋爱未成对方离开了你就是吃亏，那我确实吃了亏。但显然又不是这么个道理。

她现在人呢？见我不吱声，我妈问。

说是去栖霞寺玩了。

切，就知道。这个女人骚得很，我到现在还记得她穿那身花。

人家年轻吧。

年轻？我没记错的话，也是半老太婆了。

“半老太婆”这个词倒是让我想到一个问题，那就是十年不见刘女士现在到底是什么样子？如果我在大街上，或者我现在也在栖霞寺，能在人群中认出她吗？我不禁努力地开始回忆她的长相。但什么也想不起来。我只记得她较为花哨的穿着和高高烫起的头发。

因为要准备晚饭，我妈表示她今天不能帮我打扫屋子。但她认为今天打扫屋子非常重要，因为家里要“来客”，虽然这个“客”在来之前即已遭受了她的批判。所以我得动起来，好好收拾收拾。我只得遵命。

平时都是李芫打扫收拾屋子，我已经习惯了，她也不需要我动手，我的参与被她誉为添乱。但在跟蒋婷生活的那一年里，都是我们两人一起打扫收拾。当然不是说李芫不爱整洁，而是蒋婷更为苛刻，开关插座上的灰尘，沙发缝隙内的碎屑，连刷牙时，牙膏她都不愿意我从中间挤而必须从尾部开始。另外，她还热衷于重新布置房间。比如床原来在卧室里是居中摆放的，但过了一段时间她认为应该靠墙或靠窗，房间里的其他家具也便因此而挪动到新的位置。所以和蒋婷收拾屋子相当于一项工程，起码是一项重体力活，确实不是她一个人能干得了的。每当我们干完，她总是十分满意地在房间内全新的空间结构里走来走去。然后问我怎么样？我说，挺好的。然后等待下次重新集体搬动。

刘女士来那次，我们的床就在窗下。蒋婷的目的是当她中午醒来的时候，伸手拉开窗帘，阳光就直接照在她的身上。刘女士对此却很不以为然。她对女儿的生活处境非常不满意。她甚至攻击女儿的穿着，老气横秋，并强行拉着蒋婷去买了一件花哨的羽绒服。蒋婷和我的生活确实色彩暗淡，她喜欢单色纯色。刘女士不仅用自己的形象给我们的屋子带来了花色，还给我和蒋婷的大床购置了遍布玫瑰花瓣的四件套。刘女士走后，我和蒋婷躺在这些玫瑰花瓣间心情无比沉重。因为她告诉我，她不打算留在南京了，她要回济南。

那我们呢？我问。

你说呢？

分手？

不然呢？

好吧。

玫瑰花瓣的四件套也被我扔了。我从来没有那么彻底地搞过卫生。我把所有能让我联想到蒋婷的物件都扔了，尤其是我们一起生活时购置的物品。床肚下她遗留的长发，衣橱里她衣服取走后残留的气味，甚至我们没有用完的一包避孕套。我是不是还可以这么夸张：后来我连房子都卖了，换了现在的房子也是因为想彻底摆脱蒋婷在我生活中留下的痕迹？这肯定是做作了。我还没有失控到那个地步。换房子是因为我认识了李芫，我们决定结婚，在李芫看来，我原先和蒋婷住过一年的房子无法装得下她，尤其无法装得下她已经开始膨胀的子宫。

李芫和壮壮进门时，显然愣了一下。她知道我妈会来，但显然没有想到自己的家突然变成了这样，我从她的眼中才发现：我收拾屋子的能力和水平太高了。一切都被我擦过了，散发着静悄悄的反光，连换鞋垫上的鞋子，也被我鞋尖冲门外码放得整整齐齐。我妈则在厨房热火朝天地忙活。

哟，真隆重。她冷笑了一下。

8

我们一度认为刘女士不会来了。因为天快黑的时候我给她怎么打电话她都不接。我提议我们吃吧，但李芫不说话，我妈则看着儿媳，问孙子：壮壮，你饿不饿？饿了你先吃。就在我妈捧着饭碗追着壮壮喂食的时候，刘女士电话来了。她说她现在已经到了我们小区，不知道怎么走。我只好下楼去接。我控制穿鞋的速度，尽量慢腾腾地开门、下楼。

我确实也不急于立即面对刘女士，我承认自己有点慌乱。我不知道能不能认出她来，更不知道她到底来找我干吗。小区里都是晚归的人，有一个还冲我点了点头。我记得他有一条温顺的大狗，晚饭后在小区公园里经常出现，壮壮曾将小手放在它的牙齿之间安然抽回。我可能也回敬了点头，但还是跟一辆电动车彼此避让时差点撞上。

刘女士就站在小区门口那个桥上。我一眼就认出了她。她还那样，依旧是色彩鲜艳的大衣、围巾，区别是她戴了帽子，脚上那双高跟长靴显得贵重。除了挎包，她手上还拎着一塑料袋的东西。“阿姨”，我这么叫了声她，她连看都没看我一眼，就将那袋东西交给我拎着。

都是买给你妈妈的。太沉了，她抱怨道，估计手都被勒出了印子。说着她把手从手套里拿出来看了看，并没有。这些做完，她才笑盈盈地看着我。

小林，她说，你还那样哦。

嗯。我不知道怎么接她的话，走吧，都等半天了。

你妈妈在吗?

在。

她仍然没问我是否结婚之类的问题，而是就我们小区环境谈了起来。她夸赞我现在的居住环境比十年前好多了，还一把拽住我的胳膊，其因是被一条冲她皮靴跑过来的吉娃娃小狗吓得尖叫了起来。我注意到有小区的人多看了我两眼。

进门的时候，她明明先看到了李芫，但她还是越过李芫的肩膀先和我妈打招呼。大姐，你好啊。甚至连鞋也没脱，就冲过去跟我妈来了个拥抱。我妈尴尬地喏喏，一只手象征性地在她的背后碰了碰。这完了，她才微笑着向李芫致意。

小林，你的媳妇挺俊的，她说。没想到不需要我事先说明，也不需要我交代，她早已心知肚明。

谢谢。李芫答。

然后她就发现了沙发上的壮壮。壮壮或是认生，或是被刘女士进门时这一连串动作吓到了，把自己藏在沙发扶手后面只露出两个大眼睛看着她。

啊呀，多可爱的小家伙。说着她冲了过去，想一把抱住壮壮，不过被壮壮躲开了。他轻车熟路地跳下沙发，然后绕过茶几，迅速地躲到李芫的腿后。

没事的，壮壮，李芫说，去，叫，叫奶奶。

壮壮显然不会叫。

不用不用，刘女士蹲了下来，逗孩子，你叫壮壮啊，长得真壮啊。

然后她掉转头嗔怪我的样子，说，小林，你怎么不早说。又问壮壮，你几岁了？

五岁零四个月。李芫代答。

大姐，你真是好福气啊。她试图恭维我妈，我妈干硬地笑了笑，就立即转身去厨房端菜了。这时候她大概才意识到自己穿着一双靴子在我家擦拭一新的地板上，几枚偶蹄类动物般的脚印十分扎眼。她连说抱歉抱歉，返回换鞋垫那换上拖鞋。她瞬间矮了一大截。

要不要喝点酒？这只是礼节性地征询，我记得刘女士不喝酒，而且她极其反对蒋婷和我喝酒。不过这次她居然大喊，太高兴了太高兴了要喝要喝。迫于无奈，我也只得给我妈和李芫分别倒了点红酒。我妈和李芫也从来不喝酒。四个人真的像很高兴似的交杯换盏了起来。壮壮因为吃过了，大概也丧失了对刘女士的好奇心，回到沙发看动画片去了。刘女士频频举杯，不仅跟我们所有人都“干”了一回，还多情地和沉迷于动画片的壮壮也“干”了一下。饭桌上，主要她一个人在喋喋不休。然后自嘲是不是喝多了。事实是，直到饭后收拾碗筷，刘女士那半杯红酒也没怎么动。

奇迹在于，刘女士既没有提她女儿蒋婷，也不爱谈自己，居然也能用她密集的语言填满整个饭桌。她大谈南京的名胜古迹，谈房价，谈房屋装修，济南的草包包子，聊城的酱菜，以及各种逸闻趣事。看上去，她绝非蓄意避而不谈，而是不重要。看上去，她此番来我家，就是跟我、母亲和我素未谋面的妻儿见上一次。她表现得像极了一位多年不见彼此深知无须赘言但凭谈兴的亲友，也像一个我们在马路边捡回家让她吃顿饭的莫名其妙的疯子。其间，我妈可能有点扛不住，试探着问蒋婷现在的情况，但大都被她充耳不闻地略过了。不过她也不能一概予以不理，她简略地聊到了自己。说自己现在在一个保健床垫公司工作，职责就是向广大饱受病痛和失眠之苦的人推荐一种高科技席梦思床垫。好在她没有强烈推荐我妈去买这个床垫，她只是陈述她现在干什么。至于有没有重新组织自己的家庭，她则前卫或豁达地表示，世界是多极的，价值观也是多元的，人们没必要过一样的生活。有的人迷恋于夫妻双双把家还，有的人更乐于孤身一人逍遥自在。即便如此，我们仍然不知道她是夫妻双双把家还，还是孤身一人，我们只能自作聪明地从她的口风中认为她是后者。但这是错的。

晚饭结束后，我们一下子陷入了尴尬之中，不知道接下来是一起看电视呢还是干什么？李芫在收拾碗筷的时候曾用眼神示意过“她什么时候走”，我则用“我也不知道”的眼神答复她。这是我们，包括很多夫妻都会使用的交谈方式。刘女士确实没有表现出吃完就走的潇洒，而是在壮壮身边坐下，打算再跟孩子切磋切磋人生。可惜壮壮已经在沙发上睡着了。

李芫想把壮壮抱上床。

能让我看看他吗？刘女士说，语气近乎哀求。

这完全出乎我们的意料，让我和李芫面面相觑。

刘女士接过李芫递来的小被子，帮壮壮盖好，并职业地掖了掖被角，过程中一直深情地盯着壮壮的小脸。壮壮似乎被她看得有点害羞，将半张脸埋进了被子。她则微微探近身，继续盯着看。我妈从厨房里擦干手出来的时候，试图跟刘女士继续客套地说什么，后者赶紧用一根食指放在唇边，示意我妈小声点，不要吵醒孩子。我妈赶紧闭嘴，三个人环绕着刘女士和壮壮。

刘女士俯下身在壮壮的脸蛋了轻轻地亲了一口，这才站起来。我们看到她的眼圈有点红。但她笑着，一些皱纹在顶灯的照耀下出现了条状阴影。

那么，我走了？她像商量那样轻声问我们。

还早呢，李芫说，可以再坐一会儿。

不了。走了。说着她就径直去取自己的皮包。

我妈赶紧跟上，热情挽留。就差说出你也可以住这儿的话。但刘女士只是微笑，不为所动。她穿好大衣，系上围巾。然后向李芫招手，从皮包里取出两张百元钞票，硬塞给李芫。她惭愧自己不知道我们已经有了孩子，不，壮壮，壮壮真是个好孩子，而她居然空着手见壮壮，这是不应该的。弥补这一过失的唯一办法就是李芫替孩子收下这两张钞票。她甚至动情地说道，壮壮还小，也许根本就没有记住她这个人，更不会将来还能够想起。但她既然来了，和壮壮见了，就是一段缘分。这段缘分也不是能用钱来表示的，况且也不算什么钱。就是意思意思，见证这段小小的缘分。

老实说，这段话叫人动容，让我们不知说什么好。刘女士再次和我妈拥抱了一下，这次我注意到我妈双手都拍了拍她的背。然后由我送她下楼。下楼的时候，李芫给我使了个眼色。我懂她的意思。

9

有一件事，我妈和李芫都不知道，因为长期以来我无法描述这件事。

十年前的春节，鞭炮声消停后，我、蒋婷和刘女士，我们仍然像一家人那样住在一起。刘女士住的时间比她本来打算的要长。我们再也不用出门找地方吃饭，我们在自己家买菜做饭。我们一起看电视。我们还一起购物，一起去看过一场电影。有次我们打扫卫生收拾屋子时，刘女士还参与了进来。她力主我们把床重新居中放在卧室，我们顺从了。她也力主我们换上她送给我们的玫瑰花瓣四件套，我们也笑纳了。她还嘱咐我们以后酒要少喝一点，多出去运动运动。说着她还推开了窗，窗外确实春光明媚。有几片风筝在我们的视线内飘荡。

这是一面。另一面是，刘女士四十来岁，迟迟不走，她给我造成了一些难以启齿的困惑。比如她当时正在经期，沾满血的卫生巾就这么公然摆放在马桶一侧的纸篓里。她换下的内衣就这么悬挂在我和蒋婷居住的大房间的阳台上。我们在睡觉，她会就那么穿着秋衣秋裤突然推门进来说个什么事。逛商场或看电影，她甚至还在另一侧挽起我的胳膊。然后就是有一天，蒋婷出去买菜，她在洗澡，她围着浴巾叫我帮她将水温调一下。调好水温后，我看了她一眼，我承认我看她那一眼中掺杂了不伦的情欲，她很敏锐地感觉到了，这是我从她看我的眼神中领悟出的，她的眼睛和神情只是一面镜子。没有更多了，仅此而已，但仅此足够。

在我这十年的猜测中，她应该把这件事告诉了蒋婷，用什么方式说的，我不知道，蒋婷甚至没有告诉我她为什么要走。迄今为止，我都认为蒋婷离开我与这件事有关。

蒋婷说她要回济南，我送她。在此之前，她已经给自己打了很多纸箱包裹。这些纸箱包裹就堆放在客厅里。在离开之前，她仍然和我睡在一起，我们仍然做爱，仍然一起买菜做饭。这一度让我觉得她是在生气，而并非真的要走。她说她买了车票，我仍然不觉得这是真实的。然后就是她跑邮局寄这些纸箱和包裹。她拿不动，我必须帮忙。我们搬动这些纸箱包裹费了很大力气，汗流满面，相视而笑，我还是不觉得她走是真实的。然后她就走了。我把她送到车站。她仍然有很多行李，我不得不买一张站台票，把她送上火车。安置好了，我还嘱咐她方便面、火腿肠、水果、零食这些在火车上吃的东西放在哪儿。她都点头说好。然后火车要开了，我下车。我仰着头看着车窗玻璃后的她，她冲我笑，挥手。她走了，真走了。

她在南京的手机号码注销了。网络通讯也毫无回音。我家的钥匙她放在了茶几上，有两个月我都没动那串钥匙。后来我不得不将钥匙收起来，钥匙在茶几厚厚的灰尘上划了两道黑色的印子。在深夜，我还在听楼道里的脚步声，我能听出她的脚步声，但没有她的。她消失了，整整十年。

蒋婷在这十年里结过一次婚，但很快就离了。刘女士说，因为那个男的会打她。有一只眼睛几乎被打瞎了。现在蒋婷跟一个男人同居，那个男人是一个坏人，无所事事，天天问蒋婷要钱，蒋婷都给。蒋婷的工资也一般，自己并不用什么钱，绝大多数给那男人花掉了。蒋婷没有生孩子，她想生一个，但每次都掉了。

我觉得我们家婷婷过得太苦了。刘女士有了点哭腔。

是，我说，是不容易。

但她自己觉得很好。

10

刘女士和我在小区花园的长廊里坐了会儿。

我猜你已经结婚了，她说，但是我不能肯定，我觉得你应该没有结婚。

对不起，我结婚了。我说。

你误解了，我没有说你结婚不对，你当然要结婚，我也没有叫你和我们家婷婷重归于好的意思，那是不可能的。

是，确实没有任何可能了。

我只是挺难过的。

别难过了阿姨，你不挺潇洒自在吗？

怎么可能，谁能潇洒自在呢，我们又不是神仙。

那你为什么不重新嫁人呢？

然后她说她有个男朋友，说起这个男朋友，她高兴了不少。这个男人在她口中叫老陈，六十岁左右，是个医院的退休医生，老婆死了，孩子也都各自成家立业了。老陈对她很好，嘘寒问暖，体贴照顾，这辈子也没有哪个男人对她这么好过。另外，老陈的孩子也很认可她，尊敬她。五十岁生日，就是老陈和他的孩子们给她过的。蒋婷也不反对，但是蒋婷没有参加她的生日宴，这些年也不太跟自己的母亲来往。她不知道自己该不该嫁给老陈。

为什么？

刘女士沉默了好一会儿。突然问我，你觉得我还适合结婚吗？

当然没问题。你不老，况且这跟年龄没关系。

那你妈妈呢？

我妈？如果她愿意跟个老头结婚，我没意见。

说得好听。

真的，我想不出我有什么反对的理由啊。

好吧，我信你。

这时候那个遛狗的家伙出现了，他看到我和一个陌生女人坐在一起，似乎无意撞破了奸情那样很不好意思地打算绕道而行。我不得不主动招呼他，然后摸了摸他的狗。虽然他不怀好意地盯着刘女士看，但我没有也无必要向他介绍她是我的什么人。

小林，你人很不错。刘女士等遛狗人和他的狗走了后，郑重地说。

我有点心虚，我说我自己不知道。

她说，真的，我挺喜欢你的。

我一下子紧张了起来。

你又误解了，刘女士甚至笑了起来，你别胡思乱想。

没没没，说着我站了起来，感到无所适从。

她笑，笑出了声。然后陷入了沉默。

过了好一会儿，她说：小林，你是个适合过日子的好小伙，哦，现在也不算小伙了。

我不知道怎么接话。

小林！刘女士突然严肃了起来。

嗯？

你知道吗，我一直把你当我的女婿看，虽然这么多年没联系，我还是把你当我的女婿看。

为什么？

因为我不喜欢婷婷后来找的那些男人。

也不能这么看问题吧？

刘女士没有搭我的话，她径自说了下去，我和婷婷爸爸离婚很早，这你是知道的，娘家现在也没什么人可走的，我没什么亲人，有的时候我都不知道我们家婷婷算不算我亲人。我来找你真的就是探望一下你和你妈，哦，现在还有你媳妇和你的壮壮。

谢谢你这么想，我会告诉我家里人的。

唉，她叹了口气，但是我可能是自作多情。你现在知道了吗？

什么？

就是老是下不了决心跟老陈结婚？

我真的不知道。

我要是想结婚，多少次婚都结了。我只是放不下我们家的婷婷，你懂吗？

你可以不用管她的。

我觉得好累。

说到这里，刘女士居然哭了起来。

我不知道怎么安慰她，或者她也不需要安慰，她需要哭一下。等她哭完了，才掏出纸巾擦了擦脸。她已经不再使用手帕，这说明了十年确实是一个不容小觑的时间长度。

好吧，她站了起来，就这样吧，不早了，我得回宾馆了。

我也站起，陪着她向小区大门走去。外面停着几辆出租，她老远就冲它们招手叫唤。这一下子让我很焦躁。

我能问你个问题吗？

我感到自己的脊背发硬。

啊，什么？

我说了一遍我的问题，声音确实很小。

什么，你再说一遍？

我清了清嗓子，一字一顿痛苦无比地说：你知道蒋婷为什么要跟我分手吗？

刘女士应该没想到我会提这个问题，或者在她看来这根本就不是问题，她的回答也表明了这一点。

她说：啊，你不知道？

我说：我真不知道。

她说：那是因为她不爱你啊。

原载《红岩》2017年第2期

六　根

杨丽达

1

桂林城里，六根是吃书法饭的，一支毛笔打天下。那支毛笔是托人从湖州特制的，笔杆选用斑竹，紫褐色的竹皮上撒着点点斑痕，称之美人泪。牛角收口，管顶嵌一段翠玉，绿莹莹放着温润的光。笔毛是加鼬鼠须做的，细软柔韧。六根得此笔欢喜异常，悬挂书案的笔架上，望之，美若妇人，相看两不厌。掬而嗅之，隐隐含香，遂在笔杆上方刻了篆体“妙香”二字。每逢有人索字，六根便用笔袋装了揣在怀里，贴着肌肤元阳津养，暖暖焉如近美人。日久天长沁了人的精气，笔生灵魅，助六根挥毫，处处皆妙笔生花。六根用这支生香妙笔写的墨宝也有挂在桂林城大街小巷茶肆酒楼的，多半不收钱，只是送朋友。六根也习惯，不喜润笔费，只好酒。因此隔三岔五就有人请他喝酒。六根并不贪杯，只浅浅悠悠地喝将来，自称薄薄酒。偶尔薄薄酒喝多了喝高兴了，亦醉人。醉态上来，六根喜欢击股而歌，哼唱彩调段子。眼醉肉钝，手下去无有轻重，回家脱裤子上床睡觉，妻子金满月发现腿上红巴掌大一块，就问谁弄的，六根说自个儿打的。金满月就纳闷半天。

略知六根的人，都知道他右手多长一根小指头。倘若在别人早就做了手术切除了，可六根是吃毛笔饭的人，就有不一样的理解，似乎在六根童年哭着闹着要学书法的时候就有了每种暗示。这暗示被尧山白云观的跛足道士点了机关，说蛇年出生的么，此手指是来显本相的。等六根成为桂林小有了名气的书法家，这第六根指头便像天谶，应验老天的赏赐——多指（子）多福，徒叫那些书法爱好者羡煞。原本六根的小名，越叫越响。六根不净烦恼始。六根遂刻了一枚“六根禅”的闲章。那章选用一卵和田青花籽料，形不规则，盖在书法作品上，像六根另一张脸。

一大早，金满月不爽。说不出缘由。一只鸟在树上怪叫，她听见了就踢了脚趾，将垃圾桶撞翻。她就骂那只鸟报丧，捡了地上一截茄子往树上砸。

要说不爽，还有不爽的。金满月下楼到菜市买菜，卖肉的短她的秤。她返回肉摊讨公道。那卖肉的嫌她啰唆，显出鄙夷的神色，咂嘴咂舌地在猪骨头上砍了一刀，朝她扔了一坨骨头肉。扔完，刀从右手抛到左手又抛回右手，杵根秤杆哐哐哐在她面前抢刀刃，金满月就怵，捡了骨头肉扭头疾走。她来到卖鱼的摊位，买了鱼，掏出一张五十元的票子给卖鱼的找。卖鱼的拿着那张票子横看竖看倒看斜看翻看，正摸反摸点摸，然后说：换一张吧，这钱我不要。卖鱼的忙下一个顾客，不理金满月。金满月腾地一下气往脑门芯蹿。说：邪门了，这钱又不是我造的，别人给我，我要；我给你，你就不要了？卖鱼的说：你去找别人么，我又不是别人！金满月恼了，说：你不是别人，你是谁？卖鱼的说：我是谁，关你屁事！金满月说：这钱有假，是假钞？金满月跟卖鱼的老板争执起来。卖鱼的说：我又没说是假钞，是你自己说的。金满月说：既然不假，那你为何不要？卖鱼的说：这张钱老子不想要，不想得了不？！金满月更恼了，说：你不想，你还想不想做生意？卖鱼的说：做不做生意是我的事，关你鸟事！金满月眼睛冒火了，说：小子，你嘴巴放干净点，你鸟来鸟去，你鸟谁呀？卖鱼的说：你管我鸟谁？我鸟你了吗？金满月说：你敢！卖鱼的说：有什么不敢，鸟你就鸟你，有什么敢不敢的？！金满月脸撑红了，说：色胆包着天了，我是你老娘，你敢鸟我？卖鱼的朝地上啐一口唾沫，说：想当我娘，我嫌你×臭！

再吵下去就要动手啦，有人过来劝架。金满月被熟人拉走，愤愤回家。

六根还没起床。周二没课。如果没课，六根喜欢睡懒觉。金满月匆匆过来掀被子，六根就醒了。金满月摊出那张五十元钞票让六根辨别真假。六根睡眼惺忪地坐起来，等他明白了原委，就说：“钱这东西，最不靠谱，过手不认人，银行都是离了柜台不认账的，我有什么办法，算了吧！”又倒下扯被去睡。金满月不满了，说：“不能算！帮我想想帮我猜猜，这钱是什么人找的，是卖鱼卖肉卖蛋的还是卖米卖油的抑或是卖米粉的？”六根说：“你闻闻么，看那钱是什么味儿？”金满月真的低头去嗅。嗅闻好一会儿，金满月说：“闻不出。”金满月说：“你向来鼻子尖，你嗅嗅看。”把钱放到六根鼻子底下去。六根打了一个喷嚏，说：“拿开拿开，脏兮兮，害我鼻！”金满月就责怪六根假清高，说：“嫌钱脏，有本事，赚个十万八万的回来，我才服！”六根听不得这话，嫌女人俗。穿好衣服到阳台拿上钓鱼的家什，出门钓鱼去。

下得楼来，六根去吃米粉。他到钟楼下的崇善米粉店吃。吃了几口，身上燥热。许是昨夜没睡好，六根有点说不清。有人说夫妻间白天的别扭往往是夜里床笫间惹下的，这话或许有道理。昨夜先是夫想行夫妻之礼，妻不想。夫就嫌妻拿架子。后半夜妻突然又想要了，夫却不予。夫不予，实为予不得，强来也不行。妻就骂他那东西没用。她一骂，那东西更软耷。折腾了半日，勉强进去，草草了事。结果一宿不爽。六根将吃米粉的速度放慢，身上的汗就退了下去。吃着吃着，天下起了小雨。六根不愿回去取伞，便沿街檐转到百花剧场。正月里，剧场热热闹闹，好戏连台，六根买了张票进去看。

台上唱的是彩调梁山伯与祝英台。六根一看就知道是草台班子，良莠不齐，底气不足。梁山伯老俗，祝英台稚嫩，不相配。俗话说外行看热闹内行看门道，六根介乎两者之间，是既看门道又看热闹的主儿。台上唱：“撮土为炉，插柳为香，勾勾手发个誓，谁要是变心，变成黄狗嘴啃泥。”台下喝彩声片起。仔细听，梁山伯的唱腔虽不荒腔但气口不连贯，塌中。仔细看，六根看出遗憾来。梁山伯的戏作了些，油滑有余，憨味不足，与梁山伯的性格错落了，不相称。祝英台唱的却稀罕，叫人耳朵清亮，演得认真，假戏真做，一招一式都是行当里学练出来的，也贴心贴肺。动情处，六根能窥见祝英台眼里有泪光闪烁，心里就生了感动，湿酸酸的。六根想，若男女演员交换性情来演，可就相配了。六根喜欢在看中挑剔，在挑剔中鉴赏，在鉴赏中哼唱，在哼唱中享受，在享受中快乐。听听稀罕的，祝英台给梁山伯的十味草药方："一要清风一两整，二要天上两片云，三要中秋三分月，四要银河四颗星，五要观音瓶中五滴水。六要王母娘娘发六根，七要仙山七枝灵芝草，八要龙王身上八条筋，九要石头人九颗胆，十要泥菩萨怀中十颗心。"世上若有这十味药，我二人同药而生；世上若无这十味药，我二人同病而死。唱得叫人想抹眼泪。看看精彩的在最后的高潮叩坟。祝英台穿着一身新娘红装在梁山伯的坟前叩碑，问梁兄求他开门，一叩一唱，一唱一答，阴阳两隔，却心通无碍。一叩不开，二叩不开，三叩后祝英台在坟前快速胡旋，轰然一声坟飞碑开，火光四射，舞台启开另一层幕布，坟墓顷刻变成洞房花烛，大红一片，梁山伯穿着红色绣袍展双臂等着祝英台，祝英台奔过去与梁山伯相拥。生生将一曲悲剧演绎成活活的喜剧。六根就爱彩调那沁心暖肺的民间热乎味儿。台下叫好声蜂拥震耳，六根也叫了几声好。亲历美，是六根迷戏的原因。

出剧场六根抬头望天，天默默，无雨。时近晌午，六根拐到漓滨路吃砂锅饭。店小人多，老板娘忙都忙不过来。六根吃完给钱，一掏衣服口袋却是金满月用不出去的那张五十元的钞票。六根有点忐忑，将钱给出去，想不到的是老板娘将钱扫一眼就收了。六根接过找回的钱忙忙离开，终不知那钱的真假。

江边一坐，六根心就安顿下来。

在六根的心里，天下的江河都属龙王掌管，黄河、长江是大龙，漓江则是小龙。龙不管大小都是龙，都具灵性。这种灵性有时现在龙王庙里供奉的菩萨身上，有时现在端午节的划龙舟时龙头的安放仪式上，有时现在溺水的人身上。解放桥边有个九娘庙，现在是只有码头没有庙了。六根八岁那年在漓江溺过一次水，险些丧命，醒来后他说脚下仿佛有砖块将他顶起，一位白衣仙女将他拉上岸。母亲说是菩萨显身来救人了，六根信。六根相信美丽的漓江有一位美丽的女神守护着，他称她为九娘娘。

冬日的漓江静落落的，水清如镜。裸露的河床的腥味儿丝丝钻鼻，那是六根熟悉的味道。几只竹排在江面游弋，鸬鹚瑟缩在寒风里，被渔翁一次又一次赶下水去，从一处水面钻下去，从另一处水面浮出头来。好不容易逮住一条鱼，又被脖子上铁箍圈限，吃不着，吐出来给渔人。六根替鸬鹚感叹了。冬天鱼潜藏起来，水瘦鱼稀。

冬钓是最能考见一个垂钓者的水准的。六根摘了手套，将鱼竿一截截拉出来。接线，选钩，调漂。调好漂，六根顺手往水里撒了把酒米，打窝诱鱼。天寒香凝，再滴几滴自己制作的桂花药酒到鱼饵里，捻捏几下。六根将软如耳坠的鱼饵挂在鱼钩上，手腕子一抖，钓线抛出去，鱼钩入水。鱼线细若游丝，一段吃进水里，一段浮在水面。

看看今天运气怎样，六根面水掏出烟来抽。六根将烟架在指缝端，掌心窝在嘴角，虚罩着，轻悠悠地吹。六根能听见自己吹烟的声音。

六根看漂在水面一漾一漾的。眼睛盯住红色标头，盯久了，心里就生动。心动起来像一匹野马。信马由缰，六根就收不住。收不住就走神，神走了漂也走。漏鱼了。六根一发现漏鱼心里就觉得可惜，后悔自己胡思乱想，心不在焉。如果不来钓鱼，六根不会发现自己内心的散乱与驳杂。

六根将烟蒂吐了，看漂。有鱼吃钩，上鱼了。小鱼。如果是饭头鱼，再小，六根主张要。因为饭头鱼肉头重，系野生，鲜嫩好吃。如果是苦扁死，六根主张不要的。因为苦扁死刺多无肉，费油费盐，还败口。六根提竿一看，是颗饭头鱼。

饭头鱼晒干好吃，用木炭加甘蔗渣来熏烤，更好吃。鱼仔送饭，鼎锅刮烂，说的就是这一类下饭菜。五姨娘闷的干鱼烧饭跟别人的不一样，好吃极了。六根怀念起五姨娘来。五姨娘不仅饭菜做得好吃，而且人长得漂亮，天仙一样。五姨娘的娘家曾发话，说桂林城谁家的对联写得好就将女儿嫁谁家。选来选去，挑中了赵风雅。赵风雅是桂林城书法世家之子，字写得一流。每逢春节，在家门口搭台写对联，来索字的人从街头排到巷尾。嫁来赵家的五姨娘，每年春节总穿着漂亮的新衣在旁给赵风雅研墨。五姨娘的新衣真好看，翠绿底子上开满细密的花朵儿。六根看呆了，眼里看出蝴蝶来。赵风雅就拿毛笔敲他的头，说他眼珠掉地下了。六根被敲醒了，扑通一声跪倒，求赵风雅收他为徒教他写毛笔字。

赵风雅不愿收，六根就不吃饭。一日不吃没人管，二日不吃，六根的母亲急了，三日不吃，六根的父亲急了，一起来求赵风雅，说："瞧这孩子都傻成这样了，可怜见的，赏孩子口饭吃吧！"赵风雅最后就答应了。

学书法是件磨性子的事，吃这口饭不易呀！六根想起老师墙上挂的戒尺，将心里一口浊气吐向江面。六根提竿换饵，然后轻轻地将竿伸出去，抖腕漂立，六根紧紧盯着漂。漂在水里一漾一漾的，漾出好看的波纹。波纹在六根的眼里是水的花纹。水有花纹才美。水为什么有花纹才美呢？这是二十年前，赵风雅问六根的问题。六根当时答不上来。学生答不出问题是常有的事，可那回赵风雅发了狠，罚自己的徒儿在漓江边站了三个时辰，站完三个时辰的六根中暑了。等暑热退了，赵风雅用戒尺在六根手心里敲，一敲一个字：活！活水才魅，活线才美；死水臭，死线僵，死笔败！达摩面壁，赵风雅教弟子面水开悟。

大鱼不吃钩。吃钩的都是小鱼。

六根带几条小鱼回家，临近家门，给了邻居喂猫去了。金满月见六根空手回来，脸上就挂霜。故意将刀在砧板上弄得当当响，说：岸上骗不到钱，水里的鱼也骗不到一条，没尿屙的！六根不作声。按理女人脸色不好看，不看就是了，可金满月的话，六根的耳朵躲不开，不听也得听。六根是心细的人，耳朵听了，话就落进肚里。话一进肚，心里就不好受。心里不好受，饭就吃得寡淡。饭一寡淡，胃就痛。草草吃完，到书房找艾灸灸胃。六根按穴位灸。慢慢地舒缓了，胃解了痛。六根抬眼看墙上美人，美人亦看他。这是一幅仿唐伯虎的古画，美人抚琴图。六根点了盘香。香烟抽丝般从瓷钵的孔洞里分几屡升腾出来，悠悠荡荡袅袅娜娜缠住美人，只差一口气，墙上的美人仿佛要活转来似的。画两边是六根书写的一副对联：书山有路达彼岸，皓首穷经悟菩提。六根忽而觉得禅味太浓了，美人可解谜时在此岸，悟时在彼岸？若不解，岂不累着美人乎？便从书案的笔架上取笔来写，却是另一联：书读百遍慧，菜咬千梗香。美人咬菜梗，苦甚！不妥。六根忽而记起不知在哪里读来的句子：曾因酒醉鞭名马，生怕情多累美人。泼墨写去，两行草书呈现在宣纸上。停笔拊掌，连声道：此联妙，最配墙上美人了。六根高兴，醉眼觑那墙上美人，美人亦醉眼觑他。六根耳里似乎有了琴声，不禁吟唱起来。把赏良久，眼饧手软，抛笔睡去。

2

翌日，六根约了二皮，弄了条船，泊在象鼻山水月洞底下，临渊垂钓。

江上有雾，白腾腾的，棉搭絮。解放桥虚在雾里，像断桥。

六根与二皮是钓友，老熟。冬大垂钓者纷纷收竿停钓，可他们不停。他们一年四季喜爱钓鱼。二皮向江里吐了两口唾沫，摔了两把酒制豆渣，打窝，诱鱼。六根从屁股后的裤袋里掏烟来抽。六根抛了一根烟给二皮，二皮接住了。他刚想再掏打火机，二皮却将他的打火机哎的一声抛过来。六根接住。六根将火机在手指间轻转几下，嗒嗒打燃，然后拢手罩风就火去点。点燃了烟，两人坐下钓鱼。

漓江鱼是一群狡猾的娘们儿。二皮老空竿，对水骂鱼。他把鱼当女人骂。他骂道：歪骚的娘们儿，婊子投胎呀，都跑到哪里去了？六根说：骂不得的，漓江鱼长耳朵的，忒灵，越骂越空。二皮不信继续骂：狗肏的，狐狸精转世呀！六根说：再骂，水都骂脏了！

六根不说话了，坐着悠闲抽烟悠闲钓鱼。二皮见六根不言语，也闭嘴抽烟。六根上鱼了。二指宽的川条子。二皮还是不上鱼，就怪起水来，感叹道：人清无财，水清无鱼。六根说：水清鱼诈。二皮说：狡猾的鱼肉嫩，好吃。六根说二皮的舌头是饿鬼投胎。

雾渐散，象鼻山透显出来，水戏山，青苍苍的，水墨画一般。

六根喜欢跟二皮扯风水，二皮祖上出风水先生的。六根说：你说说桂林城的龙脉穴位究竟在哪里？二皮说：一切玄机在独秀峰！独秀峰是整个桂林城风水龙脉穴位之所在。六根说：怎么讲？二皮说：独秀峰与月牙泉刚好组成一个太极图。独秀峰属阳，是山，往上耸立；月牙泉属阴，是水，往下渗透，好比太极里的阴阳鱼，两者有机地组成一个立体的太极图，桂林城就是以独秀峰为中心形成的风水穴场。左青龙是伏波山，右白虎是老人山，前朱雀是穿山，后玄武是叠彩山。六根说：象鼻山呢？二皮说：象鼻山是案山也是水口山也是印山，象鼻山近看是只象，远看是一个官印，以前那儿有个文昌阁，现在还有文昌桥。在王城中轴的子午线上，朝山无数，南溪山斗鸡山还有更远的群山都是，两个水口，一个水口是杉湖与漓江交汇处，另一个是桃花江与漓江的交汇处。山环水抱，一望无际，一派辽阔，因此桂林这地方自古多文才秀士。六根说：选象鼻山做城徽是选对了。二皮说：当然。

六根说：正阳步行街，小香港一直是桂林城最热闹的繁华地段，怎么看？二皮说：子午线正向，易得正气旺气，人都想到这里聚集，吸纳这里的旺气，这是人的本能和心理的需要。

六根说：那七星山呢？二皮说：库山，七星山都是朝拜的姿势向着独秀峰，山峦圆秀，左边四座山峰是普陀山，藏有七星岩，七星岩聚财呀；右边是月牙山，藏着全国密度最大的摩崖石刻桂海碑林，宝山呀！

六根说：不利的地方？二皮说：按风水理论左青龙要高大有力，右白虎要低矮柔弱，可现在的格局是刚刚相反，老人山一带明显强过伏波山，导致阴阳失位，故桂林坊间有句俗话说桂林山水养女人不养男人，就是这道理。六根听了笑，说不信。二皮说：信不信由你，阴阳颠倒，婚姻也不顺。六根再笑。二皮说：且这些山是背对着独秀峰的。外商投资也不看好桂林，又是兑位，乾位，这两个位都是官位。虽说北方的靠山有一组山，但并不高大雄伟，也不集中，离独秀峰又远，故靠山力量不大。六根应和着说，桂林乃山高皇帝远哟。

二皮钓不到鱼，上岸松松裤带撒尿去了。他尿尿时，惊走了一棵樟树上一只翠鸟。那翠鸟点着水皮，一飞两飞三飞，就飞过漓江，落到对面訾洲公园里那棵著名的榕树上去了。六根知道那树上有个隐秘的大鸟窝。太阳照在水波里，一阴一阳一明一暗地漾着。六根望望天，日边起了好看的晕。鱼来了。那边起了水星，一星、两星、三星，更多的水泡往上冒，水星在移动，呈线形在移动，气泡又结成团。从水星判断，六根知道水下来大鱼了。六根沉住气，知道大鱼在拱漂。大鱼狡猾，用嘴碰碰饵，用鱼翅鱼尾扇打饵，并不急，试着吃一点又吐出来。六根沉住气，保持手稳，终于看到漂没了。黑漂，起竿，竿弯成一张弓，哗，一条金色鲤鱼，尾巴闪打着水面啪啪作响。六根忙用抄网将鱼抄起来。鞋底大小，约莫两斤。

六根上鱼了，二皮也跟着上鱼。结束时，清点战果。六根得鱼十五条：一条鲤鱼、五条饭头鱼、三条川条子、两条黄鳝骨、四条禾花鲤。二皮得了十一条：鲫鱼两条、川条子两条、哈巴狗两条、饭头鱼三条、黄鳝骨两条。饭头鱼、哈巴狗、禾花鲤、黄鳝骨，都是漓江野生鱼，黄鳝骨会咕咕叫。二皮说拿去他饭店一锅煮了。

二皮是百姓酒肆的老板。喜欢彩调，开起饭店跟别人不一样，他将吃饭喝酒与彩调结合起来。让顾客边吃边看，吃看两不误。若喜欢，是内行或者票友，还可以登台参演，过把彩调瘾。这样既热了场子又热了人缘更热了手里的钞票。故他的饭店开得热热闹闹，红红火火。打着弘扬地方传统文化的旗，钱也赚得名正方顺。

二皮将鱼放去厨房，然后带六根上楼到他办公室休憩。百姓酒肆装修花了点心思，弄得古朴雅致。店外青砖碧瓦仿古饭庄形象，室内布置和用具也古香古色。有小桥、翠竹、木雕、灯笼。二楼长廊配以雕花木栏，坐在木栏旁，边吃边看一楼大厅的彩调剧，让人恍若回到旧时戏楼一般。走廊尽头是二皮的办公室，推南窗可见戏台，推西窗可见青翠的七星山。室内红木家私，墙上装饰着名人字画。房间四围摆放着许多奇石，二皮爱玩石。他说将来有一天他不开饭店了就去开奇石馆。两人坐下来泡茶，抽烟，聊天。二皮说：打电话把罗广生、石浪与钱老大叫来一起喝酒。六根说好，于是将电话一一拨过去。

小坐须臾，石浪很快就到了。他就在七星公园画猴。他是桂林著名的画猴专家。他一到就给大家讲猴。他指着他的写生，说：这是一只美丽的母猴，我敢说它是七星山猴群里最漂亮的。身段修长，脸形娇媚，额线高，中央微曲，弯成小小的尖状，像旧时名媛额上的刘海。它的脸绯红，像施了胭脂，在猴群中，只一眼，你就能将它挑出。早上来公园喂猴的市民叫它二妃。

六根翻看石浪的写生本，有一幅上配有一首诗，念道：二妃脸绯红，寂寂坐林中，怀抱久死儿，凄凄听松风。六根夸石浪诗作得好。石浪喝了盏茶，继续说：二妃生了小猴，不知什么缘故小猴死了。它第一次做妈妈，抱着死猴不放，日日不放，刻刻不放，一个星期不放，小猴臭了，不放。半个月不放，一个月过去了，猴干了变成了干尸，仍不放。谁靠近，它就躲得远远的。好多市民跑来看稀奇，一传十，是传百，竟惊动了晚报记者前来报道。二妃一上报，更多的市民前来看热闹。不少人被二妃的母爱所感动，在网上贴文写诗，沸沸扬扬的。大家听了个唏嘘。

感叹完，钱老大到了。他坐下来，喝了两盏茶，就从脖子下解下一块玉佩来叫大家鉴赏。

二皮说：是真和田还是假和田玉？石浪说：现在市面上很多假和田。钱老大说：青海玉的色感硬，和田玉光泽柔。罗广生最后到，见大家说玉，便说玉。他说：我看这块和田不地道，像是青海料。六根看了看，真假莫辨，不言语，起身如厕。厕所在楼下，经过厨房，六根探过头去看了一看，厨房一片繁忙。厨房那边有厨子在杀鱼，旁边路过一红衣女子，那厨子举刀拍鱼头，那红衣女子就啊啊着双手去捂头。拍一下，捂一次，啊一声；再拍一下，捂一次，啊一声。好像那厨子拍的不是鱼而是她。六根看笑了，笑那女子胆小有趣。

回到二皮的办公室，已到了晚餐时间，大家移步包厢去喝酒。这是一间装饰考究的包厢，不大不小，中间放一张大圆桌。墙上贴杏黄的花壁纸，一面墙上绘有清明上河图。一面墙挂有仿古画韩熙载夜宴图，古香古色，让人忘却时间。大家推六根上座，他推罗广生坐，罗广生推石浪。石浪说：两位主席不要推，否则桂林书法界就要乾坤大乱了。罗广生与六根只好落座。大家跟着落座。酒喝廿五年陈酿蓝瓷瓶老桂林。菜上来，酒便开席。第一杯酒二皮敬大家，大家一齐起身碰杯一饮而尽。接下来就是自由举杯。你敬我，我敬你，你敬他，喝出许多由头与花样来。席间欢快融融。服务员敲门端炭炉子上来了。二皮说：今天我请诸位好友是来吃一回正宗瓦罐泉水漓江鱼。石浪说：是真漓江鱼还是冒牌的？二皮说：货真价实。石浪说：这年头的话信不得，哄你不死！二皮说：绝对正宗漓江野生鱼。钱老大说：除非自己钓的。二皮说：算你老兄有眼，讲对了，这鱼就是我与六根兄亲自在漓江钓的！

炭炉子放在桌子中央，瓦煲上来了。二皮说：你们猜猜我用什么水煮今天的鱼？石浪说：娃哈哈矿泉水，要不是农夫山泉？二皮说：再猜。钱老大说：尧山天赐坪的玉乳泉水？二皮说：再猜。六根说：桂花巷的井水？二皮说：都不对，这水是我们派专车从漓江源头猫儿山取来的天然泉水，漓江水煮漓江鱼，你们说正宗不正宗！听二皮这么一说，大家愣了，忙点头说正宗正宗。

鱼肉鲜嫩自不必说，单喝鱼汤就鲜香无比。酒至半酣，六根就听见外间有唱彩调的声音，他惦记着大厅里的彩调了，称小解，出了去。

戏台上唱的是《双采莲》，载歌载舞，闹闹热热的戏，谐谑有趣。六根熟悉里面的唱段，跟着哼唱。唱着看着，他总觉得台上女子好面熟，像在哪里见过？六根这样想来，心里笑话了自己。那女子扇子花舞得叫真正的好哇！平在腰间摆是波浪扇，平至胸前舞是摇扇，飞在两腋下是扑蝶扇，高出两肩是凌云扇，单手举过头上去是半月扇；抛扇，倒扇，端扇，砍扇，冲扇，抢扇，扬扇，浪扇，托盘扇，贴背扇，开关扇，十字单花扇，彩灯扇，观音扇。样样扇来百变化，看得六根眼里生花。突然六根猛拍一下自己的脑门，心一跳：哎呀呀，眼前这女子就是刚才厨房里见到的那个红衣女子；刚才那个红衣女子就是那日唱祝英台的女子；那日唱祝英台的女子就是今日台上演戏的女子，绕来绕去，线都穿到同一个针眼里去了，原来撞见的是同一个女子呀！

六根回席，想打听台上唱彩调的女子，可话到嘴边又吞了。只是说外边的戏唱得热闹。石浪接话说：中国人吃饭就喜欢热闹，热热闹闹饭店才火。二皮说：做生意就讲究个人气，人气旺财才能旺，这就是我引进彩调的原因。

大伙儿吃饱喝足，回到二皮的办公室，六根有点醉。偌大的桌子上铺好了毛毡，文房四宝一应齐备，只等书画家开笔。大家围着茶几坐着，喝的喝茶，抽的抽烟，不知是谁通了消息，前来求字画的人，一个接一个跟了进来。六根、罗广生、石浪也慷慨，有求必应。他们画画写写，写写停停，停停歇歇。一歇下来，就有人递茶劝烟。二皮要六根与罗广生为饭店戏台上戏台前各写一副对联。罗广生吃了两盏茶就写了：台上六七人雄兵百万，出门三四步走遍天下。挂上墙，大伙儿都说好。六根抽了烟，喝了茶，歇息了一会儿，许是酒喝多了，朦朦胧胧的，耳里仿佛有彩调的声音，那女子便在他眼前舞动。他吟得一联，一气写来：文中有戏戏中有文识文者看文不识文者看戏，音里藏调调里藏音懂音者听音不懂音者听调。大伙儿看了拍掌直叫好。

六根退后几步坐到板凳上，罗广生递烟给他吃。六根接了给罗广生添一盏茶，并坐一起吃烟。罗广生说：新建訾洲公园要弄书法石碑，知道不？六根说：耳闻了，但不知具体。罗广生说：旅游开发公司在搞。六根说：怎么搞法？罗广生说：选历代名人状写桂林山水的诗文刻勒上去。六根说：刻字要石头好，石材不好，风吹雨打的，不出一两年字就看不得了。罗广生说：我见过那石头都是从龙胜深山里弄来的，床那么大块，石色清纯石质坚硬，字刻上去一定好看又耐久。六根说：哪家旅游开发公司在弄？罗广生说：有几家在争，等消息确定，我再告诉你。六根将烟蒂在烟灰缸里摁灭。罗广生给六根续茶。

夜至深，热闹完大伙儿说散也就散了。

3

大家都在忙，各忙各的。金满月忙搓麻将，六根忙印新名片。市职工书法协会的主席患肝癌已去世一年，六根代主席也做了半年了。年前改选他正式转为主席，老名片就不好再用了，得换新的名片。

新名片上边写着：中国书法协会会员、桂林市职工书法协会主席、漓江学院书法客座教授、桂林市老年大学书法教授、桂林市乐年大学书法教授。只是后两个教授省写，与前一个教授共用而已。名片下边写着手机号码。六根这个学期除了老年大学、乐年大学的课外，增加了漓江学院本科生的课。乐年大学是师大工会办的，对外开办，广收门徒，什么学生都有，年龄参差，素质良莠不一。一周加起来六个课次十二节。课不多，钱也不多。钱不多六根自己不急，朋友急。猴急的朋友主动将自己空着不用的房子借给六根办书法班。房子是老宅院，院子里挺几竿瘦竹，孤零零的，遂取名瘦竹斋。六根选上好的酸枝木将瘦竹斋三个字写到两块匾上，一块挂在门外，一块挂在屋里。门外那块临于右任的字，屋里那块临弘一的字。他拿右任的字做面子，拿弘一的字做里子，是自有一番喜欢与考究的。瘦竹斋也印在名片的另一面，上面开设的班级有：书法基础班、书法提高班、书法创作班、高考班。但来瘦竹斋学书法的大都是启蒙的小学生。学生要上学，一至周五没得空。因此瘦竹斋的书法班开在周末。两个班，周六晚上一个班，周日下午一个班。学生不多，一班六个，一班八个。

虽然学生不多，虽然都是临帖，教起来也不省心。因为学生来学习的时间不一致，六个人就有六个进度，八个人临帖就是八个帖。即使一个帖也不是同一进度。所以六个学生六根就要示范六次，八个学生他就要示范八次。家长们也是要看着六根一对一认真教自己的孩子，才放心。

书法启蒙多从临颜真卿的《勤礼碑》开始。六根对《勤礼碑》的理解是切骨的深厚的，但他不能把深厚切骨的体会告诉给孩子们，因为他们体会不到。因此六根临帖时自己不说话，也不许孩子说话，只叫他们认真看，看仔细了。他们能看到几分就几分，能临摹到几成就几成，强求不来。总有好高骛远、自以为聪明的孩子，《勤礼碑》临了二三遍就不耐烦了。六根就想起自己一本《勤礼碑》临了三年五载的经历，便说：三遍？三年都未必临得好！话虽这么说，现在也没有学生像他小时候那样一本贴一临就是临三年五载的。如果那样，他会把学生吓走，砸自己的饭碗的。颜真卿好，《勤礼碑》好，但世上好书法家多了去，好帖也多了去。人心大着呢，贪。因此一个学生一个学期下来，临了《勤礼碑》，还得临临《兰亭序》《蜀素帖》，或者《玄秘塔》或者《张迁碑》或者《石门颂》或其他。总之要变换着花样来。花样多了，孩子与家长都开心。于是六根就有了感叹，道：如今的人呀，哪有个定性呢！

六个孩子，六根要做六遍示范，一对一教学。一人一张，就是六张宣纸。一张三尺宣纸竖折两下，横叠四下，就成了三寸见方的方格，再对角叠两次，整张纸就出二十八个方方正正的米字格来。每个孩子来学字，第一次六根总先教他们叠米字格。六根的手指长而有节，竹节指。小指留着长指甲，长指甲于叠纸很受用，轻轻刮刺，纸就服帖了。六根叠纸很耐心很仔细也很从容，因为要教学生，便有了一招一式的程序，看上去有板有眼。静静地，有节奏。学生跟着叠纸，往往未动笔墨，六根就能断孩子的性格与书法的前程。折好纸，六根要认认真真凝神定气安安静静写二百零八个字，有时或者更多。一个晚上下来，只有六根自己知道教人书法是件费心气的活儿。用了心气，人就累乏。

六根回到家已困乏了，沾床就睡。一睡就梦。他梦见师父赵风雅从背后悄悄抽他的笔，看他握笔是否有力，写字是否专心。赵风雅见他在临《勤礼碑》就夸赞他，说颜真卿的帖一年练手，三年练眼，五年练心，此谓书法童子功也。正梦酣，却被金满月摇醒，掀他的被子，说：脚臭烘烘的，洗澡去。六根只好起来迷迷瞪瞪去洗澡。

巨大的镜子照着六根，六根赤裸着，任何一个洗澡动作他都看得一清二楚。六根打小就不喜欢照镜子，更不喜欢窥视自己的裸体。水蒸气很快雾了镜子。不知是谁的主意，在岸上画一条线，一伙男同学比赛看谁尿得远，谁能尿到漓江里，谁就有权放学时跟班上最漂亮的女同学一起回家。没想到那次六根尿得最远，尿落漓江发出嗒嗒的响声。一个长得有高又帅的男同学不服气了，抡拳就与六根打起来。六根又矮又小，被打得鼻青脸肿。哭着回来找师父，说：老天不公平，为什么把人造得美丑不一？赵风雅说：正是为了公平，老天才把人造得美丑不一样，慢慢去悟吧，等你长大就知道了。六根望着师父，赵风雅就说：好好练字，好好读书，书山有路。有宝要知道藏起来，不许再跟人拼撒尿！蒸汽腾腾很快雾了一屋子，六根看不见镜子，影子不存在了。六根一边洗澡一边在想他的书法启蒙老师赵风雅。

一张床上，总摆两床被子，六根睡左边金满月睡右边，各睡各的。假如有谁想夫妻之事，就主动蹭对方的被窝。可凡事总不是想象的那么简单，有想的矛就有不想的盾来挡。六根洗好澡出来，钻进自己的被窝，躺在床上舒服了反倒睡不着。他在被窝里辗转两回身子，伸出一只脚来去蹭金满月的被窝。金满月装不理。六根再蹭，金满月将被子卷得更紧，说：你睡你的被窝，我睡我的被窝，咱们井水不犯河水。六根听了这话。脚就缩了回来，僵在自己的被窝里。

忍字心上一把刀。结婚这么多年了，六根没让金满月怀上孩子，这是六根的痛。不孝有三，无后为大。六根背着不孝之名，心里像比别人更矮了。他去看过医生，身体没有毛病，金满月也去看过医生，身体也没有毛病。可金满月就是怀不上孩子。怀不上孩子，金满月就埋怨六根说他种子孬。六根想地不长草，不光是种子的问题，地赖，也会不长草的。

自此，夫妻床上那点事儿，六根也就淡了。

金满月嘴巴碎，话口袋，逮着什么说什么，六根就烦。六根嘴拙，天生寡言。老天生就的性格后天是不好改的。金满月就说他半天努不出个屁来，跟他在一起，嘴生蛆。六根不搭理女人，心里却又自己的理念。君子讷言，小人多妄语。他还在一本相书上看到说讷言者乃吉祥之相。讷言寡语也合符六根的养生之道，话多耗元气，散神，不利于涵养浩然之气。况且寡言还兼养口德。天下人皆知病从口入，祸从口出。

六根在网上见到一种自制钓乌龟的新配方，他照着做饵料。在厨房炒麦麸，待麦麸炒香，他又往里面加猪肝，加酒糟，加牛血。弄好鱼饵，六根就去江边钓鱼去了。

许是套路不对，六根空手而归。临近菜市，六根想想不妥，便进去买了一条鲤鱼拿回家。

金满月见六根有鱼回来，说："撞狗屎运了，得这么大一条鱼！"六根正要说真话，可话到嗓子眼又退了回去，他不作声，走到阳台放渔具，然后坐在厅里看电视。电视正在播放新闻，新闻看完，看天气预报。金满月高兴捉了鱼去厨房杀鱼烹煮。看完《焦点访谈》，鱼便做好了。金满月端鱼上桌，六根拿碗去盛饭，夫妻俩相向对桌坐了，开始吃饭。

金满月说："漓江鱼就是漓江鱼，看着就好吃。"

六根不作声，筷子伸向别的菜。金满月又吃了一块鱼，说："鲜！"六根不说话，低头吃饭。金满月说："吃鱼呀。"六根喝了一勺鱼汤。抬头看电视，电视正播广告，六根就换频道。他看戏曲频道。

"咿咿呀呀，唱个屁呀，绕死人了！"金满月说。六根没理。金满月就夺了遥控器，噼噼啪啪换频道。

吃着吃着，金满月吃出了不对，她嘴巴咀嚼的速度明显放慢，舌尖理出一片鱼鳞，从齿缝里顶出来，在唇舌间甄别，旋即用筷子夹了，放到眼前看，说："鳞这么硬，这鱼有假！"见六根不作声，又说："哑巴，问你话呢？！"六根还是不作声。

金满月说："十哑九聋，问你鱼是不是漓江鱼？"

六根说："我说了是漓江鱼么？"

金满月说："你也没说不是漓江鱼哇！"

六根说："我什么也没说。"

金满月说："你没说比说了还混账，骗子！"金满月腕上一抖筷子，那片鱼鳞就落到六根脸上。

"你太过分了，泼妇！"六根擦掉脸上的鱼鳞。

金满月开吵了，六根架不住。来来回回吵了几句，六根便感到缺氧。鱼缺氧露头，六根缺氧喜欢抽烟。六根一抽烟，金满月吵得更凶。六根走到阳台抽，女人追到阳台吵。六根退到厨房去抽，女人追到厨房接着吵。六根避到厕所里去，想不到女人提脚打门来骂：抽抽抽，到火葬场去抽！六根觉得女人骂得忒毒，便回嘴骂：我死你寡！女人回骂道：你死我再嫁！六根就骂她烂屄。

厨房里传出砸碗的声音。

当晚，六根睡到了瘦竹斋去。

金满月迷麻将，泡在品茗轩里。品茗轩是茶楼，有吃有喝有牌搓。金满月迷麻将是真，迷马老板也不假。马老板是开金子铺的，兼营首饰加工。金满月喜欢那黄金灿灿的首饰，她的戒指换了一款又一款，样式不喜欢了，她就到马老板的铺子上去打新花样，马老板不收她的加工费，甚至金子的省耗也悄悄给她填补上。只要金满月愿意，她每天都可以戴不同款式的戒指，这于金满月是何等的欢喜。在这一来一往的欢喜里，金满月与马老板的关系也日复一日地暧昧起来。

马老板和金满月是麻将牌桌上的最好搭伴。这种默契只可意会不可言传。牌局开始前，先决定座次。座次是摔骰子决定东南西北的。一投骰子，马老板坐北面南，金满月坐西面东，夏姐坐南向北，牛老板坐东朝西。马老板成了金满月上家。金满月是下家，下家都巴望上家有好牌打出来给下家吃。打了几登牌，马老板就知道金满月等什么牌吃。牌打到最后，金满月也知道马老板等什么牌和。桌面上默契怕被人看穿，便将默契转到桌下。金满月在桌下跷着二郎腿，脚趾脚掌不同的击打方式能将她的信息传达到马老板的腿上。有了这种默契，金满月赢牌的概率大大增高。也有例外，因为那种默契极其暧昧。总有信息有传达不到位或者对方理解不准确的时候。所以赌场中输输赢赢是常事。风水轮流转，下盘到我家，这是金满月在牌桌上常说的话。

金满月搓麻将分昼场与夜场。昼场包午餐，夜场包晚餐，谁赢谁做东。品茗轩设有自助餐，花样繁多，品种丰富。除了熟食还有油茶、时令水果、各色茶点。茶点则是整日供应。到了吃饭的点儿，大家就下楼去就餐。餐毕，有的接着打麻将，有的开房去休息。

金满月与马老板开的是钟点房，马老板有点急，一进门就将门掩了反锁。金满月进了洗手间解手，解完手，在镜子前照影儿。镜里映出一个浓艳妇人，金满月揽镜自笑。摘了发夹，找梳子来梳头，刮刺几下头发，马老板就进来搂她。

宽衣解带上得床来并头交股而寝。马老板说：明儿个我多加点金子给你重新打个新花样的戒指。

4

桂林城山怪石怪洞怪，米粉也怪，三日不吃舌头就不爽。六根是日日要吃米粉的。六根吃完米粉到独秀峰上葬笔。六根用旧的笔从来不乱丢，他把它们收集起来，放在一个瓦缸里，然后找了个干净、风景且好的地方埋了。已是第五个笔塚了。六根刚埋好，手机响了。钱老大打来的，叫六根到壶山画廊去喝茶。手机那头说：有人看上你的字了，就是价钱问题，跟你商量。六根说：我过会儿到。

六根估摸着时间，走王城门洞，穿三元及第。解放桥公交车站牌下有一对老瞎子在讨钱。小板凳排排坐着，男的拉二胡，女的唱，唱得很卖力气，真嗓，出破音。从“月儿弯弯照九州”开始唱到“妹妹找哥泪花流”，听上去苦大仇深，细听还能听出几分婉转与深情，待唱到“天涯呀海角觅呀觅知音”时，六根看到那瞎女人伸手去找男瞎子，然后牵衣唱，六根霎时被感动了，从兜里找出两枚硬币走过去丢在搪瓷碗里，让钱砸出脆响。他想让这对瞎子知道，有人买账了，他们没白唱。俩瞎子会意，满脸堆笑。六根也跟笑，一笑，眼睛眯成一条缝，跟瞎子一样。白笑。

壶山画廊在七星公园内，近骆驼山，傍池，经营字画。店面不甚大，却会集了桂林城不少书画名家的作品。骆驼山旧称壶山，壶嘴那儿现尚存“雷酒人之墓”的摩崖石刻。雷酒人是明末江南名士，气节高操，性嗜酒，常与人饮酒赏花，饮辄醉，外号酒人，存有诗文。六根赶到，钱老大跟画家石浪在看一张画。古香古色的，像件古董。但不知是真古董还是假古董，钱老板拿着放大镜在细勘局部。六根站在对面，倒着看画，瞥了一眼，说：观音像。石浪就笑他眼拙，错把美人当观音。走到正面去，六根才发现是一张美人葬花图。钱老大说作者是郎世宁，石浪说不是。叫六根过去看印章。看了印章，六根也不能断。六根退后几步观赏此画，画上美人还真美。荷锄提篮，眼眸轻睨，衣带飘拂，设若有风定能将美人吹走。六根一见便生出怜爱来，说东西倒是一见旧东西，大概是民国初年的仿品。石浪说就是拿不准时间么。钱老大说叫裘教授来，他眼毒。石浪说：他不在桂林，到台湾讲《红楼梦》去了。

钱老大告诉六根想买他字的人是一位女老板，姓蓝名海花，温州人，这几年在桂林搞房地产，海赚了。钱多得烧手。蓝海花原是文化人，喜欢古玩字画，早几天来这里要批字画去布置新办公楼。她看上六根写的“带”字，说此字可与阳朔碧莲峰上的带字有得一比，是阴阳一对儿。碧莲峰上的带字可拆成“一带山河，少年努力”八个字，刚劲有力，天行健，属阳。六根的带字草书，柔韧婉绵，地生情，属阴。不仅暗含了八个字的意蕴，还将中国水墨的气息意境渲染出来。她说愿意交个朋友，晚上她做东请大伙儿吃饭，当面商定。六根说：我用“带”字换那张美人葬花图如何？钱老大说：算你问着了，这画就是蓝老板弄来的，我给你问问。钱老大便出屋外去打手机。一盏茶的工夫，钱老大回来，笑着对六根说：没问题，蓝老板晚上请大伙儿吃饭。

蓝老板的饭局定在福满楼，她与那儿的老板熟。那儿的老板姓万，光头，蓝海花叫他光老板，大家都跟着叫他光老板，不叫他万老板。光老板把蓝海花叫蓝花花，大家就惊呼说蓝花花好听，但大家不敢跟叫，仍叫她蓝老板。光老板是个有趣的人，讲话幽默搞笑，不经意间抖个包袱，让大家笑个不停。蓝老板推六根坐主位，六根推石浪，石浪推钱老大，钱老大推光老板，光老板说留给玉弟吧。六根不知玉弟是谁，那紧靠蓝老板的席位竟空缺下来。窗外有蝙蝠捉蚊子，捉来捉去，天就黑了。外边有燃鞭炮的声音，是楼下的婚宴开席了。蓝海花的手机响了，她一接，是玉弟打来的。蓝海花对大家说不用等了，玉山有演出，要晚些时候才能赶过来。于是举杯发话开宴。蓝海花看上去四十出头，中等身材，白皙而丰腴。大脸盘，大眼睛，眉纹得细细地向鬓角上扬。着时尚装，傅粉，涂猩红唇膏，眉眼精心描画过，麦穗短发型。玉镯、钻戒、金镶玉耳坠，隔着桌椅不用看六根都能嗅出她的珠光宝气来。

菜一道道端上来，大家轮着敬酒。说恭维话，恭维话说完就说闲话。闲话是屁话，一句一句抖将出来，虚虚实实，到头，全是空话，一笑了之。光老板是话匣子，钱老板是话秧子，石浪是话痨子，蓝老板是话茬子，一桌子的话坛锦簇。唯独六根不说话，蓝海花说他是庙里的泥塑菩萨是个话哑子。

大家盼着的玉弟终于敲门进来了。六根第一眼就看出他是吃戏台饭的。光老板拉他过来介绍，将他送到主位上坐。六根于是知道玉弟名字叫秦玉山，是桂林城戏坛名角。秦玉山坐在蓝老板身边，蓝老板频频夹菜给他，他莺莺地吃着，乖乖然。秦玉山喝酒吃菜说话一招一式均有舞台化痕迹，兰花指，看人留眼风，鞶鞶焉好以目传话。

话自然围着秦玉山转，转得一屋子花团锦簇。光老板夸秦玉山俊雅，钱老大赞秦玉山玉树临风，石浪说秦玉山谦谦君子，蓝老板最后说秦玉山是本城戏苑奇葩。他私下里还有拿手的活儿，演旦角。于是大家争着要见识秦玉山唱的旦角。秦玉山真的唱了。他唱的是“黛玉葬花”。蓝海花给他击掌为节，他起身站到屋子空处，端容入戏，捏细嗓子唱道：“绕绿堤，拂柳丝，穿过花径，听何处哀怨笛风送声声。看风过处落红成阵，牡丹谢芍药怕海棠惊。杨柳带愁桃花含恨，这花朵与人一般受逼凌。我一寸芳心谁共鸣，七条琴弦谁知音，我只为惜惺惺怜同命，不教你陷落污泥遭蹂躏。且收拾起桃李魂，自筑香坟埋落英。”

听到此处，六根听出了恓惶，莫名想起自己葬的笔塚来，心里嗟叹不已。唱完又继续喝酒。光老板提议要秦玉山与蓝老板喝交颈酒。蓝老板不避，秦玉山倒不好意思起来，脸倏忽红了。大家见他脸红，愈要逗他。玩戏子并不新鲜，但蓝海花是玩真的，这是后话。

六根将那美人葬花图挂在瘦竹斋，画旁录了一首诗，诗是胡适题桂林雁山园写的：“相思河畔相思岩，相思岩下相思洞。三年结子不嫌迟，一夜相思叫人瘦。”

一日这诗被石浪看见，说：妙！三日不见当刮目相看，六根兄外面可有相好的女子？六根说：何出此言？石浪说：这墙上又是美人又是相思的，岂是假语？六根说：画是别人的诗也是别人的，岂能当真？石浪说：借假说真，借景抒情么！六根说：石兄知道的，本人素来无缘桃花。石浪说：风水轮流转。六根说：别瞎诌了，咱们到祝圣寺吃茶去。

六根将车放在寺庙的斋堂外的石狮子旁，斋堂门墙上写着：天雨虽宽不润无根之木，佛法广大不度无缘之人。照例六根进庙要烧香的，说是跟佛菩萨打个招呼。阿福坐在柜台那里抄经，见有人进来买香，便停下笔，起身去拿香。六根说：写什么呢，那么专心。阿福说抄经。六根问：抄什么经？阿福说：抄《地藏经》。六根说：为何抄此经？阿福道：度胎灵。石浪问：胎灵是什么？阿福说：堕胎的婴灵。六根说：管用吗？阿福说：看发心与缘分。正说着，素猫从大殿那边窜过来，阿福就叫猫，猫听阿福叫它就乖乖拢到阿福跟前，阿福随手给它一片香芋糕吃。石浪说：这猫可有鱼肉吃？阿福说：没有，它随人，我们吃素它也吃素。六根说：这猫稀罕了。

有人在大殿那儿摇签，石浪也跟着去摇。摇好签拿来给阿福，阿福到木格子柜里拿解签条。石浪想叫师父解解签。阿福说：我给你找师父去。阿福找不见自空师父，见哑巴和尚拿着扫帚过来扫地，就叫他解。哑巴和尚原本不哑，出家前是个摆摊算命的，能说会道，后来得了场大病，病后喉咙失音，医生都治不好，便知老天在罚他止语。后悔自已妄言太多，胡言乱语骗人钱财。哑巴和尚看了签语，又瞅瞅石浪，然后在签背面写了一句话：“要知前生事，今生受者是，要知来生事，今生为者是。”石浪看了良久，若有所思，亦不再问。

观慧知六根来了，下楼来迎见，说裘教授也来了，在楼上吃茶。裘千粟是师大文学院教授，研究民俗的，将《红楼梦》前八十回从民风民俗的角度一一做了研究，出版了几本探轶丛书，引起了红学界广泛关注。不久前去台湾参加海峡两岸红学研讨会，回来又在桂林百姓讲坛开坛演讲。上星期书城签名售书，报纸上做了专题报道，沸沸腾腾，热可炙手。裘千粟见六根与石浪上来，便介绍两位学生，一男一女，说他们对宗教感兴趣，正在撰写桂林市宗教现状的田野考察报告。裘千粟擅说，大家坐在亭子间吃茶，听裘千粟滔滔侃论。

裘千粟说：宝玉宝玉，温饱（宝）思淫欲（玉）。我在台湾演讲时，此话一出口，台下就有人笑倒。

石浪说：有意思，我也要笑倒了。

裘千粟说：最近我一边读《红楼梦》一边读佛经，将《红楼梦》与《愣严经》一起研究。发现它们有许多相通之处。同是讲色空，讲六根不净烦恼起，佛陀讲得苦口婆心，曹雪芹却将那苦口婆心演化得栩栩如生。

那女生说：曹雪芹有颗菩萨心肠。

裘千粟说：这是我最仰慕曹雪芹的地方，宝玉就是众姐妹心中的菩萨哥哥。我心目中，好的文学作品其实是一部佛书。

一只鸟口衔一粒籽飞向岩壁，停在岩壁上那棵榕树上，另一只鸟朝它叫，那鸟也叫，口中的籽就掉了，正好落到六根的茶盅里。六根一看是一颗桂花籽。起身向岩壁泼了，正泼着一株长在岩壁缝里的野水仙，那水仙正开着花，花瓣洁白如雪。六根嘴里忙说对不起。

那男生说：老师再举个例子。

裘千粟说：比如《西游记》。你可以当佛书来读，亦可以当世俗书来读。

吴承恩之伟大在于给世人讲了一个复杂的“人”。唐僧、孙悟空、猪八戒、沙和尚，四个合起来才是一个真正的人。作者掰开人性，借唐玄奘西天取经的真实故事，凭一椽生花巨笔，生动写去，肉眼显肉，慧眼显慧，佛眼显佛。

观慧接话，赞道：佛法即世间法，稀松平常，把人做好了，佛就成了，即禅宗里说的人成佛成。

六根进到观慧的禅房里去。观慧的禅房清洁又干净，墙上素白，窗台养一盆兰花。没有床，对窗有一禅榻，榻中间有一矮几，榻上靠墙处排满书。一张用来写书法的大桌子居屋中央，桌上有文房四宝，还有一只小铜香炉，炉里点了檀香，虚隐隐的，有暗香浮动。近榻一张木几，上面放着一张古琴。那张琴是观慧挂单镇江金山寺时，扬州一居士送观慧的。蕉叶式，样式古朴，色调雅致。大家叫观慧抚一曲，观慧就将琴移出来，端坐亭子间，静静的，清吸一口气，抬手上琴，一缕音从弦上抹挑出来——《平沙落雁》。六根能听出雁飞雁落，雁盘雁旋，雁顾雁盼，回雁逗雁，雄雁让雌雁，大雁携幼雁，雁群扑翅的声音来。大家都说观慧弹得好听，观慧就又抚了一首《鸥鹭忘机》。听完琴，大家又看六根写书法。

六根举手落笔写的是：“郁郁黄花无非般若，青青翠竹总是法身。”女学生问：何谓般若？何谓法身？六根说：“般”不读般，读“波”；“若”不读若，读“惹”。然后请观慧来解释。观慧有些腼腆，憨憨对人笑，然后说：“般若是智慧的意思。法身是佛的三身之一，不可以把形、色、相貌来拘泥的。不可见。话一落音，女学生继续问：佛有哪三身？观慧答：法身、报身、应身。男学生问：那么佛有三身就是有三尊佛了？观慧说：不是。佛只是一尊佛。千江有水千江月，而月只有一轮。我们说的释迦牟尼佛是应身佛的名号，法身佛的名号叫毗卢遮那，报身佛的名号梵语叫卢舍那。洛阳龙门石窟那尊大佛就是卢舍那佛。

正说得热闹，自空大和尚上得楼来，他手里拽两个大沙田柚，笑呵呵的，叫观慧拿刀破皮给大家吃。大家起身给师父让座。

自空师父乐呵呵将柚子一瓣一瓣分开，梳子样放在盘里叫大家吃。

有婴儿的哭啼声传来。不一会儿，阿福抱着一个啼哭的婴儿上到楼上来找师父，说：有人把着孩子丢在庙门口了！这里还有一个包袱。自空师父说：打开看看！观慧将包袱打开，里面有两套孩子的衣服，打开衣服里面又包了一个红布包，再打开红布包，里面是一张纸条，上面写着这个小孩的出生年月日和时辰，其他什么也没有。无姓无名无丢弃理由，阿福说是有人故意丢到庙里的。自空师父说：既然有人故意丢在庙里，我们就好好养着。

到吃饭时间了，自空师父请大家到斋堂去吃饭，说：吃斋消灾。大家欣然下楼。

5

下午六根带学生去桂海碑林参观并学拓碑。讲解员是个年轻的姑娘，她的声音听上去既清纯又糯甜。六根静静地听去，声声入耳。六根边听边环视岩壁，石刻累累，重重叠叠，如一部翻开的石头书，一翻一千年不动，叫人叹为观止。龙隐岩又叫布袋岩，布袋二字就刻在头顶。环视整个岩壁还真像个布袋和尚肩上遗落的布袋，口收圆括，肚囊大而实，里面坠着沉沉的摩崖书刻。

正对岩口，有个“佛”字，堪称桂林摩崖石刻中一绝。绝在它画中有字，字里含画。乍看是个四笔写成的一个草书佛字，细瞧却是一个老妇在擎香拜佛。笔画间可见香烟缭绕，字形与字义完美切合。上百年来一直被人们赞叹不绝。这字更绝的是写此字的时间。清光绪年农历七月十五，丙申年丙申月丙申日丙申时，难得四时凑齐准。存此书法，乃天意。

观慧小和尚也站在人群中看师傅拓片。拓片师傅先在石碑上洒水，将宣纸贴上去，用鬃刷刷平，四围用二指宽的纸条沾一圈，护住拓片。待干，用刷子打碑。刷子是用野猪鬃特制的，轻轻均匀地敲，目的是让宣纸吃紧碑上的字，吃得愈紧愈好，吃得愈均愈好。吃紧了，字就显了出来。然后用墨包拓字。墨包里是棉花外面包成一圆，大柿饼样，柿饼蒂儿即为布包结合处，紧缠做出一个把儿来，握了，手一下一下在碑上拍打，将墨团打在纸上，便开始拓碑了。拓片手腕子上用力，力要均匀，一墨团压一墨团，排开去，笃笃笃听上去像庙里敲木鱼，只是声音更沉闷些。人群中有人说七说八，说东侃西，没有章法。有人央求亲手体验拓碑乐趣，师傅就让出来，给学生自己体会。有一男生接了师傅的墨包且按照师傅的样子去做，可不得要领。就有人在旁边教：像给女人傅粉一样。就又有人接嘴：麻婆子打粉，下手重点。有好事者出手，说：哪个女人有那么大张脸，不是脸是屁股。更有人说：你老婆的屁股那么长，要拿什么家伙来日弄？话一落，众人哄笑。

学员们都挨着个儿去体验拓片。先前的白宣纸变得乌黑油亮，黑底白字呈现出来，分分明明。是一副篆刻对联："安心身不辱，知己心自闲。"拓片干后即可揭下完成。

六根在指导学生欣赏书法，因为篆书有很多人不认识。

拓片完，下课，人就散了。六根手机响了，是栖霞寺住持大慈法师的电话，说有急事求见，六根与观慧小和尚绕月牙山过去。

穿过曲折有致的回廊，才到方丈室。方丈室背靠七星山，两层，下面大厅是接待室，墙上挂满了各级领导来寺庙视察参观的照片。厅里供着玉佛，佛案前供着许多尊瓷制菩萨。六根看了看，一尊十手千眼观世音菩萨望着他笑，六根一眼就喜欢上了。觉得面善，便回头多看了一眼。

上楼，六根见栖霞寺大慈住持与一位戴眼镜的先生还有文化局局长在等他。大慈主持介绍，说：这是市长办公室易秘书。六根伸手过去一一握了。落座吃茶。易秘书说：有事麻烦柴书法家了。六根听了才明白。原来昨日北京来了一高官，那高官的岳母在七星公园游玩时，看见庙门前的石板上刻的《吉祥经》，便起了欢喜心。老人家笃信佛，说要请本寺法师的真迹回去供养。可大岳法师回衡山福严寺了，颜体楷书，整个桂林城颜体写得好的书法家不少，要说好功底当推六根字最厚重。明天他们就要离桂，所以连夜赶来，叫六根救急。话说到这个份上，六根也不好推辞。他们先请六根到月牙楼里吃了饭，喝了酒。

酒吃到薄薄醉时，话就聊开了。局长说：市书法协会主席快退休了，你有意到市书协这边来吗？六根说：来，固然好，将两个书协联合起来，力量肯定会大大增强。易秘书说：联合起来好，合作双赢。六根说：事情没那么简单。易秘书说：有什么需要我帮忙的以后尽管言语就是。说完大家便举杯干了。

吃完回到大慈住持那里写字。六根从包里拿出墨块，观慧磨墨。六根缓缓从怀里拿出他那支生香妙笔来，去青花瓷钵里浸泡，然后坐回凳子上喝茶抽烟。抽完一支烟，喝了几盏茶，墨也磨好了。六根整袖踱步到书案前，凝神静气，捉笔提腕开始书写。

六根没要润笔费，他要了那尊千手千眼观世音菩萨。

照惯例每年春季桂林市要与日本友好城市熊本市举行书画联展，已通知六根参展。桂林城是个重视书画艺术的城市，每年都要举行大大小小不同规格的书画展。在这众多的书画展中，六根最重视跟日本的书画展。因为这是对外，代表的是中国人，中国人爱面子，输不起。六根想我得拿出好作品来，镇镇日本人。要让日本人知道书法的根永远在中国，骨髓里的东西是不好学的，血液里的东西外人是学不来的，它需要传承，几千年的传承。他们学去的往往只是皮毛。

六根在瘦竹斋临帖。他先临张迁碑，再临于右任的字，再后临弘一法师的字。弘一大师晚年的字最难临。炉火纯青，不着烟火气，明净、平淡、恬静、安详、稚朴、冲逸，朴拙圆满，浑然天成。那是大师一生的修为，六根心仰慕之。六根在临弘一写的《心经》。书法练到一定程度，功夫不在手上不在眼里，在心上。六根想，在心上磨刀，刀上出刃。一个“忍”字在胸，成就了多少英雄梦。

六根常梦见赵凤雅，梦一次，六根就要给师父供一碗饭。对着虚空，三鞠躬，感谢师父赏他书法这碗饭吃。

桂林城不大，老城小如铜钱，外圆内方。王城是内圈，两江四湖是外圈，内圈写成一个“井”字，外圈写一个“回”字。铜钱的眼儿是王城内的月牙池，铜钱上有两个自然地标：内圈是独秀峰，外圈是象鼻山。在这水绕山环的桂林城里，最便捷的交通工具不是汽车是电动车。北门观音阁是卖电动车品牌最多的地方，六根买了一辆绿源牌电动车。

六根骑着他的新车去花桥展览馆参加一年一度的桂林市与熊本市联合举办的中日友好书画展。

祝贺的花篮排满展览馆门厅内外两侧。六根是带着老年大学的学生来观看展览的，他的学生站在他身后。上午九点开幕式在展览馆前的小广场上举行，中方书法界的名流讲话，日方代表讲话，市领导到场祝贺，最后是中日双方领导剪彩，同时军乐队吹奏迎宾曲，放飞气球，放飞象征和平的白鸽，气氛热烈。

参观书画展，是长眼的好机会。六根随着人流慢慢观摩，他身边聚围着不少学生，他一边看一边要回答学生的诸多提问，一圈走下来比旁人要累。六根参展的作品放在第一展厅显眼的位置，一幅扇面，行书，上书：“漓江之水清兮可以濯吾缨，漓江之水浊兮可以濯吾足，漓江之水净兮可以濯吾心。”这幅字妙在对相同字的不同处理上。六根将它们处理得恰到好处、服服帖帖，观者无不赞叹。

下午是中日书画家座谈会，即两国书画家之间书画表演即切磋技艺结交朋友。六根泼墨写了几个斗方：一是虎字，二是鹰字，三是带字，四是福字。都被日本友人要去。

6

真是闲处光阴易过，倏忽又到端午佳节。端午节插菖蒲挂艾叶，祭龙祭神祭屈原，抛粽子划龙舟，放鞭炮，敲锣打鼓，跳傩戏，驱妖捉鬼。漓江两岸甚是闹热。二皮打电话给六根，说罗广生在百姓酒肆叫他过去喝酒。

六根到了，二皮高兴不迭，赶紧安排包间。六根说坐外面好看戏。于是就拣了楼上最好看戏的位置。六根与罗广生对坐，二皮去办公室拿他的窖藏酒，说：今天哥儿仨好好吃酒聊天。二皮叫人过来沏茶、送烟，自己亲自到厨房吩咐去了。六根看上次写的对联已经挂在舞台两旁的廊柱上，自个儿欣赏了一番。戏还没开演，舞台显得空旷，偶尔有化了装穿了戏服的演员从台后走出来，六根就盯着看，出来一个盯一个——他在找那个熟悉的身影。

罗广生呷了口茶说：这些天，我忙得屁股冒烟，訾洲公园的石碑的块数已经定下来，消息一传出，踏破门槛了，协会许多人自荐或他荐前来找我要求写碑，饿狗抢食一般，人不知斤两了！六根不说话。罗广生又说：我只好装不知道，说这事是旅游开发公司的行为，与书法协会无关，这得罪人的事全揽到我身上了。六根打开纸扇摇了摇，风就来了。罗广生停了停，从包里拿出一张纸，说：现在还剩燕亭了，你看看愿不愿意写？六根没有挑选的余地，便答应下来。

二皮拿了瓶窖藏十五年桂林三花酒上来，卤味拼盘一上来他们就开喝。慢慢喝将起来，戏就开演了。戏开演，肚包鸡、蛇肉也先后端了上来。

台上唱《三看亲》，换了戏班子。戏是热闹逗笑也好看，可六根没看到上次那位红衣女子，心怅然。试着问二皮，说：上次唱彩调的那班演员呢？二皮说：你说白玉壶呀，被人挖走了。六根呷了一口酒，说：那女子的戏演得真不错。二皮说：怎么老兄对那女子感兴趣？六根马上否定，说：哪跟哪呀！遂劝酒，仨又举杯干了。吃菜。那夜，六根喝得有点醉，二皮说醉了正好草书。六根就草书一首唐诗，二皮说：看上去像一堆麻绳缠在一起跳舞。六根笑。罗广生说：要想一堆麻绳跳舞，且跳得兴致勃勃又极具韵味，那叫本事。

六根记住了白玉壶这个女子。

翌日，祝圣寺举行重修落成大典。六根起了个大早，他要到瓦窑工艺品批发市场取雕刻的《心经》送到寺里去。骑着绿源车往城南赶去，到了瓦窑那家雕刻店，老板还没起床。六根将老板叫醒，老板再把雕工叫来。雕工将一捆竹简抱进来，放在桌子上解开绳子打开让六根看。六根逐一轻声念去，字字珠巩，无一错漏。只是觉得题头上“心”字刻得不满意，“心”字的左右两点散了，无力，压不住，叫再刻。

六根跟雕工到工作间，雕工拿纸笔叫六根重写“心经”二字，六根说用毛笔直接在竹片写好了。雕工就选了一根新竹片叫六根写。六根用心写了，雕工马上刻。这回雕工刻得极认真仔细，六根看到刻出来的效果有泰山金刚经的味道，才满意。

祝圣寺人山人海，六根挤在人群中。六根打小和尚观慧的手机，观慧出庙门接他。观慧将《心经》竹匾挂到客堂的墙上，主持自空师父看了直说好。

举行完仪式，中午在庙里吃饭。吃完饭六根回家，经六合旧货市场，六根进去转悠。六合市场有很多旧书摊，六根去淘了几本旧书。一本是郭沫若书写的毛泽东诗词，一本是齐白石书画篆刻，还有一本是堪舆风水。六根找了处有太阳的地方坐下翻看手里的书，忽而有锣鼓丝弦的声音往耳里钻，六根隐约听见了彩调声。他停下来，起身朝六合剧场走去。

果真有人在唱彩调，热热闹闹。剧场坐了不少人，台上唱的是《草鞋配》。以草鞋招婿挺有趣的。六根认为趣点一是里面有对对子。女主角出上联：“真真假假，假假真真，真假真假，假假假，假真假真，真真真，真心相爱。”且对联是变化着的，纨绔公子对不出，便自动退出。趣点二是一只老虎将一只腿长一只腿短的穷书生吓得两只腿一样长，治好一个瘸子。趣点三是那女主角一直蒙面出场，直到洞房花烛夜不被其丑所吓走的才能看到她美丽的真容。吊观众的胃口，待女主角拿下半遮面的纱巾，六根才发现那女演员就是他要找的那个白玉壶。

一连数日，六根在想戏台上出的那个对子。他对了几个，均觉不妥。一日闲坐漓江垂钓，眼睛盯着一江丰盈的江水，久不上鱼。心里发呆，有了戏台上的下联：“迷迷悟悟，悟悟迷迷，迷悟迷悟，悟悟悟，悟迷悟迷，迷迷迷，迷途知返。”六根收竿回家，将那对联潇潇洒洒地写了，挂到墙上。撰得了此联，他最想告诉的人是那女子。他不知道她是否也懂对联，剧本上肯定没有下联。第二天六根上完课再到六合剧场去看戏，那草台班子却走了，走得没踪没影，让他无法打听。空荡荡的剧场，六根由脚闲步，他发现小海报贴在舞台一角的墙上，近前去看。他看见其中有一张白玉壶的剧照，他有点不好意思，望望左右没人，才伸手去扯广告。广告糊得紧，又被另一张广告压着边。他怕撕烂，坏了照片，便小心翼翼用指甲沿四围边缘慢慢刮起。海报被揭了下来，边缘有损，白玉壶的剧照无损。六根端端地将海报夹在书里带回去放在床头。

六根将那个名叫白玉壶的女子藏在心里。藏久了，长草。草长莺飞，有时就乱六根的心。六根开始相思了。夜里睡不着，拿白玉壶的剧照看了又看，只是不厌。将照片放到枕头底下枕着，枕不多一会儿又拿出来，贴着脸儿瞅，瞅够了才去睡。

醒来，便骑着他的电动车满世界去找那个叫白玉壶的女子。从城南到城北，从城东到城西，只要彩调演出的地方，他几乎跑遍了，就是碰不着。六根只是不服气，桂林城就这么屁大个地方，他不信他找不到白玉壶。可日子一天天过去，白玉壶像雪花蒸化了，无踪无迹，就是找不到。

一日，六根吃过晚饭到玻璃桥看彩调。他沿漓江边走，到大瀑布饭店前再转杉湖到阳桥。过阳桥就是榕湖。玻璃桥建在榕湖上，连接岸与湖上一小块圆形陆地。夜里彩灯启亮，桥是琴弦，陆地是戏台，像只琵琶浮仰水面。戏一开场，那更是琴弦在拨动了。

六根早早买了票过桥去。露天演出，没有幕布，演员就坐在湖边化装。六根看到了一张熟悉的脸，那是秦玉山。秦玉山在勒头吊眉化装，他没有看见六根，六根却在看他。六根手里要拿把扇子，扇子上多半是他自己写的墨宝，诗是自己作的。在书法行当里，能自己作诗写联是件很光脸的事，在别人眼里你是有文化的，没文化是弄不好书法的。六根坐在一棵桂花树底下，袖出一把纸扇，扇而非扇，非扇又扇，舞台道具一般，在指间把玩。偶尔用来赶赶蚊虫，打打节奏。

远远的，六根看见一个女子疾速打玻璃桥那边走过来，就是在千万人中他也不会错认的女子，他眼睛一亮，他认出那女子是白玉壶。六根想不到他左找不到右碰不着的那个女子，在这不经意间像天上掉下来的林妹妹，突然出现在他的眼前。

白玉壶将拎的一个大包挂到一树杈上，脱了外衣，从包里拿出粉彩盒子准备化装。秦玉山将一把椅子放到白玉壶的屁股底下，再附她耳根说悄悄话。白玉壶听了一笑，伸手扯秦玉山的耳朵。六根一看就知道他们关系不一般。白玉壶坐下来，匀脸，扑粉，抹彩，再精细地描画眉眼，然后贴片子，梳大头，戴上点翠头面，插上绒花，一个鲜靓的舞台旦角就呈现在六根眼里。

蚊子在湖面赶圩，乌泱乌泱天就黑了。彩灯启亮，锣鼓弦子响了起来，演出开始了。他们唱《王三打鸟》，秦玉山演王三，白玉壶演毛姑妹，载歌载舞热热闹闹的戏。秦玉山唱：打开东门送花来。白玉壶唱：叫声哥哥请进来。秦玉山唱：哥哥就进来。白玉壶唱：妹妹笑颜开……台上的白玉壶秦玉山拿着彩扇，边唱边舞，像两只蝴蝶，眉目传情。六根明白二皮说挖走白玉壶的人应该是秦玉山了。

7

明眼人都知道白玉壶与秦玉山是一对恋人，台上是一对，台下也是一对，双璧。白玉壶是只鸽子来来回回在舞台上飞，不谙世事。她所经所历皆从戏中来。她入戏，演什么像什么，身心俱迷。入戏深时，几天出不来，台上连台下，秦玉山就笑她戏痴。

他们常常到七星公园约会。白玉壶躺在草地上数天上云朵。云朵善变，数着数着，羊变成了狼。秦玉山不数云朵数树上的鸟，跟白玉壶赌单双。说：如果单，我亲你一口；如果双，你亲我一口。白玉壶说：横竖是亲嘴，不干不干！他们俩滚在草地上嬉闹，惊得雀儿蓬蓬飞。

缠绵不够，他们就去花桥酒店过夜。

恋爱往往糊里糊涂犯错误，白玉壶怀孕了。秦玉山说：还不够票子还没有房子没有车子呢，堕胎吧。白玉壶于是去堕胎。

第一次堕胎，白玉壶害怕，没底。脱裤子，上手术台紧张得牙齿打抖，手脚发冷。医生说：吃东西了没有？白玉壶说：早上只吃了点米粉。医生说：再去吃点。白玉壶就穿好裤子出医院去吃东西。

白玉壶散着脚在街上走，找吃的东西。她在一家超市门口停下来，见一位母亲推着婴儿车出来，就盯着看。那婴儿胖嘟嘟的，对她笑。白玉壶心里犹豫了，她打秦玉山手机，说她害怕，不想手术了。秦玉山就在电话里劝她不要怕，待他忙完，马上就赶到医院。

白玉壶进了超市，心散着脚乱走。她发现自己莫名地停在卖婴儿用品的货架前，东瞅瞅西瞧瞧，她不知该做什么。

她最后是买了一个面包一瓶牛奶坐在餐吧那里吃。餐吧那儿有书架，书架上放着许多杂志，她随意翻看。她发现上面的倩女和帅男都装，装快乐，惊人相似，这是一个消费快乐的时代。

回转医院，秦玉山已守在那儿。白玉壶去手术了。在手术台上，白玉壶大呼小叫，那是未经谋面的孩子向她的挥手道别。若干年后，白玉壶有了后悔，悔恨自己将一个鲜活的生命扼杀在腹中。

白玉壶没有请假，隐瞒着休息两天就登台演出了。新排演《祭塔》。白玉壶扮白娘子，秦玉山扮许仙。在漓江剧院连演三天。

演三天，六根就看了三天。《祭塔》改自《白蛇传》，它是桂林版的白蛇传。锣鼓响起来，弦子拉起来，灯光打出一片桂林山水。青蛇着青衣，白蛇着白衣，青蛇开道，白蛇随后。幕后音乐响起，唱道："最爱漓江三月天，斜风细雨送游船，十世修来共船渡，百世修来共枕眠。"白玉壶一身素白装扮莲步出场，一个半托月亮相，唱道："离了仙山到岭南，人间竟有这美丽的河川，漓江上杨柳丝儿将船儿轻挽，颤声中桃李花似这怯春寒。"台下叫好声响起。六根细细看去，到仙山盗草一节，六根看出了异样端倪，他断定白玉壶身体不适。她眼眸里含了幽怨，不该皱眉时皱了眉台步夹得紧而沉。该使十分力时只使了七分，该抬七分腿时，只抬了五分，该下五分腰时只下了三分。这是用内力，精气神的东西，若外行是看不出来的，粗心的人也看不出的，不熟白玉壶更看不出来。但六根看出了，他不仅看出了还替她担忧。一声："断桥未断，却断了柔肠。"六根看出了白玉壶眼中的泪花。台下掌声四起。六根感觉太真了，他替她心疼，忽而他发觉自己的眼角也湿润了。他感到喉咙发干，他深深地吸了一口气，然后慢慢地吐将出去。

演毕，六根请秦玉山、白玉壶吃夜宵。

农历七月半，民间鬼节。人人不见鬼，家家却要祭鬼了，且马虎不得懈怠不得。鬼从风，喜走水路。天一黑，人们纷纷到漓江边祭祀。人一多，警察便出动维持秩序。有专用于祭祀的白色纸袋出售，上面印有祭祀格式，用笔填上祭祀人和被祭祀人的关系即可。六根在滨江菜市日杂店买了三个祭祀袋，分别填写好父母和赵风雅的名字。江岸上一堆堆火燃起来，连绵一气，远看像两条火龙。人多，六根下到河滩上去烧，用石灰打四个圈，依次是父亲、母亲、赵风雅、过路神仙，在圈里燃起蜡烛点上香，插在地上，开始烧纸钱。烧完纸钱，放鞭炮。也有不放鞭炮的，只静静地烧纸。水里有人在放河灯，空中有人放孔明灯。一盏一盏在空中飘升。六根烧完纸钱在解放桥下碰见白玉壶，白玉壶在放许愿灯。她在许愿灯上画了两颗心，　根箭射穿了两颗心。六根掏出打火机帮她点里面的石蜡灯，火燃起来，灯罩被热气撑开，圆成一个灯笼。随着火焰的燃烧，氢气越来越多，灯飘飘欲飞，待灯高过头，白玉壶就将它放飞。让灯漂到天上去。放完灯，六根邀白玉壶到瘦竹斋去吃茶。说他得到一饼尚好的普洱茶正等人去品。

走过王城门洞，俩人来到瘦竹斋。进屋，上楼，烧水，沏茶，对坐着喝。茶至半酣，白玉壶向六根索要墨宝。六根要白玉壶为之研墨。六根拿出一把纸扇来。白玉壶站着，朝他微笑，静静地为他研墨，六根如在梦里。六根问：可要我写什么好？白玉壶娇羞一笑，低头道：把我的灵儿魂儿写到书法中去。六根说好。他眯缝着眼睛看白玉壶，一袋烟的工夫，白玉壶研好了墨。六根就取出那支妙笔，挥毫泼墨，竟是一首嵌有白玉壶名字的藏头诗。

那是一笔绝好书法，人见人夸。第一句："白雪红梅傲霜枝。"笔若春蚕，蠢蠢欲动，那是白玉壶出场的台步。第二句："玉兔月宫伴仙子。"笔如青烟，袅袅如挂丝，那是白玉壶的唱腔。第三句："壶内纳得天地在。"笔走龙蛇，脱跳有致，那是白玉壶在蹁跹起舞。第四句："一片冰心遇相知。"水决堤了，席卷而来，锵锵锵，锣鼓声震耳，转而一声裂帛，那是白玉壶眼里的晶莹的泪花与观众的喝彩！

8

金满月跟外面的男人跑了，跑得无影无踪。

半月后，六根在邮箱里收到金满月一封信。信里说不要为她担心，她过得好好的。离婚是迟早的事。她已委托了律师，不久律师会来找他。她还说她已怀上了孩子。

金满月怀上孩子了，这无疑是金满月给六根一记耳光，打击太大。医生无法证明的东西即科学无法证明的东西，她金满月给证明了。证明六根这个男人种子孬，他六根是个孬种。

这样看来，金满月不在桂林城当是件值得庆幸的事。六根要脸。

六根有一天碰见与金满月一起搓麻将的夏姐，她告诉他金满月在云南发了大财，做金镶玉的生意。由此六根心里更安妥了。

国庆节罗广生开车跟六根沿漓江下到阳朔兴坪去钓鱼。他们租了条船，泊在二十元人民币背景的地方，面景垂钓。天高云淡，云淡风轻，青壁高耸，日光晶晶。此处水深鱼肥，不多久，罗广生就钓上鱼。六根拿出一张二十元的人民币在看，看一眼手中的钱，又抬头望一眼面前的山水，像在甄别真伪，想找出钱的瑕疵来。罗广生说：上钩了！六根马上起竿，真的钓上一条大鲤鱼，四指宽。

收获颇丰，他们的心思就不在钓鱼上了，逆水而上，钓翁之意不在鱼，在乎山水之间。江上旅游船来来往往，一派繁忙景象。一路品山玩水，六根说：水波澹澹，望峰息心。罗广生说：水何澹澹，望峰起雄心。六根说：风不动，幡不动，心动。罗广生说：这山水怎么就看不厌呢？六根说：相看两不厌，唯有桂林山。罗广生说：每次来九马画山，我都要数马，但每一次马的匹数都不同。六根说：这就是大自然的魅力。他们就将船停下来，数马。一匹马，两匹马，三匹马，四匹马，五匹马，六根就数不下去了。罗广生数了一匹又一匹，好不容易数到八匹马，就数不下去了。重新来数，乱了，数到七匹就数不下去了。他不服气，再数，又再数，最后一匹马他还是数不出来。六根说：别数了，你天生中不了状元，没那个命呀，你知道么！谋事在人，成事在天。罗广生于是就笑了，笑完还是说：别急着走，让我再数数，我真不信，难道我眼睛有翳，看不出第九匹马来！六根说：眼睛有障眼法的，就像吃迷魂药，障住了，出不来局的。罗广生说：谁吃了迷魂药？六根说：谁都可能吃迷魂药，那二十元人民币就是一种迷魂药。

上岸他们把钓的鱼拿去饭店加工煮了，坐在临河的楼台上喝酒吃鱼。他们喝漓泉啤酒，一杯又一杯吃下肚，七分醉时，开始聊话，全是醉话，全是心头话。罗广生说：老兄，你猜我在桂林书法界最服谁？六根说：我不知道。罗广生说：你要不要听？六根说：讲。罗广生说：我最服的人是老兄你！六根说：想不想知道我最服哪个？罗广生说：我不知道！六根说：你猜猜么？罗广生说：猜不着，你说。六根说：赵风雅！

罗广生说：赵风雅是谁？六根说：我的书法启蒙老师。罗广生说：因为我服你，所以怕你，听说职工书协要与市书协合并，你要做下届书法大主席，是么？六根说：我做不了大主席。罗广生说：你愿不愿么？六根说：人各有志，我志不在此。罗广生说：你给我发个誓，说你不愿做大主席这把交椅。六根说：我用我第六根手指发誓，如果我有此野心，我就断了此指！六根真要拿刀砍手指，罗广生一把拉住，说：不用不用，这我就放心了！

两个都喝醉了，趴桌子上就睡了。睡醒，罗广生打电话叫人来开车回桂林。

世上没有不透风的墙，六根与罗广生在兴坪钓鱼的事有人瞎传，传成了黄色花边，说六根与罗广生在阳朔西街艳遇一个女子，为了争那女子，六根断了第六根手指。

天热，人们涌向漓江，像下饺子，一个一个往江里蹦。六根坐在九娘庙码头那儿钓鱼。这里水急，他换了根手钓老鱼竿，这竿是赵风雅亲自用竹子做的，三米长，中指粗细，竿尖装一拃长牛角，做成竹节形状，若不是颜色不同，你根本看不出是一截牛角。牛角弹性好，耐拉。六根坐着溜边钓。水急不用漂。阳光将漓江水分出七彩碧色来，苍绿、草绿、豆绿、鹅黄绿、葱儿绿、橄榄绿、祖母绿，翠色撩人。九娘庙码头那里有六匹铜铸的马，四匹公马，两匹母马，夕阳落在一匹优雅的母马的后腚上。一只啄鱼鸟贴着水皮飞掠过来，不大，黑身白翅喙长而尖，它抓了只蜻蜓到岸上的水泥地上甩头翘尾啄着吃。吃完，又返飞江面，一飞一冲啄水猎鱼去了。岸上有几个钓鱼的在议论漓江禁渔的消息。胖子问禁几个月，瘦子回答说两个月。麻子说那些职业网鱼的是得好好禁禁才行，他们日日划着鸟排放网，一张网织得密密的长长的，从解放桥上放到訾洲，从訾洲放到象鼻山，细鱼小虾都不放过，不禁，漓江鱼非得杀尽不可。胖子接话说杞人忧天，漓江鱼哪里抓得完的，九牛身上拔根毛罢了。麻子说以前的竹壳子鱼，现在连影子都看不到了，恐怕绝种了。瘦子说毛拔多了得不到休养，总有拔光的那天，野生鱼种类变少，就证明漓江生态在变坏。胖子说搞不定禁渔以后，竹壳子又会回来呢。麻子说变戏法呀，那么容易！

水流将钓线吃紧，蛛丝样牵着虚在水面。六根鱼竿在握如中医探脉，三指在竿上三指在轮，第六指触线，凭手感。有鱼吃钓，六根指头迅速转轮抖腕提竿，一条禾花鲤钓出水面。

夕阳洒在江里，碎成金子。有人在訾洲放风筝。纸鸢在天空飞，起起落落，有两只放得很高，像要高到云朵里去了。有风筝断了线，节节坠落，罩挂在河对岸一棵树上，像新娘的盖头。

有人跳河了。六根听到喊声，跑了过去，救人。

六根做梦也不会想到他从江里救出的人是白玉壶。

白玉壶疯了。

9

桃花塘精神病医院闷在一种热浪里，汗津津的，混着鱼腥草的味儿四处覆盖去。

六根与秦玉山在医院门口的小酒馆喝开了。闷喝。两人不说话，吃锅里的醋血鸭。两瓶三花酒落了肚，六根有了薄薄醉，眦眼相向举肘敲桌，对秦玉山说：掰手腕，谁输谁喝！秦玉山也有几分醉意，说：掰就掰，喝就喝，怕条卵！

六根端直身子，正正屁股，双足踩了踩地，选个合脚的地方，脚掌抵地脚趾抓地，气沉丹田，调好角度，伸掌等着秦玉山。秦玉山站起身，挪了挪板凳，将桌上的碗筷拂一边坐下，将右手掌与六根的右手掌扣上，掰腕就开始了。六根先不发力，只定住，让秦玉山掰。

这是一场心气的较量。秦玉山将六根的手腕从90度慢慢往下掰，70度，60度，45度。六根咬紧牙关，45度是秦玉山极限，他不能再前进半步。六根开始慢慢翻腕，像竹笋顶破地皮，有一股不可抗拒的力量，将倾斜的角度一一拨回，深吸一口气，用力，缓缓放气下压，将秦玉山的手背压倒在桌上。六根说：输了，喝酒！秦玉山一饮而尽。秦玉山不服输说：再来！第二盘秦玉山又输了，他还不服，又比了第三盘。

再比，秦玉山再输。六根压住秦玉山的手腕不肯松，说：你服不服输？显然秦玉山的手腕被压痛了，扭着身子瞅六根，说：服。六根说：告诉我白玉壶为什么疯？！秦玉山说：你放开我的手才说。六根说：说了，老子才放！秦玉山说：她听说我跟蓝海花要结婚就疯了。六根仍不放手，说：你这不搭调的臭小子，你究竟爱哪个女人？秦玉山说：听真话还是听假话？六根说：真话！秦玉山说：两个女人我都爱。六根手上一用力，说：鬼话连篇。我今天就是要教训教训你这个脚踏两只船的孬种！

秦玉山想开溜，往门外走。六根跑过去抄起门边的一根棍棒去拦，秦玉山左行，六根堵左，秦玉山右行，六根截右。两人左左右右虚晃了几回，手就接上火，六根退到门外的空地上，俩人打了起来。

六根横一棒，秦玉山只一闪，闪一边，躲开了。六根竖一棒，秦玉山又一闪，闪到石头边。第三棒，六根使出大力气，举棒从半空中劈将下来，只听见乓的一声，簌簌将那树枝带叶盖脸打下来。定睛一看，人没打着，棒打在石头上，断折两截。只一半在六根手里。树叶落下，有灰尘迷了秦玉山的眼，他弯腰揉眼睛。六根将棒丢了，两只手顺势把秦玉山的肩膀揪紧，往下按，秦玉山挣扎，六根照准秦玉山的裤裆飞一脚踢去，秦玉山就跪在尘埃里了。六根腾出右手来，提拳只顾打。

六根不松手，秦玉山龇牙咧嘴哇哇叫，两个都喝醉了，秦玉山说话结巴起来。六根说：知错了没？秦玉山说：知，知错了！

六根说：知错就改！

秦玉山说：我，我改。

六根说：发誓！

秦玉山说：怎，怎么发？

六根说：浑小子，老子今天教教你！六根踉跄到厨房拿刀断去第六根手指，将它砸在秦玉山脸上。

秦玉山被唬住了，当即发了个死誓。发了死誓，六根才饶了秦玉山。

农历九月十九，观音诞，六根到祝圣寺皈依去了。皈依仪式简单而庄重，六根合十跪在蒲团上。燃香礼佛祝告后，自空老和尚说：能就答，不能就不答。

“不杀生能做到否？”

“能。”

“不偷盗能做到否？”

“能。”

“不妄语能做到否？”

“能。”

“不邪淫能做到否？”

“能。”

“不饮酒能做到否？”

六根没有回答。

皈依后，桂林城里便找不见六根的踪影。坊间盛传六根辞去所有职务和工作，去阳朔白玉壶老家陪护白玉壶去了。有人看见他们泛舟江上。

岁末，祝圣寺门外省春岩掉下来一块巨石，没人说得清缘由，只有自空老和尚知道自己要走了。那天，自空住持跟大伙儿围炉聊话。谈笑间说了句偈子：人从梦里来要回梦里去。话音落下，人就坐着圆寂了。

荼毗，烧出许多舍利子来，众人哄看。

原载《天涯》2017年第2期

旁观者

马金莲

也许是因为夏粮严重歉收了秋粮在给我们做补偿，这年的秋庄稼长得分外扎实，三亩莜麦刚割倒，就紧跟着杀高粱了。往年的高粱哪有这种长势呢，秆子粗得不像高粱，简直就是玉米。我们头一天都砍断了一把镰刀。第二天不敢再使用木镰架子，直接换成了铁镰刀。在密匝匝的高粱帐子里，人撒进去就被绿中泛黄的丛林淹没，彼此望不见身影，只能听到镰刀砍伐秸秆的脆响，咔嚓咔嚓咔嚓响个不停，一排排高粱死尸一样刷啦啦倒地。一趟割出头，我和嫂子都累得喘气，我们坐在地坎上磨镰刀。嫂子抹一把汗，望着整整五亩高粱，目光从低处升腾，渐渐地抬高投向空旷辽远处，叹一口气，愤愤地说五亩啊，这么多，这么凶，啥时候能割光呢？等把它们割完你我的头发都熬白了！

将落的太阳在山边上看着我们，好像在无声地怜悯着我们这一对留守妇女，我看一眼嫂子，意思是收工回家吧，还要做饭照顾孩子呢，活计留着明天再干。嫂子往磨石上吐一口水，霍霍地磨，说再割一会儿吧，反正都是你我的活儿，我们躲过了今儿躲不开明儿，还不如早割完早清净，再说糜子燕麦还等着呢。

我也望一眼高粱尽头那高爽的天，大雁排着队正从头顶经过。我浑身酸困，连感叹一下的力气都没有。一个弱弱的声音从远处山脚下传来。风大，我们没在意，磨了镰刀，咬几口干粮，然后爬起来准备重新开战。一个小身影爬上坡，边爬边喊，渐渐地近了，竟然是嫂子六岁的儿子。新妈新妈快去看，你家祖儿被锄头砸了脚，淌血呢，奶奶叫你回去看。我一看这孩子跑得满脸汗，不像在撒谎哄人，赶紧丢下镰刀往家跑。夕阳浓郁得像稠糊糊的血，我踩着自己巨长畸形的影子跌跌撞撞跑，影子像浸泡在浓稠的血液里，又像大红油彩涂抹的油画。我只觉得自己一步一个血印，脚底板全是汗。奔进家门，哭声扑面而来。女儿哭得汗直冒，濒临崩溃，嗓子都沙哑了。

公公婆婆一看我进门，赶忙闪开在一边，婆婆忙不迭地解释着孩子受伤的过程。我哪里顾得上细听呢，赶紧查看伤势，右脚脚面，一个三角形口子，血在汩汩地冒。看样子已经流了不少血，擦过的卫生纸丢了好几团，殷红殷红的让人看着惊心。锄头明明倒立在门背后，谁知道这娃怎么了，过去扳倒了，锄头倒栽下来就挖在了脚面上。婆婆的语气尽量保持着平静，不过我还是能听得出老人心头的愧疚。那个肇事的笨重锄头躺在不远处，显得无辜而无知。我伸手指头一按，女儿哇的惨叫一声，大团暗血顿时涌出，洞口很深，三个指头足足陷进去一寸。看样子伤势不轻。

孩子还在哭，我赶忙抱起来哄，走着哄，小跑着哄，许诺给她煮鸡蛋，买糖糖，买气球，买小汽车。怎么都哄不住，她就是扯着嗓子哭，哭得气都要断了。这孩子一贯不是这性儿，属于比较皮实的类型，从小长这么大没少从炕头栽下来挨跟头，每次挨了跌，稍微哄一哄也就没事了，甚至能额头上吊个大青包又跑出去玩。现在这么哭，只能说明她疼，疼得挨不住。

婆婆从炕席下翻出一疙瘩头发烧了，拿着灰往伤口上压，头发灰止血。血液汩汩，很快冲走了那点灰。祖儿扎着小手说疼，疼死了，妈妈疼死我了。公公当即决定，带她去医院，可能伤到骨头了，得拍片子看看才放心。顾不上换衣服，我抱起孩子，嫂子这时候也赶进门，她会骑摩托车，发动了那辆大伯子留下的老豪爵，驮着我们娘俩就往附近的卫生院奔去。

我心里热油煎着一样，既可怜女儿，恨不能把娃的疼痛拿下来放到我身上由我来承担，又担心天黑了路不好走。摩托车在狭窄的土路上颠簸，孩子的哭声一直没有中断。她越哭我心里越烦，等到了乡街道上，夜色已经落下来，稀稀拉拉的路灯近似吝啬地睁着色眯眯的眼。卫生院值班室灯亮着，却没有人。嫂子跑前跑后喊人，喊来了端着茶杯子的王院长。王院长大概看了一眼脚面，说去县城看吧，我们这里也就是简单包扎，条件有限，就算拍了片子，估计也看不清楚。我低头看，捂着伤口的卫生纸和一片白布都被血渗透了。王院长给了一片纱布，说包上快找车上县，别磨蹭。

这时候了到哪里找车去，我一着急就心里乱了，不争气的眼泪扑簌簌落，心里恨起了常年在外头打工的男人，一年四季眼睛里就认得钱，哪里想过我们妇道人家留在家里的不容易呢，平时还罢了，这遇上事情我们女人家就是没翅膀的鸟儿，只能瞎扑腾啊。

嫂子倒是冷静，很快到街边找了一辆小面包车，雇它去县医院。价格自然比白天贵了两倍。我心疼钱，又害怕这摸黑带夜的奔波不太安全，有点犹豫，说要不抱回去，缓缓也许就好了，咱山里娃娃哪能那么娇气呢？嫂子一把将我推上车，快走，磨蹭啥呢，娃娃要紧。车子马上摩擦着低沉的夜色往前疾驰。渐渐离开了乡街道两边的璀璨灯火，夹道两边的白杨好像陡然变得比白天更大了许多，一棵一棵之间的距离也拉近了，车轮在三级公路上沙沙响，树木像一个个叵测的黑影扑面倒下向我们撞来。我真担心它们就这样压下来，把车和我们一起压在下面。担心自然是多余的，师傅开得不错，也许他也在真心替我们担忧，所以开得很快，感觉车简直要在暮色里飘飞起来了。我不得不提醒他慢点，还是安全为上。女儿还在哭，不依不饶，两个小手扎起来胡乱撕扯，在我帽子上一把，衣领里一把，我心里烦躁，狠着心肠扇她两巴掌，狠狠地吼了一嗓子。孩子吓呆了，哭声竟然渐渐地小下去，等颠簸了一半路程，哼哼唧唧的哭声完全停止，枕着我臂弯迷迷糊糊睡了。

进了医院直奔三楼骨科。楼道里的灯暗沉沉亮着。护士值班处没人。医生值班室门开着，也没人。女儿醒了，呜呜呜又哭开了。我只能抱着她在楼道里找人。推开一个病房门，一个老头儿说医生肯定休息了，在休息室，你去喊吧。我找不到挂休息室牌子的房门。正徘徊呢，几个人抬着个大男人来了，脚步蹬蹬蹬，震得楼道都颤抖。大夫大夫快快快，快抢救！有人冲过来对住一间没挂任何牌子里面黑灯瞎火的房门猛踹。揣了十来脚吧，楼道里探出好几个病人家属的脑袋来观望。门开了，一个矮个子男人闪出来，穿着白褂子，我一看正是大夫。大夫揉着睡眼，一看那人血糊糊的，手一挥，去急诊科吧。一个胖子口气很冲，打架伤了骨头，得你们骨科看。大夫说都这个样子了，我骨科看不了，等急诊科看了，确定为骨伤，再转来不迟。对方悻悻地，抬起人，一阵脚步杂乱，旋风般消失了。我赶忙抱着女儿凑上去。他问了几句，抬手压了压伤口，这时候我才敢睁眼看伤口，血止住了，好像肿了，脚面明显高起来许多。先包扎吧，具体情况明天拍片子，根据片子再治疗好吧，先给挂点药。他开了药。我没注意护士从哪里冒出来的，她很麻利三五下就把女儿的脚包好了。孩子哼哼唧唧又拉开了哭啼的战线。住院单子开了，我抱着孩子跑一楼去交了费，又抱着她上来。按照单子上的房号去找病房。

甲级7号。里面灯亮着。但是门关着，从里面上了锁。我试着敲门。没动静。再敲。还是静悄悄的。我心头火冒，忍不住连续敲，嘭嘭嘭，嘭嘭嘭。还是静悄悄的。看样子里面的人睡死了。孩子烦躁，一个劲儿哭，一副不把我催死誓不罢休的样子。我抽一口气，鼓足了劲准备再次狠敲，门忽然开了，无声无息敞开到了最大。我愣在原地，怔怔地扫视里面。两张床，靠里的上面睡着一个人。门口的空着。一个女人面无表情地站在门口冷冷看我。我心里早就很不舒服了。也不看她，绕过她进屋，看样子这女人刚才就睡在这床上，淡绿色被褥上套着上一任病人留下的蓝色被套床单，蹭得四周都起毛了，脏兮兮的模样掩饰不住，透过护罩渗透出来。这是县城医院很常见的，我没有权力嫌弃。一个护士跟着进来了，匆匆将一套新拆封的蓝色医用床单铺在床上，套了枕头和被子，又面无表情地走了，到门口打了个毫无遮掩的哈欠。那个开门的女人竟然一直站在那里，这时候她好像如梦初醒，也跟着打了个大哈欠。却好像怕吵醒了什么，用手掩着嘴，把哈欠声逼回喉咙深处。过去将床上的病人往里面推了推，自己骗腿靠上去，也没枕头，蜷一个胳膊当枕头，面朝里睡了。但是她明显不敢挤着里面的人，只能将屁股使劲地往外面凸鼓，减少自己占据的面积。护士来给女儿挂吊针，扎针的时候孩子自然不愿意，又是一番哭闹。直到液体沿着塑料管子滴进身体，她才渐渐乖下来。夜里两点了，我不敢睡，瞅着高处的液体一滴一滴减少。

女儿忽然从梦里醒来，一双手互相胡乱抓挠。我一看手背红了，接着肿了，显然是蚊子叮了。这病房有蚊子？真是没想到！我嘀咕着把女儿放枕头上，起身打蚊子。那女人忽然偏过头来，蚊子多得一群一群的，是你进来不关门，才把蚊子放进来了！说完头偏过去，重新酣睡。

我被这没头没尾的话击中了，有些蒙，有些傻。我呆呆坐回去。仰头望屋顶。白灰粉过的平顶和四壁一样，经历了岁月和迎送了无数病人，这病房和这座医院一样，到处呈现出一片难以掩饰的仓皇破败和明目张胆的脏乱。到处乱糟糟的。到处是病人用过的医用垃圾和家属丢弃的生活垃圾。医院要迁址，新大楼已经在建了，这旧医院完全地呈现出一副破罐子破摔的凑合景象来。我的目光终于落在那女人身上。她静静睡着，给人感觉她一直在酣睡，压根就没有醒来过，也没有冲我发射过那句戗人的话。我却久久回味着那话，谁都听得出来她的抱怨。是我把蚊子放进来她不高兴了，还是我们来了，让她没地方睡觉才心里不痛快了？这么思量着，我心里也有情绪了。我们住院交了钱，我们占用我们的床位天经地义，凭什么你不高兴，又不是你们家的。

五点钟药才输完，针头拔掉后我再也支撑不住，一头栽倒睡死过去。蒙蒙眬眬中有人在争吵。男人的声音很大，明显脾气不好。在骂什么。透过骂声的间隙，溢出一丝柔和的女音。女人在解释什么。男人不听，不饶，女人的解释更煽起了他的火气，骂得更凶了。我慢慢睁开眼，电棒的柔白光泽射入眼睛。我从嗓子深处调动一口唾沫来滋润干涩的舌头。我有多久没有和男人吵架了？

大半年了。春种之后他离开的，去乌海工地上了。本来割麦子时会回来夏收。可夏粮薄了，接近绝产。残余的那点马毛一样的麦秆子，我和嫂子用镰刀刮了一些，实在挂不住镰刀的，让人直接把羊群赶在里面踩踏了，夏季后期雨水多得出奇，公公趁着地皮柔软老早就把麦子地翻犁了，然后种了十亩燕麦。现在燕麦长势凶猛，可以赶在霜冻前割下给牲口做草料。公公做主给儿子们打了电话，让他们不要回来，安心打工挣钱，家里的活没多少，我们能扛下来。公公的决定让我和嫂子心情很矛盾。我们其实是盼着男人回家的。就算庄稼薄了，也可以回来看看人的。他们难道不知道，这个家里除了麦子，还有两个适龄的女人也在期待着一场透雨的浇灌。这样的期待随着日子一天天累积，像无形的山压在我们心上，我们心里有了幽怨，藏着火气，却不能流露。有时候我半夜里醒来，望着黑漆漆的顶棚，想找个人吵一架多好啊，狠狠地骂，无所顾忌地骂，想起什么骂什么，实在骂不过就冲上去一把抱住他胳膊狠狠地咬，最好咬得鲜血直流。

耳畔的吵架声很真实，是有人真的在吵架，不是幻觉。男人说跟死猪一样，还伺候我呢，挤得我一夜没睡好，死婆娘，就是个没眼色的死货！我慢慢坐起来，觉得奇怪，这不像是夫妻间打情骂俏，男人的口气里充满了烦躁，还有那么一丝戾气，听不出疼爱和宠溺。女人正撅着屁股往盆子里掺水，冷水里倒了些开水，然后把一条毛巾泡软了捞起来，抱着男人腿慢慢往这边搬。她的动作很轻柔，轻柔里带着明显的小心，好像她在侍弄一个柔软无骨的婴儿。那个脚板很大，在女人偏小的手心里，更加给人突兀嶙峋的那种大。

这是一对打工者的脚。我一眼就看出来了。我的男人也有这样一对脚。我们新婚那会儿，彼此看着亲昵，有过给对方洗脚的事儿。当时我捧着他的大臭脚，反复打量，觉得新奇，咋这模样呢？看着是一个刚刚成熟并且趋向稳健的男人脚，却又过早地显出一种经了风雨的沧桑味道。骨骼的轮廓，硬痂的厚度，肌肉的磨损度，包括伸展开来的那种有些犹豫又有些羞涩的状态，让人不由得就联想到工地上水泥点子一样分布在不同空隙不同位置的打工者。嫁给他之前，我从来没有想过那些扛活儿的人和我有什么关系，可以说那些冷冰冰的水泥钢筋石板和我压根就没关系。我只在城里马马虎虎念了三年初中，就彻底离开了，重新回到了乡下。城市和我没什么必要的关系，至多我在学校那钢筋水泥浇注起来的教学楼住宿楼之间穿梭了三个春夏秋冬。可是我嫁的男人在城里打工，这好像让我又和城市具备了某一种联系。这让我在捧着他的脚的同时，猛然回想起初中三年度过的日子，那时候活动范围小，根本没注意农民工，唯一有印象的是，学校后面维修实验楼，宿管老师一再强调大家晚上睡觉关好宿舍门，因为农民工在工地上出入，有潜在危险，谁不听劝，出了事儿校方不负责任。好像从那时起说起农民工，我潜意识里就会想到他们是社会不安定因素的一部分，在某种情况下会变成抢劫犯强奸犯或者别的什么角色，反正都和坏事有关系。

女人把毛巾轻轻捂在脚板上，然后从上往下擦拭。男人直挺挺躺着，好像没有感觉。亮色从他挨近的窗玻璃透进来，照亮了整个狭窄的病床。看得出是一对夫妻。男人三十来岁吧，头抵在床头上，脚一直伸到了床梢子，就算躺着也能看出是个身材高大的人。女人站起来了，端着盆子出去倒水。我冷眼看着，心里想着她昨夜对我的不友好。我看她的目光就有些不厚道，她太矮了，勉强也就一米五吧，反正肯定不会突破一米五五。却胖。身材不好看，而且是那种锥形体型，上身圆嘟嘟的，屁股大，腿子短。这样的女人还谈什么身材。她扭着圆鼓鼓的屁股挤出门去。一会儿又来了，换了一盆水，重新蹲下洗脚。可能好多天不下地走动，短暂的闲散，养嫩了男人的脚，那些死皮硬痂竟然开始脱落，泡下来好些白色鳞甲和油腥，在水面上浮起来一层，让人看在眼里忍不住犯恶心。她好像没感觉，有些迟钝地搓着，揉着，完了用一把指甲剪剪指甲，剪得吧吧响。一会儿再去换水。反复折腾好几遍，水总算清澈起来。这时候我才看清窗外是一栋在建的楼，八点刚到，戴着红色安全帽的工人陆陆续续出现了，钢筋相撞的尖利声响，搅拌机的哗啦啦，打桩机的轰隆隆，像协奏曲一样合鸣起来了。男人的目光一直盯着窗外，其实他什么都看不到，从躺着的角度看出去，只能看到刚竖起来的钢筋像凌乱的枯草，近似绝望地奓着手伸向半空，好像要对着高远的苍穹倾诉什么重大的秘密。真不知道什么人这么心急，医院还没迁出去呢，这就开始搞新的建筑了。我慢慢过去，斜站在这男人脚后，从这个视角望过去，可以看到建筑队劳作的场景。我丈夫也是一个架子工，这些年他在乌海的工地上绑架子，据他说所有的大楼都是从最初的钢筋架子开始搭建起来的，架子就是支撑起一座建筑的骨骼。

我用目光在人群里寻找着架子工，一抹微茫的希望在心里蔓延，我试图从中寻找出丈夫的身影。这是不可能的。这一点四岁的女儿都懂得。所以她昨夜疼得受不了就哭着喊妈妈，我被吵得又难过又心疼，质问她为什么不喊爸爸，那个没良心的凭什么把娃丢给我一个人他在外头逍遥。女儿卷着胖乎乎的舌头说爸爸听不到，爸爸在乌海。有一个身形单瘦的小伙子，我确定他肯定是一名小伙子，他已经高高地爬到第五层去了。有安全帽遮挡，我看不到他的面相，再说太远了，我只能凭借单瘦灵活的身形判断他是个小伙子。他没绑保险绳。我一眼就看出来了。没风，但是他腰里的衣服好像在朝一个方向胀，显出他的腰身来了，好身材。细腰，长腿，窄胯。这样的男人适合做模特。腰里空荡荡的没有那根我熟悉的保险绳。我哄女儿乖乖坐着，我出去买早餐。提着包子和稀饭进了医院，侧门的预制板小房里有公用电话，我打通了，丈夫的声音带着乌海秋天的干爽传了过来，啥事儿？他问。我强忍着眼泪，不能告诉他娃住院的事儿，我说你摸摸腰里，别忘了系保险绳啊。

我把相同的话重复了一遍就挂了。

病房里挤满了人。吓我一跳，以为自己走错了，退出来，再进去，没错，女儿蜷缩在最里面的角落，小手里紧紧抱着一个大香蕉梨，见了我咧嘴就哭，悄悄说坏人，好多坏人。

一共多出来五个人。这么小的病房里，一下子多出来五个大男人，确实显得拥挤。那张床边坐了个老汉，唯一的小凳子上坐着个穿夹克外套的年轻人，剩下三个人齐刷刷挤在我们床边。那个女人已经把洗脚水倒掉，没地方坐，在床尾站着，忙着给大家分发梨子吃。女儿手里的香蕉梨想必正是她的馈赠了。我悄悄戳一下女儿胳膊，责备她怎么随便拿了陌生人的东西。女儿抱紧了梨子，好像怕我会夺去还给人家，理直气壮地说那个姨姨给的，她不是生人，我们认识，她是小翠姨姨。我惊讶得眼珠子差点掉下来，这小东西，还挺能社交啊，这么好占便宜，长大了让人家男孩子用一颗水果糖就能骗走吧。生人多，不是教育孩子的时候，我只能哄她先吃饭。

现在人都在这儿了，大姑父我也请来了，咱们把事情解决一下吧，这么拖着对谁都不好。一个声音忽然冒出来。这声音怪怪的，明明是个很清朗的嗓音，却好像有意压抑着，不让这一份清爽流泻，声音是从嗓子眼里挤出来的，被压扁了，给人一抹不舒服的感觉。我偷眼看过去，最后断定声音是从夹克衫竖起来的领子里发出来的。他好像怕冷，使劲地缩着脖子，声音也不像是从嘴里发出来，而是从某个衣兜的深处犹犹豫豫掏出来，掏出来不敢示人，鬼鬼祟祟打量着现场，在掂量此时此刻的氛围究竟合不合适掏出那些话呢？

好像有一股力量，像蛛网，粘着所有人的目光，把所有的目光都集中在一个地方，那个老汉的身上。大家齐刷刷望着老汉看。我感觉这些目光形成了一股合力，无声，无息，无形，却有重量，全部压在了老人弯曲的脊背上。老汉自己也感觉到了这种重压，他在这目光里渐渐地矮下身子，好像不堪重负，要从床边上滑下去，直接趴到地上。但是他强撑着，他其实是个精瘦的人，锁骨那里凸鼓起来，好像骨头碴子要戳破皮肉，直接冒出来。这副骨架有些忧伤地撑着外表单薄的血脉和皮肉。他将床边的蓝色化纤床单抓在手里，往里面掖，卷边了，怎么也掖不进去，刚进去又翻出来，他好像和那一道卷边铆上劲儿了，不断地掖着，掖着，大手在颤抖。

他姑父，你好歹说句话吧，我们这里就等你吐核儿呢——你也晓得，我们都忙得很——

声音很清楚，不论是吐字、气息还是语调，都很清晰，匀称、平静。是靠我最近的一位说的。他也是个老人。勉强算个老人吧，五十来岁，身材富态，保养不错，满月脸白白亮亮的，尤其一双手，搁在膝盖上，手背肉乎乎的，十个关节上竟然凹下去齐刷刷一排漩涡。让人有一种欲望，想上前对着那漩涡挨个儿按一按压一压，试试那软乎乎的手感。我虽然是个村妇，但是也见过一些官儿，村里的干部，偶尔来下村的乡干部，去年配合丈夫申请无息贷款时候到乡政府去按手印还见着了分管的副乡长呢，凭我的见识，我断定这个半老的人不是农民，而是个有工作或者有钱的人。只有具备这两样中的其一或者两者全部，才能养出这么一张炫白富态的脸，和这么一副雍容从容的气度。

是啊，事儿发生了，咱就全力解决事情吧，这么拖下去对谁也没啥好处啊，牛监理不在，严重影响我们工程进度了——最门口那个年轻人说。他说话语速很快，声调不稳，就如一个瘸子在夜里赶路，高一脚低一脚。

老汉抬头扫了大家一眼，目光在最中间停滞了，就像那一片的空气里含着浓密的糖分，将他的目光黏住了，他扯不开去，有些艰难地犹豫了一下，终于挣脱了，划过去，又低头用大手去掖翘起来的床单。气氛很压抑。我这个局外旁观的人也感觉到了这种不舒服的氛围。我悄然观察，有些迷糊，这些人什么关系，谁是谁的姑父？看样子是要解决一桩案子了，可这其中究竟有什么内幕和牵扯，我一时看不懂，这时候我很强烈地感觉到自己作为一个常年在乡里下苦的家庭妇女，对这个世界的见识真的很少很贫乏。

我肚肚疼，拉稀稀——女儿的童音打破了沉默。

我赶忙抱她去厕所。厕所的卫生状况更直接地显示了这座医院被搬迁的必要性和迫切性，它以一种破罐子破摔的姿态显示着一种不堪入目的脏乱差。池子里塞住了，大小便漫溢出来，遍地都是，简直没法下脚。我抱着女儿正哄她快点，一个打扫卫生的女人进来了，用拖把哗啦哗啦蹭着地，大声骂着病人家属的龌龊，说公共环境，大家都不爱惜，自己明明早晨打扫过，这才几个小时呀，就已经成了这样，害得自己总是挨骂。她戴着和大夫护士一样的蓝色口罩，看不清具体的长相，从声音和那泼辣劲儿可以推测是个中年女人，也可能更年期提前到来了，也可能婚嫁不顺、子女不孝，反正她脾气很不好，气哼哼的，拖把在地上噌噌噌响，我真怕脏水溅起来飞我一身，赶忙替女儿擦了屁屁抱她逃离了厕所。

在病房门口我犹豫了，咋办呢，我竟然有点惧怕那些人和他们营造出的有些怪异、压抑的场景了。就算我反应迟钝，我也已经看出个大概来了。他们有要事要商谈，而我是外人，唯一在场的外人。我的存在，会不会让他们有不方便的感觉呢？门忽然开了，五个人前后随出来，最后跟着小翠。他们一直往出口走去。

病房里顿时空下来，亮堂多了。其实还是原来的空间和亮度，窗外浅灰色的天空被挤压得成了扁扁的一片，看不见太阳，能从阳光散射铺开的余晖上判断出外面是晴天。打桩机像一个只知道下苦，不知疲惫的老实疙瘩，一下一下，嗵——嗵——地叫着，沉闷地砸着地面，砸出让人心里很不踏实的闷响。这是非得把地球砸出一个大窟窿才罢休的节奏吗？我舒展舒展腰腿，慢慢挪到床边，试图透过后面脏兮兮的玻璃去看凌空行走在架子上的那些民工。因为丈夫的原因，我看到架子工就感觉有种特别的熟悉和亲切感，我试图从他们劳作的身影和姿态上想象丈夫此刻的样子。

床边发出喘息声。

我回头，他斜挣着身子，左手往右边够，右肘撑在床边上，试图翻起来。这样的挣扎无声、冰冷，固执，不容置疑。我不敢劝，呆呆退回去，抱着女儿，一边哄她玩，一边闪眼打量那边的异常举动。别看他身板单瘦，原来挺有力量，两个胳膊支撑，竟然慢慢地坐了起来。我和女儿无声地看着，我不知道他这是要干什么。看看他真的坐起来，就要把腰坐直的时候，忽然被刀子扎了一样，哀号一声，颓然滑倒，回到了原来的样子。我已经断定，他的腰部出了问题。腰是一个人上下肢之间的轴承，他的轴承出问题了，上半身和下半身之间难以达到协调和统一。他伸出手来，紧攥出一个锤头，哐哐哐地捶打起栏杆来。如果刚才他是一个冷峻沉默的人，这会儿忽然变脸了，瞬间变换出一副难以遏制的爆发的嘴脸来。铁床栏是铁的，当初的蓝色油漆被不知道多少病人磨蹭得七零八落，面目斑驳，有一种沧桑从斑驳里逸散出来。

我没想到一个男人的拳头砸在栏杆上会是这样的响声，结实，空洞，凶狠，丧气，残忍。一下一下，像砸在我的心上。先是用左拳头砸，又换了右边的。输液管子连着，有些麻烦，他忽然一把扯掉了管子。血液和药液以同样的速度，从不同的出口往外涌。他不管，他嗵嗵嗵砸着栏杆。我赶忙跑出去喊护士。一个大龄护士脚步快，语声更快，进来一看怒了，一把按住那只手，将棉球和胶带缠上去，恶狠狠地鄙夷地说胡折腾啥哩，有本事家里折腾去，这是医院！

她摘下还留着一些药水的输液管子带走了。

他悻悻地躺着。像个做了错事有点后悔又有些不服气的调皮孩子。

门口一暗，小翠进来了，带来一身微寒的气息，双手捂着个塑料小桶。一把揭开，一股子热气混着香味扑人鼻息。

烩羊肉，是大补的，快趁热吃。

她没注意到丈夫的变化，蹲下去，只管坐在床边拉开架势要给他喂饭。舀起来一勺子，烫，冒热气，她低头吹，把香味吹得扩散了，满屋子都是。她噘嘴吁吁地吹，说不要以为把我舅舅搬来我就能让一让，这事情我不能让嘛，咋让哩？我心一软让了以后我的日子就没法过嘛，我们一人家了人口呢，要吃要喝要丌销呢，娃娃还念书哩，你说这事情叫我咋说呢？！

这话没头没尾的。

但是他两口子懂。女人吹凉了，往男人嘴里送去。男人嘴唇是淡白色的，他忽然牙关一合咬住勺子，狠狠地咬，把自己咬疼了，噗一口吐出来，勺子跌回桶子，惊得汤水四溅，他悻悻地躺回去，神色凉凉的，你的娘家人么，你看着办么，你舅舅和姑舅哥么，你们打断骨头连着筋呢。

女人好像被这话吓着了，又好像早就预料到会听到这番话，她站起来呆了呆，不认识似的望着丈夫，好一会儿，叹一口气，把桶子盖上，转过脸来，一脸软软地笑，不想吃是吧，那先放放吧。我偷偷看，她竟然脸色平和，一副什么都没有发生的模样。她走了走，到门口，看门背后贴的一张沾满苍蝇排泄物的发黄的病房须知，又到窗口，隔着玻璃看外面凉飕飕的空气和正在掉落的树叶。忽然转过身来，下了决心似的，声音大得像跟人吵架，三万，少一分我不答应，必须三万。

男人一直凉凉地看着。那目光，空荡荡的，好像他不认识眼前躁动不安的女人，也不认识自己，他是个失去了意识和记忆的人，正在虚荡荡空落落的世界里，一点一点费力地努力地寻找，试图拯救自我。

必须是三万，就算是我亲娘老子出面也不行，我谁的面子也不看！随着这强调，她眼睛都红了，嘴巴鼓鼓地噘着，这样子，像什么呢，像娃娃在跟大人撒娇，但是拿不准到底能不能换来大人的疼爱和抚慰，有点忐忑，有点试探，只能用刻意放大的怒气来遮掩自己的心虚。

男人说没人逼你。

我个家逼我个家还不行吗？吃的喝的穿的花的上学的还有你吃药养病的哪一样不花钱呢？叫我有啥办法？到时候叫我一个女人家去偷去抢吗？我、我……

我从这声音里听出了一股力量，一腔幽怨。

但是她很快就意识到了自己的失态，及时闭嘴，蓄积在口腔深处的一股力量被硬生生刹住，没能喷涌而出。

门一响，开了，重新走进来五个人。落座，座位和之前惊人地一样，好像他们在这里坐了好多天好多年，已经熟悉到难以更改的程度。连坐姿也是丝毫没变。他们的身上有一股味道。羊肉的膻味儿。膻中飘着一缕香，香味难掩腥膻。他们吃了羊肉。与小翠提来的清炖不同，我可以断定他们吃的是手抓。整件的羊肉，配上大料葱姜煮熟，白切了蘸酱吃，手抓着吃，就是手抓了，谁不知道手抓羊羔肉是我们这一带最经典的美味。

这一回沉默时间不是太长。有人不允许太长。我身边的胖老汉站起来，咳嗽一声，又坐下，随着他的气息出进，我闻到一股浓郁的羊膻味从他口腔更深的地方喷出来。除了蘸酱里的蒜泥，另外他肯定还吃了大蒜瓣儿，晚秋饱满厚重的大蒜，刚刚进入胃里急于和前面到达的食物融合，于是便有了稀释和翻涌，随之产生的胃气随着饱嗝喷出来，腐烂前期的酸臭味儿暴露了这个人十分钟前下腹的东西。

他不看别人，独独盯着床边的老汉。即便在侧面，我也能从他的目光里感受到一股压力。这股力很凌厉。不是盛气凌人的那种凌厉，是表面绵柔，内核坚硬的那种凌厉。是不动声色无声无形却不容你质疑的那种凌厉。

他大姑父哇，娃娃们嫩，没经过事儿，哪里能看透这世上的风风雨雨呢，你来定主意吧，我们看着你说话。

其余人没言语，静静观看。我真担心他们要是轮流说起来，你三言，他两语，这狭窄的空间里肯定就全是羊肉蘸蒜泥的味儿了。

但是大家沉默着，像化石一样定定坐着，好像在比拼每个人屁股的坐力。

老汉的目光将儿子从头上摩挲到脚底，又从脚底摩挲到头顶。

刚生养下来身体差得很么，就这么长一点点碎人儿啊，他娘没奶，拿面汤汤儿喂着呢，一勺子一勺子的，费劲得很么……我拉扯成人不容易么……

我真怀疑自己的耳朵出问题了，这个老爷子，此刻，怎么像个老娘们一样开始了碎碎念呢?

依照这架势，我这局外人也看出了大概，儿子出事了，要求当老子的出面拿事儿，大家讨价还价，解决赔偿问题呢。

此刻，老爷子应该开口要价，漫天要价也好，按照实际出个底牌也好，都是此刻局面需要的。

可是他竟然从儿子的初生那时候讲起。

这个躺在那里不能动的大男人，和小时候缺奶喝面汤汤吊活了一条命，有什么必然的联系吗?

但是，包括能掌控大局面的胖老汉在内，大家没有表现出我所意料的不耐烦，他们都埋头听着。好像这个老汉是国家重要领导人，正在做十分重要的讲话，需要大家保持安静和肃穆认真进行聆听。

他脑子聪明得很么，一进学校念书就是班里的第一名，拿回来的奖状糊了半面墙么，要不是他妹妹考上中专，他肯定也是个大学生哩么。我那时节都想好了，女子就拉倒算了，女子么念的个啥书，叫儿子念，谁知道这贼娃子狗日的偷了几个钱跑了，从学校里跑了，跑出去才给我写信回来，说不念了，叫妹妹念，他打工挣钱供养妹妹。都是家里穷么，把娃的一辈子就这么给耽搁了么。

他把耽搁的搁，发成了“国”的音。

把所有的“了”全念成“咧”的音。

我慢慢回味着，这是西山里的口音，那一片的汉族都是这样。

我不由得重新扫视那个躺在被窝里的人，要不是老爷子的碎碎念，我还真不会知道，这个人小时候是聪明的，而且少年时候又做了比孔融让梨还伟大悲情的义举。他还是那么瘦，那么单薄，他目光定定望着屋顶，好像那里，白色屋顶上正在上演一场同样是白色幕布白色底板的戏剧，他看得投入而忘我。

我都没注意到啥时候小翠提着饭桶子过来了，她蹲下去跪在地上，又给男人喂饭了。

我被她男人的吃相吓住了，他一直不言不语默默睡着，谁知道会是这么一个能吃的人呢，狠狠地张大嘴巴，小翠舀起一大勺子，连汤带肉，小翠怕呛着他，小心翼翼地喂，他脖子猛然一梗，将勺子叼住，恨不能将勺子也吞进嘴里，吧嗒吧嗒咀嚼，扯着脖子下咽，不等咽下去，已经又张着大嘴等待了。吃相凶狠，目光也恶狠狠的，不知道为何看得我心里一阵发毛，他这个样子，真让人怀疑如果不是有这么多人在场，他会连女人也一把拉近狠狠地咬上几口吞下去。可能吃到了一块骨头，女人慌了赶忙用勺子去接，他不吐，鼓着腮帮子倔强地嚼，嚼得骨头咔嚓咔嚓响。

女儿忽然伸出手，肉肉，我要吸（吃）肉肉——

清脆的童音，像谁摔碎在地上的细瓷碗，脆生生在空气里滚动。没人理睬我们娘俩，小翠有些仓皇地应付着男人的狼吞虎咽。我悄悄俯身告诉女儿，他们是汉民，他们的羊肉我们不能吃，不清真。女儿才不理这茬呢，爹着小手，肉肉，吸肉肉——

这一对夫妻在这一刻，将十几年的默契推到了高潮，喂，吃，吃，喂，无声，无息，纯粹的黑白默片，人物配合天衣无缝。她斜拎起桶子，将最后一点汤倒进勺子，很快最后一勺汤进了他的嘴。他静静张着嘴，喉结在动，咕噜咕噜。嘴里不能说不想说不愿说的话，被喉结给无声地诉说了。吃完了，他推开桶子，咽下一口空气，喉结滚了滚，那就三万吧，给我三万块钱，以后取钢板、吃药、复查，都是我的事儿。能不能好，我听老天爷的安排吧。

刚吃完热羊肉的嗓音，掺杂着羊膻味浸润后的浑浊和艰涩。但是吐字清楚，每个人都听到了，也相信每个人都能够听得懂。

老汉猛然被人从往事里揪出来，脖子一梗，头偏过来，定定瞪着他儿子：太少了，五万，至少得五万。娃娃呀，你要把前前后后想好了，以后的路儿咋走呢，谁都不知道，眼前头的路儿黑着呢，我们只能走一步算一步了。但是得虑当的长远一点啊，五万元，你还要吃药呢，养伤呢，总不能吃平常的洋芋面吧，身子亏了，靠补着才能抚养起来。还有娃娃念书呢，还有一大家子的花销呢，你这个样子没个两三年不要妄想扛动活儿了。女人娃娃等着你养活呢，这不是耍笑的事儿，日子要一天一天过呢，不好过哇，没钱，挣钱的根本倒下了，你到时候哭都没眼泪呢。

老汉长着一张单瘦的脸，眼睛这一瞪，大得出奇，好像那张脸都兜不住那双眼，就要撑破了眼眶子，掉落下来。眼球圆鼓鼓的，淡白色眼膜底子上赫然布着一层红色血丝。我冷不防撞上了这一对血色的眼珠子，吓得我心里一哆嗦，不知道为什么就有了害怕的念头，赶忙低下头看别处。

至少得五万。老汉举起一个手，生硬地岔开五个指头，举在眼睛前看了看，慢慢地擎高了，横过来伸在大家面前。这手像一面旗帜，没有风，它不能摇摆，但是它坚持不倒，好像要成为一个标杆永远立下去。

就算我是农村妇女的脑子，我也已经弄清楚这其中的双方势力了，坐在我床边的三个人和那个坐板凳的夹克衫，是同一个阵营。剩下的是老爷子和儿子儿媳。

现在老爷子开了价码。

另一方的队伍沉默了。

没有面面相觑交换目光，没有咳嗽吐痰，倒是有人暗暗放了一个哑屁。放屁的人做得很隐秘，把屁声消了音，气味却是控制不住的。味道很快在空气里弥散。我闻到了。相信大家都闻到了。但我们都是大人，大人们安安静静地装着。女儿忽然拧住自己嫩嫩的小鼻子，呸呸呸，臭，妈妈，谁放屁了？臭死我了！

没人说话。

打桩机在窗外不知疲倦地吼着，咣哧——嗵！咣哧——嗵！一种明显的震颤，通过地面的震动传送到我们的脚底板上，通过末梢神经迅速传递到中枢神经，然后由中枢神经将震感分配到全身的每一个细微神经枝杈。不知道为什么，我觉得自己的心在随着这震动而剧烈地晃荡。晃荡得难受，我伸手捂住了心口的位置。

谁放屁谁举手，不举手是小狗！

女儿瞪着黑溜溜的圆眼睛很认真地嚷。

还是没人举手。

她也觉得无聊，嘟着红艳艳的小嘴儿，嘟囔说我知道啦，肯定是哈撒哥哥放屁了，哈撒哥哥举手了，可是哈撒哥哥在家里，我现在看不到啊。

小翠儿，你来说说嘛。

胖老汉打破了沉默。

我忽然心头狂跳，接着就如释重负，刚才，我竟然差点以为这个人要举手，要跟我女儿承认，屁是他放的，他现在承认，他不想做小狗。

小翠在啃一个梨子。

她仔仔细细地一点一点啃着，把皮啃完了，然后吃果肉，吃了一圈儿，剩下一个纺锤形内核。今年的梨子真是好，饱满，多汁，那个核也像水淋淋的女人，是半透明的，含在里面的黑色籽粒历历可数。她把核放在眼前看了一下，好像在鉴定这个东西究竟能不能吃。她的鉴定结果是可以吃，她把核也塞进了嘴里，慢慢地嚼着，一缕糖水顺着嘴角沁出来。

小翠儿啊——你这个娃娃，你妈死得早——这些年，舅舅看着你长大——你是个懂事娃娃——

我确定那个又陈旧又黏稠的闷屁，肯定是这个舅舅放的。它在空气里缓缓扩散的速度，太符合这个人说话的节奏了。这会儿那股气味还没有完全消失掉，还在本来就浑浊的半空里油腻腻地和空气分子实现着交融、渗透，然后污染着我们这间屋子里本来就很脆弱的生态环境。

原来这个小翠没妈。尽管没妈她还是长大了。嫁人了。生儿育女了。在舅舅眼里还是个懂事的娃娃。

我没注意小翠啥时候又拿了一个梨，紧紧攥着，我注意到了她的手。我知道她进城好几年了，跟着男人进城，把娃娃也带进了城里的学校。或者说，进城的初衷就是为了娃娃上学。这几年送娃娃进城念书，成为一股风在乡村刮，山里人想办法转到乡镇上，乡镇的又挖空脑子往城里挤。小翠这样的女人，她原来应该和我一样，在乡里的土地里刨食，一双手四季粗糙得像擦子。进城后还是没有清闲，做饭洗衣之外，还要去工地上打工，抱砖头，和水泥，翻沙子，她两个手还是应该很粗，甚至比我们乡里女人的手还粗糙，是城里工地上的活儿磨砺出来的。但是她分明长着一对儿白手，圆嘟嘟嫩生生的小白手，这让我不得不对着那手傻眼了。女人长这么一对儿手给人感觉很娇气，丈夫就曾经嫌弃我手大，说女人的手嘛，小点，娇点，让人看了想捏在手心里好好地摸摸，想含在嘴里轻轻地咬咬，这才是女人该有的手嘛，你这手，简直就是狼爪子。我们当时耍笑得高兴，他高兴得忘了形，就说了。说了也就说了，我也没有生气。毕竟我这对儿手真不惹人疼，看着像男人的手。

想不到眼前这个女人竟然拥有着这么一对儿圆润炫白的手。要是给我家那口子看到会在他的心底引起什么样的联想呢？是不是有欲望想上去摸一把呢？我心底竟然泛起一股酸酸的醋味儿。这醋味儿来得好奇怪啊，毫无来由。可我就是这么奇怪，不讲道理，毫无逻辑，刚对这女人产生的一点点隐隐的同情，面对着那两个小手浮想联翩的同时，冰块一样消融坍塌了。

小翠用她胖嘟嘟的小手把那个梨送到嘴边，在梨的陪衬下，我才恍然发现她嘴巴竟然也很小，顺着脸庞扩展，鼻子眼睛耳朵，五官竟然都属于那种小巧玲珑型。虽然胖，却不给人肥的感觉，而是一种小巧的胖，原来她长得很有几分好看呢，尤其五官凑在一张小巧圆润的脸上，营造出一种娇小玲珑的妩媚感。而之前第一眼的身形微胖，竟然给了我一个先入为主的错觉，我觉得这是个丑陋的女人，脸蛋跟身子一样，不怎么具备观赏性。但是这一刻，我的错误观点被无声地推翻了。至少她比我长得好看。

两万吧。两万。舅舅。

说话的肯定是小翠。我能确定是小翠。因为是个女人的声音。尽管嗓子就像患了严重的炎症，声音压得很低，气流急促而短浅，好像发话的人很累，无比疲倦，要说出这短短数语，耗尽了她全部的力气。我还是从这声音上判断出说话的不是男人。这里除了我是女人，另外一个就是小翠。她把最后那个舅舅拉得很长。好像这是一个包含了无限深情的称谓，她需要慢慢地用心地一点一点地体味其中的情义和温暖。

空气抖了抖。

停歇了片刻的打桩机忽然睡醒一样重新叫嚣起来，嗵哧——嗵哧——它像我女儿喜欢看的动画片里力大无穷的魔兽，正在瞪着猩红的眼睛，野心勃勃，要把这个世界击穿，要把整颗地球硬生生给穿个洞。

不同的目光同时落在小翠身上。我顺着舅舅的目光，看到了一种赞许和如释重负。对面，逆着看过来的，是瘦老汉的目光，我从那目光里看到了一种沉甸甸的东西。

小翠低着头，她再次垂着头打量起手里的梨子。好像她长这么大没见过梨子，没吃过梨子，一个梨子让她无比沉溺。

夹克衫簌簌地动，一直别在兜里的两个手拿出来，从右兜里摸出一块砖头。红灿灿的砖头，硬扎扎的，从硬度和捆扎在上面的那个猴皮筋上我知道这是不久前从银行提出来的新钱，看那挺括的样子可能连序号都没有来得及打乱。

那个猴皮筋好像是活的，没见夹克衫指头动，它已经滑脱，套在手腕上。手腕毕竟粗，猴皮筋撑到了极限，把肌肉勒出了一条深陷的缝儿。

钱一定被猴皮筋捆得早就难受了，挣脱了束缚，有些不大适应这无拘无束，悄悄地慢慢地膨胀了起来，厚度比之前增加了。夹克衫开始数钱。我发现他竟然长着一双巧手。女人的手。我不由得在怀里摸索了一下自己的手。左手摸右手。右手又摸左手。书本上形容女人好手的词儿很多，芊芊玉手，葱管似的手。我马马虎虎念了个初中水平，一时间还真是记不清还有什么更好的词汇。不过可以肯定，会很多的，中国汉语博大精深，不管用来描摹哪一方面哪一事物，都是一套一套的。

我再一次的自惭形秽了。这是继小翠之后，我第二次对自己的手感到惭愧，真是拿不出手。小翠的手短短的胖胖的，让我细长得树杈一样的瘦手没一点血肉美感。这个男人的手，却让我有些吃惊。他是个男人。看着不怎么文弱的男人。偏偏伸出来这么一对秀气的手。指头和我的一样，细瘦，单薄，修长。却具备着我不具备的细腻光泽。我的手常年下苦，尤其嫁人生娃后，家里家外炕上地下洗洗刷刷缝缝补补，粗活儿细活儿都是这双手往下拿。我的十个指头伸出来早就不能直溜溜并一排。它们被硬痂包裹、撕扯，有了轻度的扭曲和变形。指甲缝里灰乎乎的，指肚上的肌肤里镶嵌着红的黄的绿的汁液，那是庄稼的秸秆和叶片馈赠的残留。

他的手白，嫩，俏生生的。他甚至翘起一个微微的兰花指形，左手按着砖头块，右手五指麻利地翻页，一二三四五六七八九十十一……数目从他嘴里蹦出来，一声一声，不急不缓，不高不低，恰到好处，满屋子人都能听到。我知道一张代表一百，要数够一万，这个数目需要达到一百。大家好像同时被这数钱的声音震慑住了，我女儿也乖得出奇，她和我一样，没有见过一万块钱一张张在眼前展开的壮观场景。钱在这女人般细巧的指头间好像变得做作起来，有些矫揉地，调皮地，想要翘起来一个边角，弯一下肚子，扰乱他嘴里的数目。这些不久前从银行保险柜里提出的新票子，显然还没有见识外面的江湖，所以它们还没来得及认识江湖的深浅。它们很快就知道这一双女人般的手，其实要比很多粗大有力的手更有经验对付它们。他驾轻就熟地稳稳压着它们，一丝不乱地将数字数到了百。

我悄然舒一口长气。原来数完一万元需要这么长时间呢。

他把钱立起来，现在完全像一个刚刚出窑的棱角完整的砖头了。他捻起砖头掂了掂，然后递给身后的舅舅。舅舅早就等着了，接了钱，也掂了掂，踏上前一步递给瘦老汉。瘦老汉望着那钱愣了一下，接了，不等拿稳，交给了身边的小翠，然后他有些恍惚地在膝盖上一下一下磨蹭着自己的手。是钱刚才把手弄脏了？还是他的膝盖骨在发痒？

一万元整，你再数一遍，看够着吗。夹克衫说完左手进了左边的兜，又摸出一个砖头块。这一回他明显有些不耐烦了，指头翻检速度和嘴里报数的速度都加快了。

小翠在一张一张数着。新钱，互相之间有一种粘连和吸附，太硬了，紧紧黏在一起，她伸指头在嘴里蘸一下，数几张，再蘸一下。口水蘸多了，一疙瘩唾液掉出来，赶忙在衣襟上擦了，却忘了数到多少了，略微想想，想起来了，接着数，再蘸唾沫。

我敢肯定这个小翠上学那会儿数学学得不好，数到五十九的时候，她明显犹豫了一下，轻轻说五十。一想不对，忙又倒回来，四十八，四十九，五十。可能又怀疑五十不对，又停住脚步，四十九，四十九……嗯，四十九……五十！终于确定是五十。轻轻松一口气，五十一，五十二……

不等她数到一百，夹克衫已经数完了第二个砖头块。

他把砖块竖在手里，那个猴皮筋翻了个跟头，已经紧紧捆在了钱捆上。他抬头望着数钱的小翠。

我感觉这个人不简单。他在工地上不是个下苦的角色。至少不是像我男人一样下蛮苦吃冷罪的人。他，是个指挥人干活儿的角色吧，经理，监理，还是技术员？工地上那些角色我并不懂得多少，丈夫一年四季回来的时间不多，我们在一起说的更多的是家长里短，关于他挣钱养活我们的那个城市里的工地，好像是一个遥远的梦，却不是个做美梦的所在，所以我们没有热情和时间细细地说及它。凭着丈夫偶尔的一言半语，我印象里知道工地上最苦的活儿是沙子水泥混凝土，最危险的是架子工。也正是从这一鳞半爪的无意中我了解到，工地上的高层有老总，经理，监理。都是什么官儿，哪一个管着哪一个，我至今迷糊呢。

这个夹克衫应该是较高层面当中的一个角色吧。

出了事儿，也正是这样的角色出面来与当事者解决。

小翠男人忽然从被窝里探出一只手，从下面伸上来，一把抓走了小翠手里的钱，他的动作恶狠狠的，带着风。小翠一愣，他已经把钱压进枕头底下了，说没必要数。

第二沓钱从舅舅手里转过来，瘦老汉，小翠，最后是病床上的人。

舅舅大大地吐一口气，站起来，他起立得太猛，我的床瞬间失重，贱兮兮地发出了一声舍不得般的呻吟。

事情嘛，就这么着解决了，我们都是亲戚里道的，我们也不敢亏着娃娃们，都是尽力而为地解决着哩。我看嘛，也不是啥大伤，缓个一半年就好了，爬起来又能干活儿了，那时节想来工地上，还是寻你姑舅，他是监理嘛，这一点忙还是能帮上你们的，工资待遇还是和旁人一样，不会亏待你们。

他嘴里的羊膻气好像减轻了一点，却又增添了另外一种我不知道是什么的气味，反正也是不好闻。幸亏他们大家没有再多逗留，告辞走了。

终于走了。我觉得屋子里顿时宽敞多了，空气也没有那么沉重了。

小翠跟出去相送。留下男人躺着。他很快就睡着了，头朝里歪着，两个手交叠着放在心口上。我在地上走了两步，坐下，又起来走。两万元压在枕头下，他脑袋下那个医院里配的单薄枕头显得不堪重负，难以遮掩枕下的秘密，一头凸了起来，隐隐能看到一团红色。

夹克衫的衣兜里至少还剩了一万，我当时无意中目光一转，扫到了他的衣兜，看见里面还留着一团红色。夹克衫真是好衣服，衣兜很大，装得下钱，还装得下秘密。其实这场谈判只要再努力一把，小翠两口子还能再多得到一块红砖头。我有些替这两人惋惜。

他响起了鼾声。鼾声很响亮，一起一伏，起的时候响，呼噜一声，随着气息伏下去，鼾声好像被什么猛然斩断了，硬生生就消失了。就在我怀疑这鼾声就此结束的时候，忽然又呼噜一声，重新接续上了。

我有些焦躁地加快了步子。我知道他床头下有一块砖头。我床下也有一块。真正的砖头。不知道是哪一任病人拿来的，用来搁架脸盆。这样脸盆和脚盆就能很好地区分。此刻，只要我抓起其中的一块，轻轻地拿起来，轻轻地走近他，对着那个打鼾的脑袋，轻轻地拍下去……我一把捂住心口，跌坐回床边，心扑扑直跳。见财起意，见钱眼红，难道我竟然也有了这样的心思？手腕子无比酸软，脚腕骨也酸软了，我缓缓地瘫在女儿面前，目光湿漉漉望着她清凌凌明灿灿不掺杂一丝杂质的眼珠。清澈的瞳孔深处映出我的脸来，把我一张大脸映得小小的，还走形了。女儿不知道妈妈的心里发生了惊心动魄的大事，已经过去了，虽然只是一闪念，一刹那，但我还是有些后怕地质疑着自己的心思和人品，我真的动了那样的心思啊，这和我平时的为人与内心是多么不符。我出了一头汗。

我不知道鼾声什么时候换成了啜泣。等我平复了自己内心魔鬼般的贪婪念头，听到床那边在哭泣。确确实实在哭泣。肩膀一抖一抖的，身子尽管保持着之前的睡姿，但是四肢有明显的抽搐，一抽搐，往一起收缩一下，一抽搐，往一起收缩一下。右手搭在脸上，遮住了眼睛，看不到眼睛就不能完全下结论说人家在哭，也许鼻子塞住了，在擤鼻涕呢。我管不住自己的目光，目光又一次热辣辣落在枕头下那个鼓起来的包。我真要是一砖头下去，凭他这个样子，肯定无力反抗，我麻利地抢了钱塞进包里，然后抱了女儿离开医院。我带着两万元，在街头想怎么花就怎么花。想吃什么就吃什么，看上哪件衣服就买了。如果拿去买化肥，我们明年后年种庄稼的肥料还花不完。

我知道心里的魔鬼影子已经飘过去了，我现在不管怎么想，都只是在用一种臆想满足自己，对别人已经没有危害。

小翠进来了。身后跟着个男孩，穿着校服，背着书包。我一看就断定他是小翠两口子的儿子，长得和他爸一模一样，就是那个躺着的男人的缩小版。孩子有些胆怯，进来了一言不发，也不凑到床边看他爸，而是有些羞涩地坐在板凳上，接过他妈递的梨慢慢吃。小翠说娃娃要钱呢，老师要求交资料费，五十块。小翠摸了摸衣兜，掏出几块零钱，不够。他男人从枕头下摸出砖头来。解了猴皮筋，慢慢地数。他数钱的动作，远不如那个夹克衫熟练，幸好比小翠利索多了。数完了，一万，重新捆好。又数了另一捆。捆起来，想了想，抽出一张，递给儿子，说拿上交老师吧。

孩子几乎没说啥话，接了钱起身要走，说要迟到了。

男人让小翠和儿子一起出去，顺便把钱拿到银行存起来，小翠连连摇手，说她一个人不行，她不会存，她不识字。

我觉得小翠的这个举动有些亲切，我和她之间好像有了那么一点点共同的地方。如果让我拿着两万块一个人去存，我肯定也会害怕的，虽然我识字，但我还是会有很多担心的地方，在这人流密匝匝的城市里，我一个农村妇女，空手走在街上都总是怀着不可预知的担忧和恐惧，更不要说怀揣两万巨款。

那就小青来了再说吧。男人叹一口气，听口气有些不满。

小翠要去打开水。我也去。但是我们还是生分，她没有说给我捎带一壶，我也没有喊她等我一等好结伴一起去。

女儿厮缠，要吸肉肉。我哄一会儿才脱身。拎着水壶心里惦记着她，我一路小跑出了住院楼，开水房在锅炉房旁边。一行人在排队，我迟了，自觉排在最后。

看看还剩下五个人在我前头。天气不好，阴起来了，风从高处旋下来，卷着树叶子哗啦啦响，穿过人身子，能把整个人穿透，叫人顿时觉得秋意深重，寒凉的气氛十分明显起来。

秋雁北飞，秋草枯黄，再不用等多长日子，我念念牵挂的人也就终于能穿过内蒙古的茫茫草原，回来和我团聚了吧。

哎呀你做啥？没长眼睛啊？

有人惊呼。

惊得我们一排人乱了队形。

赶忙凑过去看，是小翠，她竟然对着水龙头走了神，傻愣愣看着开水从壶口漫溢出来，呼啦啦喷了一地，溅湿了她自己脚面不说，还烫到了旁边的人。一个中年男人也许真烫疼了，也许饶舌病犯了，反正他絮絮叨叨骂了好一串。小翠好像没听到人家在数落自己，她傻傻地拎着水壶，慢腾腾往回走。把魂儿扔了——骂人的男人用这句话终于圆满收尾。

还没进病房，我就被一个女人的声音吸引，正是从我们房里传来，语速很快，吧吧吧，一口气不停歇，不给别人插嘴的机会。我进去，一个女人站在床边，不看任何一张床位，她戴着眼镜，只回过头扫了我一眼，又转向窗外。匆匆一瞥，我依稀看见是一对小眼睛，高颧骨，白肤色，鬈发，栗色，小嘴唇上好像抹了口红，红得鲜亮。一看她穿衣打扮我就断定和我们不是一路人，是个有工作的人，平日里肯定过着一种我们无从想象具体细节的养尊处优的日子。

这样的女人不好惹。我凭借着生活里的经验，知道这样的女人比较难缠，一般都比较口舌麻利，脑子反应快，要骂人的话，不用像我们一样先要在脑子里酝酿搜寻组织词语，这样的人不用，直接从脑子里往外拎，成套的词儿排着队等着呢。

平时有个鸡毛蒜皮的事儿都要小青给你们跑腿儿，现在这么大的事情，你们竟然不吭声，哪里是忘了呢，明明是眼里看不上小青这个人了，有了舅舅、姑舅哥，小青就是外人了，就瞒着小青自己拿主意了，嗨嗨，你们的事儿当然没小青多嘴的地方，可是这牵扯到钱呀，钱可是硬头子货，没钱你日子一天都过不下去，我看你们到时节就不要哭哭啼啼再来找小青——

这说了半天，我听得迷迷糊糊的，小青是谁？为啥忽然要牵扯进这么一个人来？

她说着说着，掉过身子，直接面对着小翠，吧吧吧，吧吧吧，嘴像一挺我们在抗战电视剧里看到的日本鬼子使用的快机枪，子弹连着串儿发射。小翠被炸晕了，蒙头了，傻傻站着，木木地笑着，她好像还没有从开水房那个男人的数落里醒过神，低头揉搓着自己的左手，放嘴边吹一吹，揉揉，再吹吹。那片皮肉已经通红了，很快泛起一簇透明的水泡。

去，到药房买点药水涂上，要不买个创可贴也行。

男人催小翠。

小翠快快地走了。

鬈发红嘴唇顿时声音高了，冲着床上说你还不愿意了吗，我说她你还不爱听了是吗？你看看这个女人，不是我这做小姑子的不贤惠，容不下自己的嫂子，你说她脑子是不是不够用，这种时候她能向着娘家人？又不是啥正经的娘家人？一个舅舅嘛，隔山架岭八竿子打不着的关系算啥亲戚？你说她气人不气人？五万不行，四万我们肯定能要来，最少也是三万哪！你说她嘴一张就答应了两万！凭什么她当了这个家？她算个啥？我告诉你们，咱爸被她给生生地气病了，一回到家就睡下了，本来为你的事儿这二十天都没好好合过一眼，现在又被她气了这一场，现在算是彻底躺倒了！

唾沫星子横飞。

空气被激越的演讲搅和得也不安分了，热情澎湃地汹涌鼓荡起来。

女儿呆呆仰着小脸儿，她看傻了。

像一场暴雨，来得猛烈，走得也及时，不知道什么时候，这女人刹住脚，告辞走了。门被她甩了一下，重重阖上的同时，把一声悠长的震颤留在了我们心里。

我慢慢回味着，小姑子，小青，喊小翠为嫂子，那就是这个人的妹妹，那个老汉的女儿了。

想不到那老汉看着挺腼腆的，竟然能养出这么一个快嘴利舌的女儿来。

那个瘦老汉，怪不得随着那些谈判的人出去再没有回来，原来是生病了，气病的。

对面床上的男人用一束奇怪的目光看着我，我从这目光里看到了比较复杂的内容，是被我窥见了全部的家务秘密而恼怒吗，还是为自己有这么一个泼妇般的妹妹而羞赧，我装作不明白他的意思，也对他家事情不感兴趣，我泡了一包方便面吃起来。一桶方便面三元，一碗小碗烩面五元，我舍不得花那五元钱。买了一桶方便面吃了，把纸桶子留下，然后把一块钱一包的方便面泡在里面吃。

呵呵，他自顾自笑起来，笑声断了，又接上。连着笑了好一阵。我终于没法再装，扭头看他，他正目光炯炯地看着我，一逮住我目光就连忙说其实小翠没有错，换了我我也会这么做，小翠没有错，女人家啥最重要，娘家最重要，我总不能叫小翠断了娘家的关系吧？呵呵，我妹妹不懂事，那么大的人了就是不懂事。

我嚼着一口方便面，等我咽下去，他说完了，目光跳跳地有些巴结地看着我，似乎想从我眼睛里挖出些什么东西来。

我不知道他期待的是什么，只能歉疚地报以微笑。

气氛索然无味下来，就像一炉火，没有煤炭，只是几块硬木头，呼啦啦就燃尽了，燃尽了我们就要面对火光的幻灭和灰烬一点点暗淡下去的结局。

方便面一开始很好吃，可是吃到最后一口我忽然心里一阵难过，想吐，赶忙端着纸桶子跑出去。

他们确定明天就出院。

小翠提前拾掇东西。床底下，床头柜里，窗户边，不经意的地方都塞着挂着放着一些日用品，拖鞋，脸盆，水壶，棉签，创可贴，指甲剪，帽子，外衣，饭盒子，筷子，干粮袋，一箱子没有喝完的牛奶。

那个儿子又来了。脸色比中午难看，好像这个下午他病了一场，刚从病里挣扎出来。来了坐着，安安静静地看着父母说话，忙碌。男人试着挪了挪身子，腿子能动，脚还能从左边移到右边。身子动不了，主要是腰里牵制了全身，他咬着牙要试着翻一翻身，不要人帮忙，自己把两个胳膊肘撑着，一点一点往起来爬。女人和儿子都站起来，在一边眼巴巴看着。他像蛇一样支起了脑袋，眼珠子凸鼓着，再使劲的话我担心那对珠子直接从眼眶里蹦出来。幸好没有蹦出来，他挣扎到半途还是乖乖地放弃，重新躺下了，实验失败。

再缓二十天吧。女人安慰，这才二十天嘛。

男人的声音忽然很凄惨，说傻子啊，这可是腰里，脊椎折了，这闹不好可是会瘫痪的！

这话吓着了孩子，他蜡白着脸站到远处，不认识似的望着父亲，要从父亲的脸上看出什么奇怪的东西来。

他把钱丢了，一百块呢，中午我刚刚给的——小翠吁一口气，忽然挖一眼儿子，转脸给男人说。

男人好像没听到。他沉浸在刚才的挫败当中。

就是个吃屎的货，大愣愣一个人，连钱都拿不住，还能丢了？丢了就丢了，你不用交资料费了——你这个样子，万一真瘫痪了，你娃娃能不能再念书都成问题呢，你总不能指望我一个女人家打工供养你们几个念书吧？都到这一步了，我看你们还不想着给大人争气！

小翠骂着骂着，自己先抹了一把眼泪。这一抹不要紧，本来干巴巴的眼睛瞬间就决堤了，收不住声，猛烈地哽咽起来。说我守在床头边，喂吃喂喝，白天黑夜连轴转，没有功劳苦劳总有一点点吧？小青凭啥给我那么难看的脸子？

以后的日子，吃糠咽菜都是我跟你过，她又不会帮一把，她……

儿子拉开门，要走，看样子心里负气，不愿意说话，小脸儿绷得紧紧的。小翠赶出去送了。回来又坐在板凳上唏嘘感叹，可惜那一百块钱了，拿来买白菜，够腌一大缸了，买盐，要吃多少日子呢，买铅笔墨水，足够娃娃使唤好几年了。最后叹一口气，说我们把娃娃亏了，开学跟我要一本成语词典呢，同学们都有呢，他老是借人家的不好意思，我咬着牙没舍得买，早晓得这样，还不如牙齿一咬给娃买了。

正说着，电话响了。一个清脆的声音在里面说妈，妈，我把钱寻着了，在我裤腿里头呢，压成一个窄条条我才没有发现，刚才一脱裤子溜出来了。

小翠突然放肆地笑起来，笑声很大，把我女儿从睡梦里给惊醒了，小家伙挺喜欢小翠，乌溜溜的眼睛瞪着小翠，不哭，傻兮兮也跟着嗨嗨嗨笑。

小翠一高兴，话就分外多起来，跟我攀谈起来，我发现这个女人其实很健谈，性子挺直爽，说话不藏头缩尾，我也喜欢这样的性子，我们就家长里短的一直说到夜深处。第二天小翠忙着办出院手续，然后雇一辆车来拉男人。瘦老汉来了，小青来了，小青的男人，一个很敦实的小伙子，也来了，大家用一张新毛毯子把病人卷起来，然后从四个边角上拎着，慢慢地挪进带轮子的床，然后推出去，抬到车里去了。

小翠把一个洗脚的盆子留给我了，牛奶箱子里还有三包牛奶，她给了我女儿，临出门趴下身子，在我女儿小脸蛋上亲了亲，左边一口，女儿接着把右脸蛋伸出来，她又亲了一口，吧——亲得很响，脆生生的。

我们来了也一周了，明儿也能出院了，大夫说戴着石膏回去好好养着，四十天后自己敲碎石膏去掉就可以了。

看着暮色从窗口一寸一寸浸进来，染黑了玻璃和墙壁，我忽然觉得这病房很冷，冷得空旷，心里说怎么不再住进来一个病人呢？就算大家挤在一起不怎么舒服，但是心里不会这么空得难受吧。胡思乱想中困倦袭来，身子靠住墙根，慢慢滑倒，恍惚中，门好像一响，有人直接推开门，水面上被风裹挟而来的小船一样瞬间漂进来，漂到我跟前，吓了我一跳，一张脸笑吟吟地浮在我面前，女儿又惊又喜喊了一声爸爸。

你，你咋来了？你咋晓得我们在这里？

我惊喜得声音直颤抖。

我女儿病了我咋不能来？鼻子下面长个嘴巴，我一问护士就晓得你们住哪个病房了。

他胖了，黑了，身材好像长高了。

他丢了我的方便面桶子，说我看着娃娃你出去吃面，不，别吃面，吃烩肉，牛肉羊肉都可以，一碗不饱的话再要一碗，吃完了再给娃娃也端一碗回来。

吃烩羊肉的时候，我的眼泪落进了奶白色的滚烫的羊汤里。我似乎能看到当接到公婆的电话后，他一路小跑着请假、赶火车、倒班车，顶着一身晚秋的寒气直奔这座小县城医院的过程和那一份仓皇惊吓与牵挂。

女儿得了爸爸买的玩具，很满意，吃饱喝足后撒会儿娇就甜甜地睡了。把她安顿在被窝里，他趴在床前看女儿，看着看着说半年没见，娃长大了，脸儿胖了，五官大了一号，眉毛黑黑的，长大了肯定是个俊姑娘。他神情奇怪地看着一边发呆的我，忽然笑嘻嘻地说，半年没见，老婆也长大了，变俊了，来，我摸摸，身上胖了还是瘦了。他真的走过来了，脖子下面那个圆鼓鼓的喉结不停地蠕动着，随着蠕动大口大口地吞咽口水，好像他整个人又饥又渴，只想把我一口吃下去解馋，粗重的喘息越来越逼近，直接喷射到我脸上来了。

我跳起来躲着，心里突然装满了委屈，他把我逼在门后捉住了，捧着我的脸，细细地看了看眉眼，然后就一口噙住不放。我又慌又乱，看看头顶上明晃晃的灯，再看看身后那一张床，床当然空着，可我老担心有人看到，心中又急又怕。他觉察出我在分神，哗啦从里面反锁了门，扭身又扑向我，动作更放肆起来，直接把我顶在门上，一下一下撞击起来。我被这奇异的姿态吓坏了，手心里全是汗，我觉得自己像猛然间生病了，发着高烧，迷迷糊糊，慌乱中紧紧抱住了一个壮实烫热的腰。这是我熟悉的腰，可是已经很久很久没能拥抱它了，我感觉自己伸出去的手软得厉害，在颤抖，我的动作和姿势都显得无比笨拙生疏。我十指紧缩又张开，最后像弹琴一样按在了他腰后那些琴键一样的脊椎骨上，我满脑子漂浮着小翠男人那单瘦颀长的身子从钢筋架子上栽下来的情景，那还仅仅是二层，如果更高一些呢，八九层十多层呢？我一节一节摸索着这些骨节，忽然落下泪来，用力按揉着他的腰部，哽咽着恳求他，一定要时刻系上保险绳，多麻烦多热都要系，我要他的腰好好的，一辈子都好好的。

他忙不迭地嗯嗯嗯答应着，我单瘦的身子像一束温湿的柴草，在他手里抖啊抖，终于被点燃了。泪水伴随着我欢快的呻吟包裹了他的身体，湿漉漉的泪水让他全身哆嗦了一下。他不知道我为什么忽然这么伤心，粗粗的舌头舔着我脸上的热泪，舔出一片冰凉。恍惚迷离中，我忽然想，小翠的男人，这辈子还能站起来，还能像这样孔武有力地顶着自己的女人吗？这一刻，我发现我爱他柔软坚硬伸缩有力的腰部远远胜过了别的部位。他不知道我为什么哭，从轻轻流泪发展到了大声啜泣，泪水湿了他肩胛骨，湿了他胸部肌肉，咸咸的泪味和他的汗酸味混合在一起，然后和这间病房里固有的复杂气味融合成了一片。

事后我让他躺在床上，掺了热热的半盆水，抱着他的脚泡进来，脚板上干巴巴的痂块和硬皮刚一接触水，竟然发出丝丝的炸响，好像脚板上所有的细胞都感到了水的温情和舒服，欢快地张开了嘴巴，在畅饮，在享受，在欢呼。他闭着眼，像一个放浪的女人正在享受一场醇厚的性爱，嘴里竟然发出了伴奏似的哼哼声。我学着小翠的样子，歪着头，撩起一捧水，看着水在半空里落下去，在这对日渐变得苍老丑陋的臭脚上溅出一束束明亮的浪花。

我的梦伴随着思念在这个迎送过无数人病痛和悲伤的狭窄空间里酣畅淋漓地发酵着，我不知道自己的泪水早就将那个干瘪丑陋的小枕头浸湿了好大一片，我深深地沉浸在这温暖旖旎的好梦里，蒙蒙眬眬中甚至期盼着我们短暂欢娱的结果能在我温暖的小腹里悄然发芽，并且在九个月之后发育成一个健康白胖的婴儿啼哭着来到人间。

原载《花城》2016年第6期